Sinfonie des Teufels

Renate Lehnort

Sinfonie des Teufels

Große Gefühle

3. BAND 1918 - 1924

Historischer Roman

2. Auflage
Text Copyright 2014 by Renate Lehnort
Das Werk einschließlich aller seiner Teile ist urheberrechtlich geschützt.
Jeder Verwertung außerhalb der engen Grenzen des Urheberrechtsgesetzes ist ohne Zustimmung des Urhebers unzulässig und strafbar. Alle Rechte vorbehalten.
Das gilt insbesondere für Vervielfältigungen, Übersetzungen, Mikroverfilmungen und die Einspeicherung und Verarbeitung in elektronischen Systemen.
Personen und Handlungen sind frei erfunden, Ähnlichkeiten mit real existierenden Menschen sind rein zufällig und nicht beabsichtigt.
Druck und Bindung über Amazon
ISBN: 9781980347828
Covergestaltung: Tom Jay - www.tomjay.de
Bild: © Aliaksandr Antanovich/Shutterstock.com
© hikaru59/Shutterstock.com
Korrektorat/Lektorat: Heidemarie Rabe

Kontakt: www.renatelehnort.com

„Die Liebe ist eine suggestive Kraft und weiß, dass Liebe auch Liebe erweckt."

Honoré de Balzac

PERSONENVERZEICHNIS

Familie Grothas (Österreichisch, böhmisch-mährisches, preußisch-schlesisches ehemaliges Adelsgeschlecht)
Otto Johann Grothas *(ehemals Fürst von und zu Grothas, Graf von Läthenburg)*
Gertrud Dorothea – seine Frau
Alexander – sein Sohn
Elisabeth Andres – Ottos Geliebte

Freunde der Grothas:
Maximilian Steinach *(ehemals Graf von Steinach)*
Wilhelm Ruta *(ehemals Freiherr)*
Heinrich Bradow *(ehemals Freiherr)*

Dr. Franz Razak, Rechtsanwalt und überzeugter Sozialist

Freunde von Franz Razak:
Juliano Hofer
Doktor Eduard Wagner, genannt Edi – Kriegskamerad
Richard Zeitlhofer – Kriegskamerad
Hans Karrer – Parteigenosse

Antonia Orbis (später Antonia Razak)
Maria – ihre Tochter

Cristina – Julios Cousine
Fredo, Christinas und Franz Sohn

Dienstboten
Gottfried Keller – Kammerdiener
Theresa Schuller – Pflegerin von Ottos Frau Gertrud (ihre ehemalige Zofe)

Johanna Kučera – Haushofmeisterin
Ida – Köchin
Herbert – Ottos Chauffeur und Leibwächter

Andere
Hauptmann Visconte Emilio Foresta – Lagerkommandant/Italien
Dr. Robert Freisach – Hausarzt
Frau Wotruba – eine Nachbarin der Familie Razak

1. KAPITEL

1918

Mit zwei Weinflaschen unter dem Arm marschierte Oberstleutnant Fürst Otto Johann von und zu Grothas in das Büro des Kommandanten, Capitano[1] Visconte Emilio Foresta. Der Comandante sah von seiner Zeitung auf. „Ah, sua altezza serenissima[2] ist eingetroffen!", sagte er mit einem Grinsen.

Otto verbeugte sich übertrieben tief. „Ganz zu Diensten sua nobiltà[3]", antwortete er.

Ein lautes Schnaufen, das Otto an ein Schwein beim Fressen erinnerte, zeigte ihm, dass der Kommandant die Huldigung zur Kenntnis nahm, ohne sie zu hinterfragen. Was für ein Vollidiot, dachte er.

Der Kommandant griff hinter sich, holte zwei Gläser aus dem Schrank und wartete, bis Otto eingeschenkt hatte. Mit einem gebrummten „salute", leerte er sein Glas und hielt es Otto zum Nachschenken hin. Danach rülpste er und fragte: „Warst du mit deiner Hure gestern zufrieden?"

Otto nickte. „Ich bin voll auf meine Kosten gekommen. Deine war aber auch nicht zu verachten, wir von höherer Geburt wissen eben, was Geschmack ist." Er nahm sein Glas, trank und überlegte, wie er den Kommandanten, ohne ihn zu verärgern, dazu bringen könnte, die leichten Mädchen, denen er den Vorzug gab, nicht so brutal zu behandeln. Die gestrige junge hübsche Frau war grün und blau geschlagen, als er sie wie einen Sack voll Abfall zur Tür hinausstieß.

„Du sagst es", erwiderte Foresta mit einem Gesichtsausdruck, der einer satten Katze glich.

„Es geht mich zwar nichts an Emilio", begann Otto mit sanfter untertäniger Stimme, „aber du solltest deine Mädchen nicht ganz so arg hernehmen."

Forestas Blick erstarrte zu einem Eisklumpen. „Genau – es geht dich nichts an! Ich kann mit ihnen machen, was ich will und wenn mir danach ist, prügle ich sie tot."

„Natürlich! Du kannst machen was du willst! Aber es wäre doch schade, ein schönes Stück Fleisch zu vernichten, mit dem man noch viel Vergnügen haben kann." Seine abfälligen, gemeinen Worte verfehlten ihre Wirkung nicht.

Foresta grinste. „Jetzt begreife ich! Du stehst auf sie!"

„So ist es. Also lass sie bitte ganz!"

„Gut, weil du es bist … du bekommst sie das nächste Mal. Genieße sie gründlich, denn bald wirst du den Service hier nicht mehr lange in Anspruch nehmen können."

„Wieso? Habe ich etwas versäumt? Ist der Krieg schon zu Ende?"

„Das hättest du wohl gerne … Ich habe vom Kommando in Padua den Auftrag bekommen, Gefangene auszutauschen – nächste Woche ist es soweit."

Otto lehnte sich in seinem Sessel zurück und schlug ein Bein über das andere. „Ich für meinen Teil habe keine Lust, erneut an der Front zu kämpfen, Emilio. Ich würde lieber hier in deiner Obhut bleiben, mein Freund. Unsere Kartenpartien, Mädchenabende und Trinkgelage würden mir abgehen, dir nicht?"

„Du bist mir einer!" Foresta brach in Gelächter aus und klopfte sich auf die prallen Schenkel. „So einen wie dich habe ich noch nicht erlebt. Du kannst wieder gegen uns kämpfen und willst es nicht!"

„Ich mache dir einen Vorschlag, Emilio: Vergiss mich und meine Kameraden beim Austausch – es soll dein Schaden nicht sein."

Forestas Augen leuchteten auf. „Wie viel ist dir mein Vergessen wert?"

„10.000 Lira. Das ist mehr als dein Jahresgehalt. Und für diese Bezahlung erwarte ich mir zusätzlich, dass wir einmal in der Woche ohne Bewachung in den Ort gehen können. Mein Ehrenwort wiederzukommen, wird dir wohl genügen. Bist du einverstanden?"

Foresta hielt ihm die Hand hin. „15.000 Lira und es gilt!"

Otto übersah sie. „Du ziehst mir ja die Hosen aus, Emilio", sagte er mit wehleidiger Stimme. „12.000 – das ist mein letztes Wort." „13.000 und die Mädchen bekommst du gratis. Schlag ein!" Otto nahm seine Hand, sie fühlte sich weich und schwitzig an. Er schluckte sein Ekelgefühl hinunter und sagte leichthin: „Weil du es bist und weil wir beide von edlem Geblüt sind." Zu seinem Entsetzen umarmte ihn der Kommandant brüderlich. Die nächsten Stunden überstand er nur mit Hilfe des ausgezeichneten Rotweines. Beduselt kehrte er schließlich in sein Quartier zurück und ließ sich, eingehüllt in eine Weinfahne, auf sein Bett fallen.

Edi zog die Nase kraus. „Musstest du schon wieder mit dem Saukerl trinken?"

„Was bleibt mir anderes übrig, wenn ich ihn bei Laune halten will", knurrte Otto. „Das Trinken geht ja noch, aber ich weiß nicht, ob ich den allwöchentlichen Mädchenabend mit ihm noch länger durchhalte. Dass er mir dabei zuschaut, ist noch das Wenigste, aber dass er neben mir die Mädchen schlägt, das ertrage ich kaum noch. Gestern hat er eine mit seiner Reitpeitsche derart malträtiert, dass ich Schwierigkeiten hatte, meinen Mann zu stehen und nahe daran war, ihm Gleiches mit Gleichem zu vergelten."

„Widerlich!" sagte Edi und verzog das Gesicht. „Das ist echt widerlich ... so ein Schwein! Im Krieg musste ich töten, aber diesen Kerl würde ich liebend gerne zum Teufel schicken."

„Ich helfe dir dabei", bemerkte Richard.

„Ihr sprecht mir aus der Seele, liebe Freunde, aber es geht nicht. Wir müssen auf unseren Vorteil achten." Otto richtete sich auf und schob sich den Polster in den Rücken. „Es gibt Neuigkeiten, wir sollen nächste Woche ausgetauscht werden. Ich persönlich habe nicht die Absicht, wieder an die Front zu gehen. Wozu auch? Es ist klar ersichtlich, dass wir an der Grappa-Front nicht gewinnen können. Ich habe den Kommandanten bestochen, wenn ihr wollt, vergisst er uns alle drei. Was sagt ihr dazu?"

„Die anderen Kameraden müssen kämpfen und wir sollen uns davor drücken?", platzte Edi heraus. „Entschuldige Otto, aber diese

Handlungsweise kann ich nicht nachvollziehen."

„Du kannst gerne den Helden spielen und dich totschießen lassen, Eduard – es ist deine Sache. Ich mache bei den Fehlentscheidungen des Armeeoberkommandos nicht länger mit. Wenn du mich als Verräter betrachtest, kann ich es nicht ändern, obwohl du es besser wissen müsstest. Was sagst du dazu, Richard?"

„Ich schließe mich deiner Meinung an, Otto. Lieber gefangen, als noch mehr Menschen ermorden. Danke Otto, dass du auch für uns die Unannehmlichkeiten mit dem Kommandanten auf dich nimmst und dafür auch noch bezahlst."

„Bitte versteh mich nicht falsch, Otto", warf Edi ein. „Ich wollte dich nicht beleidigen und mich als Helden hervortun, aber ich bin Berufssoldat. Ich habe einen Eid geleistet. Ich kann hier nicht herumsitzen, während die anderen ihren Kopf hinhalten. Ich habe mich dazu verpflichtet, mein Vaterland zu verteidigen, und das werde ich auch tun … Wenn ich dabei sterbe, dann ist es meine Bestimmung."

„Ich will dich zu nichts überreden, Eduard", erwiderte Otto freundlich. „Schlaf einmal darüber und morgen sagst du mir Bescheid. Wie du dich entscheidest, ist, wie ich schon sagte, allein deine Angelegenheit. Aber eines verlange ich von dir, und darauf wirst du mir dein Ehrenwort geben. Du wirst niemals, ich sagte niemals, über die Vorgänge hier sprechen." Sein Tonfall war der des befehlsgewohnten Kommandanten.

„Das ist Ehrensache", murmelte Edi. „So gut solltest du mich kennen."

2. KAPITEL

Seit mehr als zwei Monaten wurde Kompaniekommandant Hauptmann Franz Razak im Militärspital in der Nähe von Padua nun schon behandelt. Er hatte Glück im Unglück gehabt, es war ein glatter Durchschuss gewesen – das Stahlmantelgeschoss hatte keinen Knochen verletzt. Die Verletzung der Oberschenkelarterie war jedoch schwerwiegend gewesen und hätte ihn das Leben kosten können, wenn nicht Otto bei der Erstversorgung so umsichtig gehandelt hätte. Ein weiterer Glücksfall waren die ausgezeichneten Chirurgen in Padua und das Ausbleiben einer Wundinfektion. Jetzt war er zwar auf dem Wege der Besserung, von einer vollständigen Genesung aber noch weit entfernt. Die Tatsache, dass das Bein trotz der Therapien kaum beweglich war, erfüllte ihn mit Sorge. Die ursprüngliche Ungeduld verwandelte sich mit der Zeit in demütige Duldsamkeit. Nicht zuletzt wegen seines Bettnachbarn Juliano Hofer, genannt Julio, Oberleutnant der Artillerie, dessen linker Arm durch einen Granatsplitter zertrümmert wurde und schlussendlich amputiert werden musste. Er schien seine Behinderung zu negieren, war immer gut gelaunt und sprach den anderen Kameraden, unter anderem auch Franz, Mut zu.

Julio war wie Franz auch Österreicher. Als uneheliches Kind einer österreichischen Mutter – die ihn allein aufzogen hatte – und eines italienischen Vaters in Mödling[4] geboren. Auf Franz' erstaunte Frage, wieso ihm seine Mutter einen italienischen Vornamen gegeben habe, wo sie doch der Mann gleich nach der Geburt verlassen hatte, antwortete er mit einem Grinsen: „Weil ich seine schwarzen Haare, seine dunklen Augen habe und sie ihn bis zu ihrem Tod vergöttert hat – sogar italienisch musste ich lernen. Ich habe nie ein böses Wort über ihn gehört."

„Hast du ihn jemals kennengelernt?" forschte Franz nach.

Julio nickte. „Das habe ich. Nach dem Tod meiner Mutter habe ich ihn gesucht, weil es mich interessiert hat, was er so Besonderes an sich hatte, dass sie ihn trotz allem nie böse war. Nach langem

Suchen habe ich ihn in Venedig entdeckt. Er hatte tatsächlich ein sehr einnehmendes Wesen, war charmant und gut aussehend – wir haben uns auf Anhieb verstanden. Ich habe ihm keine Vorwürfe gemacht und er suchte keine Ausrede für seinen Weggang. Ich habe ihn und meine Cousine Cristina bis zu seinem Tod regelmäßig besucht – Blut ist eben dicker als Wasser. Aus diesem Grund war es auch nicht leicht für mich, auf Italiener zu schießen. Aber was blieb mir übrig? Ich hatte keine Wahl."

In den vielen Stunden des Beisammenseins kamen sie einander Stück für Stück näher. Offen sprachen sie über Politik – bemerkten mit Freude, dass ihre Gesinnung ident war – und vertrauten einander ihre seelischen Verletzungen, die Ihnen der Krieg zugefügt hatte, an: Beide litten an Schlaflosigkeit, schliefen sie, plagten sie Albträume, in denen sie die Explosionen der Granaten hörten, zerfetzte, sterbende Soldaten vor sich sahen und den Tod rochen. Die Angst um ihr Leben ließ sie schweißgebadet aufschreien. Immer wieder diskutierten sie über ihre charakterlichen Veränderungen, die der Fronteinsatz herbeigeführt hatte und dessen Auswirkung auf die gesamte Männerwelt.

„Wahrscheinlich ist kein Mann nach dem Krieg mehr so, wie er vor dem Krieg war", vermutete Franz. „Wir alle sind hart und unbarmherzig geworden, haben Taten begangen, die unaussprechlich sind – manchmal ekelt es mich vor mir selbst."

Es dauerte weitere zwei Monate, bis Franz ohne Krücke gehen konnte. „Was sagst du nun, Julio?", bemerkte er mit Stolz in der Stimme, als er zum ersten Mal nur auf einem Stock gestützt in das Krankenzimmer humpelte.

Julio riss übertrieben die Augen auf. „Wow! Ich bin beeindruckt."

„Das kannst du auch sein", erwiderte Franz lächelnd. „Schließlich bist du nicht ganz unschuldig daran – wir haben auf den Gängen brav geübt. Das Bein ist zwar immer noch ein wenig steif und schmerzt bei jeder Belastung, aber das wird auch noch werden. Der Arzt hat gemeint, einer vollständigen Genesung steht nichts mehr im Wege."

„Das freut mich für dich", antwortete Julio und meinte es so, wie er es sagte. „Gehen wir auf eine Zigarette hinaus? Ich möchte etwas mit dir besprechen."

Vor der Tür wehte ihnen eine angenehme laue Luft entgegen. „Unglaublich, wie warm es hier schon im März ist", bemerkte Julio. Franz blieb stehen und atmete tief ein. „Der Frühling ist scheint's im Anrollen. Wäre nicht die hohe Mauer und der Stacheldrahtverhau, ich würde glatt vergessen, dass ich ein Gefangener bin. Die Anlage rund um das Krankenhaus ist wirklich schön."

„Wir werden sie aber nicht mehr lange genießen können", stellte Julio fest und setzte sich mit Rücksicht auf Franz langsam in Bewegung.

„Wieso?"

„Du weißt, ich verstehe mich mit dem Pfleger Alberto recht gut. Er ist menschlich schwer in Ordnung. Heute Morgen hat er mir erzählt, dass wir in spätestens drei Wochen in ein Lager in der Nähe von Pestoia kommen sollen. Ich habe von diesem Lager schon gehört – nichts Gutes. Der Lagerkommandant soll ein ausgesprochener Sadist sein."

„Du erzählst mir das doch nicht, damit ich mich fürchte?"
„Nein. Ich erzähle es dir, weil ich vorher zu fliehen gedenke – ich gehe in kein Lager."

„Und wie willst du hier herauskommen? Es ist dir doch hoffentlich klar, dass du dein Leben riskierst. Wenn sie dich erwischen, knallen sie dich wie einen Straßenköter ab."

„Sie werden mich nicht erwischen, Franz – mein Plan ist gut. Willst du mitkommen?"

„Zuerst dein Plan, dann meine Antwort. Wie willst du vorgehen?"

„Ich habe mir Folgendes ausgedacht." Julio senkte die Stimme und sah sich vorsichtig um, bevor er weitersprach. „Alberto fährt jeden Donnerstag mit der schmutzigen Spitalwäsche in die Stadt, um sie in der Großwäscherei reinigen zu lassen. Es ist immer der gleiche Ablauf: Zuerst holt er die Säcke mit der Schmutzwäsche, dann wirft er sie auf die Ladefläche eines kleinen LKWs, danach geht er zum Bewachungspersonal am Eingang, trägt die Uhrzeit ein und unterschreibt die Übernahme. Mein Plan: Er lenkt die Bewacher ab, wir kriechen auf die Ladefläche unter die Wäschesäcke. In Padua setzt er uns dort ab, wo wir uns umziehen können – den Ort muss ich mit ihm erst festlegen – und nachher fahren wir mit dem Zug nach Venedig zu meiner Cousine. Dort können wir in Ruhe das Ende des Krieges abwarten."

Franz wiegte den Kopf. „Ich kann mir nicht vorstellen, dass Alberto da mitmachen wird."

„Doch. Er wird einwilligen, wenn ich ihn ordentlich dafür bezahle. Was sagst du zu meiner Idee?"

„Was ist mit neuen Papieren und Kleidung?", antwortete Franz mit einer Gegenfrage und steuerte die nächste Bank an.

„Auch das werde ich mit Alberto noch abklären. Ich bin sicher, dass er beides besorgen kann, es wird nur seinen Preis erhöhen."

Franz ließ sich schwerfällig auf der Bank nieder. „Wenn das alles mit Alberto klappt ... kann ich mir vorstellen, dass ich dabei bin ..." Er pausierte, rauchte schweigend und fixierten den kleinen Brunnen vor sich. Nach einigen Minuten sagte er: „Bist du dir zu hundert Prozent sicher, dass du ihm vertrauen kannst?"

Julio bewegte heftig den Kopf. „Das bin ich, Franz. Er weiß, dass ich Halbitaliener bin und die Kämpfe gehasst habe – obendrein braucht er Geld. Wie viel könntest du beitragen?"

„700 Lira. Ich habe noch einen Teil von meinem Sold ausbezahlt bekommen und zusätzlich eine Reserve." Mit einem Gefühl der Dankbarkeit dachte er an Otto.

„Ich kann 500 hergeben. Mit 1.000 wird er zufrieden sein. Morgen spreche ich mit ihm und gebe dir danach Bescheid. In Ordnung?"

„Gut. Aber sag ihm bitte nicht, wer der zweite Mann ist. Ich habe keine Lust, womöglich verraten zu werden und mein Leben aufs Spiel zu setzen – der Krieg und die Verletzung haben mir gereicht."

„Sagen Sie Gottfried, warum ist es denn hier gar so kalt?", fragte Maximilian und schob das Wirtschaftsbuch auf die Seite, das er soeben kontrolliert hatte.

„Es tut mir leid, wenn Euer Erlaucht frieren. Wir mussten die Warmwasserzentralheizung drosseln, da es so gut wie keine Kohle mehr zu kaufen gibt."

„Da lobe ich mir meinen Wald. Ist die Haushofmeisterin schon da?"

„Ja, sie wartet vor der Tür."

„Dann herein mit ihr", sagte Maximilian in munterem Ton.

Wenig später stand Johanna hocherhobenen Hauptes vor ihm.

„Sie wünschen, Erlaucht?", fragte sie und deutete einen Knicks an.

„Nehmen Sie Platz Johanna. Ich habe eine Frage zu den Haushaltsausgaben. Die Schwarzmarktpreise sind zwar hoch, trotzdem verstehe ich nicht, dass die Ausgaben für den Haushalt beinahe um das Vierfache angestiegen sind. Wieso ist das so?"

„Ihre Durchlaucht möchte auch in diesen Zeiten auf nichts verzichten. Durchlaucht ordert die feinsten Speisen, obwohl, wenn ich mir die Bemerkung erlauben darf, Durchlaucht nur davon kostet. Diese Waren haben jedoch horrende Preise. Ich habe Ihre Durchlaucht bereits darauf hingewiesen, dass die Ernährungssituation in Wien katastrophal ist, aber Ihre Durchlaucht will das einfach nicht zur Kenntnis nehmen."

Maximilians Gesicht versteinerte. „Ich dachte mir schon Ähnliches", murmelte er. „Wie geht es Ihrer Durchlaucht mit der neuen Zofe? Das ist jetzt schon die sechste nach Theresa – oder irre ich?"

„Die siebente, Erlaucht. Wir hoffen alle, dass diese nun bleibt. Es ist nicht leicht, die richtige Person für die Fürstin zu finden."

Maximilian unterdrückte eine Unmutsäußerung. „Danke, Johanna", sagte er stattdessen freundlich. „Sie können gehen. Bitten Sie Gottfried wieder herein." Gertrud wird immer eigenartiger und verrückter, dachte er mit einem Anflug von Zorn. Ich verstehe nicht, dass Helga dauernd mit ihr zusammensteckt. Ihre Allüren sind ja kaum noch zu ertragen. Ich finde, man sollte ihr ... Gottfrieds Kommen unterbrach seine Überlegungen.

„Bitten Sie die Fürstin und Prinz Alexander zu mir."

„Sehr wohl, Erlaucht. Darf ich eine Frage stellen?"

„Selbstverständlich. Was möchten Sie wissen?"

„Haben Erlaucht eine Nachricht von Seiner Durchlaucht erhalten? Wir alle machen uns große Sorgen um sein Wohlergehen."

„Seine Durchlaucht ist in italienische Kriegsgefangenschaft geraten. Zum Glück ist er gesund. Er schreibt, es gehe ihm den Umständen entsprechend gut."

Gottfried vergaß, dass es einem Kammerdiener nicht zustand, Gefühle zu zeigen. Er seufzte laut auf. „Schrecklich ist dieser Krieg. Hoffentlich behandelt man Seine Durchlaucht gut."

Maximilians Augen ruhten mit einem teilnehmenden Verständnis auf ihm. „Die Gefangenschaft ist wahrscheinlich nicht gerade angenehm, aber dort kann er wenigstens nicht getötet werden – das ist das Gute daran. Wir alle hoffen, dass der Krieg bald ein Ende haben wird."

Gottfried verbeugte sich. „Ergebensten Dank für die Information, Euer Erlaucht", sagte er und stakste steifbeinig hinaus.

Wenig später trat Gertrud mit ihrem Sohn ein, warf Maximilian einen hochmütigen Blick zu und setzte sich.

Als Maximilian ihren Blick auffing fiel es ihm schwer, die Gebote des guten Benehmens einzuhalten. Nach einem angedeuteten Handkuss, sah er auf und bemerkte die zahlreichen Falten auf Gesicht und Hals, die in ihrem Alter nicht hätten sein dürfen, und ihre Haut, die aufgedunsen und fleckig war. Wo ist ihre Schönheit bloß geblieben?, fragte er sich, während seine Augen zu seinem Patenkind wanderten. Xandi wirkte neben seiner Mutter wie das blühende Leben: Hochgewachsen, das honigblonde Haar sorgfältig gescheitelt, dunkelbraune Augen, die lebhaft in die Welt blickten, noch die runden Wangen eines Kindes und doch – Maximilian verkniff sich ein Lächeln, da er den blonden Flaum über seiner Oberlippe sah, der bald eine Rasur benötigen würde – auf dem Weg ein Mann zu werden.

Alexander stand neben seiner Mutter und sah seinen Patenonkel fragend an.

Maximilian nahm gegenüber Gertrud Platz und bedeutete seinem Patenkind sich ebenfalls zu setzen.

„Du bist offenbar bei der Kontrolle der Bücher, Maxi", sagte Gertrud und verzog ihr Lippen zu einem Lächeln eisiger Höflichkeit. „Ich hoffe doch, dass alles zu deiner Zufriedenheit ist."

„Dazu später, Gertrud. Ich habe Nachricht von Otto bekommen, er ..."

„Endlich!", entschlüpfte es Alexander. „Wie geht es ihm? Ist er gesund?"

„Es geht ihm gut, er ist gesund. Aber leider oder Gott sei Dank, wie man es nimmt, ist er nach einem Gefecht in italienische Gefangenschaft geraten, deshalb haben wir solange auch nichts von ihm gehört. Er ist in einem Lager südlich von Padua. Keine Angst", fügte Maximilian hinzu, als er die Furcht in Alexanders Augen aufblitzen sah. „Er schreibt, dass er gut behandelt wird."

„Gott sei Dank!", rief Alexander aus. „Er wird jetzt wohl gefangen bleiben, bis wir den Krieg gewonnen haben, oder?"

Maximilian konnte ein nachsichtiges Lächeln nicht unterdrücken. „Ob wir ihn gewinnen, ist leider nicht so eine sichere Sache, Xandi. Aber egal, ob wie ihn gewinnen oder nicht, dein Vater wird wahrscheinlich – außer es findet ein Gefangenenaustausch statt – bis Kriegsende dort bleiben." Mit dem Ausdruck der Missbilligung blickte er auf Gertrud, die dem Lakaien einen Wink gab, ihr Feuer für eine Zigarette, die auf einer überdimensionalen Zigarettenspitze steckte, zu geben. Unbekümmert stieß sie danach den Rauch zur Decke und wippte dabei mit den Schuhspitzen ihrer Stiefeletten auf und ab. Sie weiß ganz genau, dass ich rauchende Frauen hasse und was soll dieses Gezappel?"

„Otto ist selbst schuld", meldete sich Gertrud nach einer abermaligen Rauchwolke zu Wort. „Er hätte nicht in den Krieg ziehen müssen. Wenn er sich und der Welt beweisen muss, was er für ein Held ist, dann ..."

„Bei allem Respekt Mutter, das ist nicht wahr!", fuhr Alexander sie an. „Papa hat sich zur Front gemeldet, weil er unserem Vaterland einen Dienst erweisen wollte."

„Ganz recht, Xandi", pflichtete ihm Maximilian bei. „Dein Vater ist ein ausgezeichneter Soldat und hat zu manchem Sieg beigetragen. Du kannst stolz auf ihn sein. Bist du so nett und lässt uns jetzt alleine? Ich komme später noch zu dir."

Ohne seine Mutter eines Blickes zu würdigen, ging Alexander hinaus. Kaum hatte er die Tür hinter sich geschlossen, schnauzte Maximilian: „Wie kannst du es dir erlauben, vor deinem Sohn so abfällig über Otto zu sprechen? Du hättest es wahrscheinlich gerne, wenn er tot wäre. Ich weiß nicht, was zwischen euch vorgefallen ist, aber du hast, da bin ich mir ganz sicher, zu Ottos Entschluss sich an die Front zu melden beigetragen."

„Lieber Maxi", flötete Gertrud zuckersüß. „Du hast keine Ahnung von unserer Ehe. Aber so gut solltest du Otto kennen, dass er nicht wegen einer Frau sein Leben riskiert."

„Das mag schon so sein, dass er mehrere Gründe hatte. Aber ich bin mir sicher, einer der Gründe davon warst du. Warum sonst würde er dir nie schreiben?"

„Ich gebe zu, wir hatten eine kleine Auseinandersetzung – aber nicht der Rede wert! Du weißt doch, wie nachtragend und stur Otto sein kann. Es tut uns ganz gut, eine Weile getrennt zu sein. Ich führe mein Leben und er seines."

„Und gibst sein Geld mit vollen Händen dabei aus", ergänzte Maximilian mit einem sarkastischen Unterton. „Wien steht vor einer Hungerkatastrophe und du frönst dem Luxus! Hast du kein Gewissen?"

Gertrud zuckte mit den Schultern. „Was kann ich dafür, dass Krieg ist … wir haben genug Geld, um am Schwarzmarkt einzukaufen."

„Ich rede nicht davon, dass du genug Geld zur Verfügung hast, ich rede von Anständigkeit. Aber scheinbar kennst du den Begriff nicht. Damit du in Zukunft Bescheid weißt, ich werde dem einen Riegel vorschieben. Du musst nicht Gänseleber aus Frankreich und Kaviar aus Russland essen. Champagner muss auch nicht jeden Tag sein. Trinkst du nicht ein wenig viel, meine Liebe?"

Gertruds Augen funkelten. „Was geht dich an, was und wie viel ich trinke? Die paar Gläschen, um sich das Leben angenehmer zu machen, sind nicht der Rede wert!"

„Es stimmt, es geht mich nichts an – trinke, bis du umfällst. Aber vielleicht wirfst du einmal einen Blick in den Spiegel. Man sieht es dir schon an … Ich erkenne einen Säufer, wenn er vor mir steht."

„Du bist so etwas von gemein! Schade, dass ich dir nicht mein Haus verbieten kann." Gertrud sprang wie von einer Tarantel gestochen auf, schrie „wie kannst du es wagen!" und stürzte die Tür hinter sich zuknallend aus dem Zimmer.

Maximilian sah ihr mit einem Kopfschütteln nach. Schön langsam begreife ich, warum Otto den Krieg vorgezogen hat – sie ist nicht normal. Gleich wenn ich nach Hause komme, werde ich mit Helga reden. Ich will nicht, dass sie so oft mit ihr zusammensteckt. Nach diesem Entschluss klappte er das Wirtschaftsbuch zu und machte sich auf den Weg zu Alexander.

Als er das Studierzimmer betrat, stand Alexander mit auf dem Rücken verschränkten Händen vor dem Fenster. Ohne sich umzudrehen, sagte er: „Onkel Maxi, ich muss mich für meine Mutter entschuldigen … es geht ihr zurzeit nicht besonders gut."

„Das habe ich bemerkt. Mach dir keine Sorgen, mein Junge. Wenn dein Vater wieder da ist, wird alles wieder ins Lot kommen." Maximilian setzte sich auf das mit blauer Seide bespannte Sofa. „Komm Xandi, setz dich zu mir. Was macht die Schule?"

„Alles in Ordnung, Onkel Maxi", sagte er, während er Platz nahm. „Es mag für manche eigenartig klingen, aber ich lerne gerne. Wenn ich mit dem Gymnasium fertig bin, werde ich nach Amerika gehen und Häuser bauen – ich möchte Architekt werden."

„Warum ausgerechnet in Amerika und nicht hier?"

„Weil Amerika ein großes Land ist, wo es viel Platz gibt. Ich möchte eine Stadt bauen, die in die Landschaft passt und nicht die Natur zerstört. Ich liebe es, zu zeichnen und zu planen. Es muss spannend sein, zuerst etwas zu entwickeln und dann zu sehen, wie es umgesetzt wird. Ich will dauerhafte, günstige und schöne Häuser mit klaren Linien bauen. Die Menschen sollen sich darin wohlfühlen ... aber nicht nur die Reichen. Jeder soll sich eine Wohnung in so einem Haus leisten können." Alexander ging zu seinem Schreibtisch, kramte in einer der Laden und hielt Maximilian kurz darauf ein Zeichenblatt unter die Nase. „Hier habe ich ein Modell für eine Stadt gezeichnet."

„Beeindruckend", gab Maximilian von sich, nachdem er es genau betrachtet hatte. „Die hohen Häuser sehen wie Türme aus – vielleicht ist das ja wirklich die Zukunft. Ich bin echt verblüfft, Xandi ... so ein Talent!"

„Würde es dir etwas ausmachen, wenn du mich in Zukunft Alex nennen würdest? Xandi klingt kindisch. In der Schule nennen mich alle Alex."

„Das lässt sich machen, mein Junge", erwiderte Maximilian und unterdrückte ein Lächeln.

3. KAPITEL

„Ich habe mit Alberto alles abgemacht", teilte Julio Franz freudig mit. „Er ist mit 800 Lira zufrieden, für 200 wird er uns Ausweise und die nötige Kleidung besorgen."

„Schön und gut, aber wie wollen wir ungesehen aus dem Gebäude kommen?", forschte Franz nach.

„Das ist kein Problem. Alberto fährt mit der Wäsche um 7 Uhr früh los. Vorher wird er, wie schon gesagt, die Bewachung an der Türe ablenken. Wir gehen durch den Keller und klettern durch das mittlere Fenster, das er vorher für uns öffnen wird."

„Die Fenster im Keller sind doch viel zu schmal, Julio!", gab Franz mit zweifelndem Gesichtsausdruck zu bedenken. „Aus diesem Grund sind sie auch nicht vergittert. Da kommen wir nicht durch."

„Doch! Ich habe sie mit meinem Gürtel abgemessen – das Vierte von links ist etwas breiter. Ich bin kleiner als du, steige auf deine Schultern und kraxle hinaus. Meine Hand müsste dann reichen, dich hochzuziehen – ich trainiere den Arm schon, seit der andere amputiert wurde, er ist kräftig. Wenn wir durch das Fenster geklettert sind, sind wir auf die Rückseite des Gebäudes, wo, wie du weißt, keine fixe Bewachung aufgestellt ist. Die Patrouille geht jede viertel Stunde vorbei, was für unseren Zeitplan 06:45 Uhr bedeutet. Das habe ich genau beobachtet."

„Und wenn sie nicht pünktlich sind? Was tun wir, wenn sie früher dran sind?"

„Franz, schön langsam gehst du mir mit deiner Schwarzseherei auf die Nerven. Ich beobachte sie jetzt seit achtzehn Tagen, sie sind immer pünktlich. Aber, das will ich nicht abstreiten, die Patrouille könnte, ich sage könnte, ein Risiko darstellen – wo im Leben gibt es keines?"

„Das ist auch wieder wahr", brummte Franz. „Erzähl weiter, was passiert, wenn wir durch das Fenster gestiegen sind?"

„Dann laufen wir vor bis zur Ecke. Alberto wird das Auto so

parken, dass uns keiner sieht, wenn wir in den Lastwagen klettern und uns unter der Schmutzwäsche verstecken."

Franz legte seine Stirn in Dackelfalten, wie immer, wenn er nachdachte. „Entschuldige meine Haarspalterei Julio", sagte er nach einer Weile. „Aber zwei Punkte sind für mich nicht geklärt: Erstens, die Wächter könnten eine Stichprobe in den Wäschesäcken machen. Zweitens, wenn sie unsere Flucht entdecken werden sie sofort auf Alberto tippen und ihn in die Mangel nehmen. Einem Verhör wird er nicht standhalten können und alles erzählen. Und dann ist es nur mehr eine Frage der Zeit, bis sie uns erwischen."

„An eventuelle Stichproben habe ich auch gedacht", erwiderte Julio und grinste breit. „Die Wäsche wird an diesem Tag besonders gut riechen. Das Bewachungspersonal wird froh sein vom Wagen wegzukommen. Und was Alberto anbelangt, er wird nicht mehr in das Spital zurückkehren. Er wird Padua genau wie wir verlassen und in Genua auf einem der Schiffe anheuern."

„Gerade jetzt?" In Franz' Stimme lag alles Misstrauen der Welt. „Das kommt mir komisch vor ... wieso musste er eigentlich nicht einrücken?"

„Weil er ein Lungenleiden hat. Das ist auch einer der Gründe, dass er auf einem Schiff arbeiten will, er meint, die Meeresluft würde ihm guttun. Franz, er ist wirklich ein netter Kerl. Wir haben lange miteinander geplaudert und er hat gemeint, dass er vom Leben noch etwas haben will, bevor er abkratzt. Da er für sein neues Leben Geld braucht, ist ihm mein Angebot gerade recht gekommen – ein Glücksfall für uns."

„Wenn das so ist ... bleibt immer noch das Risiko der Patrouille."

„Stimmt. Du kannst es eingehen oder nicht, ich nehme es auf mich. Am Samstag sollen wir in das Lager überstellt werden. Heute ist Montag, Donnerstag fährt er mit der Wäsche. Du musst dich jetzt entscheiden!"

Franz stieß einen Seufzer aus. Dann kratzte er sich nachdenklich am Kopf und sagte schließlich: „Gut, ich bin dabei."

„Ich hoffe", er klopfte auf sein krankes Bein, „meine Muskeln wissen das auch."

Vorsichtig lugte Julio auf den Schultern von Franz hinaus, nachdem er sich zur Hälfte durch das Kellerfester geschoben hatte. Franz gab einen stöhnenden Atemzug von sich, Julios Gewicht drückte nicht nur auf seine Schultern, sondern auch auf sein noch nicht wieder ganz hergestelltes Bein.

„Geht in Ordnung", flüsterte Julio Franz zu und hievte sich ins Freie. Minuten später streckte er so weit wie möglich seinen gesunden Arm durch das Fenster, erwischte Franz' Hand und umklammerte sie. Franz gelang es, mit den Füßen ein wenig Halt in dem leicht vorspringenden Mauerwerk zu finden, während Julio mit aller Kraft zog. Schließlich konnte er sich an der Fensterbrüstung festhalten, Julios Hand loslassen und mit Hilfe seiner Armmuskulatur sich so weit emporziehen, dass er sich ebenfalls aus dem Fenster schieben konnte – er landete unsanft am Boden. So schnell er konnte, rappelte er sich auf und humpelte Julio nach, der fast schon die Ecke des Gebäudes erreicht hatte.

Wie besprochen war der Kleinlastwagen so geparkt, dass die Ladefläche die Sicht versperrte. Alberto schien dem Wachpersonal am Eingang einen Witz zu erzählen, denn sie lachten lauthals. Julio sprang geschickt auf die Ladefläche und half Franz mit einem kräftigen Ruck hoch. Wie die Maulwürfe gruben sie sich unter die stinkenden Wäschesäcke. Kurz darauf rumpelte der Lastwagen los. Nach wenigen Minuten hielt er, die Ladeklappe wurde geöffnet.

„Mein Gott, die Wäsche stinkt wie ein einziger Scheißhaufen", hörte Franz einen Bewacher sagen. Sekunden später fiel die Klappe wieder herunter, der Wagen fuhr an und nahm Fahrt auf.

Franz meinte zu ersticken, er rang nach Luft und hielt sich gleichzeitig die Nase zu. Dicke Schweißtropfen kullerten von seiner Stirn und brannten in seinen Augen, obwohl er sie geschlossen hielt – sein Herz raste. Nach einer ihm endlos scheinenden Zeit stoppte der Wagen und Alberto gab das vereinbarte Klopfzeichen zum Aussteigen. So schnell, wie Sie sich eingegraben hatte, gruben sie sich wieder aus und sogen auf der Straße gierig die frische Luft ein. Alberto gab ihnen einen Wink ihm zu folgen. Nach ein paar Metern betraten sie ein altes desolates Wohnhaus. „Ihr findet meine Wohnung auf der rechten Seite im ersten Stock", erklärte Alberto. „Die Tür ist offen, wenn ihr geht, lasst das Türschloss nur einschnappen – das reicht. Ihr findet alles, was ihr benötigt, im Wohnzimmer."

„Danke Alberto", sagte Julio und drückte ihm das verlangte Geld in die Hand.

Alberto steckte es ein, murmelte „viel Glück ihr beiden", schüttelte Julio und Franz die Hand und verschwand.

„Habe ich dir nicht gesagt, dass alles gut gehen wird?", bemerkte Julio, als sie die ärmlich wirkende Wohnung betraten.

„Schau her Franz, sogar an Unterwäsche hat er gedacht, der gute Mann."

„Ja, dein Alberto ist wirklich Gold wert, die Pässe sind auch da."

„Ich sagte doch, dass man sich auf ihn verlassen kann, du ungläubiger Thomas, du!"

„Schon gut! Ich bin eben ein vorsichtiger Mensch."

„Was suchst du?"

„Eine Waschgelegenheit, wir stinken fürchterlich", antwortete Franz, während er eine Tür wieder schloss, es war die Toilette. Als er die danebenliegende Tür öffnete, rief er aus: „Hier ist eine Dusche, Gott sei gelobt!"

Eine halbe Stunde später standen sie sich sauber und adrett gekleidet gegenüber. Julio hielt Franz einen der Pässe hin. „Du heißt ab sofort Alfredo Galoni und ich Cornelio Rotolo", tat er kund. „Mein Name klingt direkt poetisch, findest du nicht? Ich könnte mich daran gewöhnen. Was ist schon Hofer gegen Rotolo!" Das R rollte genüsslich über seine Zunge.

„Wir müssen uns sputen, Julio", sagte Franz nach einem Blick auf die Uhr. „Der Zug nach Venedig wartet nicht auf uns."

„Stimmt. Gehen wir. Und vergiss nicht, in Zukunft italienisch zu sprechen. Noch besser, du hältst in der Öffentlichkeit den Mund – man merkt doch den Ausländer."

„Si, Signore Rotolo", antwortete Franz und äffte vergnügt Julios rollendes R nach.

Pünktlich fuhr der Zug ab, pünktlich kamen sie in Venedig an. Zu ihrer Erleichterung hatte sich niemand um sie gekümmert, Kriegsversehrte in Zivilkleidung waren nichts Besonderes. Die Sonne war bereits untergegangen, als sie den Markusplatz überquerten und einige Minuten später in die Calle Malvasie einbogen. Nicht lange danach blieb Julio vor einem der Häuser stehen. „Hier ist es", sagte er und läutete. „Hier wohnt meine Cousine Cristina."

Ein italienischer Wortschwall brach wie ein Gewitter über sie herein. Temperamentvoll drückte Cristina nicht nur Julio, sondern auch Franz an ihren vollen Busen. In Windeseile standen Käse, Brot und Wein auf dem Tisch – kräftig langten die Männer zu. Während sich Cristina mit der Schnelligkeit eines Maschinengewehrs mit Julio unterhielt, beobachtete Franz sie. Sie müsste in meinem Alter sein, überlegte er. So um die vierzig, vielleicht ein wenig jünger … sehr sympathisch. Das Gesicht ist nicht besonders hübsch, herb, italienisch eben. Aber ihre langen schwarzen gelockten Haare sind wirklich schön. Und ihre Figur? Die ist top: lange Beine, schlanke Taille … und ihr Busen, ihr Busen ist ein Ereignis. Viel würde nicht fehlen und er hüpft aus dem Ausschnitt … dazu ihre sprühenden dunkelbraunen Augen – die ist sicher gut im Bett.

„Sind Sie fertig?", fragte Cristina.

„Fast", antwortete Franz mit einem Blick auf seinen Teller.

Cristina lachte und zeigte dabei eine Reihe weißer Zähne. „Ich habe nicht das Essen, sondern Ihre Musterung meiner Person gemeint."

Franz spürte, wie ihm die Röte ins Gesicht schoss. „Entschuldigen Sie, das war nicht meine Absicht. Sie sprechen für meine Italienischkenntnisse zu schnell, daher muss ich mich besonders konzentrieren." Die Lüge ging ihm glatt über die Lippen.

Cristina lächelte. „Ich werde langsamer sprechen", erwiderte sie und sah ihn mit einem Blick an, als wollte sie sagen: ‚Das kannst du irgendwem erzählen mir nicht.' Julio hat mir – falls Sie unsere Unterhaltung nicht verstanden haben – soeben von eurer Flucht erzählt. Selbstverständlich könnt ihr bei mir wohnen, ich habe Platz genug. Außerdem freue ich mich über Gesellschaft, allein zu leben ist nicht immer einfach."

„Das kann ich mir gut vorstellen", bemerkte Franz. „Danke für Ihre Gastfreundschaft, Cristina. Ich darf Sie doch so nennen?"

„Gerne. Es ist einfacher, wenn wir uns duzen, schließlich leben wir zukünftig unter einem Dach. Du brauchst mir auch nicht zu danken Alfredo – ich helfe euch gerne. Ich habe nichts gegen die Österreicher, sie leiden genauso wie wir auch. Ich frage mich, warum sich die Menschen gegenseitig Schmerzen zufügen müssen? Ich verstehe es nicht." Cristina schüttelte den Kopf – ihre Locken flogen.

Franz und Julio schwiegen, was hätten sie dazu auch sagen sollen? Schließlich meldete sich Julio: „Cristina, ich will nicht unhöflich sein, aber wir haben einen anstrengenden Tag hinter uns, wir sind hundemüde."

Cristina sprang auf. „Natürlich! Ich quassle und quassle … kommt mit, ich zeige euch eure Zimmer." Sie ging über eine schmale Treppe in das Obergeschoss des Hauses voran. Julio und Franz folgten. „Du Julio bekommst dein übliches Zimmer", erklärte sie ein wenig später, „und du Alfredo schläfst hier", fügte sie hinzu und öffnete eine der Türen mit einer einladende Handbewegung. „Es war einmal mein Zimmer, als Julios Vater noch lebte. Wo das Badezimmer ist, wird dir Julio zeigen, Handtücher sind im Schrank, Rasierzeug müsste ebenfalls von Julios Vater noch da sein, falls nicht, dann müsst ihr morgen eines kaufen. Falls ich schon zur Arbeit gegangen bin, dann nehmt euch zum Frühstück einfach, was da ist."

„Was arbeitest du denn?", fragte Franz nach.

„Ich bin Verkäuferin bei Juwelier Pierini, nicht weit von hier.

Um 18 Uhr sperren wir, danach werde ich uns ein Abendessen besorgen. Leider ist die Auswahl der Nahrungsmittel durch den Krieg gering … wären euch Spaghetti mit Knoblauch und Oliven-öl recht?"

Franz und Julio begnügten sich mit einem Nicken.

„Gut, dann wünsche ich euch eine gute Nacht. Schlaft euch ordentlich aus, ihr seht beide grauenhaft aus – blass und mager." Sie tätschelte Julios Wange und setzte lächelnd hinzu: „Keine Sorge, ich werde euch schon aufpäppeln."

„Sie ist wirklich sehr nett", sagte Franz zu Julio, als Cristina außer Hörweite war.

„Das ist sie. Sie ist nicht nur ein lieber Mensch, sondern man kann sich auch zu hundert Prozent auf sie verlassen … mit ihr kannst du Pferde stehlen. Ich weiß nicht, wie es dir geht, aber ich bin bettreif – die Aufregung war nicht ohne."

„Du sagst es. Mir wird jetzt noch schlecht, wenn ich an all das denke. Danke für alles … Ich weiß gar nicht …"

„Geschenkt!", winkte Julio ab. „Schlaf gut!"

„Du auch!", erwiderte Franz und ging in sein Zimmer. Cristina hätte ihm nicht zu sagen brauchen, dass es einmal ihr Zimmer gewesen war, man sah auf den ersten Blick – das war das Reich einer Frau: rosa geblümte Tapete, kleine Kissen auf dem Sofa, eine gehäkelte Überdecke mit Blumenmuster auf dem Bett, ein farbenfrohes Bild der Madonna über dem Bett, dass mit der bunten Deckenleuchte konkurrierte. Mit einem Lächeln zog Franz die Bettdecke weg, bevor er ins Bad marschierte. Die warme Dusche tat ihm gut und verstärkte seine Müdigkeit. Kaum lag er auf der Matratze, schlief er ein. Nach einer Stunde wurde er durch die nagenden Schmerzen in seinem Fuß wieder munter – er nahm statt einer zwei Schlaftabletten.

Ein lautes Hupen riss ihn aus dem Schlaf – die Sonne blinzelte zum Fenster herein. Ein Blick auf die Uhr zeigte ihm, dass er mehr als zehn Stunden geschlafen hatte. Trotzdem fühlte er sich kraftlos und matt. Nachdem er eine Weile zur Decke gestarrt hatte, stand er gähnend auf, öffnete das Fenster, beugte sich vor und sah in einen kleinen Innenhof, der offensichtlich zum Haus gehörte. Einige kahle Sträucher wuchsen entlang der Mauer, in der Mitte stand ein Baum. Im Frühjahr, wenn alles grün ist, ist diese kleine Oase sicher sehr gemütlich. Die gusseiserne Bank würde allerdings einen neuen Anstrich vertragen und das Gerümpel in der Ecke müsste weg … alles ein bisschen schlampig – wie sie halt so sind, die Italiener. Er strich über sein Kinn, seine Bartstoppeln wurden ihm bewusst.

Nach einer sorgfältigen Rasur schlüpfte er widerwillig in die gestrige Kleidung und beschloss noch heute neue zu kaufen. Auf dem Weg in die Küche schlug ihm bereits Kaffeeduft entgegen.

„Guten Morgen, Alfredo!", rief ihm Julio fröhlich auf Italienisch zu, als er eintrat. Möchtest du auch Kaffee?"

Franz grinste und antwortete ebenfalls auf Italienisch. „An diesen Namen werde ich mich wohl nicht so schnell gewöhnen. Guten Morgen Jul…, ich meine Cornelio. Kaffee wäre wunderbar, er riecht nach echten Kaffeebohnen."

„Es sind echte – himmlisch sag ich dir! Brot, Butter, Marmelade und Käse sind auch da."

„Her damit, ich bin am Verhungern. Das Brot ist wie Ostern und Weihnachten zugleich!", stellte er Minuten später kauend fest.

„Damit hast du recht, ich habe keine Ahnung, woher Cristina diese Köstlichkeit hat. Warst du schon einmal in Venedig?"

„Nein. Ich würde mir gerne neue Sachen zum Anziehen kaufen und nehme an, du willst das auch. Meinst du, wir können ohne Gefahr hinausgehen?"

„Sicher – du humpelst und ich habe nur einen Arm. Klar, dass wir nicht bei der Armee sein können. Dabei fällt mir ein: Bitte Franz, schreib niemandem von hier und telefoniere auch nicht – sonst erwischt man uns garantiert."

„Ich weiß …" Franz seufzte laut auf. „Antonia hat auf meinen Brief aus dem Spital nicht geantwortet – ergo, sie hat ihn nicht bekommen. Jetzt glaubt sie sicher, ich sei tot. Der Gedanke, wie sie jetzt womöglich leidet, ist mir unerträglich!"

„Versteh ich, aber du kannst erst aktiv werden, wenn der Krieg aus ist."

4. KAPITEL

Antonia fixierte ihre gefalteten Hände auf ihrem Schoß. Eine Schockwelle durchflutete sie – diese Nachricht war eine Katastrophe. Wie ein Film lief das Geschehen dieses unglücklichen Abends vor ihrem geistigen Auge ab. Sie war verzweifelt, völlig aus dem Häuschen gewesen, musste mit jemandem über die Nachricht sprechen, dass Franz seit dem letzten Gefecht am Piave als vermisst galt. Mit wem konnte sie das besser tun als mit seinem Freund Hans. Als er zu ihr kam und sie ihm davon erzählte, brach sie in Tränen aus. Er umarmte sie tröstend und dann war es passiert … passiert, was nie hätte sein dürfen. Dabei hatte sie nur Trost gesucht und dann … dann spürte sie seine männliche Nähe, eine Nähe, die sie seit Jahren vermisst hatte, und konnte ihr nicht widerstehen. Danach war sie entsetzt über sich selbst gewesen und hatte Hans, der beteuerte, wie sehr er sie liebe, die Tür gewiesen, hatte ihm klargemacht, dass ihr Zusammensein sich nie mehr wiederholen würde. Und jetzt?

Sie sah wie erwachend um sich, als der Arzt bemerkte: „Sie freuen sich wohl nicht über diese Mitteilung?"

Antonia überging seine Frage und sagte stattdessen: „Ist es sicher? Sie sagten mir doch damals bei der Fehlgeburt, dass ich mit hoher Wahrscheinlichkeit keine Kinder mehr bekommen könnte."

„Die Natur geht manchmal eigene Wege, Frau Orbis. Sie sind im zweiten Monat."

„Es geht nicht … ich kann dieses Kind nicht bekommen."

„Warum nicht? Ein Kind ist ein Gottesgeschenk und kein Unglück."

„Dieses wäre eines, Herr Doktor. Es …" Antonia schnappte nach Luft, „ist nicht von meinem Partner und wenn er aus dem Krieg zurückkommt … unmöglich. Ich habe mich vergessen – nur ein Mal." Sie brach in Tränen aus und schluchzte: „Nur ein Mal, es war doch nur ein einziges Mal!"

Der Arzt schwieg und klopfte mit seinem Stift auf die Schreibtischplatte. „Wenn ich es genau betrachte", sagte er schließlich, „so ist aus medizinischer Sicht die Schwangerschaft nicht ungefährlich. Sie sind unterernährt, psychisch labil und bei der Fehlgeburt wären Sie uns beinahe unter der Hand gestorben."

„Heißt das, dass Sie mir aus gesundheitlichen Gründen empfehlen würden, die Schwangerschaft zu unterbrechen?" Antonia las in den Augen des Arztes Verständnis und Mitgefühl – Hoffnung keimte in ihr auf.

Der Arzt zögerte. „Ich mache das nicht gerne, es ist immerhin ein werdender Mensch, dem ich das Leben abspreche. Aber in Ihrem Fall halte ich die Gefahr einer neuerlichen Fehlgeburt für gegeben, und selbst wenn es nicht so sein sollte, wären gesundheitliche Schäden während der Schwangerschaft nicht von der Hand zu weisen – von der Geburt will ich gar nicht reden." Er schwieg abermals und fixierte Antonia durch seine Brillengläser.

Das Ticken der Wanduhr veränderte sich plötzlich in Antonias Ohren, es wurde nahezu unerträglich – Sekunden wurden zu Minuten.

Die Schwangerschaft ist tatsächlich ein Risiko. Warum also die Frau in ihrem Unglück alleinlassen? Womöglich versucht sie es selbst, wenn ich nicht … sie wäre nicht die erste in dieser schrecklichen Zeit. „Offiziell darf ich nur dann einen Abbruch vornehmen, wenn eine Kommission die medizinische Indikation bestätigt", begann er stockend. „Das ist allerdings ein mühsamer Weg und dauert in ihrem Fall viel zu lange." Er stockte abermals. Dann sagte er: „Gut, ich werden den Abbruch vornehmen, aber nur, wenn ich mich darauf verlassen kann, dass die Sache unter uns bleibt. Ich riskiere damit meine Approbation als Arzt und eine Gefängnisstrafe."

Antonia sah ihm direkt in die Augen. „Ich verspreche Ihnen, Herr Doktor, dass ich zu keiner Menschenseele etwas sagen werde. Danke, dass Sie mir helfen wollen, ich weiß das sehr zu schätzen", fügte sie leise hinzu.

Der Arzt überging ihre Dankesworte. „Kommen Sie morgen um neun Uhr abends hierher. Auf eines möchte ich Sie noch hinweisen:

Jede Abtreibung ist gefährlich. Falls es zu Problemen kommt und Sie in ein Spital müssen, bringe ich Sie vorher nach Hause und Sie müssen dann selbst die Rettung rufen. Ihre Aussage muss dann sein, dass Sie den Abbruch selbst vorgenommen haben. Ist das klar?"
Antonia brachte nur ein Nicken zustande.

Die Abtreibung war ohne Schwierigkeiten erfolgt, der Arzt hatte professionell gearbeitet. Antonia schlief mit Hilfe eines Schlafmittels tief und fest bis in den späten Vormittag hinein. Als sie erwachte, traf sie die Erkenntnis ihrer Schuld wie ein Keulenschlag. Sie hätte aufstehen können – tat es jedoch nicht. Die Tränen schossen ihr in die Augen, sie machte keinen Versuch sie abzuwischen. Minutenlang starrte sie an die Decke, dann drehte sie sich mit einem Ruck zur Seite, zog die Knie an die Brust und vergrub das Gesicht in ihrem Kissen. Die Qual überrollte sie wie eine Flutwelle, packte sie und drohte sie zu zerschmettern. Was hatte sie getan? Sie hatte Franz betrogen und ihr Kind umgebracht. Dafür gab es keine Entschuldigung – keine einzige. Niemand konnte ihr für diese Schuld Absolution erteilen – auch Gott nicht.

5. KAPITEL

Mit einer ermüdenden Gleichmäßigkeit klopfte der Regen an die Scheiben. Maximilian starrte die Tropfen auf der Fensterscheibe an und sah sie doch nicht. Das Wetter passte genau zu seiner Stimmung – er war am Boden zerstört. Wie gerne hätte er jetzt mit jemandem gesprochen, aber es war keiner da, keiner, der ihn wirklich verstehen würde. Seine engsten Freunde waren entweder gefallen oder noch im Krieg und seine Kinder wollte er mit seinen Gefühlen nicht belasten. Er gab einen lauten stöhnenden Atemzug von sich. Nach einer Weile setzte er sich an seinen Schreibtisch und entschloss sich, seine tiefe Traurigkeit mit Otto zu teilen.

Lieber Otto!, schrieb er.

Deinem letzten Brief konnte ich entnehmen, dass es dir an nichts fehlt und du in Ruhe das Ende des Krieges abwarten kannst. Das klingt jetzt vielleicht etwas seltsam, aber ich freue mich über deine Gefangenschaft. Jetzt kann dir nichts mehr passieren und Alexander und ich können dich irgendwann in die Arme schließen.

Mein Anlass, dir zu schreiben, ist ein trauriger. Ich habe gestern meine liebe Frau zu Grabe getragen. Die Kinder und ich sind vor Gram wie betäubt, wir können es noch gar nicht fassen. Es ging alles so schnell. Vorige Woche war sie noch gesund und munter, dann klagte sie plötzlich über Kopf- und Gliederschmerzen. Wenig später bekam sie Schüttelfrost, hohes Fieber und starken Husten. Der Arzt diagnostizierte die Spanische Grippe, die schon im Frühjahr in Wien etliche Todesopfer gefordert hat. Einen Tag und eine Nacht quälte sie sich mit Atemnot – sie starb in meinen Armen. Du kannst dir vorstellen, dass wir untröstlich sind. Wie gerne würde ich meinen Schmerz mit dir, mein lieber Freund, teilen. Wenn ich nicht meinen starken Glauben hätte, ich würde mein Leid nicht mehr ertragen wollen. Helga hatte ihre Fehler, ich weiß. Aber ich habe sie geliebt. Wie klein erscheinen mir jetzt ihre Untugenden.

Die zweite Schreckensnachricht, die ich dir leider nicht ersparen kann, ist der Zustand deiner Frau. Getrud hat die Nachricht über Helgas Ableben tief getroffen. Als sie davon erfuhr, erlitt sie einen hysterischen Anfall, warf Gegenstände um sich und beschädigte so manches. Wir mussten den Arzt holen.

Nach einer ausführlichen Untersuchung hat er sie in ein Sanatorium eingewiesen. Was gut ist, denn es ging ihr schon Monate vor Helgas Tod schlecht. Sie verfiel immer mehr dem Alkohol, magerte ab, pflegte sich nicht mehr. Der Arzt meint, man müsse Geduld haben.

Alexander war natürlich über ihren Ausbruch entsetzt. Aber keine Sorge, er hat sich in der Zwischenzeit wieder beruhigt. Allerdings weigert er sich, seine Mutter zu besuchen. Das ist wohl das Ergebnis, dass sie sich nie um ihn gekümmert hat. Er wartet sehnsüchtig auf dich! Du kannst wirklich stolz auf deinen Sohn sein. Er ist ein ausgesprochen braver Junge und bereitet seinen Lehrern und mir nur Freude.

Während ich diese Zeilen schreibe, regnet es draußen in Strömen, es ist, als würde der Himmel mit uns weinen. Nicht nur der Tod meiner lieben Frau gibt dazu Anlass, sondern auch die Zustände in der Monarchie. Die Ernährungssituation in Wien ist prekär. Es ist alles, und damit meine ich wirklich alles, sehr, sehr teuer geworden, wenn man es überhaupt bekommt. Für die allgemeine Bevölkerung sind die Lebensmittelrationen eng bemessen, Milch gibt es nur für Schwangere und Kinder, Rindfleisch ist gar nicht mehr verfügbar, die anderen Fleischsorten nur mehr mit einer Karte. Andauernd finden Hungerkrawalle und Streiks statt, was verständlich ist. Viele sterben durch Unterernährung, besonders die Kinder. Ich weiß nicht, wohin das alles noch führen wird.

Nur nebenbei sei erwähnt, dass die Mutter deiner Tochter sehr verzweifelt ist, weil ihr Freund vermisst wird; er war am Isonzo im Einsatz, so wie du. So sehe ich tagein, tagaus hoffnungslose und hohlwangige Gesichter. Es ist zum Verzweifeln.

Nun zur politischen Situation: Der Krieg dürfte nun bald zu Ende sein, und das ist auch dringend notwendig, sonst verhungern wir alle. Der Preis dafür wird allerdings hart sein, ich glaube nicht, dass die Monarchie noch zu retten ist. Dabei sah es im März, als der Friedensvertrag mit Russland unterzeichnet worden ist und das Deutsche Reich dadurch wieder Kraft für die Westfront hatte, gar nicht so schlecht aus. Jetzt jedoch zeigt sich, dass alle Anstrengungen umsonst waren.

Wir und die Deutschen haben, wie du vielleicht schon gelesen hast, ein Waffenstillstandsangebot an den amerikanischen Präsidenten Wilson geschickt und der Kaiser hat darin erklärt, dass er die 14 Punkte der Friedensvorstellungen *von Jänner akzeptieren würde. Der zentrale Punkt bei den Vorstellungen von Präsident Wilson ist die nationale Selbstbestimmung aller Völker. Und er, der Kaiser, hat jetzt die Nationalitäten in einem Manifest aufgefordert, eigene Nationalräte zu gründen. Er sagt, Österreich soll dem Willen seiner Völker gemäß zu einem Bundesstaat werden, in dem jeder Volksstamm auf seinem Siedlungsgebiet ein eigenes Gemeinwesen bildet. Und weißt du, was Wilson geantwortet hat? Er sagte, er könne sich jetzt nicht damit beschäftigen; seit Jänner habe sich schließlich einiges geändert. Es bestehe jetzt ein Kriegszustand zwischen Österreich-Ungarn und den Czecho-Slowaken⁵, da diese nun ein eigner Staat seien. Die Czecho-Slowaken wurden vom amerikanischen Kongress anerkannt und auch die nationalen Freiheitsbestrebungen der Jugoslawen werden zur Kenntnis genommen. Er, Wilson, sehe sich jetzt nicht mehr in der Lage, die Autonomie der Völker für den Frieden anzuerkennen. Die Völker müssten jetzt selbst Richter sein. Von den Czechen und Südslawen wird also jetzt der Frieden abhängig gemacht! Und sie sind klar gegen die Monarchie – diese Verräter.*

So stimmt mich nicht nur der Tod meiner geliebten Frau maßlos traurig, sondern auch die Entwicklung unseres Landes. Ich kann mich noch gut – bevor der Krieg ausbrach – an deine Worte erinnern. Wie recht du in allem hattest! Leider, muss ich sagen. Aber wie die Friedensverhandlungen auch immer ausgehen werden, lieber Freund, es wird bald Frieden geben und dann kannst du endlich nach Hause kommen und deinen Sohn in die Arme schließen. Wir werden uns sicher bald wiedersehen – das hilft mir ein wenig, meine trüben Gedanken zu verscheuchen. Eines Tages wird das alles nur noch eine böse Erinnerung sein. Damit möchte ich jetzt nicht nur dich trösten.

Es umarmt und grüßt dich dein Freund Maximilian.

„Hör auf, Emilio!", schrie Otto Capitano Foresta an, der immer wieder den Gürtel auf den zierlichen Mädchenhintern niedersausen ließ. „Lass sie zufrieden! Du schlägst sie sonst noch tot!"

Der Kommandant war so in Rage, dass er Ottos Worte nicht zu hören schien. Kurz entschlossen ließ Otto sein Mädchen los, stürzte zu ihm und drehte ihm den Arm brutal auf den Rücken.

„Was soll das? Bist du verrückt geworden?", kreischte Foresta und griff nach seiner Pistole.

Erfüllt von bodenloser Abscheu beherrschte Otto nur noch der Gedanke, dieses Schwein zu töten. Reflexartig langte er nach dem spitzen Brieföffner und rammte ihn Foresta mit voller Wucht in den Oberkörper.

Forestas Augen nahmen einen ungläubigen Ausdruck an, er griff sich an die Brust, schwankte und schlug Sekunden später hart auf dem Boden auf.

Die beiden Mädchen fingen laut zu kreischen an.

„Hört sofort damit auf!" befahl Otto, fasste eine davon hart am Arm an und erreichte damit, was er wollte. Danach warf er einen prüfenden Blick auf den Kommandanten – seine Augen stierten glasig zur Decke. Volltreffer, dachte er mit einem Gefühl der Genugtuung und wandte sich wieder den beiden Mädchen zu. „Ihr zwei geht jetzt brav ins Nebenzimmer und wartet, bis ich euch hole. Und keinen Mucks! Verstanden?"

Die beiden nickten und verschwanden in Windeseile.

Otto kniete nieder und zog den Brieföffner mit ruhiger Hand aus Forestas Brust – das Töten war in all den Jahren an der Front zu einer alltäglichen Sache geworden. Danach ging er in das angrenzende Badezimmer, wusch ihn sorgfältig ab und legte ihn, ohne seine Fingerabdrücke zu hinterlassen, auf den Tisch zurück. Schweißtropfen bildeten sich auf seiner Stirn, als er den schweren Körper in die Amtsstube – die einen direkten Zugang zum Vorplatz hatte – zerrte. Die Scheinwerfer der Anlage und der Vollmond erleichterten seine Arbeit. Minuten später verließ er auf leisen Sohlen die Kommandantur und schlich im Schatten der Baracken bis zu seinem Quartier, das er nur noch mit Richard teilte.

Richard lag zusammengerollt wie eine Katze in seinem Bett und schlief. Er rüttelte ihn an der Schulter, während er leise sagte: „Ich bin's. Du musst mir helfen."

Mit einem Ruck setzte sich Richard auf. „Wobei?"

„Ich habe den Kommandanten umgebracht."

„Ist nicht wahr! Wirklich? Dann hast du ein gutes Werk getan.

Dieser Abschaum der Menschheit verdient nichts Besseres. Wo ist er?"

„Ich habe ihn in die Amtsstube gebracht. Von dort aus können wir ihn leichter wegschaffen."

„Ist es eine große Schweinerei? Viel Blut?"

„Nein. Es war ein glatter Herzstich. Wir haben das leise Töten ja oft genug geübt", fügte Otto mit einem zynischen Unterton hinzu.

„Und warum hast du ihn umgebracht?", wollte Richard wissen, während er in seine Hose fuhr.

„Er hatte für heute Abend zwei Huren bestellt, eine für mich und eine für sich. Wie immer hat er darauf bestanden, dass wir es nebeneinander treiben – dieser abartige Mensch … wäre es nicht um unseren Vorteil gegangen – egal. Heute hat er sein Mädchen so brutal geschlagen, dass die Haut aufplatzte – da bin ich ausgerastet."

Richard verzog sein Gesicht. „So ein widerliches Schwein! Du hast dir dafür einen Orden verdient. Und was nun? Was hast du vor?"

Otto grinste. „Mein Plan ist genial – höre und staune. Es ist üblich, dass die Mädchen, die beim Kommandanten waren, nach Hause gebracht werden. Der Soldat, der das immer tut, ist um diese Zeit meistens betrunken. Manchmal ist der Kommandant aber auch selbst gefahren, weil er sich im Bordell noch unterhalten wollte. Es ist daher nicht ungewöhnlich, wenn er das Auto lenkt."

Richards Gesicht war ein einziges Fragezeichen.

„Seine zweite Uniform hängt in der Amtsstube im Schrank. Ich werde sie anziehen und …"

„Aber die passt dir nicht", gab Richard zu bedenken. „Der Kommandant ist viel kleiner und dicker als du."

Otto winkte ab. „In der Dunkelheit im Auto fällt das nicht auf. Ich werde mir die Kappe tief ins Gesicht ziehen … die Wachposten werden nichts merken. Sicherheitshalber werde ich die Mädchen bitten sie abzulenken. Du legst dich hinten im Wagen auf den Boden. Dann bringen wir die Mädels in die Stadt und fahren anschließend bis zu der Stelle, wo die Straße eine scharfe Kurve macht. Dort setzen wir das Auto in Brand. Es wird nicht viel von ihm übrigbleiben. Jeder wird glauben, dass er betrunken ins Schleudern gekommen ist. Außerdem bin ich sicher, dass die Polizei in diesem Nest hier nicht wahnsinnig genau ermittelt. Ist diese Vorgehensweise für dich nachvollziehbar?"

„Durchaus. Aber wie kommen wir zurück?"

„Gute Frage. Das ist aber, wenn ich es recht bedenke, auch kein Problem. Wir gehen zu Fuß und wenn wir hier sind, schleichen wir bis an die rückwärtige Front des Lagers, wo die Bäume stehen. Du weißt, dort reichen die Äste der Bäume bis weit über die Mauer. Wir klettern hinauf und lassen uns einfach wie reife Äpfel herunterfallen. Keiner rechnet damit, dass irgendjemand unbefugt das Lager betreten will. Wer geht auch schon freiwillig in ein Lager zurück?"

„Richtig. Perfekt, Otto – dein Plan ist wirklich perfekt." Richard warf ihm einen anerkennenden Blick zu. „Wärst du nicht mein Freund, ich könnte Angst vor dir bekommen. Eine letzte Frage noch: Was wirst du beim Polizeiverhör aussagen? Jeder weiß, dass du öfter mit dem Kommandanten abends zusammen warst. Man wird dich verdächtigen."

„Sie werden mir nichts beweisen können, wenn die Mädchen das aussagen, wofür ich sie bezahlen werde."

„Das da wäre?"

„Sie werden bestätigen, dass wir Geschlechtsverkehr hatten und alle sehr betrunken waren. Dass sie der Kommandant persönlich mit dem Auto im Bordell abgeliefert hat ... das wird mich natürlich eine schöne Stange Geld kosten." Otto zog eine Grimasse und sagte mehr zu sich selbst: „Wenn das so weiter geht, bin ich bald blank."

„Deine Nerven möchte ich haben! Wie kannst du jetzt ans Geld denken? Ich an deiner Stelle würde mir eher Sorgen machen, ob die Mädchen mich trotz des Geldes verpfeifen. Vergiss nicht, du bist Österreicher, wir sind ihre Feinde."

„Das ist den Mädels doch egal. Verpfeifen werden sie mich sicher nicht, denn erstens habe ich sie immer gut behandelt und bezahlt, und zweitens werden sie mir dankbar sein, dass sie diese Missgeburt von einem Mann endlich los sind."

„Dein Wort in Gottes Ohr", murmelte Richard.

„Gott ist in diesem Fall auf meiner Seite", lächelte Otto. „Und der Teufel sowieso! Jetzt komm, wir müssen uns beeilen."

„Schade, dass Edi das nicht miterleben kann!", flüsterte Richard, als sie Seite an Seite wie zwei Schatten zur Kommandantur huschten.

„Das finde ich auch. Was war er auch so blöd, sich wieder in dieses Gemetzel hineinzustürzen – und jetzt sei still!"

Am nächsten Morgen wurde Hauptmann Visconte Emilio Foresta, nur noch erkennbar an seinem Siegelring, in einem ausgebrannten Militärauto gefunden. Mit kummervoller Miene stand Otto vor dem Kommandanten der Carabinieri.

„Nein, Herr Major, ich kann Ihnen weiter nichts dazu sagen. Ich habe ihm noch nach gewunken, bevor er um die Ecke fuhr – so ein Unglück!"

„Der Kommandant und Sie waren betrunken. Stimmt das?"

Otto grinste. „Das waren wir. Brunella und Felicia können es bezeugen. Es war sehr lustig. Wir hatten viel Spaß miteinander. Sie verstehen, Comandante?" Er kniff ein Auge zu.

„Ich verstehe nicht. Aber es geht mich nichts an, was hier im Lager erlaubt ist und was nicht. Das zu beurteilen ist nicht meine Aufgabe. Ich nehme hiermit zur Kenntnis, dass Sie den Hauptmann wegfahren sahen und zu dem Unfall nichts sagen können. Ist das richtig?"

„Vollkommen."

„Gut. Sie werden dann das Protokoll unterschreiben, Herr ..., wie ist gleich ihr Name?

Otto stand auf, salutierte und teilte ihm freundlich mit: „Oberstleutnant Otto Johann Fürst von und zu Grothas."

„Danke, Herr Oberstleutnant", antwortete der Major mit

saurem Gesicht und salutierte ebenfalls. Danach verließ er raschen Schrittes das Zimmer. Ottos schickte ihm einen spöttisch lächelnden Blick nach und verbiss ein triumphierendes Grinsen.

6. KAPITEL

Er stand mutterseelenallein mitten unter feindlichen Soldaten, sie trieben ihn mit ihren Gewehrkolben vorwärts. Stolpernd erreichte er einen Baum und wurde festgebunden. Mit aller Kraft versuchte er sich zu befreien und bat um sein Leben. Es nützte nichts, die Soldaten legten auf ihn an und feuerten. Er schrie in Todesangst auf – und erwachte schweißgebadet. Nur ein Traum, es war nur ein Traum, redete er sich zu.

Noch in seinem Traum gefangen entging ihm, dass seine Zimmertür geöffnet wurde und leise Schritte auf ihn zukamen. Erst als Cristina leise fragte: „Alfredo? Geht es dir nicht gut?", wurde er vollständig wach. Bevor er noch eine Antwort geben konnte, legte sie sich neben ihn und streichelte sanft seine Wangen. Er spürte ihre zarte Haut, genoss ihre Berührung und roch ihren Duft, der ihn an frische Pfirsiche erinnerte. Nichts zählte mehr, nur mehr der warme, weiche Körper einer Frau – er streckte die Arme aus und zog sie an sich.

Im Halbschlaf spürte Franz einen Druck auf seiner Brust und tastete nach der Ursache. Seine Finger glitten über seidige Haare – im selben Moment fiel ihm alles wieder ein. Er rückte leicht zur Seite und betrachtete Cristinas entspanntes Gesicht, das ihm wie aus Mondstein gemeißelt schien – milchig weiß schimmernd. Dankbarkeit, Zuneigung und Schuld durchrieselten ihn.

Cristina schien seinen Blick zu spüren, denn plötzlich fingen ihre langen schwarzen Wimpern zu zittern an, sie hob die Lider und strahlte ihn aus ihren dunklen Augen an. „Du!" flüsterte sie. „Du bist da, ich habe nicht geträumt." Sie beugte sich zu ihm, strich zart mit der Zunge über seine Lippen und raunte: „Diese Nacht, Alfredo, werde ich nie vergessen. Sie war die Erfüllung meiner Sehnsüchte."

Franz sah die Hingabe in ihren Augen, in ihrem Gesicht, seine

Schuldgefühle verstärkten sich – diese Liebe konnte er nicht erwidern.

„Übertreibst du nicht?", murmelte er mit einem schwachen Lächeln.

„Nein. Ich wusste es schon, als ich dich zum ersten Mal sah."

„Was wusstest du? Dass ich verdreckt und müde war?"

„Das auch", kicherte Cristina. „Aber dreckig oder nicht, ich habe mich sofort in dich verliebt … verliebt in deine sanften braunen Augen mit den goldenen Pünktchen darin."

„Cristina … ich werde nicht für immer dableiben."

Statt einer Antwort schenkte ihm Cristina ein Lächeln und strich mit zwei Fingern langsam über seinen nackten Körper. „Morgen ist morgen und heute ist heute", bemerkte sie mit einem rätselhaften Blick und strich mit ihren Lippen über seinen Brustkorb.

Wie hätte er ihr widerstehen sollen? Er griff in ihr dichtes Haar, zog sie an sich und warf seine Bedenken über Bord. Sie liebten sich wild und leidenschaftlich, konnten voneinander nicht genug bekommen, genossen einander bis zur Erschöpfung.

„Musst du heute nicht zur Arbeit", fragte Franz danach träge.

„Ich hätte schon längst müssen", erwiderte Cristina mit einem leisen Auflachen. „Aber mein Chef ist ein netter Mann, ich werde anrufen und mich für heute krankmelden." Sie pausierte, dann lachte sie abermals und fügte hinzu: „Damit lüge ich nicht einmal, denn ich bin krank, krank vor lauter Liebe." Mit diesen Worten setzte sie sich auf, streckte die Arme und fuhr durch ihre dichte Mähne – ihr großer, schwerer Busen wogte.

Franz umfasste mit einem Lächeln ihre Brust, richtete sich auf und umspielte mit der Zunge ihre Brustwarze.

Cristina schob ihn weg. „Später Alfredo", lächelte sie. „Jetzt ist Frühstück angesagt."

Als sie die Küche betraten, war Julio gerade dabei, den letzten Bissen eines Brotes zu vertilgen. „Ich dachte schon, ihr kommt heute gar nicht mehr, ihr zwei Turteltäubchen", bemerkte er grinsend.

„Nur keinen Neid, lieber Cousin", erwiderte Cristina und schmiegte sich an Franz.

Franz versuchte in Julios Miene zu lesen, ob er über sein Verhältnis zu Cristina ungehalten war – er sah jedoch nichts dergleichen. Im Gegenteil, er schien amüsiert zu sein, denn er erhob sich mit der Bemerkung „Zwei Verliebte soll man nicht stören" und verschwand.

Beim gemeinsamen Frühstück überschüttete Cristina Franz mit Liebesbezeugungen, umarmte, küsste ihn, gab ihm verschiedene Kosenamen, und fuhr zärtlich durch sein braunes, mit silbernen Streifen durchzogenes Haar, was ihm in ihren Augen ein besonders männliches Aussehen gab.

Dass die Frauen es nicht lassen können, einen durch die Haare zu fahren, dachte Franz ungehalten. Als sie sich auf seinen Schoß setzte und mit ihrer Hand in seinen Hemdausschnitt fuhr, vergaß er seinen Unwillen, spürte abermals Begehren. Er umfasste lachend ihr Handgelenk. „Halt!", sagte er, „sonst landen wir gleich wieder im Bett."

„Macht nichts. Ich kann von deinem muskulösen Körper nicht genug bekommen", entgegnete Cristina. „Besonders gefallen mir dein knackiger Hintern und deine Ausdauer. Ich wusste nicht, dass österreichische Männer so gute Liebhaber sind."

Was für eine Frau!, dachte Franz und bedachte sie mit einem liebevollen, aber auch neugierigen Blick. „Seid ihr italienischen Frauen immer so direkt?"

Cristina zuckte die Achsel. „Keine Ahnung wie die anderen sind. Ich sage immer, was ich denke, aber nur Freunden gegenüber … vor meiner Türe bin ich äußerst sittsam und still."

„Du und still, das glaube, wer wolle, ich nicht!" Franz stand auf und zog die Vorhänge ein wenig zur Seite. „Ein wunderschöner Frühlingstag, er strahlt genauso wie du! Wollen wir ein wenig spazieren gehen? Ich habe von Venedig so gut wie noch nichts gesehen."

„Dann werde ich das ändern", erwiderte Cristina und erhob sich ebenfalls.

Wenig später schlenderten sie Hand in Hand über die Piazza San Marco zur Basilica bis zum Canale Grande. Ein angenehmes, warmes Lüftchen umschmeichelte sie, die Sonne strahlte vom blauen Himmel, das Meer roch nach Frische, Salz und Fisch. Franz meinte, ein Zauberstab habe ihn berührt, vergessen waren Krieg, Leid, Tod, Wien und auch Antonia. Er genoss mit allen Fasern seine Körpers das Hier und Jetzt.

Es war bereits nach acht Uhr abends. „Ist noch etwas zu erledigen, Herr von Steinach", fragte Antonia ihren Chef.

„Nein. Danke, dass Sie heute länger geblieben sind. Ich habe soeben eine Nachricht über ihren Freund erhalten – er ist nicht gefallen, er lebt."

„Er lebt?", rief Antonia aus, fiel Maximilian um den Hals und brach in Tränen aus.

Maximilian stand stocksteif da und verbat sich, die Arme um sie zu legen. „Aber, aber Frau Orbis!", sagte er schließlich. „Das ist doch kein Grund zum Weinen."

Antonia löste sich mit einem verlegenen Lächeln von ihm und wischte sich über die Augen. „Entschuldigen Sie, Herr von Steinach … die Freude … das ist mir jetzt sehr peinlich."

Maximilian reichte ihr sein Taschentuch. „Ist schon gut", brummte er.

Antonia tupfte die Tränen ab. „Ist die Nachricht auch sicher? Ist es keine Verwechslung?"

„Keine Verwechslung. Ein Kamerad ihres Freundes hat mir mitgeteilt, dass er am Piave durch einen Schuss in den Oberschenkel verletzt und gefangen genommen wurde. Sein letzter Wissensstand war, dass er in das Militärspital von Padua gekommen ist. Ich habe mit dem Spital Kontakt aufgenommen und die Auskunft erhalten, dass er mit einem zweiten Gefangenen geflohen ist. Sie haben keine Spur von ihm gefunden, trotz intensivsten Suchens."

„Aber warum meldet er sich dann nicht? Er kann sich doch vorstellen, dass ich vor Angst um ihn halb verrückt bin."

„Das kann er nicht, man würde ihn sofort finden. Ich weiß zwar nicht, wie man in Italien Fluchtversuche bestraft, aber angenehm wäre es sicher nicht für ihn. Wahrscheinlich wird er erst ein Lebenszeichen von sich geben, wenn der Krieg vorbei ist."

Antonia schnupfte auf. „Der Krieg kann doch noch Jahre dauern."

„Das glaube ich nicht. Ich bin so gut wie sicher, dass er noch in diesem Jahr vorbei sein wird. Die Frage ist nur, wie er für uns endet. Ich war einmal sehr optimistisch, jetzt bin ich es nicht mehr."

7. KAPITEL

Die Welt präsentierte sich an diesem lauen Sommerabend in der Lagunenstadt von ihrer schönsten Seite. Franz saß mit Cristina in ihrer Lieblingstrattoria[6] „Cecilio" und genoss das Schauspiel des Sonnenunterganges auf dem Canale Grande. Als der Feuerball langsam im schillernden blauen Meer versank, fasste Cristina nach seiner Hand. Sie schien nachzudenken, fuhr schweigend mit dem Zeigefinger seinen Handrücken entlang – hin und her.

„Was ist?", fragte Franz schließlich.

„Nichts. Ich liebe dich!"

„Das tue ich auch", erwiderte Franz leichthin und nahm ihre Hand in die seine. Das stimmte auch – bis zu einem gewissen Grad. Er mochte sie, er begehrte sie, aber das, was er unter Liebe verstand, nicht nur eine körperliche, sondern auch eine geistige Verbundenheit, die empfand er nicht. Die hatte er bis jetzt nur in einmal empfunden – bei Antonia. Das Band zwischen Cristina und ihm bestand vor allem aus körperlicher Begierde. Es verging kaum eine Nacht, in der sie nicht geliebt werden wollte. Anfangs war er begeistert gewesen, nach einigen Wochen wurde es ihm zu viel. Seiner Bitte, dass er ab und zu gerne allein schlafen würde, kam sie, ohne zu zögern, nach, lächelte sogar darüber. Sie lächelte, weil er seinen Wunsch damit untermauerte, dass er sie zu sehr begehren würde, um tatenlos neben ihr zu liegen."

„Es gibt aber im Leben nicht nur die Liebe", fuhr er fort. „Ich fühle mich von Tag zu Tag nutzloser, ich brauche eine Beschäftigung … auch wegen des Geldes."

„Ich habe genug für uns zwei."

„Darum geht es nicht. Ein Mann kann nicht nur herumsitzen und warten, bis die Frau nach Hause kommt. Außerdem will ich nicht, dass du dein Geld für mich verwendest."

Cristina zog ihre Hand weg. „Das ist lächerlich! Es wäre viel zu gefährlich, wenn du auf Arbeitssuche gehst. Außerdem will ich keinen Mann, der am Abend todmüde ist, ich brauche deine Kräfte.

Obwohl..." Sie unterbrach sich.
„Obwohl, was?"
„Nichts ... Alfredo ich ..." Cristina senkte den Kopf und zupfte an der Serviette. Dann sah sie ihm direkt in die Augen. „Könntest du dir vorstellen, für immer hierzubleiben?"
In Franz stieg plötzlich das unbestimmte Gefühl einer sich nahenden Katastrophe auf. Warum fragte sie ihn das? Sie wusste doch, dass er wieder nach Hause wollte. Er stellte sein Glas Rotwein, das er soeben zum Mund führen wollte, hart auf den Tisch. „Cristina, ich habe dich nie im Unklaren darüber gelassen, dass ich nur bis zum Ende des Krieges hierbleiben werde, du weißt, dass eine Frau zuhause auf mich wartet."

Cristina fuhr sich mit der Zunge über die Oberlippe und dann kam der Satz, der Franz' Leben schlagartig veränderte. „Alfredo, wir bekommen ein Kind – es wird Ende Januar auf die Welt kommen."

Zu keinem Wort fähig starrte er sie an, spürte wie sein Brustkorb eng wurde.

Cristinas Augen füllten sich mit Tränen.

„Wieso?", stotterte er schließlich, „du bist fast vierzig, ich dachte ..."

Franz sah den verletzten Ausdruck in ihren Augen. „Entschuldige, ich wollte dich nicht kränken", stieß er hervor. Seine Gedanken rasten. Sollte er tun, was ihm die Anständigkeit gebot? Nein. Er wollte zurück, zurück nach Wien, zurück zu Antonia. Verließ er jedoch Cristina, dann war er um keinen Deut besser als Otto – und wie sehr hatte er ihn verurteilt. Mit einer Geste der Hilflosigkeit strich er über ihre Wange. „Bitte wein nicht ... es ist allein meine Schuld." Er stockte abermals. „Ich muss nachdenken, besser wir gehen jetzt nach Hause."

Die reizvolle Stimmung des Sommerabends war in weite Ferne gerückt – still wie zwei Fremde gingen sie nebeneinander her.

Es war fast Mitternacht, als Franz an Julios Zimmertür klopfte. „Entschuldige die Störung", sagte er, als Julio öffnete. „Ich brauche deinen Rat."

„Komm rein. Willst du einen Grappa? Du siehst aus, als könntest du einen vertragen."

Franz nickte und setzte sich. „Es ist dir ja nicht verborgen geblieben, dass ich mit Cristina ... ich meine ..."

„Du kannst die Dinge ruhig beim Namen nennen", unterbrach ihn Julio lächelnd. „Ich bin weder taub noch blind. Wenn du mich jetzt fragen willst, ob mich euer Verhältnis stört, dann sage ich nein. Sie ist erwachsen und du bist es auch."

„Das stimmt natürlich. Aber jetzt habe ich, haben wir ein Problem – Cristina ist schwanger."

Das Lächeln verschwand aus Julios Gesicht. „Dann hast du jetzt, wie man auf gut wienerisch sagt, den Scherbn auf. Ich kann dich zu nichts zwingen, aber ich bitte dich zu bedenken, dass es eine ledige Mutter im erzkonservativen, katholischen Italien schwer hat."

„Das weiß ich ... und ich denke seit Stunden darüber nach, was ich tun soll. Ich habe Cristina sehr gerne, Julio. Sie ist ein herzensguter Mensch und eine großartige Frau – aber ich liebe sie nicht. Ich habe ihr von Anfang an nichts vorgemacht, ihr klar gesagt, dass ich nach Kriegsende wieder nach Hause gehen werde und dass eine Frau auf mich wartet. So leid mir das für Cristina tut, Julio, ich kann und ich will Antonia nicht verlassen."

„Franz was erwartest du von mir? Ich bin Cristinas einziger Verwandter und ich fühle mich für sie verantwortlich. Es ist deine Pflicht, dass du aus ihr eine ehrbare Frau machst."

In den folgenden Minuten war nur das Surren einer Fliege am Fenster zu hören – eine beinahe greifbare Stille schwebte durch den Raum. Schließlich murmelte Julio: „Ich sehe nur eine Möglichkeit!"

„Und die wäre?"

„Du heiratest Cristina unter dem Namen Alfredo Galoni. Dann ist sie offiziell verheiratet und hat keine Schande zu befürchten."

Franz' Augen weiteten sich. „Aber das geht nicht, Julio! Ich bin Rechtsanwalt. Ich arbeite für Recht und Gesetz. Ich kann Cristina nicht unter falschem Namen heiraten und später Antonia unter meinem richtigen. Ich wäre ein Bigamist, und damit ein Verbrecher! Wenn man mich erwischt, gehe ich nicht nur für Jahre ins Gefängnis, sondern ich könnte auch meinen Beruf an den Nagel hängen."

„Komm mir nicht damit", winkte Julio ab. „Wo waren Recht und Gesetz in den letzten Jahren? Wir alle sind genau betrachtet Verbrecher und Mörder! Du solltest genug Erfahrung gesammelt haben, um nicht so kleinkariert zu denken."

„Das ist doch ganz etwas anderes! Krieg ist eine Ausnahmesituation. Wir mussten töten, wir haben nicht vorsätzlich und aus persönlichen Gründen gemordet."

„Das ist richtig. Trotzdem bin ich der Meinung, dass du nicht mit so strengen Maßstäben messen solltest. Sie bekommt *dein* Kind, du trägst die Verantwortung! Aufziehen muss sie es sowieso alleine, was nicht unbedingt leicht ist. Wenn du sie heiratest, könnte sie es wenigstens als ehrbare Frau tun." Julios Kopf war rot angelaufen. Wie zwei Kampfhähne saßen sie sich gegenüber. Übergangslos fing Julio plötzlich schallend zu lachen an.

„Was ist jetzt so lustig?", fragte Franz pikiert.

„Du hast, wir haben, ich weiß nicht wie viele Italiener erschossen, der Hass der Österreicher hat sie verfolgt und nun? Nun bekommst du einen kleinen Italiener! Ist das nicht zum Schreien komisch?" Er brach abermals in Gelächter aus.

Franz enthielt sich jeden Kommentars. Die nachfolgende Stunde verbrachten sie mit Überlegungen und hitzigen Diskussionen, bis sie schließlich zu betrunken waren, um noch ernsthaft miteinander reden zu können.

„Aber ich liebe Antonia", lallte Franz, als ihn Julio zur Tür hinausschob.

„Das kannst du ja", brabbelte Julio. „Du hast dann eben zwei Weiber – wie im Orient."

„Na, dann gute Nacht!"

Drei Wochen später stand Cristina im weißen Brautkleid vor Franz.

Er las in ihren Augen Dankbarkeit, Liebe und die Sehnsucht, dass er genauso glücklich wäre wie sie. Mitleid und Schamgefühl stiegen in ihm hoch, er kam sich klein und erbärmlich vor. „Du schaust wunderschön aus, Cristina", sagte er. „Ich kann mich glücklich schätzen, dich zur Frau zu bekommen. Bist du dir auch völlig sicher, mich unter diesen Bedingungen heiraten zu wollen?"
„Ja, das bin ich, Alfredo", antwortete sie leise. „Lieber sehe ich dich selten, als überhaupt nicht. Ich werde gut für unser Kind sorgen – es wird ein Bub, da bin ich ganz sicher. Ich wünsche mir, dass er dir ähnlich ist."
„Du solltest dir das nicht wünschen. Ich bin deiner nicht würdig."
Über Cristinas Gesicht zog ein Lächeln. „Doch, das bist du. Dein Sohn wird mich stets daran erinnern, wie glücklich wir waren, als du mir allein gehört hast. Ich liebe dich, Alfredo – daran wird weder deine Abwesenheit noch die andere Frau etwas ändern." Ihr Blick war der eines Kindes – voll Vertrauen und Liebe.
Franz nahm sie in die Arme und küsste sie.

Obwohl Franz wusste, dass Cristina unter seinem Weggang leiden, sein Kind nur sporadisch seinen Vater sehen würde, zog es ihn immer mehr in Richtung Heimat. Der Drang seinen Beruf auszuüben, die politische Arbeit in seiner Partei wieder aufzunehmen, Antonia zu umarmen wurde beinahe übermächtig. Tag für Tag studierte er die Zeitungen und hoffte auf die Nachricht, dass der Krieg und damit auch die Monarchie endlich Geschichte sein würden. Er verbarg seine innere Unruhe vor Cristina, was nicht schwer war, da die Schwangerschaft ihr Leben bestimmte.
Und dann kamen, wenn auch nur nach und nach die Meldungen, die er herbeigesehnt hatte: Österreich-Ungarn zerfiel, tausende Menschen demonstrierten in Wien gegen den Weiterbestand der Monarchie, die österreichische Regierung trat zurück, die von einem Sozialisten ausgearbeitete provisorische Verfassung wurde

angenommen. Somit war die Monarchie am Ende, die Sozialdemokraten forderten vehement die Demokratie als Staatsform. Am 11. November um 11 Uhr wurde das Waffenstillstandsabkommen zwischen dem Deutschen Reich und den Alliierten im Wald von Compiègne, 60 km von Paris, unterzeichnet. Nur einen Tag später wurde im Wiener Parlament die Republik „Deutschösterreich" ausgerufen. Franz meinte, es sprenge ihm vor Freude die Brust, als er diese Neuigkeit las. „Cristina", rief er, „ich habe nicht umsonst gekämpft. Der Krieg und die Monarchie sind Vergangenheit, jetzt wird mein Traum von einer Demokratie wahr! Die Macht wird vom Volke ausgehen, es wird nie mehr Krieg geben." Er umarmte sie stürmisch und vergaß, was diese Nachrichten für sie bedeuteten.

Sein nächster Weg führte ihn zu Julio. Mit einem erregten „Julio, hast du es schon gesehen?" fuchtelte er mit der Zeitung vor seinem Gesicht herum. „Gestern wurde die Republik ‚Deutschösterreich', ausgerufen! Jetzt ist es soweit Julio! Wir können nach Hause – wir können endlich nach Hause! Ist das nicht wunderbar?"

Es würde mich nicht wundern, wenn er gleich einen Indianertanz aufführt, dachte Julio. „Ich habe es schon gesehen, Franz", antwortete er lächelnd. „Ich freue mich genau wie du auch. Venedig ist schön, aber zuhause ist eben zuhause! Das einzige, was meine Freude etwas trübt, ist, dass diese Republik ein Bestandteil der deutschen Republik werden soll."

„Damit bin ich, obwohl meine Parteigenossen dafür sind, auch nicht gerade glücklich. Aber wie auch immer, das Wichtigste ist, dass der Friedensvertrag unterzeichnet ist, der Krieg ein Ende hat und unsere Monarchie Vergangenheit ist."

Julio nickte. „Da war Kaiser Karl einsichtiger, der Wilhelm, dieser sture Hund, hat zwar als deutscher Kaiser abgedankt, aber nicht als König von Preußen."

Franz zuckte die Achsel. „Und wenn schon? Das hat keine Bedeutung. Was mir Sorge bereitet sind die Friedensbedingungen. Man hört noch nichts davon, aber ich bin sicher, sie werden hart sein – sehr hart!"

„Was mich wundert, ist, dass Kaiser Karl so mir nichts dir nichts auf seine Regierungsgewalt verzichtet hat und die kaiserliche Regierung ad hoc zurückgetreten ist", gab Julio stirnrunzelnd von sich.

„Mich nicht. Er hat erkannt, dass die Verteidigung der Monarchie keinen Sinn mehr machen würde. Jetzt hat er wenigstens einmal etwas richtig gemacht, dieser Schwächling. Der Krieg hätte schon viel früher aus sein können, wenn er diplomatisch auf der Höhe gewesen wäre."

„Zu seiner Ehre muss man sagen, dass er es versucht hat", warf Julio ein. Gegen die Deutschen konnte er sich aber leider nicht durchsetzen."

„Das hätte er aber müssen! Und dass er den Gaskrieg zugelassen hat, darüber will ich gar nicht reden – eine Schande!"

„Den Gaskrieg kannst du ihm nicht alleine anlasten", entgegnete Julio. „Angefangen haben die Franzosen 1914. Die Deutschen haben mit Chlorgas bei der Schlacht bei Ypern zurückgeschlagen und dann haben die Truppen der Entente sich gerächt und so ging es weiter – Schlag und Gegenschlag, ein Grauen ohne Ende."

„Das stimmt schon Julio. Aber Österreich-Ungarn hätte sich davon distanzieren müssen. Das ist nicht passiert und genau das werfe ich Kaiser Karl vor. Er hat die Kriegsführung mit Gas nur bedauert – das war alles. Wir hatten damit ja auch sehr großen Erfolg." Franz Stimme wurde sarkastisch. „Immerhin habe wir im Juni 1916 bei St. Michelle del Carso damit 8.000 Italiener unter die Erde gebracht, die zum Großteil gar keine Schutzkleidung hatten." Seine Lippen pressten sich hart gegeneinander.

„Glaub nicht, dass ich das vergessen habe, wie könnte ich. Die normalen Gefechte waren schon scheußlich, aber die Gasangriffe waren das Furchtbarste, was ich je erlebt habe."

Beide schwiegen, sahen mit ernsten Gesichtern vor sich hin, schienen die Geschehnisse zu rekapitulieren. „Was auch geschehen sein mag" unterbrach Franz schließlich das Schweigen, „wir können daran nichts mehr ändern. Vergangen ist vergangen, jetzt müssen wir in die Zukunft schauen. Die politischen Landschaften werden sich verändern – es wird nie mehr Krieg geben."

„Dein Wort in Gottes Ohr", brummte Julio. Dann fragte er unvermittelt: „Wann wirst du nach Wien fahren?"

„Bald. Ich kann es gar nicht mehr erwarten, beim Aufbau mitzuhelfen."

„Verstehe. Aber scheinbar hast du vergessen, dass du in zwei Monaten Vater wirst. Du wirst wohl Cristina nicht vor der Geburt alleine lassen, oder?"

Franz' wechselnde Gemütsverfassung war auf seinem Gesicht so deutlich ablesbar wie auf einem Barometer. „Ich werde natürlich bis nach der Geburt bleiben", brummte er mit einem unwirschen Unterton. „Aber zumindest kann ich Antonia schreiben, dass es mir gut geht."

„Was sagst du, wenn sie fragt, warum du nicht sofort heimkommst?"

„Es wird mir schon irgendeine Ausrede einfallen", antwortete Franz wegwerfend. „Aber eines sage ich dir Julio, im Februar hält mich nichts mehr – so leid mir das für Cristina auch tut. Wann fährst du nach Wien zurück?"

„Ich habe es nicht gar so eilig – irgendwann im späten Frühjahr. Ich habe dir ja erzählt, dass mir meine Mutter unser altes Haus in Mödling und etwas Geld hinterlassen hat. Ich werde dort eine Kfz-Werkstätte aufmachen – das wollte ich schon immer."

„Julio, wenn du sowieso nach Wien zurückkehrst ... könntest du nicht der Mittelsmann zwischen mir und Cristina sein? Du musst nicht meinen, dass mir mein Kind und sie egal sind – beileibe nicht. Ich werde die beiden so oft wie möglich besuchen. Dich möchte ich auch nicht aus den Augen verlieren Julio – ich möchte, dass wir Freunde bleiben."

„Dagegen spricht nichts", erwiderte Julio mit einem warmen Blick. „Ich nehme dir nichts übel, Franz. Du hast aus Cristina eine ehrbare Frau gemacht, wenn auch unter falschem Namen, das war mir ein Anliegen und du hast es erfüllt. Ich hoffe nur, dass du nicht irgendwann wegen dieses Namens Schwierigkeiten hast. Wer weiß, wo Alberto die Pässe herhat", fügte er mit einem besorgtem Gesichtsausdruck hinzu.

„Das Risiko ist gering. Wir haben nur kirchlich geheiratet, die Kirche wird nichts überprüfen. Fatal wäre nur, wenn ein echter Galoni in Erscheinung tritt … aber das müsste mit dem Teufel zugehen."

8. KAPITEL

1919

Wild wirbelte der Wind die Schneeflocken durch die Luft, bis sie letztendlich sanft und lautlos auf das graue Kopfsteinpflaster sanken. Wie ein neugieriges Kind streckte Oberstleutnant Otto Johann Fürst von und zu Grothas, Graf von Läthenburg, seine Hand nach den weißen, fragilen Eiskristallen aus. Konzentriert beobachtete er, wie sie mit seiner Haut in Berührung kamen und fast im selben Augenblick unsichtbar wurden. Genauso schnell ist jetzt die Monarchie verschwunden, schoss es ihm durch den Kopf. Was bleibt, ist Geschichte und auf die können wir uns wahrhaftig nichts einbilden. Werden unsere Nachkommen jemals unsere Handlungsweise verstehen und verzeihen können? Er steckte seine kalte Hand in die Manteltasche und sah an der Fassade seines Palais empor. Endlich zuhause! Absichtlich hatte er niemanden von seinem Eintreffen verständigt, wollte mit sich und seinen Empfindungen allein sein. Aber da war nichts – absolut nichts. Er seufzte und betätigte die Glocke.

Erst nach zweimaligem Läuten öffnete sich die Tür. Ein ihm unbekannter Diener maß ihn von oben bis unten und schnauzte: „Verschwinde oder ich hol die Polizei."

„Holen Sie Gottfried, aber flott", befahl Otto in gewohnt scharfer Manier. „Sie dummer Mensch!"

Verunsichert durch Ottos akzentuierte Sprechweise knurrte der Lakai: „Warten Sie hier", und knallte die Tür zu.

„Den werde ich mir kaufen", murmelte Otto.

Minuten später stand Gottfried vor ihm. „Durchlaucht!", rief er. „Durchlaucht sind es – sind es wirklich!" Seine Augen füllten sich mit Tränen. „Und gesund, was für ein Glück!"

„Das ist es, Gottfried … Ich freue mich, dich wiederzusehen!" Entgegen jeder Etikette ging Otto auf den alten Mann zu und umarmte ihn.

Gottfried erstarrte.

Otto lächelte und trat einen Schritt zurück. „Gottfried, wach auf! Sonst erfrieren wir hier noch."

„Eure Durchlaucht mögen entschuldigen – wie nachlässig von mir."

Als sie hineingingen, deutete Otto mit dem Daumen auf den Diener, der ihn so schroff abgewiesen hatte. „Was ist das?"

„Das ist unser neuer Lakai Josef, Euer Durchlaucht. Ich bitte für ihn um Entschuldigung, er konnte nicht wissen, wer vor ihm steht. Ich darf mir die Bemerkung erlauben, dass Durchlaucht nicht gerade vorteilhaft aussehen."

„Die Uniform hat tatsächlich schon bessere Zeiten gesehen", erwiderte Otto mit einem abermaligen Lächeln, „und mein sonstiges Äußeres wirkt zugegebener Maßen auch nicht sehr vertrauenerweckend. Dennoch – ich dulde eine solche Art nicht in meinem Haus, auch bei keinem Bettler."

„Sehr wohl, Durchlaucht", erwiderte Gottfried und drückte Josef Ottos Reisegepäck in die Hand.

Otto stieg mit Gottfried die Stufen zu seinen Gemächern empor, die er schon tausende Male gegangen war. Trotzdem fühlte er sich als Fremder. Das Gebäude kam ihm düster und abweisend vor. „Es ist kalt hier", bemerkte er.

„Ich bitte um Nachsicht, Durchlaucht. Aber in Wien ist zurzeit keine Kohle aufzutreiben."

Otto enthielt sich eines Kommentars und fragte stattdessen: „Ist mein Sohn zu Hause?"

„Der junge Prinz hat jetzt Nachmittagsunterricht, er müsste in zwei Stunden hier sein", antwortete Gottfried und öffnete die Tür zum Wohnsalon.

Otto sah sich um. Alles war wie immer, alles war an seinem Platz. Wie oft habe ich von diesem Augenblick geträumt, dachte er, und jetzt? Komme ich mir gänzlich fehl am Platze vor.

„Darf ich Durchlaucht behilflich sein?", fragte Gottfried und unterbrach damit seine trüben Gedanken.

„Lass mir bitte ein Bad ein und danach wäre eine Rasur dringend nötig … Wie geht es Ihrer Durchlaucht?"

„Ihre Durchlaucht hält ihren Mittagsschlaf. Ihre Durchlaucht ist sehr schwach, der plötzliche Tod von Gräfin von Steinach hat Ihre Durchlaucht sehr mitgenommen. Wollen Durchlaucht vor dem Bade speisen?"

„Nachher, Gottfried – irgendetwas. Der Krieg hat mich gelehrt, jegliche Nahrung zu schätzen. Dazu etwas Wein. Ich kann es gar nicht mit Worten ausdrücken, wie froh ich bin, wieder zuhause zu sein – wenn auch mit einem bitteren Beigeschmack. Entgegen meines Verstandes habe ich bis zuletzt gehofft, dass wir das Ruder noch herumreißen können."

Wenig später lag Otto in der Badewanne. Das duftende Wasser umspülte seinen muskulösen Körper, auf dem kein Gramm Fett zu finden war. Er versuchte sich zu entspannen – es gelang nicht. Wie in einer Endlosschleife hämmerte es in seinem Kopf: Österreich ist besiegt, die Monarchie ist Geschichte, die Kronländer haben sich abgespaltet, unser ehemaliges Reich schrumpft zu einer Erbse. Österreich ist Republik, ein Bestandteil der Deutschen, wir sind besiegt, wir sind verloren. Hunderttausende Soldaten sind tot … für einen Gott, den es nicht gibt, für einen alten, unbarmherzigen Kaiser, der sie in den Krieg getrieben hat, und für ein Vaterland, das kaum mehr vorhanden ist.

Geistig und körperlich angeschlagen stieg er aus der Wanne und wurde wie ein kleines Kind von seinem Kammerdiener umsorgt. Mit väterlichem Spürsinn erkannte Gottfried, wie unglücklich sein Herr war. Besorgt runzelte er die Stirn, als er merkte, dass er kaum etwas aß, jedoch dem Wein ausgiebig zusprach. „Wünschen Durchlaucht den Kaffee hier zu trinken?", fragte er, als Otto das Zeichen zum Abservieren gab.

„Nein. Bring ihn in mein Arbeitszimmer und einen großen Cognac dazu. Wir haben doch noch welchen?"

„Selbstverständlich." Er sollte nicht so viel trinken, dachte er im Hinausgehen. Das ist nicht gut – gar nicht gut.

In langsamen Schlucken trank Otto seinen Kaffee und rauchte sich dazu wie früher üblich eine Zigarre an – sie schmeckte nicht. Er stand auf, ging mit dem Cognacglas zum Fenster und sah auf die Freyung hinunter. Das frühere bunte Treiben fehlte. „Trostlos, einfach trostlos", murmelte er, trank seinen Cognac in einem Zug aus, setzte sich zu seinem gewohnten Platz am Schreibtisch und rückte dies und das zurecht, obwohl alles seine Ordnung hatte. Danach zog er eine Lade nach der anderen auf, blickte hinein und schloss sie wieder. Nichts ist hier, was noch wichtig wäre, dachte er und griff nach seinen gewohnten Zigaretten. Im selben Augenblick wurde die Türe aufgerissen.

„Papa, endlich!", rief Alexander, lief auf ihn zu und fiel ihm um den Hals. „Du weißt nicht, wie sehr ich dich vermisst habe."

Wortlos drückte Otto seinen Sohn mit Tränen in den Augen an sich. Nach drei Jahren Kampf an der Isonzo-Front hielt er endlich sein Kind in den Armen. Und jetzt nahm er die Gefühle wahr, die er vermisst hatte: Glück und Freude.

Otto erwachte, als Gottfried die Vorhänge aufzog. „Ist es tatsächlich schon 9 Uhr?", brummte er verschlafen.

„Wie Durchlaucht angeordnet haben. Darf ich Durchlaucht das Bad einlassen?"

„Das darfst du", antwortete Otto und zog den Schlafrock über. „Danach bestell für Nachmittag meinen Schneider – nichts passt mehr."

„Es tut mir leid, Durchlaucht. Euer Schneider ist an der Ostfront gefallen. Aber ich werde mich sofort nach einem gebührenden Ersatz umsehen."

„Tu das!", erwiderte Otto. Die Nachricht überraschte ihn weder noch berührte sie ihn. „Wunderbar wieder zuhause zu sein", fuhr er nach einer Pause fort. „Ich habe seit langem nicht so gut geschlafen!"

Gottfried schluckte die Antwort „Zwei Flaschen Wein und eine halbe Flasche Cognac müssen schließlich etwas bewirken" hinunter und sagte stattdessen: „Das freut mich Durchlaucht. Wollen Durchlaucht wie üblich im Arbeitszimmer frühstücken?"

„Heute ja. Ab Morgen möchte ich gemeinsam mit Alexander im Biedermeierzimmer frühstücken. Wann nimmt er sein Frühstück ein?"

„Um sieben Uhr."

„Dann bleibt ja alles beim Alten, nur der Raum ändert sich."

„Möchten Durchlaucht wie vor dem Krieg schwarzen Kaffee, weißes Gebäck, Butter, Marmelade und ein Ei?"

„Ich dachte, Wien steht vor einer Hungerskatastrophe?"

„Das gilt für die allgemeine Bevölkerung, Durchlaucht. Wer genug Geld hat, bekommt am Schwarzmarkt immer noch alles. Nur das Brot ist knapp und die Kaisersemmel gibt es auch noch nicht. Beides bäckt Ida selbst."

„Ja, dann … Gottfried, ich möchte, dass das gesamte Personal um 15 Uhr im kleinen Festsaal versammelt ist."

„Sehr wohl, Euer Durchlaucht. Ich werde das veranlassen."

„Gut. Jetzt kannst du mich rasieren."

Eine Stunde später betrat Otto nach Rasierwasser duftend sein Arbeitszimmer. Bedächtig verzehrte er sein Frühstück und las wie gewohnt nebenbei die Zeitung. „So eine Neuigkeit aber auch, dass der Kaiser nicht mehr regiert, die Monarchie in Scherben liegt und Wien die Hauptstadt einer Republik ist", murmelte er. Der scharf formulierte Leitartikel über die mangelhafte Steuerpolitik der Regierung, die Bevorzugung der Tschechen gegenüber dem deutschen Bürgertum und die angekündigte Demonstration vor dem Rathaus entlockte ihm nur ein spöttisches Lächeln. Es hat sich viel geändert und es wird sich vieles ändern, aber eines bleibt wohl immer gleich: Es wird gestritten, was das Zeug hält. Bei dem Artikel, dass 33 Frauen in Berlin quer durch alle Parteien in den Nationalrat entsandt wurden, ließ er die Zeitung sinken, weil er an Franz dachte. Mein sozialistischer Freund, du wirst deine reine Freude haben. Seien es die Frauen, sei es die Republik, sei es die Entwicklung in der Politik. Alles, wofür du gekämpft hast, ist in Erfüllung gegangen. Ob ich ihn jemals wiedersehen werde? Ich würde schon wollen, aber … Er seufzte auf, wandte sich wieder der Zeitung zu und überflog die ausländischen Nachrichten. Bei der Überschrift „Brot, Mehlversorgung für nächste Woche" stockte er, las, dass die Quote nicht erhöht und die Fleisch- und Zuckerquoten erneut gekürzt werden müssten. Ohne die Hilfe des Auslandes wird Österreich nicht überleben können, grübelte er, während er sich die erste Zigarette des Tages anrauchte. Wir Reichen müssen einen Beitrag leisten … ich muss unbedingt mit meinen Freunden über dieses Thema sprechen. Sie davon überzeugen, dass in diesen Zeiten nicht jeder nur auf sich selbst schauen kann. Vielleicht nehmen sie sich ein Beispiel, wenn ich ihnen mitteile, was ich zu tun gedenke. Maximilian wird mir dabei sicher helfen. Ich muss ihn anrufen. Er stand auf, ging zum Telefon und wählte seine Nummer. Wie erwartet brach ein Schwall von Worten über ihn herein. Zu seinem Erstaunen spürte er nicht die leiseste Distanz, es war, als hätten sie sich gestern erst getroffen – sie vereinbarten ein Treffen am späten Nachmittag.

Den Hörer noch am Ohr wählte er die Nummer von Oberst Heinrich Freiherr von Bradow. Bei Bradows ersten Worten lachte er laut auf. „Nein, Heinrich, du hast dich nicht verhört, ich bin es." … „Unbedingt. Wir können uns gerne nächste Woche treffen. Ist Rudolf gut nach Hause gekommen?" … „Gott sei Dank! Das freut mich. Ein Glück, dass er das Gemetzel am Monte Grappa überlebt hat." … „Natürlich würde ich mich freuen, ihn wiederzusehen! Weißt du, wie es meinem Cousin, Oberst von Amsal, ergangen ist?" … Otto lauschte und zeichnete wie gewohnt kleine Männchen auf ein Stück Papier. Schließlich sagte er: „Das war zu erwarten. Eine Eigenmächtigkeit beim Militär wird nicht verziehen." … „Ja, das ist schade. Ich weiß, dass ich sein Regiment übernommen hätte und zum Oberst aufgestiegen wäre." … „Nein. Das ist mir jetzt so etwas von egal. Was nützen uns heute unsere ehemaligen Ränge? Wir sind nichts – gar nichts." … „Du sagst es. Aber was soll man machen? Hast du seine Adresse?" ... „Fein." ... „Langsam, ich schreibe mit." Er kritzelte die Adresse und Telefonnummer seines Großcousins neben den Strichmännchen hin. Mit einem lauten „Fertig!", schob er das Papier auf die Seite und hörte plötzlich nur mehr ein Rauschen in der Leitung. „Ich höre nichts. Was hast du gesagt?" ... „Jetzt geht es wieder" ... „Gerne. Dienstag um 18 Uhr bei dir – ich freue mich. Lass deine Gattin und Rudolf schön grüßen!" Schwungvoll warf er den Hörer auf die Gabel. Dann starrte er mit einem leeren Blick das Gemälde gegenüber seinem Schreibtisch an. Es bleibt mir nichts anderes übrig, ich muss sie besuchen – da führt kein Weg vorbei. Mit einem stöhnenden Atemzug stand er auf und machte sich auf den Weg zu den Gemächern seiner Frau.

Normalerweise kamen ihm die langen Korridore des Palais endlos vor, heute verging ihm die Zeit zu schnell, obwohl er langsam ging und da und dort stehen blieb. Als er Getruds Schlafgemach betrat, mussten sich seine Augen erst an das Dämmerlicht gewöhnen. Die schweren Vorhänge waren halb zugezogen und ließen nur spärlich Licht herein. Gertrud saß mit Polstern gestützt in ihrem Himmelbett. Sie kam ihm in dem großen barocken Bett klein wie ein Kind vor. Ihre Haare waren zerzaust, ihr Gesicht wirkte aufgedunsen, die Haut welk. Eine ihm unbekannte ältere Frau saß neben ihr und fütterte sie. Er trat an Gertruds Bett, nahm ihre schlaffe Hand und deutete einen Handkuss an.

„Da bist du also, Otto", flüsterte Gertrud. Ihre Augen wanderten ruhelos durch den Raum, ihre Hände strichen fahrig über die Bettdecke.

Mit allem hätte Otto gerechnet, nur nicht damit, dass er Mitleid mit ihr haben würde. Zum ersten Mal seit seinem Kriegseinsatz regte es sich wieder – dieses Gefühl, dass er verloren zu haben glaubte. Warum gerade bei ihr? Bei ihr, die er zu hassen meinte. Er war innerlich so aufgewühlt, dass er zu keiner Bewegung fähig war. Erst als die ältere Dame vor ihm knickste und leise sagte: „Ich bin die Zofe Ihrer Durchlaucht, Baronin von Sterzig", kam er zu sich.

„Wie geht es dir?", fragte er Getrud. Sie reagierte nicht.

„Ich darf Seine Durchlaucht darauf hinweisen, dass Ihre Durchlaucht zurzeit kaum spricht", flüsterte Baronin Sterzig.

„Wenn Sie hier entbehrlich sind, möchte ich Sie in meinem Arbeitszimmer sprechen", entgegnete Otto, ohne auf die Information einzugehen.

„Wäre es Durchlaucht in einer halben Stunde recht?"

Otto nickte und flüchtete.

„Ihre Durchlaucht hatte vor zwei Wochen einen erneuten Zusammenbruch", erzählte Baronin von Sterzig, als sie Otto gegenübersaß. „Der Arzt nimmt an, dass Ihre Durchlaucht den Tod von Gräfin von Steinach immer noch nicht überwunden hat."

„Heißt das, dass sie abermals dem Alkohol zusprach?"

„Nicht nur das. Ihre Durchlaucht nahm dazu regelmäßig Beruhigungspillen. Der Arzt sagte, er hätte den Eindruck, als wolle Ihre Durchlaucht Selbstmord auf Raten begehen."

„Ist Medizinalrat von Ebenstein noch ihr Arzt?"

„Nein. Der Herr Medizinalrat ist vor zwei Jahren verstorben. Ein junger Arzt, der sehr tüchtig ist, hat seine Praxis übernommen. Er heißt Doktor Robert Freisach. Er hat Ihre Durchlaucht auch im Sanatorium betreut."

„Ich will mit ihm sprechen. Machen Sie für morgen Vormittag einen Termin mit ihm aus und geben Sie Gottfried Bescheid, wann er kommen wird. Das wäre alles – danke." Mit gefurchter Stirn sah ihr Otto nach. Schrecklich, was der Alkohol aus einem Menschen macht. Im gleichen Moment dachte er an seinen eigenen nicht unerheblichen Alkoholkonsum und beschloss im selben Augenblick, etwas dagegen zu unternehmen. Ein Klopfen an der Tür unterbrach seine Gedanken.

„Ich darf Euer Durchlaucht darauf aufmerksam machen, dass es 15 Uhr ist", sagte Gottfried. „Das Personal ist versammelt."

„Danke, Gottfried. Ich komme gleich."

Als er im kleinen Festsaal erschien, brandete zu seinem Erstaunen Applaus auf, die anschließende Willkommensrede von Gottfried rührte ihn – mehr, als er sich eingestehen wollte. „Ich danke dir, Gottfried", sagte er, als dieser zu Ende gesprochen hatte, „und Ihnen allen für die herzliche Begrüßung. Seit ich in den Krieg gezogen bin hat sich vieles, wie Sie alle wissen, verändert. Österreich-Ungarn hat den Krieg verloren, die Republik Deutschösterreich ist ausgerufen worden. Damit ist eine neue Zeit angebrochen, nichts wird so bleiben, wie es war, außer in meinem Haus, was ihre Arbeit betrifft. Ich werde nicht nur niemanden entlassen, wenn er seine Arbeit ordentlich verrichtet, sondern ich werde auch Ihre Gehälter erhöhen." Mit einer Handbewegung stoppte er das aufkommende Geraune. „Das wird Sie bei der jetzigen wirtschaftlichen Lage wundern, aber ich denke, dass es gerade jetzt für uns alle wichtig ist, Mut zu fassen und nach vorne zu schauen. Ich weiß, dass das Leben vor meiner Haustüre sehr schwer ist, ich weiß, dass die Bevölkerung hungert und ich weiß auch, dass Arbeitsplätze rar sind. Aus diesem Grunde werde ich eine Ausspeisung für die Armen auf der Freyung initiieren und bezahlen. Hier im Haus wünsche ich, dass nur Speisen gekocht werden, die gesund, nahrhaft, ortsüblich und der Jahreszeit angepasst sind. Ich will keinen Lachs, Kaviar oder sonstige Luxusspeisen auf meinem Teller. Wir können uns sowieso glücklich schätzen, dass unsere Köchin Lebensmittel ohne Rationierung und Karte einkaufen kann. Dies zur Ernährung.

Nun zu meiner Absicht bezüglich der Arbeitsplätze in meinem Haus, aber auch in meinen Ländereien. Ich werde zumindest für einige Zeit mehr Arbeitsstellen schaffen. Hier im Palais durch Umbauarbeiten – es entspricht nicht mehr den modernen Bedürfnissen. Falls einer von Ihnen Ideen oder Anregungen hat – sie sind nicht nur erwünscht, sondern auch notwendig. Gottfried wird Ihre Vorschläge in den nächsten zwei Wochen sammeln und sie mir danach übergeben." Er pausierte und blickte in die Runde. „Die nächsten Monate werden für Sie nicht einfach sein", fuhr er schließlich fort. „Es wird gehämmert und gebohrt werden, der Lärm und der Staub werden nicht unerheblich sein. Ich möchte Sie schon jetzt informieren, was alles geändert werden wird: Die Gästezimmer und auch Ihre Unterkünfte werden renoviert, Toilettenanlagen und Leitungen für Kalt- und Warmwasser eingebaut, die Heizanlagen ausgetauscht. Ich will nie mehr von Kohle abhängig sein. Ein einziges Telefon hier im Haus ist zu wenig, daher werde ich eine moderne Anlage einbauen lassen, wo auch die Kommunikation intern mittels Telefonen erfolgen wird. Das wird für mich und auch für Sie untereinander einfacher sein." Sein suchender Blick fand die Köchin und blieb auf ihr haften. „Die Küche wird, auch wenn Sie das, Ida, schwer akzeptieren können, von Grund auf erneuert."

Ida bekam einen knallroten Kopf und blickte zu Boden.

Otto lächelte und sprach weiter. „Ich werde Kühlschränke mit großen Eisfächern aufstellen lassen und vor allem einen modernen Herd. Dieses alte Monstrum kann nun wirklich niemand mehr gebrauchen. Die Reinigung des Palais wird durch moderne Staubsauger einfacher werden, das Waschen und Bügeln der Wäsche durch elektrische Waschmaschinen und Mangeln aus Metall mit Dampf[8] statt der üblichen Holzmangeln … Das wäre alles, Sie können jetzt wieder an ihre Arbeit gehen." Abermals ließ er seine Augen über die sichtbar aufgeregte Schar seiner Leute wandern. Sie blieben bei dem Stubenmädchen mit dem kastanienbraunen Haar und den grünen Augen haften. Belustigt bemerkte er, dass sie verlegen zu Boden blickte und ihr die Röte in die Wangen schoss. Er richtete ein Stoßgebet zum Himmel: Gott sei's gedankt, ich habe meine Wirkung auf die Weiblichkeit nicht verloren.

Fest umarmten sich die beiden Männer, tröstend klopfte Otto Maximilian auf den Rücken, während er ihm sein Beileid zum Tode seiner Frau aussprach.

„Danke, Otto", erwiderte Maximilian mit Tränen in den Augen. „Wie tut es gut, dich wiederzusehen!"

„Mir geht es genauso, Maxi. Ich weiß nur zu gut, dass es nicht selbstverständlich ist, hier vor dir zu stehen. Nimm doch bitte Platz. Möchtest du einen Whisky mit einer Zigarre?"

„Sehr gerne. Gemeinsam rauchen, trinken und über dies und das zu diskutieren ... Das alles habe ich vermisst." Noch bevor die Rauchwolken der Zigarren zur Decke stiegen, war die gewohnte Vertrautheit da. Minuten wurden zu Stunden, eine Zigarre löste die andere ab, ein Glas nach dem anderen wurde geleert. Otto erzählte von seinem Kriegseinsatz, Maximilian von der Heimatfront. „Nochmals Danke, Maxi, dass du dich um alle meine Angelegenheiten so gewissenhaft gekümmert hast", sagte Otto schließlich. „Besonders dafür, dass du dich in so liebevoller Weise um Alexander gekümmert hast – das vergesse ich dir nie. Mein Haus steht immer für dich offen ... aber das weißt du."

„Das ist lieb von dir, Otto. Ich habe es gerne getan, es war mir eine Ehre. Sehr bedauerlich, dass Gertrud wieder einen Rückfall hatte – ich habe alles versucht, um ihn zu verhindern."

„Ich weiß, ich habe heute mit ihrer Zofe gesprochen. Morgen werde ich mich mit ihrem Hausarzt ausführlich beraten – so kann es auf jeden Fall nicht weitergehen." Die gemeinsam geleerte Whiskyflasche löste Ottos Zunge. „Du hattest übrigens mit deiner Annahme damals recht, ich hatte mit Gertrud heftige Differenzen. Aber jetzt? Sie ist immer noch meine Frau und ich sehe es als meine Pflicht an, mich um sie zu kümmern. Ich rede von Pflicht, nicht von Zuneigung, geschweige denn von Liebe. Trotz allem ... ich habe Mitleid mit ihr – ich möchte nicht, dass sie leidet."

„Willst du dich von ihr scheiden lassen?"

„Nein. Schon Alexanders wegen nicht. Ich hatte in der Gefangenschaft viel Zeit nachzudenken. Ich werde mich von ihr trennen und doch auch wieder nicht."

„Wie meinst du das?"

„Ich werde das Palais umbauen lassen, es ist wirklich nicht mehr adäquat. Bei dieser Gelegenheit werde ich Gertruds Räume so gestalten lassen, dass sie von meinen getrennt sind. Ein Haus im Haus sozusagen. Aber jetzt genug von mir, Maxi. Was planst du nun für deine Kinder? Ohne ihre Mutter werden sie es schwer haben."

Maximilian las in Ottos Augen Mitgefühl und Zuneigung. Er schluckte. „Ich habe beschlossen, meine Gefühle in den Hintergrund zu stellen und mich von ihnen zu trennen. Es fällt mir schwer – aber es muss sein. Sie brauchen Ordnung in ihrem Leben und vor allem eine Frau an ihrer Seite –zumindest die Kleinen. Damit meine ich die Zwillinge Elisabeth und Joseph, sie werden heuer zehn Jahre, und Johann, der gerade eben erst fünf wurde. Helgas Schwester Adelheid, die schon seit Jahren verwitwet ist, hat sich bereit erklärt, für sie zu sorgen. Sie ist sehr nett, die Kinder mögen sie. Der Große, Karl, hat voriges Jahr maturiert und will unbedingt Priester werden, was mich sehr glücklich macht. Er ist bereits von Zuhause ausgezogen und wohnt im Priesterseminar in der Boltzmanngasse."

„Und was ist mit dir? Du willst allein in deinem großen Palais wohnen bleiben?"

„Was bleibt mir anderes übrig? Ich gebe zu, es wird recht einsam werden." Maximilian fuhr sich mit der Zunge über die Oberlippe. „Es ist mir peinlich, es dir zu sagen …"

„Vor mir braucht dir nichts peinlich zu sein", unterbrach ihn Otto.

Maximilian räusperte sich. „Ich mache mir über die Zukunft große Sorgen." Er tat einen tiefen Atemzug und schwieg.

„Die da wären?", forschte Otto schließlich nach.

„Ich habe fast mein ganzes Vermögen in Kriegsanleihen gezeichnet."

„Du meine Güte! Wie konntest du nur? Wir haben so oft darüber gesprochen."

Maximilian spürte, wie ihm das Blut in die Wangen stieg. „Ich war fest überzeugt, dass wir den Krieg gewinnen werden. Hast du einen Vorschlag, was ich jetzt tun soll?"

„Maxi, ich kann dir – zumindest jetzt – keinen Rat geben. Im Moment ist alles ungewiss, nicht einmal die Grenzen unseres neuen Staates sind festgelegt."

Es folgte eine lange Pause.

„Ich hätte nie gedacht", nahm Otto den Faden wieder auf, „dass sich Österreich-Ungarn so schnell auflöst. Nie gedacht, dass Kaiser Karl die Regierungsgeschäfte so rasch aus der Hand gibt und die Republik Deutschösterreich als Bestandteil der deutschen Republik ausgerufen wird und noch dazu mit einem sozialdemokratischen Staatskanzler. Nie im Leben hätte ich das geglaubt!"

„Ich auch nicht, Otto, ich auch nicht! Was soll ich nun machen? Ich habe außer ein wenig Bargeld und dem Palais nichts mehr. Meinst du, ich bekomme zumindest einen Teil meines Geldes zurück?"

Otto zuckte die Achseln. „Wir müssen abwarten. Die entscheidende Frage ist, wie es mit der Österreichisch-Ungarischen Bank weitergeht und ob unsere Währung stabil bleibt – kommt auf die Währungspolitik der neuen Nationalstaaten an. Im schlimmsten Falle wird es zu einer Geldentwertung kommen. Es tut mir leid, Maxi, ich kann dir beim besten Willen keinen Tipp geben." Er seufzte. „Wie oft habe ich dir gesagt, dass wir nicht siegen werden? Und leider habe ich recht behalten … bei den Fehlentscheidungen des Armeeoberkommandos kein Wunder. In einem Anfall von Größenwahn dachte ich, etwas bewirken zu können – es war ein großer Fehler."

Eine fühlbare Stille breitete sich aus. Maximilian betrachtete intensiv seine Schuhspitzen. Was war ich doch blöd, dachte er. Wieso habe ich nicht auf ihn gehört? Otto spielte mit seinem Glas und dachte an das Gespräch, das er mit Maximilian im Parkhotel Schönbrunn geführt hatte. „Ich verstehe dich nicht", platzte er schließlich heraus. „1914 im Parkhotel Schönbrunn habe ich dir doch geraten, dein Vermögen so wie ich in Sicherheit zu bringen. Erinnerst du dich?"

Maximilian zupfte an seiner Krawatte. „Ja, ich erinnere mich. Du sagtest, dass du auf Vaterlandstreue pfeifst und dein Geld in der Schweiz liegt."

„Genau. Wieso hast du nur meinen Ratschlag nicht befolgt Maxi! Die Schweiz hatte nie kriegerische Auseinandersetzungen, weil alle maßgebenden Leute ihr Geld dort gebunkert haben. Der Franken ist nach wie vor eine äußerst stabile Währung." Otto sah Maximilians betretene Miene. Wozu noch in der Wunde bohren, dachte er und sagte mit gespielt munterer Stimme: „Aber nun ist nichts mehr zu ändern, reden wir nicht mehr davon. Warte ab, vielleicht ist alles nur halb so schlimm. Sind die Kinder wenigstens abgesichert?"

„Ja, das ist seit ihrer Geburt geregelt", antwortete Maximilian. „Sie haben auch ein nicht unbeträchtliches Vermögen von ihrer Mutter geerbt. Ich habe Helgas Vermögen nie angerührt … es war auch nie notwendig."

Entgegen seiner soeben wohlgemeinten geäußerten Worte war Otto klar, dass Maximilians Vermögen unwiderruflich verloren war. Plötzlich, wie aus heiterem Himmel, fiel ihm eine Lösung für Maximilians Misere ein. „Maxi, es ist doch Unsinn, wenn du allein in deinem Palais lebst. Was hältst du davon, zu mir zu ziehen? Ich habe genug Platz und ich würde mich sehr freuen, wenn du mein Angebot annehmen würdest. Ich stelle dir so viele Zimmer zur Verfügung, wie du willst, veranlasse, dass sie nach deinem Geschmack hergerichtet werden und meine Dienstboten stehen dir genauso zur Verfügung wie mir. À la longue[9] kannst du dein Palais verkaufen und bist wieder flüssig. Was meinst du dazu?"

Maximilian war so verblüfft, dass es ihm im Moment die Rede verschlug. Mit so einem Vorschlag hatte er nicht gerechnet. Das kann er nicht ernst meinen, dachte er. Ich soll bei ihm, in seinem Palais wohnen? Es ist wunderschön, keine Frage … aber ohne Gartenanlage. Wer weiß, was mit meinen prachtvollen Pflanzen passiert, wenn ich … andererseits hat er recht, ich wäre wieder flüssig. „Ich weiß nicht, was ich dazu sagen soll", sagte er schließlich. „Dein Angebot ehrt mich – natürlich! Allerdings … ich will dich nicht belästigen."

„Das tust du nicht Maxi, im Gegenteil. Alexander und ich würden uns sehr freuen. Wenn du willst und es dir Spaß macht, könntest du den Umbau hier überwachen. Ich habe dazu weder Lust noch Zeit, deine Unterstützung würde mir sehr helfen." Mit dem letzten Satz traf Otto geschickt Maximilians wunden Punkt. Hilfe zu geben war für ihn nicht nur ein Gebot des Christentums, sondern auch eine persönliche Notwendigkeit. Außerdem war es Otto während ihres Geplauders aufgefallen, dass Maximilian seine Arbeit im Kriegsfürsorgeamt während des Krieges mehr als nur vermisste.

Maximilians Gesicht hellte sich auf. „Wirklich?"

„Wirklich", antwortete Otto und unterdrückte ein Lächeln. „Du weißt, für solche Aufgaben bin ich viel zu ungeduldig. Obendrein habe ich genug damit zu tun, meine politischen Kontakte nach allen Seiten aufzufrischen und unsere sogenannten Freunde auszuhorchen."

„Ja, wenn das so ist … dann nehme ich dein Angebot an."

Otto hob sein Glas. „Es gilt, mein Freund! Mein Zuhause ist auch deines!"

9. KAPITEL

„Jetzt schauen Sie nicht so verzweifelt", sagte Frau Wotruba zu Antonia. „Er wird schon kommen. Die Hauptsache ist doch, dass er lebt und es ihm gut geht. Ich glaube, Sie haben zu viel Zeit zum Nachdenken."

Antonia nickte. „Das kann schon stimmen, Frau Wotruba. Ohne Arbeit zieht sich der Tag dahin und das Wetter trägt auch nicht gerade zu meiner Stimmung bei." Sie trat zum Fenster und schob den Vorhang auf die Seite. „Es schneit schon wieder."

Frau Wotruba unterbrach das Löffeln ihrer Suppe und sah ebenfalls hinaus. „Tatsächlich! Mir wäre wohler, wenn der Winter schon vorbei wäre."

„Soll ich Ihnen noch eine Decke bringen?"

„Nein. Es geht schon – die Suppe wärmt."

„Ein Jammer, dass es weder Koks noch Kohle zu kaufen gibt", bemerkte Antonia, während sie ihr Umhängetuch fester um die Schultern zog. „Drin ist es fast so kalt wie draußen. Einen Holzofen müsste man haben. Frau Müller, Sie wissen, die Familie im dritten Stock, geht in den Wienerwald Holz sammeln. Aber nicht, dass sie glauben, ihr Mann hilft ihr dabei. Sie hat mir erzählt, dass er, seit er vom Krieg heimgekommen ist, nur herumsitzt, trinkt und vor sich hin starrt."

„Wahrscheinlich kommt er sich zu nichts nütze vor. Man muss sich in die Seele so eines Mannes hineinversetzen. Im Krieg hatte er Verantwortung, war vielleicht Zugsführer oder gar Offizier. Plötzlich ist er nichts mehr, soll seine Arbeit als Kellner, oder was weiß ich, fortsetzen und seine Kinder und seine Frau sind ihm fremd geworden. Die ist es jetzt gewohnt, alles allein durchzuziehen, braucht ihn nicht – das merkt er natürlich." Frau Wotruba wiegte den Kopf. „Das ist nicht leicht."

„Damit haben Sie schon recht", erwiderte Antonia nachdenklich. Die Männer haben sich im Krieg verändert und wir Frauen auch. Wir sind es nun gewohnt, ein Leben ohne Männer zu führen

– das verkraften sie nicht."

Frau Wotruba schob den leeren Suppenteller von sich. „Man muss Geduld haben … die Umgewöhnung ist für beide Seiten nicht einfach."

Antonia nickte. „Ich verstehe einfach nicht, wo Franz bleibt", sagte sie nach einigen Minuten. „Im Dezember hat er mir geschrieben, dass er auf seine Papiere warten muss, und jetzt ist es Ende Jänner. Außerdem frage ich mich, was er in Venedig macht."

„Sie sollten sich nicht so quälen – er wird seine Gründe haben. Immerhin war er bei seiner Flucht ein Gefangener." Frau Wotruba bückte sich, wickelte die Decke fester um ihre Füße und wechselte absichtlich das Thema. „Wie geht es Herrn Karrer?", fragte sie. „Haben Sie etwas von ihm gehört? Er ist so ein netter junger Mann."

„Ich habe ihn vorige Wochen zufällig auf der Straße getroffen. Er hat mir erzählt, dass er der Kommunistischen Partei Deutschösterreich beigetreten ist. Er war ganz begeistert von einer gewissen Frau Fischer[10]. Erinnern Sie sich noch, Frau Wotruba, wie er 1917 mit uns über die russische Revolution gesprochen hat? Schon damals war er von Lenin fasziniert."

„Hoffentlich verrennt er sich da nicht. Es ist mir unbegreiflich, dass man nach einem Krieg für eine Revolution sein kann. Wir können froh sein, dass wir endlich Frieden haben. Egal, es geht uns nichts an. Wollen wir Karten spielen?"

„Gerne. Da vergeht wenigstens die Zeit." Antonia ging zum Küchenkasten, holte aus der Lade die Schnapskarten, setzte sich an den Tisch und teilte aus. „Wenn ich nur schon wieder Arbeit hätte."

„Das wird schon, Sie werden sehen", erwiderte Frau Wotruba und nahm ihre Karten zur Hand. Während sie die Karten mit gerunzelter Stirn ordnete, sagte sie: „Es sind bald Wahlen, zum ersten Mal dürfen auch wir wählen – grandios. Sie gehen doch hin?"

„Selbstverständlich. Franz würde mir nie verzeihen, wenn ich das nicht täte. Ich erinnere mich noch gut, wie 1907 die Sozialdemokraten für das allgemeine Wahlrecht der Männer gekämpft haben. Jetzt ist es endlich bei uns soweit."

Frau Wotruba blickte von ihrem Kartenblatt auf. „Ich bin mir nicht ganz sicher, wen ich wählen werde. Ich schwanke zwischen den Großdeutschen und den Sozialdemokraten. Die Christlichsozialen wähle ich sicher nicht. Ich bin keine so große Kirchenanhängerin und außerdem verherrlichen sie immer noch die Monarchie, die uns schlussendlich nur geschadet hat!"

„Die Großdeutschen würde ich an Ihrer Stelle nicht wählen, Frau Wotruba. Die wollen unbedingt einen Anschluss an das Deutsche Reich und sind außerdem judenfeindlich – das finde ich nicht richtig. Warum sollen Juden andere Menschen sein? Die wähle ich sicher nicht. Ich wähle die Sozialdemokraten, aber nicht, weil Franz in der Partei ist. Es ist meine eigene Entscheidung, sie setzen sich für die Demokratie und uns Arbeiter ein … Sie spielen aus."

Frau Wotruba knallte das Karoass auf den Tisch.

Antonia stach mit Atout und sprach weiter. „Dass die Sozialdemokraten für den Anschluss an das Deutsche Reich sind, stört mich allerdings."

„Ich sehe den Anschluss an Deutschland nicht negativ. Wir sind zu einem kleinen Land geschrumpft, wirtschaftlich viel zu schwach, um zu überleben. Und außerdem waren die Deutschen im Krieg unsere Bündnispartner."

„Erstaunlich, wie Sie sich in Ihrem Alter noch mit der Politik auseinandersetzen."

„Was ist daran erstaunlich? Es wäre eigenartig, wenn wir Frauen, jetzt wo wir wählen dürfen, uns keine politische Meinung bilden würden." Frau Wotruba spielte ihre letzte Karte aus und rief triumphierend: „Ich habe gewonnen!"

Zur selben Zeit, als Antonia mit Frau Wotruba plauderte, lag Cristina in den Wehen. Es war Freitag, der 31. Jänner. Franz ging im Wohnzimmer auf und ab, Julio brütete in einer Ecke still vor sich hin. Ab und zu drang ein lautes Stöhnen aus dem Schlafzimmer.

„Dauert das immer so lange?", fragte Franz.

„Manchmal Tage", antwortete Julio und schenkte sich einen Grappa ein. „Willst du auch einen?"

„Nein. Ich möchte nicht besoffen sein, wenn mein Kind auf die Welt kommt." Franz unterbrach seine Wanderung und setzte sich. „Hast du gelesen, wie die Sozialisten in der Heimat auf dem Vormarsch sind? Ich könnte vor Freude an die Decke springen. Die einzig bittere Pille ist für mich, dass sie unbedingt einen Anschluss an das Deutsche Reich wollen. Adler und Renner wollten einen Bundesstaat, aber Otto Bauer[11] möchte unbedingt den Anschluss – ich fürchte es wird ihm gelingen."

„Es war vorherzusehen, dass man nach Adlers Ableben Bauer als seinen engsten Mitarbeiter in das Führungsgremium der Partei holt. Dass man ihn gleich als Staatssekretär des Äußeren vorschlägt, hat mich allerdings überrascht."

„Mich auch. Mir wäre ein anderer lieber gewesen – Bauer ist mir zu weit links. Wahrscheinlich wurde er während seiner Gefangenschaft in Russland zu sehr von den Menschewiki[12] beeinflusst. Ein Glück, dass Renner Staatskanzler geworden ist und somit ein starkes Gegengewicht zu ihm darstellt. Trotzdem … Die Aufspaltung in rechts und links gefällt mir nicht. Ich frage mich, was das soll. Wir sind Sozialisten und keine Marxisten! Und was die Deutschen betrifft – sie waren es, die Österreich-Ungarn zu einem Krieg gegen die Serben ermuntert, wenn nicht sogar gedrängt haben."

„Weil sie die Vormachtstellung in Europa wollten", warf Julio ein.

Franz nickte. „Unsere Truppen haben sie bevormundet, wo es nur ging und schlussendlich waren wir nur mehr ein Spielball in ihren Händen."

„Schon richtig, Franz. Aber du vergisst, dass sie uns nicht nur einmal aus der Patsche geholfen haben. Einerlei … der Krieg ist Vergangenheit. Jetzt interessiert mich vor allem, wo unsere Staatsgrenzen sein werden."

„Wir werden es bald wissen, Julio. Am 16. Februar sind die

Wahlen zur verfassunggebenden Nationalversammlung und zum ersten Mal sind auch die Frauen wahlberechtigt. Endlich! Ich möchte unbedingt bei diesem Ereignis in Wien sein. Meinst du, ich kann Cristina mit dem Baby dann schon alleine lassen?"

Julio zuckte mit der Achsel. „Ob du nächste oder übernächste Woche fährst, ist meiner Meinung nach egal. Nach der Geburt wird sie so sehr mit eurem Baby beschäftigt sein, dass du ihr wahrscheinlich nicht abgehst. Für später musst du dir allerdings etwas einfallen lassen. Du willst doch nicht, dass dich dein Kind nur aus Erzählungen kennt. Oder?"

Franz blickte zu Boden. „Ich kann es drehen und wenden, wie ich will, Julio", sagte er schließlich. „Ich benehme mich beiden Frauen gegenüber wie ein Schuft … für mein Kind will ich aber ein guter Vater sein – ich weiß nur noch nicht wie."

„Du musst etwas erfinden, ein Rechtsanwaltstreffen oder so …"

„Es ist mir ein Gräuel, Antonia zu belügen. Es schmerzt mich und es macht mich wütend, wütend auf mich selbst – es hätte mir nicht passieren dürfen!"

„Dein Jammern bringt gar nichts. Ich frage dich: Was ist ärger, ein gewissenloser, verantwortungsloser Vater oder einer, der ab und zu die Unwahrheit sagt?"

„Beides ist für mich schrecklich." Kaum hatte Franz ausgesprochen, hörte er Cristina gellend aufschreien. Wie von einer Tarantel gestochen fuhr er hoch und rief Julio zu: „Jetzt habe ich aber genug, wer weiß, was das Weib mit ihr anstellt." Ohne die Anstandsregeln zu beachten, stürzte er in das Gebärzimmer. Er kam gerade zurecht, als sein Sohn den ersten Schrei tätigte. Wie angewurzelt blieb er stehen. Die Hebamme warf ihm einen kurzen Blick zu, schüttelte missbilligend den Kopf und nabelte das Neugeborene ab. Dann wickelte sie das kleine, verhutzelte krebsrote Wesen in ein Tuch und drückte es ihm in die Hand. Verdutzt starrte er das winzige Baby mit den vielen schwarzen Haaren und den großen braunen Augen an. Gleich darauf brüllte sein Sohn, was das Zeug hielt. Eilig legte er das schreiende Bündel in Cristinas ausgestreckte Arme.

„Ruhig, mein Kleiner", murmelte Cristina. „Sch ... nur ruhig." Schlagartig hörte das Schreien auf. „Alfredo, ist er nicht süß? Ich wusste, es wird ein Junge – er schaut dir ähnlich."

Zärtlich strich Franz Cristina eine feuchte Haarsträhne aus dem blassen blutleeren Gesicht, in dem die Spuren der Geburt zu sehen waren. Emotionen peitschten durch seinen Körper: Liebe, Verantwortung, Zärtlichkeit, Schuldbewusstsein und die Gewissheit, diese beiden Menschen für immer beschützen zu wollen.

Eine Woche später saß Franz im Zug nach Wien. Einerseits konnte er es nicht erwarten, Antonia in die Arme zu nehmen, andererseits vermisste er Cristina und seinen kleinen Sohn. Müde von der langen Bahnfahrt kam er in Wien am Südbahnhof an. Als er zur Straßenbahnhaltestelle ging, bemerkte er mit Genugtuung die vielen Plakate der bevorstehenden Wahlen.

Die Tatsache, gleich bei Antonia zu sein, ließ sein Herz unregelmäßig schlagen. Die Fahrt mit der Straßenbahn kam ihm endlos vor, den Weg zu seiner Wohnung legte er im Laufschritt zurück. Minuten später lag Antonia an seiner Brust. „Du bist da ... endlich bist du da", rief sie, klammerte sich an ihn und bedeckte sein Gesicht mit Küssen, während ihr die Tränen über die Wangen liefen.

Franz erwiderte ihre Küsse, murmelte Koseworte und drückte sie an sich. „Antonia, ich bin schmutzig und unrasiert", sagte er Minuten später und löste sich von ihr. „Warte ein Viertelstündchen und dann können wir da weitermachen, wo wir jetzt aufhören. Hast du vielleicht eine Kleinigkeit zu essen? Ich bin am Verhungern."

„Was bin ich blöd", sagte Antonia und klopfte sich an die Stirn. „Entschuldige. Natürlich habe ich etwas zu essen – ich richte es gleich her. Und eine Flasche Wein mache ich auch auf, zur Feier deiner Rückkehr." Sie eilte in die Küche und richtete mit zitternden Fingern das Essen her – ihr Herz raste.

Nach Rasierwasser duftend kam Franz wenig später aus dem Badezimmer und aß in Windeseile Brot, Käse und eine Dose Sardinen. Antonia sah ihm mit leuchtenden Augen und roten Wangen zu und plauderte über dies und das. Die anfängliche Fremdheit verschwand, blitzartig kehrten die Gefühle für einander zurück.

„Jetzt, mein Schatzi[13], bin ich zu jeder Schandtat bereit", sagte Franz und steckte das letzte Stück Brot in den Mund. Mit vollem Mund murmelte er: „Wieso schmeckt das Brot so komisch? Es bröselt auch ungewöhnlich stark."

„Wien hungert, Franz. Es gibt so gut wie nichts zu kaufen. Mehl ist immer noch Mangelware, daher wird das Brot mit allem Möglichen gestreckt. Aber jetzt erzähl! Wieso bist du geflüchtet und warum hat deine Heimkehr so lange gedauert?"

„Später, Antonia", antwortete Franz und unterdrückte ein Gähnen. „Wir haben endlos Zeit, uns alles in Ruhe zu erzählen."

„Stimmt, wir haben alle Zeit der Welt! Du musst deine Kanzlei erst wieder aufbauen und ich bin arbeitslos. Ich habe dir so viel zu erzählen – es wird Tage dauern." Antonia zögerte. „Ich habe deine Wohnung etwas verändert, hoffentlich gefällt es dir."

Franz lächelte. „Mein Bett ist aber schon noch dort, wo es immer war?"

„Das ist es, du kannst es schon benützen." Antonia warf ihm einen verheißungsvollen Blick zu. „Ich komm gleich nach."

„Beeil dich! Ich habe vieles im Krieg nur dadurch ertragen, weil ich an dich gedacht habe."

Vor Wohlbehagen aufstöhnend ließ er sich Minuten später in sein Bett fallen. Er sah nicht mehr Antonias enttäuschte Miene, die in Sekundenschnelle zu einem mütterlichen Lächeln wechselte, spürte nicht mehr ihren Körper, der sich an ihn schmiegte. Er war eingeschlafen – er war endlich zuhause.

Am nächsten Morgen erwachte Franz durch das Läuten der Kirchenglocken und wusste im ersten Moment nicht, wo er war. Als es ihm bewusst wurde, setzte er sich auf und betrachtete jedes einzelne

Möbelstück so intensiv, als wolle er es begrüßen. Mit einem wehmütigen Blick streifte er Waldemars ehemaligen Platz. Ach, Waldemar, dachte er. Ich hätte dich so gerne begrüßt, mein Alter ... du gehst mir ab. Abrupt stand er auf, streifte seinen Schlafrock über und machte sich auf den Weg ins Bad. Antonia war nirgends zu sehen. „Antonia?", rief er.

„Ich bin in deinem Arbeitszimmer", antwortete Antonia. „Komm her!"

Franz hielt Nachschau und erstarrte. Sein Arbeitsraum war verschwunden, ein gediegenes Esszimmer an seine Stelle getreten. Der Tisch war liebevoll gedeckt, so etwas wie Kaffeeduft stieg ihm in die Nase.

Zwei Falten bildeten sich über Franz' Nasenwurzel. „Wo ist mein Arbeitszimmer, Antonia? Und woher stammt das Geld für eine so teure Einrichtung?"

„Das erkläre ich dir alles später", antwortete Antonia fröhlich. „Jetzt frühstücken wir erst einmal." Hoffentlich gefällt ihm seine Kanzlei, dachte sie und konnte es kaum mehr erwarten, sie ihm zu zeigen. Hastig stopfte sie ihr Frühstück in sich hinein, rutschte unruhig auf ihrem Stuhl hin und her und verbat sich, Franz, der gemütlich frühstückte, anzutreiben. Als er fertig war, nahm sie seine Hand und zerrte ihn ohne ein Wort Richtung Eingangstüre.

„Was soll das?", fragte Franz lachend. „Wo willst du hin? Ich bin im Schlafrock!"

„Das macht nichts, wir bleiben im Haus. Und jetzt mach die Augen zu, ich führe dich."

Franz tapste hinter ihr her, hörte irgendwann das Geräusch eines Schlüssels. Danach Antonias Stimme: „Jetzt kannst du schauen!"

Franz öffnete die Augen. Er stand in einem großen hellen Raum, in dem sich das Mobiliar seines Arbeitszimmers nur spärlich ausnahm. Der Parkettboden war so fein poliert, dass er meinte, sein Spiegelbild zu sehen. Der Geruch von frischer Farbe lag in der Luft.

„Dein Gesicht solltest du jetzt sehen!", kicherte Antonia. „Das ist aber noch nicht alles." Sie zog ihn abermals hinter sich her. „Hier ist das Vorzimmer", erklärte sie, „da können deine Klienten warten und in diesem Kabinett habe ich alle deine Bücher untergebracht. Das Sofa und der schöne Lehnsessel sind von Frau Wotruba. Hier daneben in der kleinen Küche kannst du Kaffee oder Tee kochen. Und hier ist das Badezimmer, es ist klein, aber wie die Toilette brandneu mit fließendem Kalt- und Warmwasser. Hast du schon die schöne Lampe in deinem Arbeitszimmer gesehen? Komm, du musst sie dir unbedingt genau ansehen."

Nachdem Franz die Hängelampe im Jugendstil ausgiebig bestaunt hatte, drehte Antonia sich langsam im Kreise, breitete die Arme aus und rief: „Das alles ist Ihre neue Kanzlei, werter Herr Doktor!"

„Das ist wunderbar, Antonia", stotterte Franz. „Leider können wir uns die Miete der Wohnung, die wahrscheinlich nicht gerade klein ist, nicht leisten. Es wird dauern, bis ich wieder Klienten habe."

„Wir brauchen nichts zu bezahlen, Franz! Die Wohnung gehört Frau Wotruba, sie überlässt sie uns gratis. Dafür koche ich für sie, gehe einkaufen und spiele mit ihr Karten – damit ist sie zufrieden. Ist das nicht wunderbar?" Die Lügen gingen Antonia glatt über die Lippen.

„Wirklich? Ich kann es nicht glauben! Eine eigene Kanzlei und noch dazu in dieser Größe? Wie hast du das bloß geschafft, Schatzi? Ich werde mich gleich bei Frau Wotruba bedanken."

„Rede aber nicht davon, dass sie uns nichts verrechnet. Das wäre ihr peinlich. Sag ihr nur, wie sehr du dich freust – das reicht schon. Aber nicht jetzt, jetzt hast du von gestern Abend ein Versprechen einzulösen!"

Franz lachte. „So? Na, dann mache ich das doch glatt!" Er hob die laut quietschende Antonia auf und trug sie in das Kabinett. Ungeduldig rissen sie sich gegenseitig die Kleider vom Leib. Ihre Hände bewegten sich im selben Takt mit dem gleichen Ziel. Der Krieg, der Schmerz der langen Trennung – alles war vergessen. Als Franz nach wilden Küssen ihre Beine auf seinen Rücken legte und mit einem kräftigen Stoß in sie eindrang, schrie Antonia vor Lust auf. Sie liebten einander hemmungslos und leidenschaftlich.

Danach lagen sie wortlos nebeneinander. Franz strich über Antonias erhitzten Körper, während er sie lächelnd betrachtete. Ich habe mich richtig entschieden, dachte er. Ich liebe sie, wie sonst keine – ein Leben ohne sie wäre undenkbar. Sein Gewissen meldete sich, er schob es schnell zur Seite.

„An was denkst du?", fragte Antonia. „Du schaust plötzlich so ernst."

„Ich denke an dich, mein Schatz und wie sehr ich dich liebe. Und natürlich an das Wunder dieser Kanzlei. Die Frage ist jetzt nur, wie ich zu Klienten komme."

„Dass du mir aber nicht auf die Idee kommst, eine Klientin hierher zu führen!"

Franz lachte und hob feierlich zwei Finger zur Decke. „Ich schwöre, es nur zu tun, wenn sie sehr reich ist."

„Diese Aussage wirst du gleich bereuen", sagte Antonia und fing ihn zu kitzeln an. Er konnte sich vor lauter Lachen kaum wehren.

Vergnügt kehrten sie in die Wohnung zurück. Sie fühlten sich wie am Beginn ihrer Liebe, warfen sich verliebte Blicke zu, berührten, neckten und erzählten einander ihre gefilterten Erlebnisse: Franz redete über alles, nur nicht über die wahren Grausamkeiten der Kriegseinsätze und verschwieg, dass Marias Vater sein Bataillonskommandant und Retter war. Seine Flucht mit Julio vom Krankenhaus schmückte er aus, über seinen Aufenthalt in Venedig hielt er sich bedeckt. Antonia wiederum sprach über ihre Verzweiflung, sein Kind verloren zu haben, ihre Einsamkeit, ihre Sorge, ob er noch am Leben sei, über die Not in Wien, schilderte die Entwicklung Marias und beschrieb schlussendlich mit Tränen in den Augen Waldemars Tod. Ihre Todsünden, wie sie die Liebschaft mit Hans, die darauffolgende Abtreibung und die Erpressung der Fürstin benannte, behielt sie für sich.

„Wie geht es Hans?", fragte Franz, nachdem sie eine Weile still aneinandergekuschelt auf dem Sofa gesessen hatten.

Antonia fühlte ihre Wangen heiß werden. „Ich habe ihn schon lange nicht gesehen, er ist jetzt bei den Kommunisten."

„Was ist er? Ist er verrückt geworden? Ich muss unbedingt mit ihm sprechen. Warum bist du plötzlich so verlegen? Verschweigst du mir etwas?"

„Ich sag dir den Grund, aber du musst mir versprechen, es ihm nicht zu sagen. Ich habe ihn schon lange nicht mehr getroffen, seit ... seit ich weiß, dass er in mich verliebt ist. Natürlich ..."

Franz setzte sich kerzengerade auf und nahm den Arm von ihrer Schulter. „Was soll das heißen?", unterbrach er sie scharf. „Hat er sich dir gegenüber nicht korrekt benommen? Wenn er sich an dich herangemacht hat, dann gnade ihm Gott."

„Reg dich doch nicht gleich auf, Franz! Er hat sich anständig benommen. Es war nur so, dass wir beide sehr allein waren. Ich habe ein Treffen vermieden, weil ich ihn nicht in Versuchung führen wollte – das ist alles."

Franz blickte ihr direkt in die Augen. Es war der prüfende Blick des Rechtsanwaltes, der seinen Gegner taxiert. „Du sagst mir doch die Wahrheit, Antonia? Du weißt, wie ich Lügen hasse." Kaum hatte er den Satz beendet, wurde ihm bewusst, was er soeben beansprucht hatte. Er, der selbst ein Lügner war, forderte von ihr die unumschränkte Wahrheit. Wie kam er dazu, sie zu verdächtigen, nur weil er selbst ein mieser Betrüger und Lügner war?

Antonias Antwort riss ihn aus seinem Dilemma. „Das tue ich und was das mit dem Kommunismus betrifft – da hat er sich offensichtlich verrannt. Es wäre gut, wenn du mit ihm sprichst."

„Gleich morgen gehe ich zu ihm. Wie kann er das nur tun? Ich fasse es nicht. Gerade er, der vehement die Demokratie eingefordert hat. Einerlei ... wir wollen nicht weiter darüber sprechen, es lohnt nicht." Franz ließ sich bequem auf das Sofa zurücksinken und legte den Arm wieder um Antonias Schulter.

Hans riss Franz bei der Begrüßung fast den Arm ab, als er ihn am nächsten Tag besuchte. „Komm herein, Franz! Endlich bist du da! Ich dachte, ich höre nicht richtig, als du mich gestern angerufen hast. Du musst mir unbedingt von deiner Flucht erzählen!"

„Später", antwortete Franz und sprach absichtlich in unheilschwangerem Tonfall weiter. „Antonia hat mir alles erzählt."

Hans vermied seinen Blick. „Was ... was meinst du?", stotterte er.

„Ich meine nicht, dass du heimlich in Antonia verliebt bist. Das habe ich immer schon gewusst. Du darfst nicht vergessen, ich kenne meinen besten Freund." Franz lachte. „Du solltest dich jetzt sehen! Hast du vielleicht doch ein schlechtes Gewissen?"

Hans spürte, wie die Hitze ihn durchflutete, wusste, dass er rot wurde, und verfluchte sich dafür. „Nein, es ist mir nur peinlich", knurrte er. „Du weißt, ich rede nicht gerne über Gefühle."

„Schon gut, es gibt keinen Grund, sich dafür zu schämen. Aber du solltest dich über etwas anderes schämen. Wie kannst du nur zu den Kommunisten gehen? Bist du übergeschnappt?"

„Wie kannst du sagen, ich sei übergeschnappt? Du hast doch keine Ahnung, Franz. Du hast nicht miterlebt, wie die Sozialisten reagiert haben – lahmarschig wie immer. Und wie war dagegen die Oktoberrevolution? Kein Vergleich!"

„Jetzt sage ich dir einmal etwas", entgegnete Franz scharf, „und du brauchst gar nicht so ein beleidigtes Gesicht zu ziehen – dazu kennen wir uns schon zu lange. Österreich ist nicht Russland und jeder Radikalismus ist schlecht. Das solltest du eigentlich wissen. Ich verstehe die Wut der Arbeiter und auch ihre Sehnsucht nach Frieden. Es ist mir auch klar, dass eine Revolte zu inszenieren leichter ist, als eine Demokratie aufzubauen. Lenin hat in meinen Augen aber gar keine Revolution angezettelt, sondern einen Staatsstreich durchgeführt. Kennst du den Unterschied?" Da Hans schwieg, dozierte er: „Eine Revolution ist der Aufruhr von Menschen, ein Staatsstreich oder Putsch ist die gewaltsame Machtergreifung einer Minderheit."

Hans war über Franz' besserwisserische Art wütend. „Aber was

Lenin sagt, ist richtig", fauchte er. „Wahrscheinlich sind dir seine Aprilthesen nicht bekannt, sonst würdest du so nicht sprechen."

„Doch, das sind sie. Und sie sind bei uns so wenig anwendbar wie in Russland, sonst würde es dort keinen Bürgerkrieg geben." Hans setzte zu sprechen an, Franz stoppte ihn mit einer Handbewegung. „Ich sage nicht, dass die Friedenspolitik der Russen schlecht war, obwohl man nicht vergessen darf, dass sie die Deutschen gehörig unter Druck gesetzt haben. Der Frieden von Brest-Litowsk[14] war ein wichtiger Schritt in die richtige Richtung, weil er die Großmächte aufgerüttelt hat. Ich frage dich jetzt, wo sind Lenins geplante basisdemokratischen Arbeiter- und Soldatenräte geblieben? Weit und breit nicht in Sicht! Russland ist zu einer Einparteiendiktatur geworden. Ich habe mich über Lenin gut informiert und intensiv nachgedacht. Ich frage mich, wieso konnte er von der Schweiz so ungehindert über Deutschland nach Russland zurückkehren? Wieso hatte er das Geld für einen Umsturz? Meine These ist, ich gebe zu, sie ist gewagt, dass Lenin von den Deutschen dabei unterstützt wurde. Sie haben ihm absichtlich Geld gegeben und nach Russland einreisen lassen, um den russischen Staat zu destabilisieren."

„Das ist", Hans schnappte nach Luft, „das ist doch glatter Unsinn! Du kannst doch nicht ..."

„Kann schon sein, dass ich mich irre" fiel ihm Franz ins Wort. „Aber es wäre logisch. Es ist auf jeden Fall Blödsinn, wenn du auf die radikale Propaganda hörst: ‚Die Sozialdemokratie kann ihre geschichtliche Aufgabe nur im Klassenkampf erfüllen' oder ‚dem kapitalistischen Staat keinen Mann und keinen Heller', all das ist purer Unsinn. Die Sozialdemokraten wollen, und damit sage ich dir jetzt wirklich nichts Neues, einen demokratischen Parlamentarismus und die Einberufung einer konstituierenden Nationalversammlung. Und das ist Gott sei Dank auch geschehen. Wie kannst du jetzt zu den Kommunisten gehen? Jetzt, wo unsere Partei das Sagen hat, wo wir einen sozialdemokratischen Staatskanzler haben, wo wir all das verwirklichen können, wovon wir geträumt haben? Wie kannst du nur?" Je länger er sprach, desto leiser und akzentuierter wurde seine Stimme. Er war nun, was selten passierte, wirklich wütend.

„Was, bitte ist schlecht an einer Gütergemeinschaft, einer klassenlosen Gesellschaft, in der das Privateigentum an Produktionsmitteln aufgehoben ist und die Produktion des gesellschaftlichen Lebens rational und gemeinschaftlich geplant und durchgeführt wird?", fragte Hans trotzig. „Was ist schlecht daran, wenn das Proletariat das Sagen hat?"

„Das sind doch nur Phrasen, Hans, die nicht umsetzbar sind", antwortete Franz mit einer beiläufigen Handbewegung. „In Wirklichkeit kommt eine Diktatur dabei heraus. Möchtest du wirklich hier Zustände wie in Russland? Dort ist, wie ich schon sagte, Bürgerkrieg! Willst du das? Oder willst du vielleicht eine Rätediktatur? Das kann ich mir nicht vorstellen." Seine Stimme wurde ruhiger, sein Blick zwingend. „Vergiss nicht, wofür wir eingestanden sind. Wir haben für eine Demokratie gekämpft, für eine Herrschaft, die vom Volk ausgeht und durch das Volk auch ausgeübt wird. Jetzt endlich haben wir freie Wahlen, wo auch Frauen wählen können, jetzt können wir unsere Ideen realisieren! Wach auf, Hans! Gerade jetzt brauchen wir jeden Mann und jede Frau, die sozialdemokratisch wählen."

Hans wusste im tiefsten Inneren, dass er recht hatte. Aber, wie würde er dastehen, wenn er jetzt klein beigeben würde? Er fixierte die Wand hinter Franz und dachte nach.

Franz schwieg ebenso und rauchte sich eine Zigarette an. Soll er nur nachdenken, er wird schlussendlich begreifen, dass ich recht habe.

Nach einer geraumen Weile sagte Hans: „Ich werde es mir überlegen – vielleicht habe ich überreagiert."

Franz hakte nach: „Ich sage dir, Hans, wenn du das Scheißparteibuch der Kommunisten nicht zurücklegst und schleunigst wieder das der Sozialdemokraten nimmst, bin ich dein Freund gewesen!"

Jetzt trat Hans den endgültigen Rückzug an. „Schon gut!", sagte er und hob mit einer hilflosen Geste beide Hände. „Du hast mir gehörig die Leviten gelesen … und jetzt trinken wir ein Glas Wein auf deine Wiederkehr – mein Freund!"

10. KAPITEL

Otto studierte die Umbaupläne, die ausgebreitet vor ihm auf dem Tisch lagen, Maximilian sah ihm über die Schulter. „Was sagst du dazu, Maxi?", fragte er nach einer geraumen Weile.

Maximilian klopfte mit dem Zeigefinger auf die Galerie[15]. „Willst du wirklich hier eine Mauer aufstellen lassen? Es wäre schade um den schönen langen Gang."

„Das sehe ich nicht dramatisch. Schau, Maxi, die Wand verläuft erst hier drüben – 57 Meter Länge reichen. Außerdem geht es nicht anders, wenn ich meine Räume von Gertruds getrennt haben will und sie in ihren gewohnten Gemächern mit dem Wintergarten bleiben soll. Wie gefällt dir dein Appartement[16]?"

„Es ist ideal, Otto. Offizielle und private Bereiche sind getrennt – wunderbar. Wobei ein Audienzzimmer nicht nötig gewesen wäre, das große Arbeitszimmer hätte durchaus gereicht. Sehr nobel von dir! Danke."

„Keine Ursache. Es ist mir ein Anliegen, dass du dich hier wohlfühlst, du sollst dein Zuhause nicht vermissen. Mir gefällt besonders die Planung für die Gästezimmer mit den integrierten Badezimmern und die Küche ist mit der alten nicht zu vergleichen."

„Das ist wahr – die Köchin kann sich freuen. Wenn die Entwicklung der Technik so weitergeht, spart man das halbe Personal ein. Was die Gästezimmer betrifft, die finde ich fast ein wenig zu luxuriös."

Otto grinste. „Das ist Absicht, Maxi. Ich möchte damit so richtig protzen."

Maximilian zog eine Augenbraue in die Höhe. „Entschuldige Otto, wenn ich das jetzt sage: Das tun nur Kriegsgewinnler und Neureiche – es ist unter unserer Würde."

„Mein Großtun hat auch seinen Grund. Diese rote Bagage, die jetzt am Ruder ist, wird uns in naher Zukunft die Adelstitel aberkennen. Und wenn sie das tun, will ich wenigstens mit meinem Reichtum glitzern. Zuerst war ich über diese Anmaßung wütend, doch dann habe ich nachgedacht und bin zu folgendem Ergebnis gekommen: In Wirklichkeit stört uns vom Hochadel dieses Gesetz herzlich wenig. Nur eitle Tröpfe und der niedrige Adel, also Beamte und Offiziere, werden darunter leiden." Otto hob spöttisch einen Mundwinkel. „Mir persönlich ist die Aberkennung völlig gleichgültig; ich kann mir auch ohne die Anrede Durchlaucht Respekt verschaffen."

Maximilians Augen weiteten sich „Wie bitte?", rief er aus. „Sie wollen uns die Titel wegnehmen? Das glaube ich nicht! Woher weißt du das?"

„Ich habe immer noch meine Quellen im Parlament. Am 3. April soll das Adelsaufhebungsgesetz in der neu gewählten Nationalversammlung beschlossen werden. Wir dürfen kein ‚von' mehr führen, auch keinen Titel, wir haben ferner nicht mehr das Recht auf Prädikate wie Durchlaucht, Erlaucht oder Hoheit und dürfen keinen Wappennamen oder adeligen Beinamen führen, natürlich auch kein Familienwappen. Sollten wir das Gesetz missachten, werden wir bestraft. 20.000 Kronen oder Arrest bis zu sechs Monaten." Otto sprach im amüsierten Ton.

„Ich frage mich, was du daran lustig findest!"

„Das will ich dir sagen: Erstens, wenn du die Grausamkeiten dieses Krieges erlebt hättest, so wie ich es getan habe, wo deine Bedürfnisse auf ein Minimum reduziert sind, wo du nur mehr um dein Leben bettelst, wären dir ein Titel auch scheißegal – entschuldige meine Ausdrucksweise. Zweitens, weil ich die Absicht, die dahintersteckt, belustigend finde. Die neue Regierung will uns mit der Abschaffung der Adelstitel zeigen, dass wir nichts mehr sind und nichts mehr zu sagen haben. Sie vergessen oder sind zu blöd, um es zu begreifen, dass sich trotzdem nichts ändert. Wir verkehren nach wie vor in unseren Kreisen und wir haben, außer den Habsburgern, weiterhin unser Vermögen, so man es gescheit angelegt hat." Im selben Augenblick, als er das letzte Wort ausgesprochen hatte, war er wütend auf sich selbst. Nichts lag ihm ferner, als Maximilian zu verletzten. An seinem Blick sah er jedoch, dass er es getan hatte. Er klopfte Maximilian auf den Arm und fügte hinzu: „Entschuldige Maxi, ich wollte dir nicht zu nahetreten."

„Schon gut", murmelte Maximilian „Du hast ja recht."

Otto überging seinen Einwurf und sprach hastig weiter. „Neben dem Adelsaufhebungsgesetz wird auch das Habsburgergesetz beschlossen werden. In diesem wird die Übernahme des Vermögens des früher regierenden Hauses Habsburg-Lothringen sowie seiner Zweiglinien durch den Staat Deutschösterreich sowie die Abschaffung aller Vorrechte des früheren Herrscherhauses vollzogen werden. Die Kaiserfamilie wird des Landes verwiesen, andere dürfen bleiben, wenn sie auf ihre Herrschaftsansprüche verzichten und sich als Bürger der Republik bekennen – offiziell ist somit unser Stand gestorben. Ich betone das Wort offiziell. Ich habe mich schiefgelacht, als ich gehört habe, was Graf Sternberg auf seine Visitenkarten drucken lässt. ‚Geadelt von Karl dem Großen, entadelt von Karl Renner', das finde ich genial – vielleicht mache ich das auch."

Maximilian lachte ein wenig – es klang eher bitter als amüsiert.

„Ich finde das ganze Getue der Regierung eher komisch, denn tragisch", fuhr Otto fort. „Dass die Politiker jetzt kein gutes Haar an uns lassen", er hob die Schultern, „das müssen sie in dieser Situation."

„Als hätten wir alles falsch gemacht!", erwiderte Maximilian mit rotem Kopf. „Seit Jahrhunderten haben die Habsburger regiert und jetzt werden sie davongejagt wie gewissenlose Verbrecher, weil der Krieg verloren wurde. Die Politiker sollten nicht vor der Monarchie Angst haben, sondern vor den roten Schweinen, die nun am Werk sind. Die Lage in Ungarn und Deutschland mit den Räteregierungen ist katastrophal!"

„Die Politik hat vor beiden Angst. Was glaubst du wohl, warum die Volkswehr[17] aus dem ehemaligen Kader der k. u. k. Armee so überraschend schnell gegründet wurde? Weil die Republik vor Restaurationsversuchen der Habsburger und der Monarchisten Angst hat und zusätzlich vor den Kommunisten. Es ist mir schleierhaft, wie Julius Deutsch …"

„Wer ist Julius Deutsch?", fiel ihm Maximilian ins Wort.

„Julius Deutsch ist der Staatssekretär für das Heereswesen … was ich sagen wollte, es ist mir schleierhaft, wie er es geschafft hat, die ehemaligen kaiserlichen Offiziere zum Aufbau des neuen Heeres zu bewegen. Der Mann ist offenbar sehr geschickt." Otto starrte ein paar Sekunden lang ins Leere. Dann sprach er seine insgeheime Befürchtung laut aus: „Ich hoffe, dass uns eine kommunistische Räterepublik erspart bleibt – das wäre wirklich fatal. Zum Glück haben bei den Wahlen nicht die Sozialisten gewonnen, wenn sie auch mehr Abgeordnete haben als die Christlichsozialen."

„Aber der erste Präsident und damit das Staatsoberhaupt ist ein Sozialdemokrat, das tut weh. Wohin wird das alles noch führen?" Maximilian stieß einen Seufzer aus.

„Wir müssen uns wohl oder übel mit der neuen Entwicklung abfinden, auch wenn es schmerzt. Da helfen kein Klagen und kein Stöhnen. Tatsache ist, wir haben den Krieg verloren und sind auf die Gnade unserer ehemaligen Feinde angewiesen. Erst wenn der Friedensvertrag unterzeichnet ist, werden wir wirklich wissen, woran wir sind. Der Titel ist mir powidl[18], wie ich schon sagte, ich mache mir eher Sorgen um meine Ländereien in Mähren, Böhmen und um Schloss Derowetz. Wer weiß, was die Tschechoslowaken planen – bei diesem Pack, das jetzt am Ruder ist. Denk nur daran, wie sie uns auf hinterhältigste Weise in den Rücken gefallen sind, als sie uns ganz schnell noch den Krieg erklärt und sich auf die Seite der Siegermächte geschlagen haben. Es würde mich nicht wundern, wenn sie eine Bodenreform durchführen. Und wenn sie das tun, könnte ich alle meine Besitzungen verlieren. Nicht dass ich dann ein armer Mann wäre, aber der Verlust von 15.000 Hektar Forst und fast ebenso viel Landwirtschaft würde mich schon hart treffen. Abgesehen davon, dass meine Vorfahren bereits ab dem 17. Jahrhundert dort gelebt haben."

„Ich kann mir nicht vorstellen, dass dir die Tschechoslowaken so mir nichts dir nichts dein ganzes Land wegnehmen. Das wäre glatter Diebstahl! Erhartsau, der Besitz deiner Mutter in …, wie sagt man jetzt?"

„Oberösterreich."

„Richtig, in Oberösterreich, ist aber nicht gefährdet?"

„Nein. Es wird, wie gesagt, nur das Vermögen der Habsburger konfisziert. Die Grafschaft Erhartsau, die Ländereien in Niederösterreich rund um unsere Stammburg Grothas und Schloss Ziernhof, Gertruds Erbteil, bleiben mir erhalten. Die Einkünfte aus der Holzwirtschaft von der Grafschaft Läthenburg in Schlesien sind nach dem Krieg sogar mehr geworden. Ich gratuliere mir noch heute, dass ich die Grafschaft unter der Bedingung der Gewinnbeteiligung verkauft habe. Wobei …" Otto stoppte und legte eine nachdenkliche Pause ein.

„Wobei?", hakte Maximilian nach.

„… die Frage ist, ob der österreichische Teil von Schlesien in Zukunft bei uns bleibt. Sollte er von Polen und der Tschechoslowakei geschluckt werden, dann … Er verzog das Gesicht, als hätte er soeben eine bittere Pille geschluckt.

„Schrecklich, diese Ungewissheit. Ist der Franken jetzt noch stabil? Wenn ja, dann würde ich den Erlös von meinem Palais natürlich auch in der Schweiz anlegen. Ein zweites Mal passiert mir nicht der gleiche Fehler!"

„Der Schweizer Franken steht gut da, was man von der Krone nicht behaupten kann. Ich habe an Barvermögen in Kronen nur die Einkünfte aus meinen Zinshäusern, das reicht. Den Umbau hier finanziere ich von der Schweiz aus."

„Du bist nach wie vor ein reicher Mann!", stellte Maximilian ohne eine Spur von Neid fest.

„Das ist nicht allein mein Verdienst, wir Grothas haben unseren Besitz immer schon gut verwaltet. Man sagt zwar, Geld allein macht nicht glücklich, aber es macht frei. Egal wer immer in Österreich regiert – jeder ist käuflich, es kommt nur auf die Höhe der Summe an. Was mir dabei einfällt, hättest du Lust, mit mir in die Schweiz an den Vierwaldstättersee zu fahren?"

„Der ist doch in der Nähe von Luzern, oder?"

„Ganz richtig. Ich habe mir dort knapp vor dem Krieg ein Schlösschen gekauft. Es heißt ‚Hogär' – ‚Hogär' ist schwyzerdütsch und heißt Hügel. Wahrscheinlich hat man es so benannt, weil es auf einem Hügel liegt. Die Aussicht auf den See ist wunderbar, du musst es dir unbedingt ansehen."

„Ich nehme dein Angebot gerne an, Otto. Hast du es als Kapitalanlage gekauft?"

„Auch. Aber in erster Linie, weil ich dadurch die Schweizer Staatsbürgerschaft bekommen habe. Du weißt, ich habe an unseren Sieg nie geglaubt, daher dachte ich, dass eine Doppelstaatsbürgerschaft nur ein Vorteil sein kann."

Mit einem Ausdruck der Bewunderung sah ihn Maximilian an. „Du bist in diesen Dingen viel klüger als ich, vorausblickender. Was war ich blöd, ich könnte mir die Haare raufen!"

„Du warst nicht blöd, du warst ein vaterlandstreuer Idealist. Ich dagegen …, du kennst mich – du bist ein bei weitem besserer Mensch als ich." Otto hob die Hand. „Widersprich mir nicht, es ist schon so. Jetzt müssen wir einmal die Friedensverträge abwarten, dann sehen wir, wie sich die Wirtschaft und der Geldmarkt entwickeln – vielleicht ist von deinem Vermögen doch noch etwas zu retten. Aber nun", er klopfte auf die Pläne, „zurück zum Umbau. Der Architekt hat gemeint, dass die Arbeiten bis zum Herbst erledigt sein werden. Kann ich nun damit rechnen, dass du alles im Auge behältst und kontrollierst? Und wenn ja, darf ich dir dann für diese Arbeit, die doch sehr intensiv und verantwortungsvoll ist, geldlich entgegenkommen? Sag bitte jetzt nicht aus Stolz nein."

„Ich überwache den Umbau sehr gerne für dich, Otto. Danke für dein Vertrauen. Was das Geld betrifft, so komme ich im Moment noch gut zurecht. Allerdings", Maximilians Wangen nahmen einen zarten Rotton an, „würde ich jetzt schon gerne deine Einladung, bei dir zu wohnen annehmen. Es macht mir nichts aus, wenn ich vorderhand mit wenig Raum auskommen muss. Es ist nicht wegen der laufenden Kosten, obwohl, ich will es nicht verschweigen, auch diese von Bedeutung sind. Der wahre Grund ist, dass ich es nicht mehr ertrage, in dem großen Gebäude allein zu sein. Es ist so leer – so schrecklich leer. Überall sehe ich Helga, egal wohin ich auch gehe. Ich höre sie sogar reden." Er hatte ohne Absatz und Punkt gesprochen.

„Maxi, du bist mir doch keine Erklärung schuldig", erwiderte Otto mit einem warmen Blick. „Ich habe gesagt, komm wann immer es dir beliebt, und das habe ich auch so gemeint. Was hältst du davon, wenn wir uns jetzt ein Glas Wein genehmigen und auf unsere Freundschaft an…" Er unterbrach sich, da die Tür aufgerissen wurde. Gottfried stürzte herein. „Was sind denn das für Sitten, Gottfried?", fragte er barsch. „Ich muss mich doch sehr wundern!"

Gottfried beugte sein Haupt. „Durchlaucht mögen mir verzeihen", keuchte er. „Die Fürstin, Euer Durchlaucht Gattin ist …" Er schnappte nach Luft.

„Beruhig dich, um Himmels Willen. Was ist mit der Fürstin?"

„Ihre Durchlaucht liegt am Boden und rührt sich nicht. Bitte, Euer Durchlaucht mögen sich selbst überzeugen. Die Zofe ist in Tränen aufgelöst und zu nichts fähig."

„Komm mit, Maxi", rief Otto über die Schulter, während er hinauslief.

Gertrud lag regungslos mit weißem Gesicht neben ihrem Bett.

Otto beugte sich über sie. Der Geruch von Alkohol stieg ihm in die Nase. „Gottfried, lass sofort den Arzt holen", befahl er, bevor er sich an Maximilian wandte: „Hilf mir Maxi, sie wieder auf ihr Bett zu legen – sie hat wieder getrunken."

Behutsam hoben sie Gertrud, die kaum mehr als ein Schulmädchen wog, hoch und legten sie auf das Bett. Otto tätschelte ihr die Wangen. „Gertrud, wach auf! Hörst du nicht? Mach die Augen auf! Und Sie", herrschte er die Zofe an, „gehen in das Badzimmer und machen ein Tuch nass."

Minuten später tupfte die Zofe Gertrud mit einem feuchten Tuch über das Gesicht und hielt ihr ein Riechfläschchen unter die Nase. Gertruds Lider begannen zu flattern, einen Augenblick später öffnete sie die Augen und blickte verwirrt um sich. Dann schrie sie: „Käfer, überall sind Käfer. Jagt die Käfer weg! Bitte, gebt sie weg!" Ihre Hände wischten fahrig über ihr Gesicht und die Bettdecke. Plötzlich setzte sie sich mit einem Ruck auf und erbrach über Ottos Schenkel. Danach fiel sie auf das Bett zurück und lag starr mit geschlossenen Augen da.

„So eine Sauerei!", fluchte Otto und herrschte den soeben zurückgekehrten Gottfried an: „Bring mir schnell einen nassen Lappen und dann mach das Fenster auf – der Geruch ist ja unerträglich!"

Ruckzuck war der Arzt da. Nach einer kurzen Untersuchung veranlasste er die sofortige Einweisung in das Krankenhaus. Eine halbe Stunde später wurde Gertrud mit dem Rettungswagen abtransportiert.

„Woher hatte Ihre Durchlaucht den Alkohol", fauchte Otto die Zofe an.

„Ich … ich weiß nicht", stammelte diese und brach in Tränen aus.

Otto seufzte innerlich auf. „Beruhigen Sie sich, wir sprechen uns später. Gottfried, du schickst in zehn Minuten die Haushofmeisterin in mein Arbeitszimmer."

Mit Maximilian im Schlepptau betrat Otto sein Arbeitszimmer und ließ sich sofort ein Glas Whisky servieren. Er trank es in einem Zuge leer.

Maximilian setzte zum Sprechen an.

„Ich weiß schon, was du jetzt sagen willst", winkte Otto ab. „Ich werde wie Gertrud als Trinker enden, wenn ich so weitermache. Ich streite auch nicht ab, dass ich mir an der Front das Trinken angewöhnt habe – angewöhnen musste. Ich wäre sonst verrückt geworden. Du hast keine Ahnung, wie es ist, wenn man schlaflos im Bett liegt, andauernd grauenvolle Bilder vor Augen hat und verpflichtet ist, seine Kameraden in den Tod zu schicken. Zwischen Gertrud und mir gibt es aber einen gravierenden Unterschied: Ich *will* nicht vom Alkohol abhängig sein, daher werde ich mich in wenigen

Wochen zu einer Kur begeben."

„Das beruhigt mich. Wenn du mich jetzt hier nicht mehr benötigst …"

„Geh nur, Maxi. Vielen Dank für deine Hilfe, wir sehen uns morgen."

Kaum hatte Maximilian das Zimmer verlassen, stand die Verantwortliche für das Personal vor ihm.

„Setzen Sie sich, Johanna", sagte Otto und wies auf einen Sessel. „Ihre Durchlaucht hat von jemandem aus diesem Haus Alkohol erhalten. Ich möchte wissen von wem. Ich beauftrage Sie, schnellstens herauszufinden, wer es war – die Methode überlasse ich Ihnen. Als Druckmittel können Sie Folgendes den Leuten ausrichten: Entweder derjenige meldet sich morgen bis 17 Uhr bei mir oder ich wechsle das gesamte Dienstpersonal aus!"

Johanna nickte mit betretenem Gesicht und empfahl sich mit einem tiefen Knicks.

„Was haben Sie sich dabei gedacht, Ihrer Durchlaucht Schnaps zu besorgen", fuhr Otto Emil, den Diener, zornig an. „Jeder hier im Haus weiß, dass die Fürstin krank ist und keinen Tropfen trinken darf."

„Es tut mir sehr leid, Euer Durchlaucht. Es, es wird nicht wieder vorkommen." Emil hob mit einer bittenden Geste die Hände. Bitte entlassen Sie mich nicht – ich habe vier Kinder zu ernähren."

Otto ging nicht auf das Gejammer ein. „Ihre Durchlaucht verfügt über kein Bargeld. Wie haben Sie die Spirituosen bezahlt?"

„Ihre Durchlaucht hat mir ein Schmuckstück zum Verkauf gegeben. Ich wollte zuerst den Auftrag nicht erfüllen, aber Ihre Durchlaucht hat mir gedroht, sie werde Mittel und Wege finden, dass ich dann das Haus verlassen muss. Sie sagte, wenn ich ihr das Gewünschte nicht besorge, würde sie sagen, ich habe sie bestohlen."

„Dann will ich noch einmal Gnade vor Recht ergehen lassen.

Falls ich Sie abermals bei einem Vergehen erwische, sind Sie entlassen. Sollte Ihre Durchlaucht in Zukunft etwas in Auftrag geben, sprechen Sie sich mit der Haushofmeisterin ab. Haben wir uns verstanden?"

„Sehr wohl, Euer Durchlaucht. Durchlaucht können sich auf mich verlassen. Danke, ergebenster Diener." Emil neigte den Oberkörper nach vorne und bewegte sich mehrmals verbeugend rückwärts bis zur Tür. Um ein Haar wäre er mit Gottfried zusammengestoßen. Mit einem missbilligenden Blick maß ihn dieser von oben bis unten, bevor er Gertruds Arzt, Doktor Freisach meldete.

Ein junger, hagerer Mann mit ernstem Gesicht und braunem schütteren Haar nahm nach einigen Höflichkeitsfloskeln gegenüber Otto Platz.

„Wie geht es meiner Frau, Herr Doktor?", fragte Otto ehrlich besorgt.

„Leider gar nicht gut, Euer Durchlaucht", antwortete der Arzt. „Ihre Durchlaucht muss über einen längeren Zeitraum wieder getrunken haben, sie befand sich bereits im Zustand des Deliriums. Das heißt, sie ist hochgradig verwirrt, sehr unruhig, hat Angstzustände und sieht Tiere, die es nicht gibt. Aber ich kann Euer Durchlaucht beruhigen, in drei bis fünf Tagen werden diese Symptome verschwunden sein. Das Problem ist und war, dass Ihre Durchlaucht mit sich selbst große Schwierigkeiten hat. Sie glaubt, diese nur durch Alkohol lösen zu können. Nach ihrem ersten Aufenthalt im Sanatorium hat sie mir von ihrer Freundin erzählt und wie sehr sie diese liebte. Sie hat mir auch von der sexuellen Beziehung zu ihr berichtet. Scheinbar hat sie deswegen große Schuldgefühle. Euer Durchlaucht wissen davon?"

Otto räusperte sich. So viel Direktheit hatte er nicht erwartet. „Ja, ich weiß es", antwortete er nach einer Minute des Zögerns. „Ich fand und finde es ekelhaft."

„Lesbische Liebe gibt es schon seit der Antike, Euer Durchlaucht. Homosexualität, also gleichgeschlechtliche Liebe, kommt in allen Gesellschaften und historischen Epochen vor. Eure Gattin kann nichts für ihre Empfindungen – sie ist so geboren. Darf ich Euer Durchlaucht eine Frage zu Euer Durchlaucht Ehe stellen?"

„Bitte." Otto strich sich mit einer fahrigen Bewegung über die Haare. „Fragen Sie, wenn es denn sein muss."

„Hatten Durchlaucht den Eindruck, dass Eure Gattin gerne mit Durchlaucht sexuellen Kontakt pflegte?"

„Nein, den hatte ich nicht – zumindest meistens. Aber das hat mich nicht weiter verwundert, sie stammt schließlich aus ehrbarem Haus und ist keine Dirne!"

„Haben Durchlaucht von Professor Freud[19] gehört? Er stellte fest, dass Sexualität ein natürlicher Trieb ist. Die Auslebung von Sinnlichkeit ist befreiend, notwendig und positiv. Ihre Unterdrückung hingegen erzeugt seelische Probleme. Das gilt für Männer und für Frauen gleichermaßen."

„Ich habe selbstverständlich von Professor Freud gehört", erwiderte Otto mit einem Anflug von Ärger. „Mit seinen Thesen habe ich mich allerdings nicht befasst. Ich fand es normal, dass eine Ehefrau zurückhaltend ist." Er hielt inne. Dann sagte er frei heraus: „Offenbar habe ich mich geirrt."

„Da ist Euer Durchlaucht nicht allein – bedauerlicherweise. Viele Frauen leiden unter der Unwissenheit ihrer Ehemänner. Ich hoffe, Euer Durchlaucht sind wegen meiner Offenheit nicht ungehalten?"

Otto wedelte beiläufig mit der Hand und murmelte Unverständliches, während er versuchte, sein inneres Gleichgewicht wiederzufinden.

„Um zu dem Zustand Ihrer Durchlaucht zurückzukehren", fuhr Doktor Freisach fort. „Wir, und damit meine ich jetzt Euch und Ihrer Durchlaucht Ärzte, können sie nur von der Alkoholsucht befreien, wenn wir ihr Verständnis entgegenbringen und Geduld haben. Die seelischen Verletzungen Eurer Gattin müssen aufgearbeitet werden, nur dann wird es möglich sein, sie von der Alkoholsucht zu befreien. Wir müssen herausfinden, was sie an Verletzung, Kränkung, Entwertung, Gewalt, um nur einige Beispiele zu nennen, erlebt hat. Das meiste wird ihr nicht klar sein, es schlummert im Unterbewusstsein. Daher müssen wir einen Weg finden, um es ihr bewusst zu machen, nur dann kann sie mit Unterstützung eines Psychologen daran arbeiten. Die Behandlung kann sehr lange dauern und ist nur möglich, wenn der Alkohol keine Schädigungen im Gehirn verursacht hat – das können wir aber zum jetzigen Zeitpunkt noch nicht sagen."

„Wie würden sich diese äußern?"

„Gedächtnisprobleme, Konzentrationsschwierigkeiten und im schlimmsten Fall eine Intelligenzminderung."

Otto schluckte. „Und wann kann sie Ihrer Meinung nach wieder nach Hause kommen?", fragte er leise.

Doktor Freisach zuckte mit der Achsel. „Schwer zu sagen. Der Spitalsaufenthalt wird ungefähr drei Wochen dauern, danach ist ein Sanatoriumsaufenthalt notwendig. Sie muss wieder lernen, ohne Alkohol auszukommen. Wenn sie soweit ist, ist es wichtig, dass Euer Durchlaucht regelmäßigen Kontakt mit ihr pflegen, eine Betreuung durch eine professionelle Pflegerin wäre sinnvoll. Ihre Durchlaucht darf keinen Tropfen Alkohol mehr trinken und muss sich gesund ernähren."

„Ich bin mit allem einverstanden – Kosten spielen keine Rolle. Tun Sie, was nötig ist. Was haben Sie damit gemeint, dass ich mit ihr Kontakt halten soll? Unsere Ehe war schon vor meinem Kriegseinsatz nicht in Ordnung. Jetzt ein normales Eheleben zu führen ist für mich undenkbar."

„Ich verstehe … Euer Durchlaucht würden sehr zur Gesundung Eurer Gattin beitragen, wenn Euer Durchlaucht Verständnis für ihre Probleme zeigen, auch für ihre anderweitige sexuelle Orientierung. Vielleicht möchten Durchlaucht einiges zur Information lesen?" Ohne eine Antwort abzuwarten, legte er vor Otto zwei Bücher hin und verabschiedete sich.

11. KAPITEL

Die Türglocke läutete, Franz fuhr hoch. „Was soll das mitten in der Nacht", brummte er, knipste das Licht der Nachttischlampe an und schlüpfte murrend in seinen Schlafrock. Als er die Türe öffnete, stand Julio vor ihm. „Julio!", rief er aus und sprach gleich darauf mit gesenkter Stimme weiter. „Was um Himmels willen führt dich hierher? Ist etwas mit Cristina und dem Kleinen?"

„Nein. Keine Angst, beiden geht es gut. Ich bin auf dem Weg nach Mödling und habe den letzten Zug verpasst. Kann ich bei dir übernachten?"

„Natürlich! Komm herein, ich freue mich."

„Wer ist es denn, Franz?", rief Antonia aus dem Schlafzimmer.

„Ein Kriegskamerad, schlaf nur weiter, Schatzi – ich komm gleich." Franz legte den Finger auf die Lippen und flüsterte: „Komm, wir gehen in meine Kanzlei." Er langte nach dem Schlüssel, zog hinter Julio leise die Türe zu und sperrte eine Minute später sein Büro auf.

Julio war beeindruckt. „Das ist deine Kanzlei? Respekt! Ich wusste nicht, dass du so ein wohlhabender Mann bist."

Franz lachte. „Bin ich auch nicht, du Idiot. Damit hat mich Antonia überrascht. Mir ist es immer noch ein Rätsel, wie sie hat das geschafft hat, der alten Dame vom zweiten Stock die Wohnung abzuluchsen."

„Tüchtig, deine Antonia."

„Das ist sie! Willst du ein Glas Wein?", fragte Franz auf dem Weg in die kleine Küche. „Oder einen Kaffee?"

„Außer zwei Gläsern will ich gar nichts, ich habe uns einen Grappa mitgebracht." Julio grinste und zog eine Flasche aus seinem Reisegepäck.

Franz schnappte sich zwei Schnapsgläser. „Folge mir, wir setzen uns ins Kabinett, dort kannst du dann auch schlafen – das Badezimmer ist gleich daneben."

„Ich habe glatt vergessen, wie gut ein Grappa schmeckt", stellte Franz nach dem ersten Schluck fest. „Wie geht es Cristina und meinem Sohn?"

„Wie ich schon sagte, alles im grünen Bereich. Cristina schickt dir einen Kuss und lässt dir ausrichten, dass sie sich sehr nach dir sehnt. Der Kleine, wir nennen ihn Fredo, damit keine Verwechslung mit deinem Namen auftritt – Franz will sie dich ja nicht nennen –, ist entzückend. Er lacht schon, was das Zeug hält und er sieht dir ähnlich – du kannst ihn nicht verleugnen."

Franz lächelte. „Was du erzählst … Mit knapp drei Monaten ist eine Ähnlichkeit noch gar nicht feststellbar."

„Du wirst es selbst sehen – es stimmt."

„Ehrlich, Julio, ich dachte nicht, dass mir Cristina und der Kleine so abgehen würden. Ich bin mit Antonia sehr glücklich – trotzdem … ich glaube, ich liebe beide. Sie sind auch so verschieden – nicht miteinander zu vergleichen."

„Dann schau nicht so betrübt, sondern freu dich darüber. Welcher Mann hat schon zwei Frauen, die er liebt und die ihn wiederlieben? Aber keine Sorge, du kannst Cristina bald in die Arme schließen. Ich fahre in zwei Wochen zurück nach Venedig und du kommst mit!"

„Das geht doch nicht! Was soll ich Antonia sagen?"

„Gar nichts. Ich mache das … du wirst schon sehen!"

„Sag mir lieber gleich, was du vorhast."

„Nein, lass dich überraschen! Glaub mir, du wirst zufrieden sein. In Zukunft kannst du ganz offiziell nach Venedig fahren, ohne zu lügen."

„Muss ich wirklich bis morgen auf deine Erklärung warten?"

„Ja. Jetzt bin ich viel zu müde, um dir die Einzelheiten zu erzählen."

„Verstehe. Dann beim Frühstück, ist dir 8 Uhr recht?"

„Passt … Wo finde ich das Bettzeug?"

„Hier im Kasten", antwortete Franz und deutete auf den Schrank in der Ecke. „Das ganze Mobiliar und die Wäsche sind noch vom Vormieter, aber alles frisch gewaschen." Er stand mit den Worten „dann wünsche ich dir jetzt eine gute Nacht" auf, winkte Julio zu und ging. Müde, aber trotzdem hellwach schlüpfte er wenig später zu Antonia unter die Decke, die tief und fest schlief. Cristina und Fredo geisterten durch seinen Kopf. Der Morgen graute bereits, als er einschlief.

Antonia schüttelte Franz an der Schulter. „Franz, wach auf! Dein Freund sitzt schon beim Frühstück."

„Ich komm schon", murmelte Franz verschlafen. „Gib mir lieber einen Kuss, statt mich so brutal zu wecken."

„Gut, ich küsse dich, mein Frosch, und hoffe, dass du dann ein Prinz bist!", erwiderte Antonia lachend.

„Du! Sprich mir nicht von einem Prinzen, du Frechdachs", sagte Franz halb ärgerlich, halb erheitert. „Die Strafe folgt jetzt und sofort." Er versuchte, sie ins Bett zu ziehen, sie wehrte sich erfolgreich. Minutenlang balgten sie herum, bis Antonia streng sagte: „So, jetzt ist es genug! Steh auf! Was soll dein Freund nur von uns denken?"

„Zu Befehl, Herr General", sagte Franz, stand auf und salutierte nackt.

Antonia brach in Gelächter aus. Sie lachte immer noch, als sie aus dem Zimmer ging.

„Julio hat mir von eurer Flucht erzählt", sagte sie wenig später beim gemeinsamen Frühstück zu Franz. „Ausführlicher als du! Ihr habt euch schon etwas getraut!" Ihre Stimme klang vorwurfsvoll und bewundernd zugleich.

Franz grinste. „Ja, wir waren Helden."

„Du kannst tatsächlich stolz auf deinen Mann sein", sagte Julio und verbat sich, Franz' Grinsen zu erwidern. „Ich freue mich auf jeden Fall sehr, Antonia, dass ich dich endlich kennenlerne. Franz hat mir so viel von dir erzählt. Er hat sich damals große Sorgen gemacht, weil er sich bei dir nicht melden konnte."

„Das war wirklich eine schlimme Zeit. Ich wusste zuerst nicht einmal, ob er überhaupt noch lebt. Als ich von seiner Gefangennahme erfuhr, war ich sehr erleichtert. Aber das ist Vergangenheit. Jetzt sind wir sehr glücklich."

„Glücklich sind wir, aber wir werden bald verhungern, wenn ich nicht mehr Klienten bekomme", warf Franz ein.

„Da könnte ich vielleicht etwas dagegen tun", sagte Julio. „Ich habe vor, mit einem Weinbauern in Venetien, in der Nähe von Soave[20], ein Exportgeschäft aufzuziehen. Er stellt einen erstklassigen Wein her, einen Recioto di Gambellara[21], der zu 100 Prozent aus der Rebsorte Garganega[22] produziert wird und 14 Prozent Alkohol enthält. Es gibt ihn als normalen Weißwein und als Schaumwein. Er schmeckt so gut, dass man in Versuchung gerät, zu viel des Guten zu tun. Man trinkt ihn zu Desserts, Käse und Fisch." Julio pausierte. „Franz, du könntest in das Geschäft einsteigen."

Franz war verblüfft. „Tatsächlich? Was hätte ich dabei zu tun?"

„Du müsstest mit Kunden verhandeln und die entsprechenden Verträge machen. Ich bin für den Vertrieb zuständig. Mein Angebot an dich: Zwanzig Prozent vom Umsatz. Ich bekomme dreißig, fünfzig der Weinbauer. Das Büro wird in Venedig sein."

Franz unterdrückte ein Lächeln.

„Der Wein ist nicht billig", fuhr Julio fort. „Aber die Reichen gibt es auch jetzt – denk nur an die Kriegsgewinnler. Wir bieten eine Besonderheit für einen gewissen Kundenkreis an und ich bin sicher, dass es ihn gibt."

Franz runzelte die Stirn. Lieb von Julio, ich könnte zwar ohne Probleme nach Venedig fahren, aber andererseits … ich will hier keine halben Sachen machen … und wie soll sich das mit der Zeit ausgehen? Bei der Partei will ich auch mitarbeiten. „Also ich weiß nicht", sagte zögernd. „Für die Reichen arbeiten ist nicht so ganz meines und außerdem bin ich gerade dabei, hier wieder meine Kanzlei aufzubauen. Ich kann mir nicht vorstellen, wie ich zwei Arbeitsgebiete unter einen Hut bringe."

Julio warf ihm einen erstaunten Blick zu. „Was die Reichen betrifft Franz, da musst du über deinen Schatten springen, und was deine Kanzlei angeht – das ist nur eine Frage der Organisation. Ich habe als Zweitgeschäft auch meine Werkstätte in Mödling. Probier es aus, du wirst sehen, es geht. Die Fahrtkosten nach Venedig übernehme ich, bis du genug verdienst."

„Wie lange müsste Franz in Venedig bleiben, um die Arbeiten zu erledigen?", mischte sich Antonia ein.

„Das kommt auf die Entwicklung an. Aber ich denke nicht mehr als eine Woche, höchstens zehn Tage. Die Kunden in Österreich könnte Franz von hier aus bedienen."

„Ich könnte dir dabei helfen Franz", sagte Antonia mit roten Wangen.

Franz schwieg.

„Was ist Franz? Machst du mit?", drängte Julio.

„Ich kann das nicht alleine entscheiden", erwiderte Franz mit der Miene eines unschuldigen Kindes und sah Antonia direkt in die Augen. „Antonia, was sagst du dazu? Ich wäre dann schon oft weg."

„In diesen Zeiten können wir nicht wählerisch sein, Franz – ich bin damit einverstanden. Ich könnte, während du weg bist, Termine für deine Klienten ausmachen und deine Büroarbeit erledigen. Ich verstehe etwas von Sekretariatsarbeit und es würde mir Spaß machen."

„Gut, wenn du meinst, probiere ich es aus. Ob du mir wirklich helfen kannst, weiß ich noch nicht –kommt auf die Entwicklung an. Falls es notwendig ist, freue ich mich natürlich, wenn du mich unterstützt", setzte er eilig hinzu, als er Antonias enttäuschte Miene sah.

Eine geraume Weile herrschte Schweigen. Jeder schien für sich über das Geschäft und die Möglichkeiten, die sich dadurch auftaten, nachzudenken. „Wann müsste ich das erste Mal nach Venedig fahren?", fragte Franz schließlich.

Julio verkniff sich ein Grinsen. Geschickt hat er das gemacht, dachte er. Er lässt Antonia entscheiden, ja sich sogar zum Mitmachen drängen, und jetzt fragt er mich mit Unschuldsmiene wann er fahren soll. „Ich bin hier in vierzehn Tagen fertig, dann können wir gemeinsam fahren und den Verkauf ankurbeln." Er hielt Franz seine gesunde Hand hin. „Auf ein erfolgreiches Geschäft, Franz!"

„Wollen wir es hoffen!", sagte Franz und griff zu. Die Dankbarkeit in seinen Augen deutete nur Julio richtig.

12. KAPITEL

Wien verabschiedete Julio und Franz mit strömendem Regen und für die Jahreszeit viel zu niedrigen Temperaturen. „Gott sei Dank war gestern bei unseren Feiern für den 1. Mai nicht so ein Sauwetter!", sagte Franz, während er den Verlauf der Regentropfen am Fenster des Zuges nach Venedig beobachtete.

„Das wäre allerdings schlimm gewesen, jetzt wo der 1. Mai zum Staatsfeiertag erklärt wurde – war meiner Meinung nach auch höchst an der Zeit. Die Arbeiter haben doch schon um die Jahrhundertwende die hohen Herrschaften im Prater verdrängt."

„Das war 1890", stellte Franz fest. „Wie hast du den Feiertag verbracht?"

„Mitmarschiert bin ich nicht, falls du das meinst. Ich bin zwar für die Sozialdemokratie, aber nicht so ein glühender Verfechter wie du. Ich habe den lieben Gott einen guten Mann sein lassen, mich ausgeschlafen, ausgiebig gefrühstückt und danach bin ich ziellos in der Innenstadt herumgebummelt. Aufgefallen ist mir, dass die Gast- und Kaffeehäuser offen hatten und die Leute festlich gekleidet waren – das waren sicher nicht nur Sozialisten."

„Du nimmst mir die Worte aus dem Mund Julio, genau das ist mir auch aufgefallen. Ob Sozialdemokrat oder nicht, alle waren in Festtagsstimmung. Schade, dass du nicht in Ottakring[23] dabei warst. Die Gehsteige waren gerammelt voll – die Leute trugen alle roten Fähnchen, winkten und sahen den Umzügen zu. Du kannst dir die Stimmung nicht vorstellen! Vor dem Arbeiterheim standen hunderte Menschen, ich wurde beinahe erdrückt und wusste nicht wohin mit meinen Gefühlen. Wie lange haben wir für so einen Auftritt gekämpft, Julio! Wenn ich mich an 1905 erinnere, still und heimlich mussten wir unsere Versammlungen in Wirtshäusern abhalten, weil offizielle Treffen verboten waren. Und heute wa…"

„Ihr habt wirklich viel geleistet", unterbrach ihn Julio mit einem Lächeln. Er lächelte, da Franz' Stimme nicht nur begeistert, sondern euphorisch geklungen hatte. „Da sieht man wieder, was

Gemeinschaft ausmacht. Wären nicht so viele wie du auch so hartnäckig und mutig gewesen, wären wir nicht dort, wo wir heute sind."

Franz nickte. „Damit hast du recht. Jede kleine Errungenschaft mussten wir uns gegen den Willen des Adels hart erkämpfen. Wenn ich jetzt an meinen ehemaligen Kommandanten im Krieg denke, er stammt aus einem Fürstengeschlecht, kann ich mich einer gewissen Boshaftigkeit nicht erwehren. Was haben wir beide über die Monarchie und den Sozialismus diskutiert …" Franz schmunzelte. „Er wird sich schön ärgern, dass die Sozialdemokratie jetzt das Sagen hat und der Adel samt seinen Privilegien abgeschafft wurde."

„Wenn er reich ist, wird ihn das nicht so hart treffen. Im Grunde regiert immer das Geld." Julio lehnte sich mit einem gebrummten „ich schlafe jetzt ein wenig, wenn du nichts dagegen hast" zurück.

„Was sollte ich dagegen haben? Wir haben noch genug Zeit zum Plaudern."

Julio schloss die Augen.

Franz nahm die Zeitung zur Hand. Er ist ein ausnehmend netter Kerl, dass er mir die Rutsche für Venedig gelegt hat, dass vergesse ich ihm nie. Und wenn das Geschäft etwas wird, dann kann ich meiner Familie mehr bieten.

„Endlich, mein Liebling!", rief Cristina und umarmte Franz stürmisch. „Ich habe so auf dich gewartet! Du musst dir gleich Fredo ansehen, du wirst staunen, wie groß er geworden ist." Sie nahm Franz' Hand und zog ihn Richtung Schlafzimmer.

Fredo schlummerte mit leicht geröteten Bäckchen in der Wiege – sein Mund bewegte sich, als würde er saugen.

„Ist er nicht süß, Alfredo? Er träumt von einem Busen."

Franz schmunzelte. „Das wird auch sein Leben lang so bleiben – ich spreche aus Erfahrung. Was gibt es Schöneres, als am Busen einer Frau zu liegen?"

Cristina lachte leise, legte den Finger auf den Mund und bedeutete Franz, wieder zurück ins Wohnzimmer zu gehen. „Wo ist denn Julio geblieben?", fragte sie erstaunt, als sie das Zimmer betraten.

„Er wird in sein Zimmer gegangen sein. Rücksichtsvoll wie er ist, wollte er wahrscheinlich unser Wiedersehen nicht stören."

„Du hast sicher Hunger nach der weiten Reise", sagte Cristina und wandte sich der Küche zu.

Franz hielt sie am Arm zurück. „Ich bin nicht hungrig. Komm, setz dich lieber hierher zu mir auf das Sofa und erzähl mir, was sich so ereignet hat."

„Mein Leben hat sich total geändert seit der Kleine da ist. Alles was früher für mich wichtig war, zählt nicht mehr. Er ist so ein liebes ruhiges Kind, immer freundlich. Und er wird dir jeden Tag ähnlicher."

„Das behauptet Julio auch. Ich selbst kann das schwer beurteilen, aber wenn es so ist, dann freut es mich natürlich." Franz drückte sie an sich, spürte ihre weichen Rundungen – ein wohlbekanntes Prickeln erfasste ihn.

„Sind wir dir wenigstens ein bisschen abgegangen?", fragte Cristina kaum hörbar.

„Nicht nur ein bisschen", antwortete Franz und es war keine Lüge.

„Julio hat mir von dem Weingeschäft berichtet. Wirst du mit einsteigen?"

„Das werde ich. Erstens kann ich dann mehr Zeit mit dir und Fredo verbringen und zweitens verdiene ich etwas dazu. Von meiner Kanzlei in Wien könnte ich zumindest zum jetzigen Zeitpunkt keine Unterstützung für euch abzweigen – ich muss sie erst wieder aufbauen. Julios Vorschlag kam gerade recht." Franz strich mit den Lippen ihren Hals entlang und landete schließlich auf ihrem Mund. Sie küssten sich lange und ausdauernd. Seine Hand bewegte sich zu den Knöpfen ihrer Bluse und öffnete sie. Ihre ohnehin nicht gerade kleinen Brüste waren durch die Muttermilch noch größer, sie sprangen ihm förmlich entgegen – er streichelte sie zärtlich.

Cristinas Atem wurde schneller. „Es ist so lange her …", hauchte sie zwischen zwei Küssen und nestelte an seine Hose herum. „Ich habe mich so nach dir gesehnt."

Was bin ich für ein Glückspilz, dachte Franz. Ich habe nicht nur eine, sondern zwei leidenschaftliche Frauen. Er griff unter ihr Kleid, zerrte ihr Höschen hinunter und begann ein aufregendes Spiel. Schließlich drang er ungestüm in sie ein, genoss ihre mehrmaligen Höhepunkte und ejakulierte schließlich auf ihren Bauch.

„Was soll das?" fragte Cristina unwillig.

„Wir wollen doch nicht noch ein Baby, oder?"

„Warum nicht? Ein Schwesterchen für Fredo wäre schön!"

Franz setzte sich auf, richtete seine Kleidung und reichte Cristina ein Taschentuch. „Cristina, der Kleine ist erst drei Monate und ich weiß nicht, wie die Geschäfte laufen werden. Mit zwei Kindern könntest du auch nicht mehr arbeiten gehen – ich möchte nicht, dass ihr in Armut lebt. Er legte seinen Zeigefinger über ihren Mund, als sie zu einer Erwiderung ansetzte. „Nein Cristina, jetzt nicht! Wir warten."

„Ich habe keine Zeit zu warten! Du vergisst, dass ich nicht mehr die Jüngste bin."

„Stimmt, aber jetzt ist es unmöglich. Sei vernünftig! Vielleicht in einem halben Jahr. Hat jetzt nicht der Kleine geweint?"

Cristina sprang auf und eilte in das Nebenzimmer. Nach wenigen Minuten kam sie mit dem Baby auf dem Arm zurück. „Schau, Fredo – das ist dein Papa", sagte sie und strich ihm über das Köpfchen.

Der Kleine sah Franz mit großen Augen an.

Franz grinste breit und kitzelte seinen Sohn unter dem Kinn, während er zärtlich murmelte: „Ja, wen haben wir denn da? Bist du nicht der Fredo? Du bist ein hübsches Baby, ein g a n z hübsches Baby."

Fredo verzog sein Gesicht zu einem Lächeln.

„Schau, Cristina, er hat mich angelacht!", rief Franz aus.

„Fredo ist ein sehr freundliches Kind, er lacht oft", erklärte

Cristina, setzte sich mit dem Kleinen in den Schaukelstuhl und bot ihm eine Brust an. Der Kleine schnappte nach der Brustwarze und fing an zu saugen.

Franz sah zu und war überwältigt. Die untergehende Sonne zauberte in Cristians schwarze Locken kleine irisierende Punkte, die wie Diamanten funkelten. Ihre Augen hatten einen sanften mütterlichen Ausdruck, ihre Wangen waren erhitzt von der Liebe. Fredos schwarzes Lockenköpfchen presste sich an ihre volle Brust, die weiß wie Alabaster leuchtete. Meine Frau und mein Sohn, dachte er verzückt. Heiß stieg das Gefühl der Liebe in ihm auf und machte ihn sprachlos.

„Das Gespräch mit Signore Sparacio ist doch sehr gut gelaufen, oder Franz?", fragte Julio.

„Durchaus. Signore Sparacio ist offensichtlich ein ehrlicher vertrauensvoller Mensch. Er versteht viel vom Weinanbau, hat jedoch keine Ahnung vom Geschäft. Das macht aber nichts, denn dazu sind wir da. Es müsste mit dem Teufel zugehen, wenn das Geschäft nicht klappt." Zufrieden nippte Franz in einem der zahlreichen Straßencafés am Markusplatz an seinem tiefschwarzen Espresso. Am Himmel war kein Wölkchen zu sehen, vom Meer her wehte eine zarte frühlingshafte Brise.

„Erst Mai und schon so warm", sagte Julio und zerrte an seiner Krawatte.

„Gott sei Dank!", erwiderte Franz. „Was bin ich froh, die Kälte in Wien hinter mir gelassen zu haben. Bei uns hatte es nur sieben Grad, hier ist es sicher um zehn Grad wärmer. Wunderbar! Meer, Sonne, Wärme – was will man mehr? Dazu diese Stadt, die so unglaublich romantisch mit ihren historischen Gemäuern ist. Riech, Julio! Ist der Duft, der vom Meer kommt, nicht herrlich?"

„Jetzt, wo du es sagst. Ich bemerke das alles gar nicht mehr, weil der Aufenthalt für mich hier nichts Besonderes ist. Du bist offenbar ein Romantiker, trotz deines klaren logischen Verstandes." Julio schmunzelte. „Cristina sah heute Morgen wie eine erblühte Rose aus. Was die Liebe nicht alles bewerkstelligt." Sein Schmunzeln vertiefte sich.

„Ich bin eben ein begehrenswerter Mann und perfekter Liebhaber", scherzte Franz. Gleich darauf wurde er ernst. „Ich hasse zwar mein Doppelleben, aber eines weiß ich jetzt ganz sicher – ich liebe beide, damit meine ich Cristina und Antonia. Jede ist auf ihre Art zauberhaft. Wenn nur diese Lügerei nicht wäre!" Er gab einen stöhnenden Atemzug von sich. „Wie ich das hasse! Die erste Lüge zog die zweite nach und nun geht es immer weiter und weiter ... Aber ich kann Antonia beim besten Willen nicht die Wahrheit sagen, sie würde nie eine andere Frau neben sich dulden."

„So wie ich sie kennengelernt habe, kann ich mir das auch nicht vorstellen. Sie ist eine außergewöhnliche Frau, verständlich, dass du nicht von ihr lassen kannst. Sie wirkt auf mich ..." Julio suchte nach den passenden Worten. „Das klingt jetzt vielleicht blöd", sagte er schließlich, „auf mich wirkt sie mädchenhaft und zugleich erotisch. Sie hat etwas, das jeden Mann verrückt macht."

Franz lächelte. „Ich weiß, was du meinst. So eine Ausstrahlung hatte sie schon immer, daran hat sich nichts geändert, obwohl sie jetzt fast dreißig ist. Jeder gestandene Mann will sie aus der Reserve locken, weil er spürt, dass in ihr ein Feuer schlummert – und das stimmt auch. Nein, in ihr lodert nicht nur ein Feuer, sondern ein ganzer Vulkan. Wenn du ihn zum Ausbruch bringst, fühlst du dich wie im siebenten Himmel. Dazu kommt, dass sie mir vermittelt, dass ich der Einzige bin, der ihre Leidenschaft in diesem Maße wecken kann und der auch allein über ihr Leben bestimmen darf. Wie könnte ich sie da enttäuschen? Cristina wiederum hat ein Temperament, das wie die Urgewalt der Natur ist. Sie gibt sich voller Sinnlichkeit hin, aber ihre Liebe ist mit etwas Mütterlichem, Verstehendem verbunden – ich weiß, ich kann ihr alles anvertrauen. Einfacher ausgedrückt, sie ist nicht nur feurige Geliebte, sondern auch Kamerad. Von Anfang an war ihre Liebe größer als ihre Eifersucht auf die andere Frau in meinem Leben – sie steht darüber ... Dieses

Verhalten ist für mich auch jetzt noch unglaublich – ein absolutes Novum." Franz schwieg und zeichnete mit dem Zeigefinger das Muster auf dem Tischtuch nach. Dann sah er auf und sagte: „Ich habe noch mit keinem Menschen über mein Liebesleben so offen gesprochen wie jetzt mit dir, Julio."

„Ich weiß dein Vertrauen zu schätzen, Franz. Du kannst dich darauf verlassen, dass ich es nicht missbrauchen werde." Julio beugte sich näher zu ihm. „Wenn wir schon bei diesem Thema sind. Ich beneide dich – sogar sehr. Du hast zwei Frauen, die dich lieben und ich habe nicht einmal eine." Leise fügte er hinzu: „Dabei wollte ich immer eine große Familie."

„Die kannst du doch immer noch haben", erwiderte Franz. „Du bist im selben Alter wie ich, erst vierzig. Schon morgen kannst du die Frau finden, die dein Leben verändert. Du solltest nicht so pessimistisch denken."

Julio verzog das Gesicht. „Welche Frau interessiert sich schon für einen Krüppel mit nur einem Arm?"

„Ich verstehe deine Verbitterung", sagt Franz mit einem teilnehmenden Blick. „Dieser Krieg war so unmenschlich und hat so viel zerstört … Gott allein weiß, wozu das alles gut war. Aber leider, wir können die Vergangenheit nicht ändern. Ich bin sicher, eines Tages wirst du die Richtige finden! Und sie wird in dir sehen, was du bist: Ein gutaussehender, liebenswerter Mann mit einem großen Herzen. Für sie wird der Verlust deines Armes keine Rolle spielen."

„Hoffentlich", murmelt Julio – jetzt verlegen.

„Ich irre nie, ich bin Rechtsgelehrter", sagte Franz und gab dem Gespräch mit dieser Antwort eine scherzhafte Wendung.

Julio grinste. „Sollte es nicht so sein, werde ich dich verklagen."

„Tu das!", sagte Franz und erwiderte sein Grinsen. „Um nochmals auf unser Geschäft zurückzukommen", sprach er wieder ernst weiter, „es sieht alles wunderbar aus, aber in unserer Euphorie haben wir etwas vergessen. Ich kann in Italien keinen Vertrag mit dem Namen Alfredo Galoni unterzeichnen, weil der kein Jurist ist. Ich kann aber auch hier nicht als Franz Razak unterzeichnen, weil ich mich als Österreicher zu erkennen geben müsste. Ich bräuchte daher die Bestätigung eines Doktorrates von Alfredo Galoni und somit neue Papiere mit dem Namen Doktor Alfredo Galoni. Mein Gott, ich, der immer für Gerechtigkeit und Wahrheit eingestanden ist, muss so agieren – ich fasse es nicht … als hätte ich mich in einem klebrigen Spinnennetz verfangen."

Jetzt war es Julio, der Franz aufmunterte. „Nimm es nicht so schwer", sagte er und klopfte ihm auf die Hand. „Du bist durch den Krieg in die Sache hineingeschlittert. Jetzt kannst du nicht mehr zurück, selbst wenn du das wolltest. Die Papiere kann ich dir besorgen, das ist kein Problem. Ich kenne die richtigen Leute dafür. Du musst dich damit abfinden, dass du in Österreich Doktor Franz Razak und in Italien Dottore Alfredo Galoni bist."

13. KAPITEL

Langsam zerstreute sich die Versammlung des Dienstpersonals im Palais Amsal. Soeben hatte der Hausherr seiner Belegschaft die neuen gesetzlichen Regeln zur Kenntnis gebracht: Den 8-Stunden-Tag, das Urlaubsgesetz und die Sonn- und Feiertagsbestimmungen.

„Was sagst du zu den neuen Arbeitsbedingungen, Gottfried?", fragte Johanna, die Haushofmeisterin.

„Was soll ich schon zu dem neumodischen Zeug sagen? Für mich ändert sich nichts. Ich habe hier Kost und Logis frei, daher arbeite ich dafür auch länger. Würde ich den 8-Stunden-Tag in Anspruch nehmen, müsste ich mir eine neue Wohnung suchen und für das Essen zahlen. Das mache ich nicht. Abgesehen davon ist dieses Haus nicht nur mein Arbeitsplatz, sondern auch mein Zuhause."

Johanna nickte. „Genau so sehe ich es auch. So denken aber nur wir Alten, nur wir waren für die Herrschaft ohne Wenn und Aber da. Die Jugend von heute will eine Familie gründen und einen zeitbeschränkten Arbeitsplatz haben – was ich auch verstehe." Sie pausierte und runzelte die Stirn. „Wenn ich so darüber nachdenke", sagte sie schließlich, „hat es auch etwas Gutes, dass wir den Krieg verloren haben. Die Sozialisten haben viel für uns durchgesetzt. Die Überstundenregelung ist eine feine Sache und wir bekommen trotz Abzug von Kost und Logis mehr Gehalt als früher. Ich finde es vollkommen richtig, dass in Zukunft für jeden Dienstboten abgerechnet werden muss, wo er wann und wie lange gearbeitet hat – ob ich das allein schaffe, bezweifle ich allerdings."

„Soviel ich mitbekommen habe, wird Graf von … ich meine Herrn Steinach, einige Tätigkeiten übernehmen. Vielleicht arbeitest du in Zukunft mit ihm zusammen." Gottfried schüttelte sein betagtes Haupt. „Ein Graf, der hier arbeitet, quasi Personal ist – unfassbar!"

„Er wohnt kostenlos hier und hat die gleichen Annehmlichkeiten wie Seine Durch… Herr Grothas. Dafür kann er auch etwas tun", stellte Johanna mit einem bissigen Unterton fest.

„Das geht uns nichts an, das ist Sache von Seiner Durchlaucht."

„Du sollst doch nicht mehr Durchlaucht sagen."

Gottfried seufzte. „Daran werde ich mich wohl nie gewöhnen."

„Aber ja, das wird schon. Um auf die neuen Regelungen zurückzukommen. Ist es nicht wunderbar, dass wir nun auch Urlaub machen können? Ich werde meine Schwester in der Steiermark besuchen und …"

„Ich fahre nicht auf Urlaub", unterbrach Gottfried sie. „Ich werde den Herrn nicht allein lassen. Außerdem wüsste ich gar nicht wohin."

„Du könntest zwei Wochen zur Kur fahren, das würde deinem Rücken sehr guttun.

„Das ist mir zu teuer!"

Johanna verzog spöttisch ihren Mund. „Lächerlich. Du hast dein Leben lang gespart."

Gottfried sah sie mit einem aufsässigen Blick an. „Und? Wen geht es etwas an? Ich fahre nicht weg, und damit basta! Die Arbeit tut mir nichts, im Gegenteil – sie hält mich jung. Eine Kur würde ich mich nur langweilen."

„Wie du meinst. Ich mache auf jeden Fall Ferien und freue mich darauf. Allerdings frage ich mich …" Johanna schwieg.

„Was fragst du dich?"

„Wer dann das Personal betreuen und die Abrechnungen der Urlaube machen soll. Ich muss unbedingt morgen mit Herrn Grothas sprechen. Ich kann nicht die ganze Arbeit im Haus überwachen und gleichzeitig auch noch Schreibarbeit leisten – das geht nicht."

„Ich bin sicher, Seine Durchlaucht, hat alles bereits durchdacht und vorbereitet."

„Du sagst schon wieder Durchlaucht!"

„Ich bringe es einfach nicht fertig, zu Seiner Durchlaucht einfach nur Herr Grothas zu sagen. Schrecklich ist das! In meinen Augen ist und bleibt er ein Fürst! Basta!" Mit einem „Jetzt muss ich laufen, Johanna, die Arbeit macht sich nicht von allein" wandte sich Gottfried ab und ging davon.

Johanna sah ihm nachsichtig lächelnd nach. Lieb, ohne seinen Fürsten macht ihm das Leben keinen Spaß. Er kommt mir manchmal wie ein Wachhund vor, der seinen Herrn Tag und Nacht behütet – er sollte lieber mehr auf sich schauen. Sein Rücken wird immer gebeugter und sein Gang immer steifer.

Vor sich ein Glas von Ottos bestem Cognac saß Maximilian im Rauchsalon und las die Zeitung. Als Otto eintrat, blickte er auf. „Na, hast du nun alles mit deinem Personal geklärt?", fragte er. Seine Frage war offensichtlich rhetorisch gemeint, denn er sprach gleich weiter: „Gott sei's gedankt, dass ich nur meinen alten Kammerdiener August mitgebracht habe, der ist zufrieden mit einem schönen Zimmer und einem guten Essen. Er wäre direkt beleidigt, wenn er nicht rund um die Uhr für mich da sein dürfte. Ich kann dir nicht sagen, wie froh ich bin, dass ich mich nicht mit den neuen Regelungen herumschlagen muss." Er zwinkerte Otto zu, während sich seine Mundwinkel zu einem Lächeln hoben.

Otto ignorierte Maximilians Spöttelei, setzt sich ihm gegenüber und bedeutete dem Lakai, ihm ein Glas Wasser einzuschenken.

Maximilian schluckte ein „Du bist also zur Vernunft gekommen" hinunter.

Otto leerte gemächlich sein Glas, bevor er auf Maximilians Bemerkung einging. „Die Änderungen sind tatsächlich nicht leicht durchzuführen – zumindest für mich. Für dich wäre es leicht, denn du warst in leitender Position im Kriegsfürsorgeamt und es gewohnt, Personal für Schreib- und Verrechnungsarbeiten anzustellen. „Ich weiß noch gar nicht, wen ich damit betraue … Johanna wäre damit heillos überfordert." Er seufzte auf und trank einen Schluck Wasser.

„Ich könnte dir dabei helfen …", kam es nach einer Pause zögernd.

Otto unterdrückte ein Lächeln. „Wenn du das machen würdest, wäre ich dir sehr dankbar. Man weiß nie, ob man sich auf eine neue Kraft verlassen kann – und du hast Erfahrung."

„Ich meine nicht nur meine Hilfe bei der Anstellung, das ist ja nicht schwer. Ich meine, ob ich die neue Kraft im Auge behalten soll."

„Das wäre sehr hilfreich, Maxi! Wenn es dir Freude macht, aber wirklich nur, wenn es tatsächlich so ist, könntest du die Leitung des gesamten Personals übernehmen. Damit meine ich die Kontrolle, ich erwarte natürlich nicht, dass du Stunden an einem Schreibtisch hockst. Für die diversen Arbeiten kannst du anstellen, wen du willst, und Johanna könnte wie bis jetzt auch nur die praktischen Arbeiten kontrollieren."

Maximilian setzte zum Sprechen an.

„Du musst dich nicht jetzt entscheiden", fuhr ihm Otto in die Parade. „Denk in Ruhe darüber nach. Falls du ja sagst, bestehe ich allerdings darauf, dir ein ordentliches Gehalt zu bezahlen, und wenn du nein sagst, bin ich dir auch nicht böse. Die Bauüberwachung und das Personal, das ist schon sehr viel."

„Nicht für mich", entgegnete Maximilian und sprach damit das aus, was Otto erwartet hatte. „Du warst so lange weg, ich kenne dein Haus wie mein eigenes und Organisieren ist eine meiner Stärken. Habe ich das richtig verstanden, dass ich bei der Leitung des Personals freie Hand hätte?"

„Absolut. Wie ich schon sagte, ich vertraue dir voll und ganz. Mit einem tüchtigen Mitarbeiter wirst du nicht so wahnsinnig viel zu tun haben, da ich bei weitem nicht mehr so viele Dienstboten habe wie früher. Wozu auch? Bevor wir nicht wissen, was aus unserem Land wird, wäre es nicht angebracht, Einladungen auszusprechen oder Feste zu feiern. Später, wenn wieder alles seine Ordnung hat und der Umbau fertig ist, kann ich immer noch aufstocken. Apropos Ordnung, gestern ist die Friedensdelegation in Saint-Germain-en-Laye[24] eingetroffen. Ich bin gespannt, wie die Verhandlungen ausgehen. Hoffentlich nicht so wie bei den Deutschen. Die

Entente-Mächte geben dem Deutschen Reich allein die Schuld am Krieg und fordern enorme Reparationen. Angeblich sollen sie bis 1921 zwanzig Milliarden Goldmark zahlen – das entspricht immerhin sieben Millionen Kilogramm Gold – das ist keine Kleinigkeit. Zusätzlich sollen sie einen Großteil der Handelsflotte übergeben und das Militär soll so stark beschnitten werden, dass sie de facto entwaffnet wären."

„Das ist ungeheuerlich!" gab Maximilian empört von sich. „Sie ruinieren damit das Land und sähen eine Saat, die womöglich wiederum zu einem Krieg führen wird."

„So sehe ich es auch. Die Wirtschaft könnte sich nicht erholen, Exportgeschäfte wären so gut wie unmöglich. Bin neugierig, ob sie den Vertrag unterschreiben. Ihr Gegenargument könnte sein, dass sie nicht allein am Krieg schuld waren – was auch stimmt." Otto nahm eine Zigarre, langte nach dem Zigarrenschneider und knipste sie an der Kappe ab.

„Ich kann nur wiederholen, dass diese Radikalkur ein Wahnsinn wäre! Hoffentlich verhandelt unsere Delegation gut, nicht auszudenken, wenn von uns so eine hohe Wiedergutmachungen gefordert werden würde."

„Du sagst es. Was das Verhandeln angeht – ich fürchte, wir werden nicht viel zu Wort kommen." Otto schwieg und beschäftigte sich intensiv mit seiner Havanna. Langsam kokelte[25] er die Außenseite der Spitze an, dann drehte er sie behutsam, bis sie gleichmäßig glühte, und führte sie zum Mund. „Wenn die Siegermächte bei uns auch so agieren", fuhr er nach einer mächtigen Rauchwolke fort, „dann kann ich nur sagen: Gute Nacht Deutschösterreich. Die Krone gilt jetzt schon auf dem Weltmarkt nur mehr zwanzig Centimes. Das ganze Vermögen, das Deutschösterreich hat, ist mit Milliarden belastet, die sich der Staat ausgeborgt hat. Würden die Siegermächte eine Kriegsentschädigung von uns verlangen, wäre die Bevölkerung gezwungen, dafür zu arbeiten, und nicht für das eigene Brot. Ergo, wir würden zugrunde gehen. Nach dem Bevölkerungsschlüssel müssten wir vier bis fünf Milliarden übernehmen. Mit was bitte sollten wir das zahlen? Geld haben wir nicht und mit Waren wäre es auch nicht möglich, weil die geringen Mengen unentbehrlich sind. Die Menschen können jetzt schon kaum überleben. Andererseits …", er blies nachdenklich einige Rauchkringel vor sich her, „… kann ich mir nicht vorstellen, dass die Siegermächte diesen winzigen Staat mutwillig ruinieren wollen."

„In einer Woche werden wir mehr wissen", stellte Maximilian fest. „Eines aber weiß ich jetzt schon, meinem investierten Geld in Kriegsanleihen kann ich adieu sagen. Daher werde ich mein Gartenpalais so schnell wie möglich verkaufen und den Erlös, wie du auch, in der Schweiz anlegen. Ich bin dir sehr dankbar, Otto, dass ich hier sein darf." Maximilian starrte seine Schuhspitzen an. Erst nach einigen Sekunden hob er den Kopf und sagte: „Ich habe das Geschlecht derer von Steinach schlecht vertreten. Und warum habe ich das? Weil ich an die Monarchie geglaubt habe."

„Erstens bist du mein Freund und brauchst mir nicht zu danken. Zweitens, du würdest das Gleiche für mich tun und drittens bist du mir hier eine große Hilfe." Otto streckte die Hand aus und klopfte Maximilian begütigend auf das Knie. „Es werden auch wieder andere Zeiten kommen, Maxi. Wichtig ist, dass du dir um die Zukunft deiner Kinder keine Sorgen machen musst."

„Ja, das ist ein Glück! Im Grund geht es mir nicht so sehr um das Geld, sondern um mein Versagen, um meine unglaubliche Naivität! Ich könnte mich selbst ohrfeigen."

„Geh nicht so streng mit dir ins Gericht – Fehler machen wir alle. Ich habe auch viel Geld verloren. Und warum? Weil ich zu lange gezögert habe. Ich hätte sofort nach meiner Heimkehr alle meine Besitzungen in Böhmen und Mähren samt Schloss Derowetz verkaufen müssen. Aus Sentimentalität habe ich es nicht getan und jetzt ist alles, wie ich es insgeheim befürchtet habe, der Bodenreform in der Tschechoslowakei zum Opfer gefallen – genau gesagt am 16. April. Ein Tag, den ich nie vergessen werde. Alle Landgüter, die mehr als 150 Hektar landwirtschaftlich nutzbaren Boden oder 250 Hektar Grund und Boden besaßen wurden enteignet. Ich habe damit nicht nur ein großes Vermögen, sondern auch ein Stück Familiengeschichte verloren."

„Hattest du mit deiner Befürchtung also doch recht! Das tut mir leid." Da muss sich doch etwas machen lassen, dachte Maximilian, bei den Beziehungen, die er zur Politik hat. Laut sagte er: „Kannst du nichts dagegen unternehmen?"

„Nicht wirklich. Ich bin zwar ständig mit der Prager Regierung im Gespräch, aber ehrlich gesagt verspreche ich mir nichts davon. Was willst du schon von einem Außenminister, wie den Edvard Beneš[26], der von Kleinbauern abstammt. Ich könnte vor Wut platzen. Nicht nur wegen meines Verlustes, sondern auch, wenn ich an die Schweinerei denke, die sich die Tschechoslowaken nach dem Krieg erlaubt haben. Oder wie sonst sollte man ihre Handlung im November 1918, also kurz nach dem Zerfall unserer Monarchie, nennen? Deutschböhmen, Böhmerwaldgau, Deutschsüdmähren und Sudetenland, die eindeutig ihre Souveränität im Rahmen Deutschösterreichs erklärt haben, einfach zu besetzen und aufzulösen – das ist ein starkes Stück!"

„Das war niederträchtig und bösartig", pflichtete ihm Maximilian bei. „Die Tschechoslowaken waren immer schon ein falsches Pack. Andauernd hatten wir Zores[27] mit diesem Kronland, ständig waren sie dagegen, egal was es war, fortwährend haben sie das Parlament mit ihrer Obstruktionspolitik lahmgelegt – ein ungutes Volk!"

„Richtig. Es war immer schwierig mit ihnen. Aber", ein ironisches Lächeln zuckte um Ottos Lippen, „wie das bei guten Wienern so ist, sind viele mit ihnen verwandt. Da nehme ich mich nicht aus und soviel ich weiß, geht es dir nicht besser." Sein Lächeln vertiefte sich.

Maximilian war halb erheitert, halb verärgert.

„Um der Sache gerecht zu werden", sprach Otto weiter, „muss man zugeben, dass sie für sich klug gehandelt haben und sich bereits 1916 sehr geschickt mit Hilfe der Entente auf einen eigenen Staat vorbereitet haben. Nach dem Krieg brauchten sie nur noch die

Ernte einfahren."

Mit Maximilians Anflug von Heiterkeit war es vorbei. „Wie kannst du nur so pragmatisch daherreden? Geschickt hin oder her, die Tschechoslowaken waren mir immer schon ein Gräuel, auch wenn ich in ihren Reihen einige entfernte Ahnen nicht verleugnen kann. Sie sind noch sturer als die Ungarn ... Wie haben sie die Enteignung deines Besitzes überhaupt begründet, diese, diese ... Ich möchte gar nicht sagen, was ich denke."

„Die Begründung ist lachhaft. Sie wollen das Unrecht von 1620, nämlich die Überführung eines Teiles des Großgrundbesitzes nach der ‚Schlacht am Weißen Berg' in deutsche Hände, wieder rückgängig machen. Wenn es nicht so traurig wäre, wäre es zum Lachen."

Maximilian sah ihn mit einem verständnislosen Blick an.

„Ich erkläre es dir. In der Schlacht am Weißen Berg bei Prag – das genaue Datum weiß ich nicht, es war irgendwann im November 1620 – unterlagen die böhmischen Stände unter ihrem König Friedrich den V. von der Pfalz den Truppen der Katholischen Liga. Friedrich der V., der sogenannte Winterkönig, musste aus Böhmen fliehen und Kaiser Ferdinand der II. konnte seinen Anspruch auf die Krone Böhmens durchsetzen. Eigentlich hieß er Ferdinand III. von Habsburg, aber ab 1617 war er Ferdinand der II. König von Böhmen."

„Jetzt nach fast 300 Jahren fällt ihnen das ein? Eine Frechheit! Das ist wieder typisch für diese Gauner! Bekommst du wenigstens Schadenersatz?"

„Angeblich bekomme ich eine Entschädigung auf der Grundlage des Durchschnittspreises der Jahre 1913 bis 1915, das Gesetz darüber soll erst verabschiedet werden. Dabei wird sich die Regierung sicher absichtlich Zeit lassen und danach bei der Auszahlung ebenfalls. Wahrscheinlich bekomme ich nicht einmal ein Viertel des Wertes oder gar nichts. Das Geld allein ist aber nicht der Punkt. Ich war sehr gerne auf Schloss Derowetz und habe es, wie du weißt, vor meinen Einsatz auf der Front mit viel Liebe generalsanieren lassen – dort war ich Ferdinand nahe. Du siehst also, Maxi, auch mich trifft die Last des Krieges." Otto streckte diskret seinen Rücken und legte die Zigarre weg. „Du entschuldigst mich jetzt, ich muss Gertrud im Sanatorium besuchen."

„Wie geht es ihr?"

„Schwer zu beurteilen. Der Entzug ist soweit beendet, körperlich scheint es ihr wieder recht gut zu gehen. Ob das Gehirn durch den Alkohol angegriffen ist, weiß man noch nicht definitiv und was ihre Psyche anbelangt, ist wohl auf Sicht gesehen mit keiner Besserung zu rechnen. Nach einigen Gesprächen mit ihrem behandelnden Arzt habe ich eingesehen, dass sie für ihre Absonderlichkeiten, die sie schon immer hatte, nichts kann. Der Arzt hat mir erklärt, dass ihr ganzes Fühlen, Denken und Verhalten von starken Gegensätzen geprägt ist. Sie hat starke Selbstzweifel und Unsicherheiten. Der Doktor …"

„Das hätte ich nicht gedacht", unterbrach ihn Maximilian. „Ich dachte eher das Gegenteil."

„Ich auch, aber hör weiter. Der Doktor hat mir erklärt, dass sie unter Narzissmus leide und Menschen mit dieser Krankheit ihre innere Zerrissenheit und ihre Minderwertigkeitsgefühle gut verbergen. Sie verstecken sich quasi hinter einer Maske. Gertruds Verlangen nach übermäßiger Bewunderung, ihr maßloses Anspruchsdenken, ihr Neid auf andere, ihre Arroganz sind Ausdruck eines mangelnden Selbstbewusstseins."

„Ah, da schau her! Woher kommt das?"

„Man weiß es nicht genau. Vermutlich basiert dieses Problem auf der Säuglings-Eltern-Beziehung. Dem Kind wurde wahrscheinlich nicht genügend Einfühlungsvermögen und Bestätigung entgegengebracht. Ich habe mit dem Arzt auch wegen ihrer mangelnden Muttergefühle gesprochen. Sie kann im Grunde nichts dafür … höchstwahrscheinlich ist sie kaum zu Gefühlen gegenüber anderen fähig. Ich erinnere mich, dass Gertruds Mutter eine sehr kühle Person war; Gertrud hat vor allem an ihrem Vater gehangen. Hoffentlich ist Alexander nicht auch mit so einer Krankheit behaftet, ihm wurde ebenfalls von seiner Mutter keine Zuneigung entgegengebracht."

„Das glaube ich nicht, Otto", entgegnete Maximilian entschieden. „Ich kann mich noch gut erinnern, wie sehr er an seinem Kindermädchen gehangen hat – sie war seine Mutter."

„Das könnte so sein. Er besucht sie nach wie vor regelmäßig."

„Na also, da siehst du es. Alex hat außerdem ein sonniges Gemüt, dem legt sich so leicht nichts auf die Seele. Er liebt nicht nur dich über die Maßen, sondern zeigt auch viel Gefühl für andere. Alex ist gut so, wie er ist."

„Dein Wort in Gottes Ohr! Jetzt muss ich aber laufen …" Otto stand auf murmelte „bis zum Abendessen" und ging hinaus. Wenn du wüsstest, dachte er auf dem Weg in das Vestibül, dass deine Gattin die einzige war, der Gertrud zumindest einige ihrer wahren Gefühle gezeigt hat. Nur bei ihr hat sie ihre Maske abgenommen. Was Liebe bewirken kann … schade, dass ich dafür nie infrage kam.

14. KAPITEL

Seit einer Woche war Franz wieder in Wien, nicht ohne Cristina bei einem leidenschaftlichen Abschied versprochen zu haben, bald wieder bei ihr zu sein. Sein Aufenthalt in Venedig war ausgefüllt von sexueller Leidenschaft, väterlichen Gefühlen und der Planung für das neue Geschäft. Julio agierte prompt und besorgte noch vor Franz' Abreise neue Papiere. Die Ausstellung bei den Behörden war mit der gefälschten Bestätigung der juristischen Fakultät kein Problem. Antonia empfing ihn daheim so, wie er von Cristina verabschiedet wurde. Er konnte sich ihrem Verlangen nur mit viel Feingefühl entziehen. Ihre sichtbare Enttäuschung quälte ihn. Es wurde ihm klar, dass er durch diese zwei leidenschaftlich veranlagten Frauen an den Rand seiner männlichen Kraft gedrängt wurde, und nahm sich vor, nicht nur seine Geschäfte diszipliniert zu organisieren, sondern auch sein Liebesleben. Antonia und Cristina sollten glücklich sein, keine sollte unter der anderen leiden.

„Franz, gehst du heute mit mir ins Kloster zu Schwester Agathe?", fragte Antonia nach dem Frühstück. „Sie will mit mir über Maria sprechen. Um zehn Uhr muss ich dort sein."

Franz blickte auf die Uhr. „Wenn wir nicht zu lange dort brauchen, müsste es sich machen lassen. Der Termin bei Gericht ist erst um zwölf Uhr."

„Fein." Mit dem Hinweis „Ich bin gleich fertig" verschwand Antonia im Badezimmer.

Wer's glaubt, wird selig!, dachte Franz, nahm die Arbeiterzeitung zur Hand und las den Bericht über die Friedensverhandlungen. „Das darf jetzt nicht wahr sein!", murmelte er, nachdem er ihn gelesen hatte. Man kann doch nicht verlangen, dass sechs Millionen Menschen für das Schuldenerbe von einem Staat mit 26 Millionen zahlen. Noch dazu, wo die Wirtschaft total ausgeblutet ist. Es ist … Seine Überlegungen wurden jäh unterbrochen. Antonia rief aus dem Badezimmer: „Bist du so lieb und bringst mir frische Unterwäsche aus der Kommode? Strümpfe bitte auch."

Mit einem Seufzer stand Franz auf und ging ins Schlafzimmer zur Kommode, zog die Schublade mit Antonias Wäsche heraus und nahm das Gewünschte heraus. Schon wollte er die Lade wieder zurückschieben, da sah er unter Antonias gestapelten Leinenbinden die Ecke eines Geldscheines. Neugierig geworden hob er die Binden auf und starrte verblüfft auf ein Bündel Geldscheine. Nachdem er es gezählt hatte, legte er es kopfschüttelnd wieder an seinen Platz. Ohne Kommentar drückte er wenig später Antonia ihre Wäsche in die Hand, setzte sich und starrte nachdenklich auf die geschlossene Badezimmertüre.

„Was sitzt du im Schlafrock herum und starrst", sagte Antonia, als sie aus dem Bad kam. „Wir müssen gehen!"

Franz sah sie wie erwachend an. Dann stand er auf, brummte „Ich bin gleich soweit, nur keine jüdische Hast!" und verzog sich. Kurz darauf präsentierte er sich in einem dunklen Sakkoanzug mit weißem Hemd und weinroter Krawatte. „Bist du nun zufrieden?"

Antonia lächelte. „Alle Frauen werden mich beneiden. Und ich? Wie sehe ich aus?" Sie drehte sich kokett im Kreise.

„Du siehst umwerfend aus. Wenn du hier noch lange vor mir herumtänzelst, vernasche ich dich auf der Stelle!"

„Du sollst nicht meine Beine ansehen, sondern mein Kleid!"

„Dein Kleid ist sehr hübsch, besonders das breite Band unter dem Busen gefällt mir, weil es ihn so richtig zur Geltung bringt!"

Antonia boxte ihn lachend in die Seite. „Du hast Glück, dass wir jetzt keine Zeit mehr haben …"

„Ich habe Sie aus zwei Gründen zu mir gebeten", begann Schwester Agathe im Besucherraum des Klosters ‚Sankt Katharina' das Gespräch. „Vorweg, es gibt keinen Grund zur Klage. Maria ist eine sehr gute Schülerin, wir sind mit ihr zufrieden. Gut, dass Sie Frau Orbis begleitet haben", bemerkte sie freundlich zu Franz, „denn einer der Gründe, weshalb ich Sie hergebeten habe, sind Sie."

Du meine Güte!, dachte Franz und bereute es, mitgekommen zu

sein. Womöglich will sie, dass wir öfter in die Kirche gehen.

„Maria mag Sie sehr gerne", fuhr Schwester Agathe fort. „Sie hat im Krieg sehr oft über ihren Onkel Franz gesprochen und gebetet, dass Sie gesund wiederkehren mögen. Nun ist sie in einem Alter, wo sie über ihre Herkunft nachdenkt – das ist ganz normal." Schwester Agathe blickte zu Antonia. „Sie hat mir erzählt, dass Sie, Frau Orbis, nie über ihren verstorbenen Vater gesprochen haben. Sie möchte gerne mehr über ihn erfahren, möchte wissen, welche Eigenschaften er hatte und wie er aussah."

Antonia senkte den Blick. Ich werde ihr sicher nicht mehr erzählen, dann müsste ich noch mehr lügen. Er ist tot, und damit hat es sich.

Schwester Agathe sah und spürte die Verlegenheit, die sie mit diesem heiklen Thema ausgelöst hatte und sprach hastig weiter. „Das ist aber nur einer ihrer Wünsche. Ihr größter Wunsch ist, dass sie beide heiraten."

Unisono rissen Franz und Antonia ihre Köpfe in die Höhe.

„Ihre Lebensweise geht mich natürlich nichts an, ich spreche nur für Maria", bemerkte Schwester Agathe mit roten Wangen.

„Ich … also wir … werden vielleicht …", stotterte Antonia.

Franz griff ein. „Das Wohlergehen von Maria liegt uns sehr am Herzen, Schwester", sagte er mit der sachlichen Stimme des Rechtsanwalts. „Wir werden darüber nachdenken. Was ist der zweite Grund, weswegen Sie Frau Orbis hergebeten haben?"

„Der zweite Grund ist Marias Begabung. Sie, Frau Orbis, haben Maria schon öfter im Kirchenchor ein Solo singen hören, wissen also, wovon ich spreche. Die Mutter von Marias bester Freundin Anna, Grete Lehmann, ist Gesangslehrerin. Sie hat uns nicht nur Marias wunderschöne Sopranstimme bestätigt, sondern auch gemeint, dass sie das Zeug – natürlich nach entsprechender Schulung und Begleitung – zum Beruf der Opernsängerin hat."

„Das ist … wunderbar", erwiderte Antonia. „Sie hat eine ausgesprochen schöne Stimme, zweifellos, aber Opernsängerin? Das überrascht mich."

Schwester Agathe lächelte. „Frau Lehmann hat sich bereit erklärt, Maria solange sie hier im Kloster ist, also etwas mehr als ein Jahr, gratis zu unterrichten. Sind Sie damit einverstanden?"

„Was für eine Frage, Schwester", antwortete Antonia. „Natürlich bin ich einverstanden. Ich freue mich sehr, dass Maria die Möglichkeit hat, ihre Stimme weiterzubilden. Bitte richten Sie Frau Lehmann meinen allerherzlichsten Dank aus."

„Gerne. Wir werden gleich nächste Woche mit dem Unterricht anfangen. Wenn Sie wollen, können Sie einer Gesangsstunde beiwohnen." Schwester Agathe pausierte. „Das wäre alles von meiner Seite her. Haben Sie noch Fragen?"

Franz murmelte „Nein danke", Antonia schüttelte den Kopf.

Schwester Agathe stand auf. „Dann darf ich mich jetzt verabschieden. Wegen der Heirat bitte ich Sie nochmals, sich im Sinne von Maria Gedanken darüber zu machen. Falls Sie sich dazu entschließen, steht Ihnen unser Kloster selbstverständlich gerne zur Seite." Sie reichte Antonia und Franz mit einem abermaligen Lächeln die Hand und ging.

„Na, so etwas", sagte Franz. „Das hätte ich nicht erwartet. Du?"

„Nein. Das mit der Heirat kam auch für mich völlig überraschend."

Franz sah auf seine Armbanduhr. „Es ist spät. Wir reden am Abend darüber, in Ordnung?"

Antonia nickte. „Sehr in Ordnung."

Als Franz am frühen Abend die Wohnung betrat, stieg ihm ein angenehmer Duft in die Nase.

Mit erhitztem Gesicht werkte Antonia am Herd. „Du kommst genau richtig", begrüßte sie Franz, „die Germknödel[28] sind gleich fertig. Deckst du bitte inzwischen den Tisch?"

Einige Minuten später betrat sie mit der dampfenden Schüssel in den Händen das Speisezimmer und blieb verblüfft stehen. Der Tisch war festlich gedeckt: Zwei Kerzen verbreiteten ein warmes, angenehmes Licht, eine Flasche ‚Recioto di Gambellara' stand neben dem ‚guten' Geschirr, das sie nur für besondere Anlässe verwendete. „Haben wir etwas zu feiern?", fragte sie.

„Das haben wir", lächelte Franz. Er nahm ihr die Schüssel ab, stellte sie auf den Tisch, rückte ihren Stuhl zurecht und schenkte ein. Dann hob er sein Glas. „Ich trinke auf dich mein Schatz und auf deinen heimlichen Reichtum."

Antonias Gesicht nahm eine knallrote Farbe an. „Woher", stammelte sie, „woher weißt du?"

„Du hättest das Geld besser unter deinen Binden verstecken sollen. Ich habe es heute durch Zufall entdeckt, als ich deine Wäsche geholt habe. 9.000 Kronen sind nicht wenig. Jetzt will ich wissen", sein lockerer Tonfall war Vergangenheit, „woher du das viele Geld hast und warum du daraus ein Geheimnis machst."

Antonia vermied seinen Blick. „Ich habe mich nicht getraut, es dir zu erzählen", flüsterte sie. „Weil ich, weil ich … ein Verbrechen begangen habe. Es gibt seit 1915 keine Stiftung mehr im Kloster und ich musste unbedingt das Schulgeld für Maria auftreiben."

„Was für ein Verbrechen? An wem hast du es begangen? Wann hast du es verübt?" Wie Peitschenschläge prasselten Franz' Fragen auf Antonia nieder. Seine Stimme war so unbarmherzig wie im Gerichtssaal.

„Ich wusste doch nicht, was ich tun soll", fing Antonia stockend an. „Plötzlich wurde mir gesagt, dass ich für Maria das Schulgeld in Zukunft selbst bezahlen muss. Hätte ich das Geld nicht beschafft, wäre Maria vom Kloster verwiesen worden und bei den Ferienaktivitäten, auf die sie sich schon so gefreut hatte, hätte sie nicht mitmachen können." Sie schluckte. „Ich war verzweifelt, Franz. Das war wahrscheinlich auch der Grund, warum ich unser Baby verlor." Jetzt flossen die Tränen.

Mit Franz' Strenge war es vorbei. „Wie hast du dir denn um Himmels willen das Geld beschafft?", fragte er milde.

„Ich habe jemanden erpresst und 40.000 Kronen bekommen, davon habe ich sofort das restliche Schulgeld bis zum Ende der

Bürgerschule bezahlt und als du vom Krieg heimkamst, habe ich Frau Wotruba ein Sparbuch mit der Miete für fünf Jahre übergeben", erzählte Antonia heulend. „Übrig geblieben sind die 9.000 Kronen, die du gefunden hast. Den Rest habe ich für Möbel und besseres Essen verwendet." Sie schnupfte auf.

Franz gab ihr sein Taschentuch. „Wen hast du erpresst? Du musst schon etwas Besonderes gewusst haben, wenn es demjenigen so viel wert war."

„Ich habe die Fürstin von Grothas erpresst. Ich habe – damals im Palais – etwas über sie erfahren. Mein Schweigen war ihr das Geld wert."

Franz riss die Augen auf. „Du hast die Fürstin erpresst? Tatsächlich? Antonia, ich fasse es nicht!" Mit ernstem Gesicht sah er sie schweigend an. Nur das leichte Zucken um seinen Mundwinkel verriet seinen inneren Zustand.

„Bitte Franz, sei nicht böse. Ich habe es nicht gewagt, es dir zu erzählen. Ich weiß doch, wie sehr du das Verbrechen und die Unwahrheit hasst. Ich dachte, wenn ich es dir sage, dann wirst du mich verachten. Und jetzt … und jetzt bin ich in deinen Augen eine Diebin." Sie schluchzte auf und verbarg das Gesicht in ihren Händen.

Sanft zog ihr Franz die Hände vom Gesicht und zog sie auf seinen Schoß. „Komm her, meine kleine Verbrecherin. Du dachtest also, ich würde dich verachten." Das Zucken um seinen Mund wurde immer heftiger, bis er schließlich laut zu lachen anfing. Sein Lachen wurde immer heftiger, letztendlich brüllte er vor lauter Lachen. Das, lieber Otto, geschieht dir ganz recht!, dachte er. Heute würdest du den Grund dieser Erpressung gut finden und wahrscheinlich mit mir lachen, aber damals …

Mit großen Augen sah ihn Antonia an.

Franz wischte sich die Lachtränen ab. „Du hast die Fürstin von Grothas erpresst! Das finde ich genial, wirklich genial!"

„Wieso lachst du darüber?", erkundigte sich Antonia vorsichtig.

„Ich lache, weil es dem Herrn Fürsten ganz recht geschieht. Es ist schlussendlich sein Geld, was sie dir gegeben hat, nicht ihres. Es gibt scheinbar doch noch so etwas wie eine höhere Gerechtigkeit! Ich finde es nur gut und richtig, dass er für dich und sein Kind gezahlt hat. Für uns ist es viel, für ihn nichts. Das hast du sehr gut gemacht, mein Schatz! Gib mir einen Kuss, du unglaubliches Weib, du!"

Sie küssten sich. Blitzartig verwandelte sich Zärtlichkeit in Leidenschaft. Die Germknödel auf dem Tisch waren vergessen, ebenso das Geld, Maria und das Kloster, Fürst und Fürstin. Es gab nur noch sie beide.

Nach dem Liebesakt lagen sie glücklich nebeneinander. Nach einer Weile stützte sich Franz am Ellenbogen auf und fragte: „Mit was hast du eigentlich die Fürstin erpresst? Das würde mich schon interessieren."

„Das kann ich dir nicht sagen. Ich habe es bei meinem Leben geschworen. Nur so viel, ich hätte ihr fürstliches Leben zerstören können!"

Franz winkte ab. „Ist auch nicht so wichtig ... Was bei weitem wichtiger ist, was tun wir wegen Marias Wunsch?"

Antonia zog ein Schnoferl[29]. „Wir können nicht heiraten, Franz. Ich bin kirchlich immer noch mit dem Nemec verheiratet. Wenn ich dich heirate, was ich mir noch gut überlegen muss", sie zwinkerte und verzog schelmisch ihren Mund, „dann will ich das in der Kirche und ohne schlechtes Gewissen tun."

„Ich werde mich schlau machen, vielleicht ist der Nemec wirklich im Krieg gestorben. Dann wäre das Problem gelöst. Allerdings fällt es mir schwer, in der Kirche mit allem Drumherum zu heiraten. Muss das wirklich sein?"

„Das muss sein! Wenn du mich liebst, dann sagst du ja zu mir vor Gott!"

Was den Frauen bloß an dem kirchlichen Tamtam liegt?, fragte sich Franz. Ich verstehe es nicht. Aber, wenn sie es unbedingt will ... Sie hat es genauso verdient wie Cristina. Es hat auch sein Gutes, so bin ich wenigstens nur ein kirchlicher und nicht ein staatlicher Bigamist. Laut sagte er: „Falls der Nemec tot ist, dann heiraten wir so, wie du das willst." Er drückte sie an sich und flüsterte ihr ins Ohr: „Ich liebe dich sehr, meine kleine Erpresserin."

15. KAPITEL

Sorgfältig wischte Otto, ehemals Fürst von und zu Grothas, Graf von Läthenburg, mit der Kreide seinen Queue ab, bevor er die schwarze Acht anvisierte. Gespannt sahen ihm seine Freunde Wilhelm, ehemaliger Freiherr von Ruta, bis 1918 im Kriegsüberwachungsamt tätig, jetzt Privatier; Heinrich, ehemaliger Freiherr von Bradow, bis Februar 1919 in der Militärkanzlei des Kriegsministeriums tätig, jetzt als Oberst im Staatsamt für Heereswesen in leitender Funktion und Maximilian, ehemaliger Graf von Steinach, bis 1918 im Kriegsfürsorgeamt aktiv, jetzt inoffiziell Leiter des gesamten Personals im Palais Amsal, offiziell Privatier, zu. Seit mehr als zwei Stunden spielten die Herren in zwei Teams Poolbillard, 8 Ball[30]. Otto und Heinrich führten. „Ah", ging ein allgemeines Raunen durch den Raum, als Otto, der bereits alle Farbigen komplett eingelocht hatte, die schwarze Acht zielsicherer versenkte.

„Damit habt ihr gewonnen", stellte Maximilian leicht verärgert fest. „Aber knapp, sehr knapp! Die Revanche folgt, nicht wahr, Willi? Das nächste Mal werden wir sie vernichten!"

„So ist es. Wartet nur, wenn wir euch unser wahres Können zeigen. Heute waren wir großzügig!"

Otto zwinkerte Heinrich zu und lächelte. Er kannte Wilhelm lange genug, um zu wissen, dass dieser nur schwer eine Niederlage einstecken konnte und sich jetzt maßlos ärgerte.

Mit einem „Genau, ihr hattet nur Glück!" bekräftigte Maximilian Wilhelms Äußerungen. „Euer Sieg kostet dich, lieber Otto, jetzt ein oder auch zwei Flaschen von deinem besten Champagner."

„Von wegen Glück!", spöttelte Otto. „Heini und ich sind eindeutig die besseren Spieler. Ich verstehe, dass ihr jetzt eine Ermunterung benötigt. Folgt mir, meine Herren!"

Minuten später klangen die Champagnergläser aneinander.

Nach dem ersten Schluck brummte Heinrich: „Heutzutage muss man den Champagner mehr zum Trost trinken, denn als reinen Genuss."

Wilhelm nickte. „Da muss ich dir recht geben. Da wir aber nichts gegen die traurige Entwicklung unseres Landes tun können, ist es besser, fröhlich unterzugehen als grantig."

„Was seid ihr für unverbesserliche Schwarzseher!", mischte sich Maximilian ein. „Wir werden nicht untergehen, auch wenn wir uns Deutschland nicht anschließen dürfen. Der Völkerbund wird uns dabei helfen. Ich glaube an dieses Österreich – auch wenn es winzig ist. Es macht keinen Sinn in der Vergangenheit zu kramen, wir müssen nach vorne schauen."

„Das finde ich auch", stimmte ihm Otto zu. „Obwohl das Szenario nicht unbedingt den Optimismus fördert. Die Tschechen, die Polen und die Südslawen, die jetzt zu Serbien gehören, sie alle haben für die Monarchie gekämpft. Wenn jetzt auf ihren Gebieten das gesamte Eigentum von Deutschösterreich beschlagnahmt und der Erlös einbehalten wird, dann kann die Regierung gleich den Bankrott ausrufen. Ich finde es äußerst bedenklich, dass bei den Friedensverhandlungen versäumt wurde, das Besondere des Verhältnisses zwischen Deutschösterreich und den Nationalstaaten zu berücksichtigen. Schließlich haben in Österreich-Ungarn zwanzig Millionen Menschen gelebt, und in Deutschösterreich sind es nur sechs Millionen – der Rest ist leider zum Ausland geworden."

„Sie sind über uns drübergefahren, wir hatten nicht die kleinste Chance uns einzubringen", ärgerte sich Heinrich. „Unsere Delegation durfte nicht sprechen, geschweige denn verhandeln. Wenn ich darüber nachdenke, dass zu den Signaturmächten unseres Friedensvertrages Mitglieder dazugehören, die sehr gut von der Monarchie gelebt haben und deren Angehörige im Krieg in Milliardenhöhe von Österreich-Ungarn unterstützt wurden, könnte ich vor Wut an die Decke gehen!"

„Da geht es uns wohl allen gleich", erwiderte Otto. „Aber Jammern hilft nicht. Fakt ist, wir haben den Krieg verloren, unser Schicksal liegt in den Händen der Entente. Dem Deutschen Reich blieb auch nichts anderes übrig, als die harten Bedingungen des ‚Versailler Friedensvertrages' zu akzeptieren und uns wird es nicht besser ergehen. Ich fürchte, dass sich dieses Ungleichgewicht noch einmal rächen wird – hoffentlich nicht in einem neuen Krieg."

„Das wird in absehbarer Zeit nicht möglich sein", winkte Heinrich ab. „Das Deutsche Reich und wir sind nicht nur wirtschaftlich, sondern auch militärisch am Boden. Wir könnten uns nicht einmal gegen Angreifer verteidigen. Die allgemeine Wehrpflicht ist verboten, nur 30.000 Mann sind erlaubt. Was ist das schon?"

„Eine Schweinerei, unser ganzes Land untereinander aufzuteilen", bemerkte Wilhelm. „Wie großzügig, dass sie uns zumindest Westungarn gelassen haben!", fügte er höhnisch hinzu und leerte in einem Zug sein Glas.

Otto sah ihn missbilligend an und unterdrückte die Bemerkung: Deshalb musst du nicht meinen teuren Champagner hinunterschütten und sagte stattdessen: „Willi, ich verstehe deinen Unmut, aber schön langsam kann ich die ewigen Wehklagen nicht mehr ertragen. Ob es uns passt oder nicht, der Vertrag von Saint-Germain-en-Laye wird unterschrieben, der Anschluss an Deutschland verboten werden. Letzteres finde ich persönlich sogar gut. Ich war nie ein Freund des Deutschen Reiches. Hätte der Kaiser, Gott hab ihn selig, auf seinen Sohn Rudolf gehört, der klar und deutlich gesagt hat, lieber Vater, halte dich vom Balkan fern, lass die Deutschen, verbünde dich lieber mit Frankreich und Russland, hätte es keinen Weltkrieg gegeben – das nur nebenbei. Jetzt können wir nur hoffen, dass die Siegermächte nicht auf Zahlungen bestehen. Tun sie das, dann würde ein Großteil der Bevölkerung noch ärmer werden, die Kriminalität würde steigen und eine verstärkte Polizeipräsenz auslösen. Von den vermehrten Krankheiten und der Kindersterblichkeit will ich gar nicht reden. Kurz, eine Katastrophe würde die andere jagen."

„Was ist deine Meinung zum Völkerbund, Otto?", fragte Maximilian. „Denkst du, dass er uns aus der Patsche hilft?"

„Möglich. Der Völkerbund will den Frieden sichern, das ist auf jeden Fall eine gute Sache. Die Idee ist ja nichts Neues, die gab es schon seit dem 17. Jahrhundert. Die Frage ist nur, ob sie auch umsetzbar ist. Ich denke dabei an die Haager Friedenskonferenzen[31], die am Deutschen Reich in der Frage der internationalen Schiedsgerichtsbarkeit gescheitert sind. Das ..."

„Die Satzung des Völkerbundes wurde im April von der Friedenskonferenz aufgenommen", fiel ihm Heinrich ins Wort. „Mit der Signatur des Versailler Vertrages unterzeichneten die beteiligten Staaten auch die Satzung des Völkerbundes. Daher kann man ihn nicht nur als Idee abtun."

„Du hast recht", stimmte ihm Otto zu, „sie wurde ein Teil des Vertrages. Das heißt aber noch lange nicht, dass sie auch funktionieren wird. Die Zukunft des Völkerbundes hängt meiner Meinung nach allein von den moralischen Kräften ab, die hinter ihm stehen. Wenn die Mitglieder nur im Eigeninteresse handeln, wird der Völkerbund Schiffbruch erleiden."

„So wird es sein", meldete sich Wilhelm zu Wort. „Moral! Das ich nicht lache! Denkt nur an Vorarlberg. Abspaltung, Selbstbestimmung wollen sie! Weg von Österreich, hin zur Schweiz – aber die hustet ihnen etwas. Eine Unverschämtheit ist das! Wir, damit meine ich einen Großteil aus unseren Kreisen, harren schließlich auch hier aus, obwohl wir das nicht müssten. Wir stehen zu Österreich, wir sind keine Verräter."

„Keiner von uns kann die Welt verändern, Willi", murmelte Otto, sah gleichzeitig auf die Uhr und erhob sich mit den Worten „mich müsst ihr jetzt entschuldigen, ich habe ein Rendezvous mit meinem Sohn. Bleibt, so lange es euch behagt, Gottfried wird sich bemühen, eure Wünsche zu erfüllen."

Zwei Stiegen auf einmal nehmend, wie es seine Art war, lief Otto zu den Räumen seines Sohnes hinauf. Als er in das Studierzimmer kam, ging Alexander mit einem Buch in der Hand auf und ab, und murmelte vor sich hin. Als er seines Vaters ansichtig wurde, hielt er inne.

„Was lernst du gerade?", fragte Otto.

Alexander verbeugte sich knapp. „Über die Zusammensetzung der einzelnen Erdschichten, morgen wird der Stoff geprüft. Was liegt an?"

„Setz dich erst einmal!", bat Otto und nahm ebenfalls Platz. „Ich will mit dir über deine Mutter reden. Sie wird jetzt bald nach Hause kommen und ich möchte, dass du darauf vorbereitet bist.

Alexanders Gesichtsausdruckt sagte mehr als tausend Worte.

„Ich weiß, dass du es nicht leicht mit ihr hattest", begann Otto sachte. „Ich war im Krieg und du warst ihren Launen ausgesetzt. Aber vergiss nicht, Xandi, sie ist eine kranke Frau. Ihr Alkoholproblem ist Vergangenheit, aber ..." Er suchte nach Worten und formulierte schließlich vorsichtig: „Sie hat sich in ihrem Wesen verändert – sie ist nicht mehr so, wie sie war."

„Was meinst du damit?"

„Deine Mutter ist sehr krank, wie ich schon sagte. Sie hat über die Jahre regelmäßig, manchmal mehr, manchmal weniger getrunken. In den Wochen vor ihrem Zusammenbruch leider sehr viel. Ihr Arzt hat mir mitgeteilt, dass zu ihren seelischen Problemen, die sie wahrscheinlich schon immer hatte, neurologische dazugekommen sind. Sie hat Störungen des Gedächtnisses und der Orientierung. Das heißt, sie kann sich an vergangene Ereignisse sehr gut erinnern, vergisst aber sofort neu Erlebtes. Die Krankheit heißt Korsakow-Syndrom[32]."

Alexanders Augen weiteten sich. „Du meinst, sie weiß nicht mehr, warum sie ins Krankenhaus gekommen ist und wie sich alles verändert hat? Weiß nicht mehr, dass wir keine Monarchie mehr sind?"

„Der Arzt meinte, dass es schwer festzustellen ist, ob sie sich wirklich nicht mehr erinnern kann oder ob sie das Neue nicht annehmen will. Sie reagiert beispielsweise bösartig, wenn man zu ihr nicht Fürstin oder Durchlaucht sagt, obwohl ich ihr erklärt habe, dass wir so nicht mehr genannt werden dürfen – sie hat es einfach nicht zur Kenntnis genommen. Sie fragt auch ständig nach ihrer Freundin Helga. Scheinbar erinnert sie sich nicht mehr, dass Helga an der Grippe gestorben ist. Sie glaubt auch, dass wir immer noch eine Monarchie sind und fragt mich, wann wir Seine Majestät wieder besuchen. Außerdem meint sie, dass Krieg ist und wirft mir vor, dass ich nicht für das Vaterland kämpfe – es ist tragisch." Otto blickte seinem Sohn intensiv in die Augen und suchte darin einen Hauch von Mitgefühl – er konnte keines entdecken.

„Ich verstehe", erwiderte Alexander nach einer Gesprächspause. „Sie tut mir leid, so wie jeder kranke Mensch mir leidtut. Ein besonderes Mitgefühl kannst du von mir nicht erwarten – sie war mir nie Mutter."

„Das ist mir bewusst, Xandi. Auch wie sehr du darunter gelitten hast. Versuche es bitte so zu sehen, sie hat es nicht absichtlich getan, um dir weh zu tun – das weiß ich jetzt. Sie konnte und kann keinem Menschen Gefühle entgegenbringen, sieht nur sich selbst. Das hat aber nichts mit ihrem Alkoholproblem und der daraus entstehenden Krankheit zu tun. Der Arzt sagte, dass wahrscheinlich in ihrer Kindheit schwere Fehler begangen wurden, und daraus hat sich ein seelisches Gebrechen entwickelt. Ich hätte schon früher sehen müssen, dass ihre Reaktionen nicht normal sind und sie zum Arzt schicken müssen. Diesen Vorwurf kann ich mir nicht ersparen. Leider ist nichts mehr daran zu ändern."

„Wie soll ich sie behandeln, wenn sie wieder hier ist? Mir wäre es lieber, ich müsste sie gar nicht sehen."

Otto überging den letzten Satz. „Behandle sie wie immer höflich, geh auf ihre Wünsche ein, widersprich ihr nicht. Es kann sein, dass sie ihre Gedächtnislücken spontan mit falschen Erlebnissen ausfüllt. Für sie sind das jedoch keine Lügen, für sie ist alles real und wahr, zumindest in dem Moment, in dem sie es sagt. Zu einem späteren Zeitpunkt stellt sie es wieder ganz anders dar."

„Sie ist also irre geworden", erwiderte Alexander und brachte mit dieser Aussage Gertruds Zustand auf den Punkt.

„Wenn du es so mitleidslos formulieren willst", antwortete Otto, überrascht von Alexanders Kaltschnäuzigkeit. „Bitte, Xandi, bedenke, sie ist ein unglücklicher Mensch. Du wirst bemerkt haben, dass ich Mutters Räume so umbauen habe lassen, dass sie für sich sein kann. In ihrem Zustand braucht sie uns auch nicht. Ich werde das Personal beauftragen, dass man sie nach wie vor als Fürstin behandelt. Außerdem werde ich zu der Zofe noch eine Pflegerin anstellen, die mit ihrer Krankheit umgehen kann. Im Sanatorium hat sie zu malen begonnen, das macht ihr sichtlich Freude. Sie malt ausschließlich Pferde – in allen Variationen. Ich habe ihr extra ein Zimmer als Malwerkstatt herrichten lassen."

Das alles interessiert mich nicht, dachte Alexander. Ob sie malt oder nicht, was geht's mich an. Er sah die Miene seines Vaters, sah, dass er etwas von ihm erwartete, das er nicht imstande war zu geben. „Wie sind ihre Chancen für die Zukunft?", fragte er anstandshalber, obwohl ihm die Antwort gleichgültig war.

„Das kann man noch nicht sagen. Es ist den Ärzten zum jetzigen Zeitpunkt nicht klar, inwieweit der Tod Helgas eine Verdrängung ist oder ob der Alkohol das Gehirn schon so geschädigt hat. Es wird sich im Laufe der Zeit zeigen. Sie bekommt Tabletten und braucht Menschen, die gefühlvoll mit ihr umgehen und ihr beistehen."

„Wird sie mit dieser Krankheit alt werden?", platzte Alexander heraus.

Otto schluckte. „Das weiß ich nicht. Im Augenblick besteht keine Lebensgefahr."

Ich versteh ihn ja, dachte Otto. Seit seiner Geburt hat sie ihn missachtet und nicht wahrgenommen. Trotzdem … so unerbittlich kenne ich ihn nicht. Jedes Tier rettet er, jedem Bettler gibt er ein Almosen … dreizehn ist allerdings auch ein schwieriges Alter und die jungen Leute sind schnell mit ihrem Urteil … da hilft nur Verständnis. „Du musst nicht meinen, dass ich deine Gleichgültigkeit ihr gegenüber nicht verstehe", fuhr er fort. „Aber versuche bitte, nicht so hasserfüllt zu sein – du tust dir damit nichts Gutes! Hass zerfrisst und zerstört. Mir ist das auch erst nach dem Krieg so richtig klar geworden. Bemühe dich, ihr zu verzeihen, nicht mir zuliebe, sondern dir zuliebe!"

Alexander sah ihn mit unbewegter Miene an und schwieg.

Otto wusste, dass jetzt jedes weitere Wort sinnlos war. „Ich möchte dich nun nicht mehr länger vom Lernen abhalten, Xandi – du weißt, was du wissen musst. Wir sehen uns beim Abendessen."

„Ja. Danke, Papa – bis später", murmelte Alexander und nahm sein Buch wieder zur Hand.

Bin ich froh, wenn das ein Ende hat, dachte Otto, während er sich durch Berge von Schutt einen Weg zu seinem Arbeitszimmer bahnte. Irgendwen wollte ich heute noch sprechen, überlegte er. Wer zum Teufel war das? Als er hinter seinem Schreibtisch saß, fiel es ihm wieder ein – er läutete. Minuten später trat Johanna ein und nahm auf sein Geheiß Platz. „Wie geht es Ihnen mit Ihrem neuen Vorgesetzten?", fragte Otto ohne Umschweife.

„Danke der Nachfrage, ich komme gut zurecht."

Otto bemerkte ihr Zögern. „Sie sind schon so lange in meinem Haus Johanna, sprechen Sie frei von der Leber weg", ermunterte er sie.

Johanna gab sich einen Ruck. „Ehrlich gesagt, war ich ein wenig gekränkt, da mir, seit ich in ihrem Hause diene, alleine alle Obliegenheiten des Personals anvertraut waren." Sie forschte in Ottos Miene nach einem Zeichen des Unwillens. Sie fand keines, entschloss sich aber doch ihre Worte abzuschwächen. „Aber jetzt bin ich froh, dass ich mit dem Bürokram nichts zu tun habe und mich weiterhin auf die Arbeitsqualität und die Haushaltführung konzentrieren kann." Während sie sprach, bat sie Gott insgeheim um Vergebung für diese Lüge und wechselte hastig das Thema: „Das Wirtschaften ist schwieriger geworden, das Geld ist nichts mehr wert."

„Das wird noch ärger werden, die Zukunft schaut nicht gerade rosig aus", bemerkte Otto. „Falls das Wirtschaftsgeld nicht reicht, melden Sie sich bei mir. Nun zu etwas, das mir sehr am Herzen liegt. Meine Frau kommt in einigen Tagen nach Hause. Sie wissen, dass ihre Gemächer so umgebaut wurden, dass sie Ruhe hat und für sich sein kann. Ich möchte nur ausgesuchtes Personal für ihre Bedienung, das heißt, ich möchte nicht, dass sie mit zu vielen Dienstboten in Kontakt kommt. Nur Leute meines und Ihres Vertrauens sollen in ihrer Nähe sein. Ich baue hier auf Ihre Erfahrung. Die ausgewählten Dienstboten sind zur absoluten Verschwiegenheit verpflichtet. Zu Ihrer persönlichen Information: Meine Gattin ist zwar von ihrem Alkoholproblem geheilt, sie darf aber nie wieder, nicht einmal einen Tropfen Alkohol trinken. Es darf ihr auch kein Konfekt, keine Mehlspeise und keine sonstige Speise gegeben werden, wo Alkohol enthalten ist. Teilen Sie das bitte der Köchin mit. Ich muss mich auch darauf verlassen können, dass ihr niemand welchen besorgt, egal mit welchen Mitteln sie es versucht."

„Selbstverständlich", beeilte sich Johanna zu sagen und hielt seinem Blick stand. „Ich werde genau darauf achten! Das Vertrauen Eurer Durch… ich meine …" Sie hielt inne und wiederholte mit roten Wangen: „Ihr Vertrauen ehrt mich, Herr Grothas. Ich werde Sie nicht enttäuschen!"

Otto lächelte flüchtig. „Das weiß ich", sagte er und fuhr mit ernstem Gesicht fort: „Was ich Ihnen jetzt sage, ist absolut vertraulich – nur wenige Leute werden davon wissen. Meine Gattin ist durch ihr Alkoholproblem nicht nur körperlich, sondern auch zu meinem großen Bedauern geistig krank geworden." Er schilderte Johanna ausführlich Gertruds Krankheit. Am Ende starrte ihn Johanna entsetzt an und hauchte: „Schrecklich – das ist wirklich schrecklich!"

Otto nickte, er fühlte sich miserabel. Zuerst die Schilderung ihrer Krankheit bei Alexander und jetzt nochmals. Er widerstand seinem Verlangen den Diener zu rufen, um einen doppelten Whisky zu ordern, und trank stattdessen einen Schluck Wasser. „Sie müssen die Personen, die mit ihr zu tun haben, dahingehend instruieren, dass sie ihre starken Gefühlsschwankungen, die nun einmal zum Krankheitsbild dazugehören, nicht persönlich nehmen. Außerdem möchte ich, dass sie wie früher mit Durchlaucht oder Fürstin angesprochen wird – sie weiß nicht, dass wir nicht mehr in einer Monarchie leben."

„Wird Ihre Gattin geschultes Personal benötigen?"

„Ohne eine Pflegerin wird es wohl nicht gehen." Er stockte.

„Was mir dabei einfällt, die ehemalige Zofe meiner Frau, ich glaube, sie heißt Theresa, hat doch gekündigt, weil sie Krankenschwester werden wollte. Stehen Sie noch mit ihr in Kontakt?"

„Ja. Theresa hat ihre Ausbildung als Krankenpflegerin Ende 1918 beendet. Sie arbeitet jetzt im Allgemeinen Krankenhaus und wohnt im Schwesternheim."

„Meinen Sie, Theresa würde eine Stelle als Privatkrankenpflegerin annehmen?"

„Das kann ich nicht sagen", erwiderte Johanna und verbarg ihr Erstaunen über Ottos Ansinnen. „Ich weiß nur, dass sie nach wie vor unverheiratet ist, nicht viel verdient und gerne eine eigene Wohnung hätte – möglich wäre es."

Ottos Miene hellte sich auf. „Arrangieren Sie für mich ein Gespräch – es müsste aber rasch sein."

„Wie es der Zufall will, haben wir uns für nächsten Mittwoch verabredet, wir wollen ins Kino gehen."

„Wunderbar!", rief Otto aus. „Es wird Ihnen doch nichts ausmachen, auf das Kino zu verzichten?" Ohne eine Antwort zu erwarten, sprach er gleich weiter: „Ich erwarte sie um sieben Uhr abends hier in meinen Arbeitszimmer. Sagen Sie ihr aber nicht, worum es geht – das möchte ich selbst tun. Das wäre dann alles, Johanna. Das ausgesuchte Personal für meine Frau möchte ich mir morgen ansehen."

„Sehr wohl, wie Herr Grothas wünschen", sagte Johanna im devoten Ton, setzte wie gewohnt zu einem Knicks an und zog im letzten Moment den Fuß zurück. Ihr Gesicht nahm die Farbe eines reifen Paradeisers[33] an.

„Wir haben es alle schwer mit der neuen Zeit, nicht?", stellte Otto milde lächelnd fest und brachte sie damit nur noch mehr in Verlegenheit – was nicht in seiner Absicht lag.

„Dann sind wir uns also einig, Theresa", sagte Otto erfreut. „Sie bekommen für einen 8-Stunden-Tag, Montag bis Freitag und

Samstag bis Mittag 400 Kronen. Sie wissen selbst, dass ich mit diesem Gehalt überaus großzügig bin, daher erwarte ich mir ein Entgegenkommen Ihrerseits für eventuell notwendige Mehrstunden, die sie selbstverständlich bezahlt bekommen. Sollten es zu viele werden, dann müssen wir uns nochmals unterhalten. Die Arbeitszeiten können Sie flexibel gestalten, wie es Ihnen notwendig erscheint – das ist in diesem Fall auch gar nicht anders möglich. Zusätzlich stelle ich Ihnen kostenlos ein Gästezimmer mit Bad im zweiten Stock zur Verfügung. Sie können es nachher besichtigen – es wird Ihnen gefallen. Ihre Mahlzeiten für die ganze Woche, damit meine ich auch den Sonntag, sind ebenso kostenlos. Als Besonderheit, da Sie so lange bei mit gedient haben, gebe ich Ihnen, obwohl Sie einige Jahre weg waren, zwei Wochen Urlaub im Jahr. Herr Steinach wird unsere Abmachung schriftlich zu Papier bringen. Habe ich etwas vergessen?"

Theresa schüttelte den Kopf. „Nein, das wäre alles. Ich danke Ihnen sehr für Ihre Großzügigkeit und werde mich bemühen, Ihrer Gattin das Leben erträglich zu gestalten. Gleich morgen werde ich mich mit ihrem Arzt in Verbindung setzen, damit ich genau weiß, auf was ich besonders achten muss. Ist es Ihnen recht, wenn ich keine Schwesterntracht trage?"

„Das ist mir sogar sehr recht. Meine Frau wird sowieso glauben, Sie sind noch ihre Zofe. Es könnte gut sein, dass sie altmodische Kleidung tragen müssen, um sie nicht aufzuregen. Sie lebt wie gesagt mehr in der Vergangenheit als in der Gegenwart." Unauffällig musterte Otto Theresa. Sie schaut gut aus, dachte er, obwohl sie schon um die vierzig sein müsste. Nach wie vor hat sie eine gewisse Eleganz an sich, was neu an ihr ist, ist ihr Selbstbewusstsein. Und schöne Beine hat sie … bei der Mode bleibt einem ja nichts mehr verborgen.

Theresa schlug ein Bein über das andere. Wieso schaut er auf meine Beine? Er wird doch nicht die Absicht haben … nein, das kann ich mir nicht vorstellen. „Keine Angst, ich werde schon mit ihr zurechtkommen!", sagte sie kühler als beabsichtigt. „Ich habe viel Erfahrung, auch mit Patienten aus der Psychiatrie."

„Sehr gut. Dann bleibt mir jetzt nur noch, Sie abermals in meinem Hause willkommen zu heißen. Ich freue mich, dass wir uns einig geworden sind. Was mich jetzt noch interessiert: Wie ist es Ihnen, nachdem sie mein Haus verlassen haben, ergangen?"

„Es waren harte Jahre, aber heute kann ich sagen, dass meine Entscheidung richtig war. Die Arbeit im Krankenhaus hat mir gefallen, es fällt mir nicht leicht, meinen jetzigen Arbeitsplatz zu verlassen."

„Ich habe damals Ihren Mut sehr bewundert, Theresa – Sie können auf das Erreichte stolz sein. Aber nun will ich Sie nicht länger aufhalten, Johanna wartet sicher schon auf Sie. Wir sehen uns zu Ihrem Arbeitsbeginn am 15. September."

Johanna umarmte die Freundin. „Theresa, ich freu mich ja so! Ich hätte nicht gedacht, dass du jemals wieder bei uns arbeiten wirst."

„Ich auch nicht", erwiderte Theresa heiter. „Aber bei dem Angebot konnte ich einfach nicht nein sagen. Du weißt, wie ärmlich ich in den letzten Jahren gelebt habe. Zeigst du mir jetzt das Zimmer?"

„Sicher. Komm mit."

Plaudernd gingen die beiden Frauen in die zweite Etage, wo sich in einem Trakt die Privatgemächer der Herrschaften befanden und im gegenüberliegenden Flügel die neu renovierten Gästezimmer.

„Hier, Hoheit, befinden sich Ihre Gemächer", scherzte Johanna und riss eine der Türen vor Theresa auf.

Theresa blieb wie angewurzelt stehen und starrte.

„Mit so einer noblen Unterkunft hast du wohl nicht gerechnet", gluckste Johanna. „Die Gästezimmer sind sehr schön geworden. Durch … ich meine, Herr Grothas hat viel in den Umbau investiert – und das in dieser Zeit! Wir können uns gar nicht vorstellen, wie reich er sein muss! Es scheint ihm auch völlig wurscht[34] zu sein, dass seine Titel weg sind. Der einzige im Haus, der sich wirklich darüber beschwert, ist Gottfried!" Sie kicherte abermals.

Ehrfürchtig betrachtete Theresa den eleganten hellen Wohnraum mit den kostbaren Möbeln. „So eine Suite ist doch viel zu vornehm für mich", bemerkte sie.

„Das ist noch nicht alles. Komm nur weiter." Johanna öffnete die Verbindungstüre, die in ein Schlafzimmer für zwei Personen führte. In dem danebenliegenden Badezimmer war nicht nur ein riesiger Spiegel mit einem Waschbecken, sondern auch eine große Badewanne.

„Eine Badewanne!", rief Theresa aus. „Johanna, du kannst dir nicht vorstellen, was eine Badewanne für mich bedeutet. All die Jahre, die ich bei der Fürstin war, habe ich sie darum beneidet. So ein Luxus, und das ganz für mich alleine!"

„Ja. Du hast Glück, dass Herr Grothas dir eines der Gästezimmer gegeben hat. Wir haben noch fünfzehn von dieser Sorte. Alle leer ... traurig nicht? Aber Gottfried hat uns erzählt, dass Herr Grothas gesagt hat, man müsse für die Zukunft investieren und wenn unser Land wieder stabil ist, dann wird das Haus wieder voller Gäste sein."

„Wenn er das so sagt", murmelte Theresa beiläufig und ging nochmals durch die Räume. Dann sagte sie mit gerunzelter Stirn: „Jeder wird neidisch sein!"

„Das glaube ich nicht", entgegnete Johanna. „Erstens gehörst du nicht zum Dienstpersonal, zweitens bist du diplomierte Krankenpflegerin und drittens sind auch unsere Räume alle renoviert worden. Natürlich sehen sie nicht so aus wie dieser hier, aber in jedem Zimmer ist eine Waschgelegenheit mit fließendem Kalt- und Warmwasser eingebaut worden und die Einrichtung wurde auch erneuert. Seit wir die neuen Matratzen haben, sind meine Rückenschmerzen wie weggeblasen. Und die Küche ist ein Traum. Ganz modern, ein elektrisches Gerät jagt das andere. Ida ist in ihrem Alter die Umgewöhnung nicht leichtgefallen. Zuerst hat sie pausenlos gemeckert, aber jetzt ist sie selig."

„Ich habe Seine Durchlaucht ... es ist wirklich ungewohnt, ihn anders zu nennen. Also, ich habe Herrn Grothas nie knausrig erlebt, aber dass er so viel für seine Leute macht, hätte ich nicht gedacht."

„Ich habe von Gottfried erfahren, dass manche aus seinen Kreisen ihn nicht nur scharf kritisieren, sondern meinen, er sei verrückt geworden. Er lächelt nur darüber. Er hat wortwörtlich zu Herrn Steinach gesagt: ‚Der Aufbau unseres Landes wird mühselig sein. Sehr mühselig. Was die Leute jetzt brauchen, ist Mut. Wenn die Sozialisten Wohnungen für die Arbeiter bauen, dann kann ich als reicher Mann und ehemaliger Adeliger wohl auch einiges für meine Leute tun. Man muss nicht Sozialdemokrat sein, um sozial zu handeln.'"

„Ich habe eine große Bitte an Eure Durchlaucht", sagte Gottfried.

„Schön langsam gebe ich es auf, Gottfried", seufzte Otto. „Es heißt nicht Durchlaucht, sondern es heißt Sie."

„Wie bitte?", fragte Gottfried mit verdutztem Gesicht. „Ich soll nur Sie sagen?"

„Gottfried, ich wollte damit sagen, es heißt, ich hätte eine große Bitte an Sie, nicht an Eure Durchlaucht. Hast du mich jetzt verstanden?" Otto schüttelte schmunzelnd den Kopf. „Was also hast du für eine Bitte?"

„Ich bitte Sie, am Sonntag, den 14. September freinehmen zu dürfen."

„Du lernst es tatsächlich nicht. Du hast doch jetzt jeden Sonntag frei. Falls ich dich brauche, sage ich dir wie besprochen zwei Tage vorher Bescheid." Er ist nun wirklich schon ein wenig senil, dachte Otto. Na, ja er ist immerhin fast 70. Allerdings ist die Umstellung für alle schwer – da nehme ich mich nicht aus.

„Ich weiß Durch… äh, ich weiß Herr Grothas. Aber ich bin es so gewohnt, ich war und bin immer für Eure …" Gottfried stockte, bevor er mit rotem Kopf herausplatzte „Für Sie da."

„Glaub mir, ich weiß das sehr zu schätzen, Gottfried!" erwiderte Otto. „Johanna hat mir gestern auch gesagt, dass sie an diesem Tag außer Haus ist. Gibt es etwas Besonderes?"

Gottfried druckste herum und zupfte an seiner Jacke.

„Warum bist du denn so verlegen? Jetzt sag schon, was los ist."

„Wir, Johanna, Ida, Theresa und ich, gehen zu einer Hochzeit."

„Und zu welcher Hochzeit? Lass dir doch um Himmels willen nicht alles aus der Nase ziehen!"

„Entschuldigen ... Sie. Ich wollte nicht unangenehme Erinnerungen wecken ... Antonia heiratet."

Otto unterdrückte ein Grinsen. „Das ist doch schön für sie. Außerdem habe ich durchaus angenehme Erinnerungen an sie. Wen heiratet sie denn?"

„Er heißt Franz Razak und ist Rechtsanwalt."

Jetzt konnte Otto ein breites Grinsen nicht mehr unterdrücken. Verblüfft glotzte ihn Gottfried an.

„Was gibt es da zu staunen, Gottfried? Ich freue mich eben für sie. Natürlich hast du an diesem Sonntag frei. Ich brauche jetzt nichts mehr. Danke."

Vergnügt vor sich hin pfeifend setzte sich Otto an seinem Schreibtisch, nahm ein Stück Briefpapier, überlegte kurz und schrieb dann, ohne auch nur einmal abzusetzen. Danach ging er zu seinem Portrait, öffnete den dahinter liegenden Wandtresor und nahm einige Geldscheine heraus. Bedachtsam steckte er die Scheine samt dem Brief in ein Kuvert und verschloss es sorgfältig. Anschließend machte er sich immer noch pfeifend auf die Suche nach Maximilian. Er fand ihn lesend in der Bibliothek vor.

Maximilian sah von seinem Buch auf. „Du wirkst so fröhlich. Ist dir etwas Erfreuliches widerfahren?"

„Mir persönlich nicht, aber meiner Tochter. Ich freue mich für sie."

„Du meinst Maria, Antonias Tochter?"

„Meines Wissens habe ich nur diese eine. Antonia heiratet am 14. September Doktor Franz Razak, seines Zeichens Rechtsanwalt."

„Ah ja? Das ist doch ihr Freund, der als vermisst gegolten hat. Ich habe dich damals gebeten, ob du etwas über ihn in Erfahrung bringen könntest, da du auch am Piave warst, und du hast mir geschrieben, dass er gefangen genommen wurde."

„Genau der ist es. Ich konnte dir damals ohne Problem Auskunft geben, weil er einer meiner Kompaniekommandanten war."

„Da schau her!"

„Er war ein ausgezeichneter Soldat. Anfangs kamen wir nicht gut miteinander aus. Was kein Wunder war, denn er ist Sozialdemokrat. Durch die Kampfhandlungen kamen wir uns näher und wurden schließlich Freunde ... Wir haben auf Teufel komm raus über die Monarchie und den Sozialismus diskutiert." Otto lächelte, da er Franz' wütendes Gesicht vor sich sah. „Ich hatte jedoch immer das Gefühl, obwohl wir uns sehr mochten, dass in seiner Beziehung zu mir etwas nicht stimmt. Ich dachte, es wäre der Sozialismus. Den wahren Grund erfuhr ich erst, als er verwundet wurde, ich ihn auf dem Rücken in die Gefangenschaft schleppte und er im Feldlazarett landete. Kurz gesagt, die Ursache war Antonia. Er hat sie in ihrem Eheannullierungsprozess 1907 vertreten und sich in sie verliebt. Es würde zu weit führen, wenn ich dir von ihrer fürchterlichen Ehe und ihrer schrecklichen Armut in Ödenburg berichten würde. Franz hat sie aus dieser Misere befreit und sie fanden noch vor dem Krieg zueinander. Das alles hat er mir kurz vor seinem Abtransport ins Krankenhaus erzählt, auch dass er meine Tochter wie ein eigenes Kind liebt und Antonia zu heiraten gedenkt. Und jetzt ist es offenbar so weit und ich freue mich mehr, als ich dir sagen kann. Er ist ein so anständiger, liebenswerter Mensch! Meine Tochter hätte keinen besseren Vater finden können – mich eingeschlossen."

„Das ist ja eine schier unglaubliche Geschichte!", rief Maximilian aus. „Das alles kann kein Zufall sein, das war Gottes Wille!"

„Nenne es, wie du willst." Otto runzelte die Stirn. „Wenn ich jetzt so darüber nachdenke war das alles wirklich ein wenig eigenartig ... dazu kommt, dass du Antonias Vorgesetzter im Kriegsfürsorgeamt warst. Irgendjemand, Gott oder das Übermächtige, wie immer man es nennen will, hatte scheinbar beschlossen, den Kreis zu schließen."

Maximilian verdrehte seine Augen zum Plafond. „Die Wege des Herrn sind unergründlich."

„Scheinbar. Ich habe zwar öfter ein Problem mit unserer Mutter Kirche, aber ich glaube daran, dass es ein höheres Wesen gibt. Ich habe mir oft die Frage nach dem Sinn des Lebens gestellt und warum im Krieg der eine sterben musste und der andere nicht. Wahrscheinlich haben wir alle hier eine Bestimmung zu erfüllen, müssen hier vielleicht lernen, uns geistig und seelisch zu entwickeln." Otto stockte und schien über das Gesagte nachzudenken. „Aber ich bin nicht zum Philosophieren hergekommen", sagte er schließlich. „Ich möchte dich um etwas bitten!"

„Um was geht es?"

„Ich ersuche dich, bei Antonias Hochzeit als ihr ehemaliger Vorgesetzter dabei zu sein. Das wird nicht auffallen, du hast eben von irgendwem davon erfahren. Gib Franz dieses Kuvert – es ist mein Hochzeitsgeschenk." Otto drückte es Maximilian in die Hand. „Mir ist wichtig, dass sie nicht in Armut geraten. In der jetzigen Zeit geht das schnell und ich möchte nicht, dass meine Tochter Hunger leidet." Seine eben noch sonnige Miene wurde ernst. „Du weißt, was ich meine, wenn du die heutige Zeitung gelesen hast. Die Krone beginnt an Wert zu verlieren, es wird nicht mehr lange dauern, bis die Inflation voll ausgebrochen ist."

Maximilian steckte das Kuvert ein. „Du hast ein großes Herz – ich wusste es immer schon."

„Ich bemühe mich nur, einiges aus der Vergangenheit gutzumachen … vom Gutsein bin ich weit entfernt – ich bin nur neugierig. Du musst mir nachher unbedingt alles ganz genau erzählen! Und bitte, das ist wichtig, gib das Kuvert Franz unter vier Augen. Antonia weiß sicher nicht, dass wir uns kennen, und ich nehme nicht an, dass er es ihr erzählt hat. Er war, das hat er mir selbst erzählt, immer ein wenig eifersüchtig auf mich." Er zwinkerte Maximilian zu.

16. KAPITEL

„Antonia, wenn du nicht bald fertig bist, kommen wir zu unseren Hochzeit zu spät", rief Franz durch die geschlossene Schlafzimmertür.

Seit einer Viertelstunde wanderte er fix und fertig angezogen, eine Zigarette nach der anderen rauchend, von einem Fenster zum nächsten. Er war nervös. Gerade er, der von dem ganzen kirchlichen Zeug, wie er es nannte, nichts hielt, musste ein zweites Mal vor den Altar treten. Er empfand diese Tatsache als Strafe für seine Untat. Alfred Nemec war tatsächlich 1917 an der Ostfront gefallen, daher gab es kein Argument, Marias Wunsch nicht zu erfüllen. Im Grunde wollte er auch keines – im Gegenteil. Es war ihm ein Herzenswunsch, seine Liebe zu Antonia und zu Maria zu besiegeln. Trotzdem hatte er jetzt als es soweit war, ein äußerst ungutes Gefühl: Er tat nicht nur unrecht, er beging eine Straftat.

Die Badezimmertüre öffnete sich, kurz darauf stand Antonia vor ihm. „Du solltest mich vorher gar nicht sehen", sagte sie mit dem Anflug eines Lächelns.

Franz war sprachlos. Er sah eine Frau, seine Frau, die märchenhaft schön aussah – so hatte er sie noch nie gesehen. Auf ihrem kunstvoll aufgesteckten Haar saß ein kleiner Hut, dessen zarter Schleier ihren strahlend blauen Augen etwas Geheimnisvolles gab. Ihre Wangen waren vor Aufregung rot, ihre vollen Lippen lächelten ihn mit der ihr unnachahmlichen mädchenhaften Scheu an. Um ihren Hals lag die zarte Silberkette, die er ihr aus Venedig mitgebracht hatte. Die eng taillierte Kostümjacke passte genau zu der Farbe ihrer Augen, betonte ihre schlanke Mitte und hob gleichzeitig die Rundungen ihrer Hüften hervor. Der schlichte, gerade Rock gab den Blick auf einen Teil ihrer wohlgeformten seidenbestrumpften Waden preis, die schwarzen Stöckelschuhe unterstrichen die Schlankheit ihrer Fesseln. Es war das formvollendete Bild einer bezaubernden Frau, die ihn an eine voll erblühte Rose erinnerte. „Du siehst … du siehst so schön aus, dass mir die Worte fehlen", sagte er nach nahezu einer Minute. „Ich müsste ein Dichter sein, um dich zu beschreiben." Eine Mischung aus Liebe, Besitzerstolz, Verantwortung, Hingabe und Begehren durchströmte ihn. Fast demütig beugte er sich über ihre Hand, die von einem zarten Netzhandschuh bedeckt war, und drückte einen Kuss darauf. Danach bot er ihr galant seinen Arm. „Komm meine Schöne, Julio wartet mit seinem Puppchen[35] schon eine halbe Stunde vor dem Haustor."

„Welches Puppchen?"

„Du wirst gleich staunen, was das ist."

Als sie aus dem Haustor traten, blendete sie die Sonne, die vom blitzblauen Himmel strahlte. Dazu wehte ein angenehmes warmes Lüftchen, das eher an den Sommer, denn an den Herbst erinnerte.

„Schließ die Augen und gib mir deine Hand", befahl Franz. „Aber nicht schummeln!"

Antonia kicherte. Nach einigen Metern hörte sie Franz sagen: „Jetzt kannst du sie öffnen." Vor ihr stand ein weißes offenes Automobil mit eleganten roten Ledersitzen. Julio, Franz' Trauzeuge, saß grinsend hinter dem Steuer, neben ihm Frau Wotruba, Antonias Trauzeugin.

„Darf ich vorstellen, das ist das Puppchen, es wird uns zur Kirche fahren", sagte Franz mit einer weitausholenden Handbewegung und öffnete für Antonia die Autotür.

„Das gibt's doch nicht!", rief Antonia aus. „So ein tolles Auto! Ich fühle mich wie eine Königin!"

„Du bist meine Königin!", erwiderte Franz, stieg ebenfalls ein, beugte sich zu Julio vor und murmelte: „Fahr bitte ausnahmsweise langsam. Es wäre nicht fein, wenn Antonia der Hut vom Kopf fliegt."

„Mach ich", brummte Julio, stieg sanft aufs Gas und lenkte das Auto gemächlich seinem Ziel entgegen. Zwanzig Minuten später parkten sie gegenüber der Kirche des Klosters ‚Sankt Katharina' ein.

„Das ging mir viel zu schnell", bemerkte Antonia, bevor sie ausstieg.

„Wir können uns ein andermal länger von Julio herumkutschieren lassen", versicherte Franz und half ihr beim Aussteigen.

Die kleine Gruppe der Hochzeitsgäste begrüßte sie vor dem Kirchenportal mit großem Hallo. Theresa, Johanna, Ida und Gottfried waren gekommen, von Franz' Seite einige Parteifreunde mit ihren Ehefrauen. Hans hatte sich kurzfristig mit der Begründung, sein Rücken schmerze zu stark, entschuldigt. Als Franz Antonia davon erzählte, tat er so, als wäre es ihm egal. In Wirklichkeit war er zutiefst enttäuscht, dass sein bester Freund diesem für ihn wichtigen Ereignis fernblieb. Ebenso enttäuschte ihn, dass seine Kriegskameraden Richard und Edi seiner Hochzeit nicht beiwohnen konnten. Richards Einladung wurde von der Post mit dem Vermerk ‚unbekannt verzogen' zurückgeschickt und von Edi kam gar keine Antwort. Als er nachforschte, wurde seine insgeheime Befürchtung wahr: Edi war in den letzten Tages des Kriegs in Italien gefallen.

Mitten im Begrüßungstrubel erstarrte Antonia und zupfte Franz am Ärmel. „Schau, Franz, da steigt gerade mein ehemaliger Vorgesetzter, Herr von Steinach, aus seinem Auto."

„Wo?"

„Der schwarze Mercedes, gegenüber an der Ecke. Jetzt kommt er auf uns zu." Sekunden später rief sie aus: „Herr von Steinach! Was für eine Freude! Welche Ehre, dass Sie zu meiner Hochzeit kommen." Ihre Wangen glühten, als sie seinen Handkuss entgegennahm. Franz stand mit einem Lächeln daneben. Erst als ihm der etwas wohlbeleibte Herr im mittleren Alter mit dem kurz gestutzten Vollbart die Hand reichte, besann sich Antonia: „Darf Ihnen meinen zukünftigen Mann, Doktor Franz Razak, vorstellen? Franz, das ist mein ehemaliger Vorgesetzter vom Kriegsfürsorgeamt, Graf von Steinach."

Noch immer lächelnd erwiderte Franz den festen Händedruck – der Mann war ihm auf Anhieb sympathisch. „Ich habe schon viel von Ihnen gehört, Herr Steinach", sagte Franz und verzichtete auf das ‚von'. „Wir freuen uns sehr über Ihr Kommen!"

„Das Vergnügen ist ganz auf meiner Seite Herr Doktor. Ihre Gattin war während des Krieges eine wertvolle Hilfe. Ich habe durch Zufall von Ihrer Hochzeit erfahren und wollte nicht versäumen, der Braut einen Blumenstrauß zu überreichen." Er nahm seinem Chauffeur einen riesigen Blumenstrauß aus der Hand und überreichte ihn Antonia. Hilfreich eilte Theresa an ihre Seite, nickte Herrn von Steinach zu und nahm ihr die Blumen mit einem geflüsterten „Ihr müsst jetzt kommen" ab.

„Es tut mir leid, Herr von Steinach, aber wir müssen jetzt in die Kirche", entschuldigte sich Antonia. „Wir sehen Sie doch noch nach der Trauung?"

„Selbstverständlich", antwortete Maximilian und neigte den Kopf.

Als sie einige Schritte entfernt waren, beugte sich Theresa zu Antonia und flüsterte: „Du weißt schon, dass Steinach ein enger Freund unseres Fürsten ist?"

Antonia riss die Augen auf. „Nein! Er hat ihn nie erwähnt – komisch. Sein Gesicht kam mir von Anfang an irgendwie vertraut vor. Ich dachte …"

„Bitte Antonia, du kannst dich später unterhalten", fiel ihr Franz ins Wort. „Jetzt müssen wir wirklich hineingehen." Kurz vor dem Eingang zur Kirche übernahm er von Julio den Brautstrauß, ein Bukett aus weißen Rosen, und übergab ihn Antonia mit den Worten: „Es sind genau vierzehn Stück, denn seit vierzehn Jahren liebe ich dich. Bereits bei unserem ersten Treffen, du weißt an der Schottenkirche, war es um mich geschehen, als ich in deine wunderschönen blauen Augen blickte."

„Wie schön, Franz! Ich danke dir!" Antonias Augen nahmen einen verdächtigen Glanz an.

Wohltönend erfüllte die Orgel mit einem Präludium von Bach das große Kirchenschiff. Gemessenen Schrittes gingen Antonia und Franz bis zum Altar vor. Feierlich begann der Pfarrer die Trauung zu zelebrieren. Seine Worte rauschten an Franz' Ohren vorbei, er war damit beschäftigt, in Antonias andachtsvolles, glückliches Gesicht zu sehen. Dabei kam er nicht umhin, an ihre Hochzeit vor vielen Jahren in der Kirche im Lichtenthal zu denken, wo sie neben

Alfred Nemec stand. Blass und unglücklich war sie damals. Er fing sie nach der Trauung gerade noch auf, bevor sie mit Maria unter dem Herzen in Ohnmacht fiel. Die Stimme des Pfarrers brachte ihn wieder in die Wirklichkeit zurück. Mit klarer, fester Stimme gab er das Eheversprechen ab: „Ich gelobe, dich von diesem Tage an in guten wie in schlechten Zeiten, in Armut und Reichtum, in Krankheit und Gesundheit zu lieben und zu ehren, bis dass der Tod uns scheidet."

Nachdem auch Antonia das Gelübde gesprochen hatte, streiften sie sich gegenseitig die Ringe über. Abermals erklang die Orgel und Marias glockenhelle Stimme erklang von der Balustrade mit dem Solo des Ave Maria von Bach/Gounod: „Ave Maria, gratia plena, Dominus tecum. Benedicta tu in mulieribus, et benedictus fructus ventris tui, jesus[36]."

„Sie dürfen die Braut jetzt küssen", sagte der Pfarrer lächelnd, als die Musik verstummte. Franz schämte sich nicht seiner nassen Augen, er beugte sich zu Antonia und berührte sanft ihre Lippen.

Noch einmal ertönte die Orgel, während Antonia und Franz die Kirche verließen. Vor dem Portal wurden sie von einer vor Freude strahlenden Maria umarmt. „Ich freue mich so", stammelte sie. „Jetzt habe auch ich einen Vater."

„Den hast du", bestätigte Franz und drückte sie fest an sich. „Du weißt, wie lieb ich dich habe. Ich weiß nicht, ob ich meiner Rolle immer gerecht werde, aber ich verspreche dir, dass ich mich bemühe."

Unter Gelächter und vielen Küssen nahmen Antonia und Franz die Gratulationen ihrer Freunde entgegen. Aus den Augenwinkeln bemerkte Franz, dass sich Herr Steinach von Antonia verabschiedete und auf ihn zusteuerte. „Ihr entschuldigt mich doch kurz", sagte er zu Julio und Frau Wotruba und ging Herrn Steinach entgegen.

„Ich möchte mich verabschieden", sagte Maximilian zu Franz. „Es war eine schöne Hochzeit! Sie sind ein glücklicher Mann. Würden Sie mich bitte zu meinem Automobil zu begleiten?"

Franz verbarg seine Verblüffung und gab die Antwort, die ihm die Höflichkeit gebot: „Selbstverständlich, gerne."

„Ich bin nicht ganz zufällig bei Ihrer Hochzeit", erklärte Maximilian, als sie bei seinem Mercedes angekommen waren. „Ich soll Ihnen herzliche Glückwünsche und Grüße von Otto ausrichten und Ihnen dieses Kuvert übergeben." Er drückte Franz einen Umschlag in die Hand, wünschte ihm nochmals alles Gute und stieg in sein Auto.

Nett von Otto, mir eine Nachricht auf diesem Weg zu schicken, dachte Franz und steckte den Umschlag in die Innentasche seines Sakkos. Aber eine Karte allein kann es nicht sein, dazu ist das Kuvert zu schwer, wahrscheinlich ist es ein ausführlicher Brief. Mit einem Lächeln schlenderte er zur Hochzeitsgesellschaft zurück.

„Bist du glücklich, auch wenn es nur eine kleine Hochzeit war?" fragte Franz, als sie von den Ereignissen des Tages erschöpft in ihre vier Wände kamen.

„Das bin ich, Franz. Es war alles sehr schön und harmonisch. Maria hat wunderbar gesungen und die Hochzeitstafel war so elegant wie bei einem Prinzen."

„Du, das Wort Prinz möchte ich heute lieber nicht hören!", sagte Franz lachend.

„Du wirst doch nicht noch immer auf ihn eifersüchtig sein? Nach so vielen Jahren! Ich habe dich geheiratet, weil ich dich liebe – dich und keinen anderen." Antonia ließ sich in einen der Fauteuils sinken und schleuderte die Schuhe von sich. „Alles war wunderbar, mein Schatz, bis auf die Schuhe. Ich hätte keine mit so hohen Stöckeln kaufen sollen."

„Mein armer Liebling!" Franz kniete vor ihr nieder und massierte ihre malträtierten Zehen.

„Ah ... das tut gut", stöhnte Antonia und schloss die Augen.

Eine Weile massierte er ernsthaft, bis er schließlich spielerisch anfing ihre Fußsohlen zu kitzeln.

Antonia kicherte und entzog ihm ihren Fuß. Als sie aufstehen wollte, hielt er sie unter beiderseitigem Gelächter fest. „Du entkommst mir nicht, du bleibst schön sitzen!"

„Franz, hör auf, mir tun schon die Seiten vor lauter Lachen weh."

„Gut, ich hör auf, aber nur, wenn du mich küsst."

„Das mach ich", sagte Antonia mit ernster Miene, drückte einen flüchtigen Kuss auf seinen Mund, wich seinen zupackenden Armen aus, flüchtete in das Schlafzimmer und sperrte zu. „Jetzt habe ich das Sagen", rief sie spöttisch. „Wenn du zu mir willst, dann musst du mich auf Knien bitten, dir zu öffnen."

Franz grinste und zog die Schuhe aus. Auf leisen Sohlen holte er zwei Gläser, nahm eine Sektflasche aus dem neuen Kühlschrank, ein Hochzeitsgeschenk von Julio, und wartete neben der Tür. Genau wie er gedacht hatte, öffnete Antonia nach einigen Minuten einen Spalt und streckte vorsichtig den Kopf heraus. Franz, der durch den Türflügel verdeckt war, verbiss sich nur mit Mühe das Lachen.

Antonia wagte sich ein paar Schritte heraus. „Franz?"

„Hier bin ich!", schrie er direkt hinter ihr und hielt sie fest.

Antonia quietschte auf und ergab sich.

„Nun, mein scheues Reh, wie habe ich das gemacht?"

„Du bist ein äußerst hinterlistiger Mensch! Ich hätte dich nicht heiraten sollen."

„Jetzt ist es zu spät, mein Schatzi. Aber ich gelobe Besserung!" Franz holte die Sektflasche hervor und goss ein. Während er ihr zuprostete, sagte er mit ernster Stimme: „Ich trinke auf dich, du meine große Liebe. Ich kann dir nicht versprechen, dass ich dir immer der Mann sein werde, den du dir erwartest. Eines kann ich dir aber schwören: Ich liebe dich und ich werde immer für dich und Maria da sein."

Die kleine Nachttischlampe verbreitete ein schummriges, warmes Licht. Zärtlich betrachtete Franz seine Frau, die soeben eingeschlafen war. Ihr Anblick war ihm so vertraut, dass er meinte, es wäre nie anders gewesen. Wie stets lag sie halb auf der Seite, einen Fuß angezogen und einen Arm ausgestreckt. Ihre Haare lagen in zwei langen, dicken Flechten um ihren Kopf, die langen Wimpern warfen leichte Schatten auf die noch von der Liebe erhitzten Wangen. Ihr Gesichtszüge wirkten friedlich und entspannt. Sie war nackt, nur um die Hüfte lag ein Stück der Bettdecke, ihre noch immer schönen, vollen Brüste hoben und senkten sich mit jedem Atemzug. Gerade eben hatte er diesen Körper besessen und ihre Lustschreie genossen. Kein Zweifel, seine Liebe zu ihr war genau so wahr, wie die Liebe zu seinem Sohn und zu Cristina – eine paradoxe Einfachheit der Vielfalt. Übermorgen würde er abermals nach Venedig reisen und wieder für zwei Wochen Alfredo Galoni sein. Mit diesem anderen Namen schlüpfte er auch in eine andere Haut. In Wien verbannte er Cristina aus seinen Gedanken, in Venedig Antonia.

Schon wollte er das Licht abdrehen, da fiel ihm Ottos Kuvert ein. Er stand leise auf, ging barfüßig ins Wohnzimmer und holte den verknitterten Umschlag aus seinem Sakko, das er nachlässig über den Sessel geworfen hatte. Als er ihn öffnete, fiel ein Bündel Schweizer Franken auf den Boden. Seine Augen weiteten sich. Automatisch begann er zu zählen – es waren genau fünftausend. Er zog scharf die Luft ein – was er in Händen hielt, war ein Vermögen. Überschlagsartig rechnete er um. „Mein Gott", flüsterte er und ließ sich überwältigt auf den nächsten Sessel fallen. „Das sind rund 30.000 Kronen." Erst nach einigen Minuten war er imstande, den beiliegenden Brief zu lesen.

Lieber Freund!

Ich gratuliere zu eurer Hochzeit und wünsche euch von ganzem Herzen Glück. Ich habe mich sehr gefreut, als Gottfried mir von eurer Hochzeit berichtet hat. Maria konnte nichts Besseres passieren, als dich zum Vater zu haben – und das ist meine volle Überzeugung!

Nach einigen Recherchen erfuhr ich von deiner Flucht aus dem Spital in Padua und dass du schlussendlich gut zu Hause gelandet bist – das hat mich sehr beruhigt. Ich musste zwar den Weg, wie du weißt, in die Gefangenschaft antreten, aber das Kriegsgefangenenlager bei Cesena war erträglich. Richard Zeitlhofer, der an meiner Seite war, hat mir den Auftrag gegeben, dich unbedingt von ihm grüßen zu lassen, falls ich jemals wieder mit dir in Kontakt trete. Das tue ich hiermit. Er ist nach dem Krieg zu seiner Schwester nach Deutschland gezogen. Die Adresse lege ich dir bei, falls du ihm schreiben möchtest. Eduard, dein Freund, der auch zu meinem geworden ist, war ebenso mit mir im Lager. Leider hat er sich entgegen meines Ratschlages bei einem Gefangenenaustausch erneut an die Front gemeldet. Wir, Richard und ich, konnten es einrichten, im Lager zu bleiben. Wie es dazu kam, kann ich dir jetzt nicht schriftlich erklären. Der Rede kurzer Sinn, es tut mir leid, dir das mitteilen zu müssen, Eduard fiel in den letzten Kriegstagen.

„Ich weiß, Otto, ich weiß", murmelte Franz bedrückt.

Und wofür? Wofür haben wir alle gekämpft? Diese Frage stelle ich mir oft. Es hätte andere Lösungen gegeben. Ich war genau wie du auch immer gegen einen Krieg. Ich Wahnsinniger habe mich noch freiwillig dazu gemeldet, um meinen Beitrag zur Erhaltung der Monarchie zu leisten. Du hast wenigstens das erreicht, wofür du gekämpft hast, die Republik. Gratulation, du Sozialist! Und das meine ich nicht böse.

Nun zu meiner bescheidenen Hochzeitsgabe. Vorbeugend, da die Krone bald nichts mehr wert sein wird, ist sie in Schweizer Franken (Umrechnungskurs zurzeit etwa 1 Schweizer Franken = 6 Kronen). Ich bitte dich, das Geld so zu verwenden, wie du das für richtig hältst. Es ist mir wichtig, dass meine Tochter, Antonia und du ein nicht zu entbehrungsreiches Leben führen müsst. Und glaube mir, die Not wird ärger werden, als sie jemals zuvor war. Auch wenn ihr halsstarrigen Sozialisten, das muss ich ehrlich gestehen, keine schlechte Politik betreibt, werdet ihr das Gleichgewicht im Staatshaushalt nicht herstellen können. Wie sollten auch die Staatseinnahmen in dem gleichen Maße erhöht werden können, wie sich die Ausgaben steigern? Es wurde uns zwar großzügig ein Kredit von der Entente und von Amerika gewährt, dieser stellt aber nur die Ernährung des Volkes sicher. Noch hält sich der Staat durch die Kriegsgewinnsteuer über Wasser, aber wie lange frage ich dich. Bald werden diese Einnahmen versiegen und was dann?

Du weißt, ich denke politisch und ich frage mich öfter, wie das politische

Denken in Österreich je wieder ein Gleichgewicht erringen kann. Die wirtschaftliche Lage ist genauso labil wie die Anschauungen, die man sich über den Sinn und die Aufgabe des Staates bildet. Ich hoffe, dass sich die Koalition des Bildes bedient, welches euer Staatssekretär Renner gezeichnet hat: Zwei Wanderer, die sich in höchster Bergnot treffen und gemeinsam in einen Mantel hüllen, um den Schneesturm zu überleben. Aber er hat auch gesagt, wenn die Not vorbei ist, sollten sie sich wieder trennen. Abgesehen von seiner politischen Richtung achte ich diesen klugen, gemäßigten Mann. Die Not ist nicht vorbei und daher kann nur gemeinsam eine gute Arbeit für dieses Land vollbracht werden – jetzt wäre eine Partei alleine hoffnungslos überfordert. Aber nun genug der Politik, ich habe dir sicherlich nichts Neues berichtet, aber es würde mir abgehen, wenn ich nicht wenigstens schriftlich mit dir ein wenig politisieren könnte. Auf diesem Weg kannst du wenigstens nicht zurückreden. Achtung! Ich sehe jetzt dein Grinsen!

Lieber Franz, wir sind uns im Krieg sehr nahegekommen, du bist nach wie vor mein Freund, nein, mein Bruder. Ich erneuere meine Aussage, wenn du etwas brauchst, <u>bitte melde dich!</u> Ich würde mich freuen, wenn wir uns in naher Zukunft einmal treffen würden. Es interessiert mich sehr, was du nach deiner Flucht gemacht hast, wo du doch schon viel früher nach Hause hättest können. Ich kann mich noch gut erinnern, dass dir die rassigen Italienerinnen sehr gefallen haben. Grins!

Es grüßt dich herzlich
Dein Otto"

Franz saß mit pochendem Herzen da, den Brief und das Geld in der Hand und starrte mit einem Lächeln vor sich hin. Dieser Otto! Es ist nicht zu fassen! Nach einer Weile steckte er das Geld wieder in den Umschlag und deponierte ihn im hintersten Teil seines Kleiderkastens mit dem Vorsatz, das Geld gleich morgen in einen Banksafe zu legen und es erst wieder anzurühren, wenn sie es wirklich brauchten. Der Morgen graute bereits, als er noch immer über Otto, seine Großzügigkeit und seine Bemerkung über die italienischen Frauen nachdachte.

17. KAPITEL

Soeben hatte Otto Gertrud aus dem Sanatorium abgeholt. Zu seiner Erleichterung schien sie heiter gestimmt. Auf seine Frage, was heute für ein Tag sei, lächelte sie nur und sah aus dem Autofenster hinaus.

Nach mehreren Kilometern stellte Gertrud fest: „Die Sonne scheint … Wohin fahren wir?"

„Wir fahren nach Hause. Du warst im Sanatorium."

„Richtig. Bad Hall ist immer eine Kur wert. Helga ist schon gestern nach Hause gefahren."

„Gertrud, du warst in Wien im Sanatorium. Helga ist tot."

„Ich war nicht in Wien", entgegnete Gertrud mit fester Stimme. „Wie kannst du das behaupten? Ich war in Bad Ischl. Erst gestern habe ich mit Seiner Majestät geplaudert. Wir werden den Krieg sicher gewinnen. Ich verstehe nicht, dass du nicht an die Front gehst!" Sie warf Otto einen bösen Blick zu. „Wenigstens hast du 100.000 Kronen für das Rote Kreuz gegeben."

„Was haben wir jetzt für ein Jahr, Gertrud?", fragte Otto sanft, ohne auf ihre Vorwürfe einzugehen.

„Warum fragst du mich so einen Unsinn? 1915, was sonst? Wo fahren wir hin?"

Otto bekreuzigte sich innerlich, als der Chauffeur im Innenhof des Palais Amsal anhielt und Theresa auf das Auto zukam.

„Theresa", sagte Gertrud im gewohnt herrischen Tonfall, „da sind Sie ja. Veranlassen Sie, dass mein Gepäck nach oben gebracht wird. Und was haben Sie für ein lächerliches Kleid an? Ziehen sie sich sofort um, es ist ja viel zu kurz! Schamlos so etwas …"

„Sehr wohl, Euer Durchlaucht", erwiderte Theresa, ohne mit der Wimper zu zucken, und gab dem Diener Anweisungen.

„Komm mit, meine Liebe", sagte Otto freundlich zu Gertrud und bot ihr seinen Arm. „Du wirst staunen, ich habe das Palais und auch deine Räume ein wenig umbauen lassen."

„Otto, ich wollte in kein Hotel", maulte Gertrud, als er sie durch die neu umgebaute Galerie führte.

„Gertrud, das ist kein Hotel – du bist zuhause." Otto strich ihr mitfühlend über den Arm, sie schüttelte ihn ab wie eine lästige Fliege. Plötzlich blieb sie stehen und sah ihn mit dem Ausdruck der Verwunderung an. „Wieso sprichst du so komisch mit mir? Ich weiß, dass ich zuhause bin. Fahren wir morgen nach Ziernhof? Wir wollten doch gemeinsam mit Helga und Maxi hinfahren."

„Das machen wir, Gertrud. Jetzt erfrische dich erst einmal, Theresa wird dir behilflich sein. Mich musst du jetzt entschuldigen, ich habe zu arbeiten."

„Gehst du wieder in das blöde Kriegspressequartier zu deinen Malern? … Ich bin sehr müde." Gertrud stoppte abermals und fing in ihrer Handtasche zu kramen an.

„Suchst du etwas, Gertrud?"

„Ich habe es verloren." Gertrud kippte den Inhalt ihrer Handtasche auf den Boden, ging in die Knie und sah sich suchend unter einem Sessel um.

„Was hast du denn verloren?"

„Es funktioniert nicht", antwortete Gertrud und griff sich an den Kopf. „Helga hat mich zum Arzt gebracht. Ich bin sehr erschöpft. Ist Alexander mit dem Kindermädchen spazieren?"

„Er wird dich später besuchen", vertröstete Otto sie und küsste ihr höflich die Hand zum Abschied. Als er schon an der Tür war, rief sie ihm nach: „Vergiss nicht, dass wir morgen zu der diamantenen Hochzeitsfeier bei Erzherzog Rainer und seiner Gattin eingeladen sind."

„Das war 1912, unglaublich", brummte Otto vor sich hin und ging durch die geöffnete Tür, die der Diener vor ihm aufgerissen hatte. Er hörte gerade noch, wie Gertrud ärgerlich sagte: „Wer ist diese Person? Was hat sie in meinem Zimmer verloren?" Und dann Theresas sanfte Stimme: „Das ist die neue Gesellschafterin, Agnes Baronin von Schellheim, die Erzherzogin Valerie geschickt hat."

„Das ist gut, ich habe Valerie darum gebeten", war Gertruds Antwort und gleich darauf: „Was macht die Frau hier?"

Kopfschüttelnd machte Otto sich auf den Weg zu Maximilians Büro. „Sie ist tatsächlich verrückt, vollständig irre", sagte er laut vor sich hin.

Maximilian sah von den Haushaltsbüchern auf, als Otto eintrat. „Wie geht es Gertrud?"

„Körperlich gut. Sie hat sogar etwas zugenommen. Aber geistig … es ist ein Jammer. Sie erinnert sich an nichts, was nach dem Herbst 1915 passiert ist. Sie glaubt, sie war jetzt mit Helga zur Kur. Alles was du ihr sagst, hat sie in einer Minute wieder vergessen. Sie redet, man kann es nicht anders sagen – pausenlos Blödsinn."

„Das ist schlimm", erwiderte Maximilian mit einem teilnehmenden Blick. „So ungut sie auch oft war, das hat sie, das hat niemand verdient. Theresa wird es schwer mit ihr haben."

„Wahrscheinlich. Ich hoffe, sie hält durch. Sie behandelt sie natürlich wie ihre Zofe, in ihrer Erinnerung ist sie es ja auch. Es würde mich wundern, wenn sie Alexander erkennt. Über mich ist sie ärgerlich, weil ich nicht an die Front gehe."

„Schrecklich! Gut, dass sie ihre Räume separat hat. Du wirst aber nicht verhindern können, dass sich ihre Krankheit herumspricht."

„Das weiß ich. Das Getuschel hinter meinem Rücken wird bald losgehen. Meine Feinde werden sich freuen, meine Freunde werden mich bedauern – damit muss ich leben. Um mich mache ich mir keine Sorgen, aber Alexander ist arm dran."

„Keiner wird ihn darauf ansprechen, man wird ihn heimlich bemitleiden. So wie ich ihn kenne, wird er seine eigene Methode finden, damit umzugehen. Bis sich die Wahrheit herumspricht, wird es eine Weile dauern und selbst dann werden viele glauben, dass es ein bösartiges Gerücht ist."

„Möglich. Wie auch immer … Ihr Zustand macht mich mehr als betroffen. Ich brauche unbedingt Abwechslung. Gehst du heute Nachmittag mit mir ins Bordell? In Döbling hat ein ganz feines Etablissement aufgemacht, es heißt ‚mon amour' und ist eine Mischung zwischen Freudenhaus und Edelrestaurant. Man trägt dunklen Anzug und speist vornehm, allerdings", ein breites Grinsen überzog sein Gesicht, „die Kellnerinnen arbeiten nur mit schwarzen Netzstrümpfen und einem Mieder."

Maximilian erwiderte sein Grinsen. „Das klingt spannend. Ich muss ehrlich gestehen, ich weiß schon nicht mehr, wie es ist. Schade, dass es Madame Francois nicht mehr gibt. Was gibt es für Angebote? Warst du schon einmal dort?" Er sprach so sachlich, als spräche er von einem Kaufhaus.

„Ja, einmal – ich war sehr zufrieden. Die Appartements sind blitzsauber und originell eingerichtet – jede Suite hat ein anderes Ambiente. Chinesisch, bäuerlich, afrikanisch, Himmel oder Hölle. Ich war in 1001 Nacht, im Stil des Orients, sehr geschmackvoll und anregend. Von den Damen wird dort alles angeboten, was das Männerherz begehrt. Mehrere auf einmal, manche auf Schulmädchen getrimmt, Dominas, Mädchen vom Lande, und was weiß ich – sie sind alle hübsch und frisch. Was ist, bist du dabei?"

„Wann fahren wir?"

Otto grinste abermals. „Kannst es wohl schon nicht mehr erwarten? Um 17 Uhr, wenn's recht ist."

18. KAPITEL

Franz hörte hinter sich ein hartes, quietschendes Bremsen. Fast im gleichen Moment wurde er auch schon freundschaftlich umarmt.

„Franz! Wie freue ich mich, dich zu sehen. Wir hätten das schon viel früher tun sollen – fast zwei Jahre ist es jetzt her! Mitte November 1917, wenn ich mich recht erinnere."

„Servus, Otto", sagte Franz und verzog den Mund von einem Ohr bis zum anderen. „Ich hätte nicht gedacht, dass wir uns jemals wiedertreffen würden. Schön, dass es nicht so ist. Du siehst gut aus, wenn auch ungewohnt, ohne Uniform. Ein tolles Auto hast du!" Interessiert umkreiste er den Wagen, der in einem typisch britischen Grün gehalten war. Auf dem silbernen Kühler prangte das Rolls-Royce Zeichen. „Rolls-Royce Silver Ghost, wenn ich nicht irre?"

„Das hast du richtig erkannt. Rolls-Royce ist meine Lieblingsmarke, die Briten bauen einfach die schönsten Autos. Ich habe diesen hier erst seit zwei Wochen und bin sehr zufrieden." Otto ließ sich auf dem Fahrersitz nieder und wedelte ungeduldig mit der Hand. „Steig endlich ein, ich will nicht ewig hier stehen bleiben – auch wenn das Burgtheater sehenswert ist."

Franz ließ sich auf die schwarze Lederpolsterung des eleganten Autos fallen.

„Ist es dir recht, wenn wir nach Nußdorf[37] fahren und dann mit der Zahnradbahn[38] auf den Kahlenberg[39]?" fragte Otto, während er losfuhr.

„Fährt die überhaupt noch? Ist sie nicht wegen Kohlemangels eingestellt?" Andächtig wie ein kleiner Junge strich Franz über das Armaturenbrett aus Aluminium.

„Noch nicht ganz. Einige Personenzüge fahren noch, um Wasser auf den Kahlenberg zu transportieren. Lange wird es aber wohl nicht mehr dauern, bis die Bahn abgeschafft wird. Das ist auch der Grund meines Vorschlages, ich möchte gerne noch einmal damit fahren." Otto stieg aufs Gas.

„Donnerwetter! Die Beschleunigung ist bemerkenswert. Wie

schnell fährt er?"

„110 Stundenkilometer Höchstgeschwindigkeit, 75 PS", antwortete Otto so stolz, als wäre es sein Verdienst.

„Super! Schon schön, wenn man sich so ein Auto leisten kann. Es ist ein Genuss, mit ihm zu fahren."

„Das ist richtig. Ich muss mich aber jetzt nicht für mein Geld entschuldigen?"

Franz lächelte. Diese Antwort war jetzt wieder typisch … er hat sich nicht verändert.

Eine halbe Stunde später standen sie mutterseelenallein vor der Haltestelle der Zahnradbahn, wenige Minuten später zuckelten sie in dem alten Holzwaggon zum Gipfel.

„Womöglich sind wir die letzten, die mit der alten Zahnradbahn auf den Kahlenberg fahren", orakelte Otto. „Genießen wir also diese geschichtsträchtige Fahrt, von der wir unseren Kindern und Kindeskindern berichten können."

„Die Wiener werden trauern, dass sie nach so vielen Jahrzehnten stillgelegt wird. Ich glaube, sie wurde nach der Weltausstellung 1874 eröffnet."

„Das könnte hinkommen, Franz. Damals ging sie aber nicht bis ganz hinauf zum Gipfel, weil es sowieso einen Schrägaufzug vom Donauufer auf den Leopoldsberg[40] gab. Erst als dieser stillgelegt wurde, verlängerten sie die Zahnradbahn bis zum Gipfel."

Minutenlang sahen sie still aus dem Fenster.

Schließlich sagte Otto mit einem Auflachen: „Es ist nicht zu fassen!"

„Was ist nicht zu fassen?"

„Dass wir hier sitzen und uns über die Zahnradbahn unterhalten."

Franz lachte. „Stimmt. Das hätten wir uns vor einigen Jahren nicht in unseren kühnsten Träumen ausgemalt." Er deutete auf den kleinen Koffer zu Ottos Füßen. „Was schleppst du da mit dir herum?"

„Lass dich überraschen, wir sind sowieso gleich da."

Leichtfüßig sprang Otto an der Endstelle aus dem Waggon. Dann blieb er stehen und atmete tief durch. „Ist das nicht eine herrliche Luft? Und dazu die milde Oktobersonne, wunderbar. Komm, Franz, das Wetter ist für einen Ausflug wie geschaffen, wir gehen ein Stück." Er sagte es im Ton des Bataillonskommandanten, der keinen Widerspruch duldete.

Franz schmunzelte.

Ohne ein Wort spazierten sie durch den herbstlich bunten Laubwald. Das einzige Geräusch war das Knistern des am Boden liegenden Laubes. Zielsicher bog Otto vom Weg ab und marschierte quer an Gehölz und Bäumen vorbei.

„Du scheinst dich hier ja gut auszukennen", bemerkte Franz.

Otto grinste. „Wir kommen gleich zum Waldesrand, dort gibt es einen wunderbaren Ausblick. Es ist zwar schon lange her, aber ich habe diese Wiese in bester Erinnerung."

Eine Minute später lag ihnen Wien im hellen Sonnenschein zu Füßen.

„Sieh dir das an!", rief Otto und breitete die Arme aus. „Wien ist fraglos eine der eindrucksvollsten Städte, die ich kenne." Er stellte sein Köfferchen ab, kniete nieder, öffnete es und zog wie ein Zauberer den Inhalt hervor: Ein Plaid, zwei Teller, Besteck, Gläser, eine Flasche Wein und eine kalte Platte mit Schinken, Schweinefleisch, Hühnerkeulen, Eier, Gurken, Käse und Brot.

„Du bist wirklich beispiellos!", lachte Franz, als er sich von seinem Erstaunen erholt hatte.

„Das hoffe ich doch", brummte Otto und breitete das Plaid aus.

Franz entledigte sich seines Sakkos, setzte sich und zerrte mit einem wohligen Seufzer und der Bemerkung „Ich hasse diese Dinger" die Krawatte herunter

„Ich auch", erwiderte Otto und tat es ihm nach.

Einträchtig saßen sie nebeneinander, kramten Kriegserinnerungen aus, plauderten über dieses und jenes und versuchten der alten Vertrautheit habhaft zu werden. Eine halbe Stunde später waren die kulinarischen Köstlichkeiten so gut wie nicht mehr vorhanden, die halbe Flasche Wein geleert.

„Bist du zufrieden und glücklich mit deiner Antonia?", wagte sich Otto schließlich in den privaten Bereich vor.

„Wie könnte man mit einer Frau wie Antonia nicht glücklich sein? Du weißt, sie ist etwas Besonderes und ich war der Glückspilz, der sie heiraten durfte. Dabei fällt mir ein … das ist mir jetzt sehr peinlich … im Trubel der Wiedersehensfreude habe ich vergessen, dir für deine großzügige Hochzeitsgabe zu danken – entschuldige. Ich war so etwas von überrascht, ich kann dir nicht sagen wie. So eine Summe! Ich habe sie vorläufig in einen Safe gelegt. Ich danke dir Otto!"

„Jetzt überschlag dich nicht! Es ist für mich nur ein kleiner Beitrag und deine Zuneigung zu meiner Tochter ist sowieso unbezahlbar. Es beruhigt mich, dass sie dich zum Vater hat."

„Die treibende Kraft für unsere Hochzeit war genaugenommen Maria. Sie hat einer Schwester im Kloster anvertraut, dass sie sich nichts mehr wünscht als einen Vater zu haben … das soll jetzt kein Vorwurf an dich sein", fügte Franz hastig hinzu.

„Wie ich dir schon bei unserer Aussprache damals sagte, du bist ein besserer Vater, als ich es wahrscheinlich je gewesen wäre. Ich erkundige mich ab und zu in der Klosterschule, wie es ihr geht. Man hat mir berichtet, sie sei eine sehr gute Schülerin und sie singe außergewöhnlich gut."

Franz nickte. „Das tut sie. Sie bekommt seit Mai Gesangsunterricht und hat eine Stimme wie ein Engel. Sie will nach der Schule die Gesangsausbildung weitermachen und nebenbei arbeiten gehen. Das will ich aber nicht. Ich bin der Meinung, dass sie die Handelsschule machen soll, wenn sie schon nicht aufs Gymnasium gehen will – eine fundierte Ausbildung ist auch für Frauen wichtig. Was sagst du dazu?"

„Da bin ich ganz bei dir. Wer weiß, ob das mit dem Gesang so wird, wie sie sich das vorstellt und dann steht sie ohne Wissen da. Mit der Handelsschule hat sie zumindest eine Grundausbildung. Wie sieht die Sache Antonia?"

„So wie ich. Maria ist ein kluges Mädchen, sie wird unsere Entscheidung verstehen. Solange sie weiter singen kann, ist für sie sicher die Welt in Ordnung. Sie hat mir gesagt, singen sei für sie so wichtig wie für andere Leute die Luft zum Atmen."

„Alle außergewöhnlich begabten Menschen müssen ihr Talent ausleben – sie können gar nicht anders. Falls du meine Unterstützung für ihre Ausbildung brauchst, wirst du es mir doch sagen, nicht wahr? Aber jetzt bin ich neugierig, was du nach unserer Gefangenschaft erlebt hast. Du bist doch damals in das Spital nach Padua gekommen, wie ging es dann weiter?"

Ausführlich schilderte Franz seine Genesung, sprach über Julio und seine Flucht nach Venedig. Cristina, seinen Sohn und das Weingeschäft ließ er aus.

„Ich hätte es nicht besser machen können", sagte Otto am Ende. „Du warst immer schon ein brillanter Taktiker, warum also nicht auch bei deiner Flucht. Wir, Richard, Eduard und ich, hatten es da wesentlich einfacher. Wir kamen dank meiner Freundschaft zu Regimentskommandant Conte de Savelli in ein ausgesuchtes Lager für Offiziere. Man behandelte uns gut, wir taten nichts anderes, als auf das Ende des Krieges zu warten. Die einzige schwierige Situation war, als man uns austauschen wollte, das wollten Richard und ich auf gar keinen Fall. Wozu auch? War doch sowieso alles verloren. Ich habe den Kommandanten bestochen, damit wir bleiben konnten. Eduard fühlte sich als Berufssoldat verpflichtet, bis zum Ende mitzukämpfen, und das tat er dann leider auch."

Beide schwiegen und schienen ihrem toten Freund zu gedenken.

„Der Kommandant des Lager wurde dann allerdings zu einem Problem für mich", sprach Otto schließlich weiter. „Das habe ich auf meine Weise gelöst." Ohne etwas zu beschönigen, berichtete er über den Mord, seine Beweggründe und wie er gemeinsam mit Richard die Tat vertuscht hatte.

„Ich hätte dieses Schwein auch umgebracht", kommentierte Franz seinen Bericht. „Ein Italiener mehr oder weniger, das hat zu dieser Zeit keine Rolle gespielt – er hatte es verdient."

„Das sehe ich auch so – ich hatte auch nie ein schlechtes Gewissen deswegen. Zum Glück konnten sie mir nicht das Geringste beweisen. Im Jänner 1919 war ich dann endlich zuhause."

„Hast du Schwierigkeiten, deine Kriegserlebnisse zu verarbeiten, Otto? Ich nämlich schon. Ich spreche mit Antonia nicht darüber, aber ich habe nach wie vor Schlafprobleme. Immer wieder träume ich von den Toten, den Kämpfen, fühle ganz deutlich meine Angst und den Schmerz über dieses sinnlose Morden."

„Du sprichst mir aus der Seele, Franz. Mir geht es genauso. Nur der Alkohol hilft mir, besser zu schlafen. Ich arbeite aber ernsthaft daran, nicht abhängig zu werden, da ich ein trauriges Beispiel vor Augen habe." Otto erzählte von Gertruds Alkoholproblem und der daraus resultierenden Krankheit.

„Furchtbar!", sagte Franz leise, als Otto zu Ende war. „Dauernd irgendwelche diffusen Bilder im Kopf zu haben und sie nicht einordnen können – das muss die Hölle sein." Was nützt ihm schon sein ganzes Geld, wenn er keine Frau hat, die er lieben kann, dachte Franz und warf ihm einen mitfühlenden Blick zu.

„Das ist sie wohl", erwiderte Otto. „Ich habe Gertrud tausendmal verwünscht, du weißt es, aber das? Das verdient kein menschliches Wesen. Es wird sich bald herumsprechen, dass die ehemalige Fürstin von und zu Grothas verrückt geworden ist. Mir persönlich ist völlig egal, was die Leute tratschen, aber mein Sohn tut mir leid. Damit muss er aber selbst fertig werden, ich kann ihm dabei nicht helfen. Mein Problem ist, dass ich keine Frau an meiner Seite habe, mit der ich mein Leben teilen kann. Ich beneide dich – ich beneide dich wirklich!"

„Was hör ich da? Du wirst doch keine Schwierigkeiten haben, eine Frau zu finden? Das kann ich nun wirklich nicht glauben!" Franz wählte absichtlich einen scherzhaften Ton, um Otto aufzuheitern.

Otto ging nicht darauf ein. „Es ist etwas anderes, eine Frau zum Schnackseln[41] aufzutreiben oder eine Frau, die dich versteht – die dich liebt."

„Das ist wahr", murmelte Franz.

Plötzlich war das unsichtbare Band der Zuneigung und der Vertrautheit zurückgekehrt, so als wäre es nie verschwunden gewesen.

Franz warf seine anfänglichen Bedenken über Bord. Jetzt wollte er Otto alles erzählen. „Otto, wir haben uns immer aufeinander verlassen können", begann er. „Wir haben uns im Krieg gegenseitig unser Leben anvertraut. Du hast meines gerettet. Ich habe dir von meiner Flucht nicht alles erzählt. Nicht weil ich kein Vertrauen zu dir habe, sondern weil mir deine Meinung nicht egal ist." Er atmete tief durch, dann stieß er hervor: „Du hältst mich für einen ehrlichen Menschen, aber das bin ich nicht. In Wirklichkeit bin ich ein verlogenes Schwein!" Er redete sich alles von der Seele: Sprach über Cristina, seinen Sohn, Antonia, das Weingeschäft und Julio.

Otto hörte still zu. Nur ab und zu murmelte er: „Das kann doch nicht wahr sein! Unglaublich! Tatsächlich?"

Als Franz am Ende angelangt war, wartete er wie ein Verbrecher auf das Urteil des Richters. Er warf Otto einen prüfenden Blick zu, suchte nach einem Zeichen in seinem Gesicht. Doch da war nichts.

Otto zupfte mit unbewegter Miene kleine Härchen aus dem Plaid. Dann hielt er plötzlich inne und sah Franz direkt in die Augen. „Franz, wenn ich es nicht aus deinem Mund gehört hätte", sagte er, „ich würde es nicht glauben. Ein Kuriosum … das muss ich erst einmal verdauen, mein Freund."

Franz ließ den Kopf hängen. Ich wusste es, dachte er. Kein Mensch, nicht einmal Otto, kann für meine Vorgehensweise Verständnis aufbringen.

Es folgte eine lange Pause.

Plötzlich wechselte Ottos ernster Gesichtsausdruck zur Heiterkeit. „Du bist mir vielleicht einer!", rief er aus. „Du übertriffst, was die Weiber anbelangt, sogar mich. Das hätte ich nicht gedacht! Schräg ist das – wirklich schräg!" Ein leises Lachen folgte.

„Warum lachst du jetzt? Lachst du mich etwa aus?"

„Entschuldige, Franz. Ich konnte nicht anders, es ist die verrückteste Geschichte, die ich jemals gehört habe. Du kannst einem leidtun! Zwei Weiber auf einmal ... geht dir da nicht die Manneskraft aus? Ich stell mir das sehr anstrengend vor. Ständig die Vorlieben der jeweiligen Frau zu wechseln – ob du das durchhältst?"

„Ja, ja, hab nur deinen Spaß mit mir ... Ich hätte es dir nicht erzählen sollen."

„Du wirst mir doch jetzt nicht böse sein? Im Ernst, Franz, ich verstehe dein seelisches Dilemma sehr gut, weil ich dich kenne. Du, der wahre Kämpfer für Gerechtigkeit, du, der andere verurteilt wegen ihrer Lügen, du, der Saubermann, bist in eine Situation hineingeraten, wo jedes Handeln falsch wäre. Es hat dich wie ein Blitz getroffen, du bist völlig aus dem Ruder, weil du plötzlich nicht mehr weißt, was Recht und Unrecht ist. Ich verstehe dich, Franz, glaub mir."

Franz erkannte, dass Otto sein Befinden und seinen Charakter genau auf den Punkt gebracht hatte. „Was hättest du denn an meiner Stelle getan?", brauste er auf. „Ich wollte eben nicht so wie du handeln und mein Kind verlassen." Im selben Moment, wo er gezielt zuschlug, tat es ihm leid.

Otto lächelte. „Lass deinen Groll an dich nur an mir aus. Ich ertrage das schon, dafür sind Freunde da. Ich an deiner Stelle hätte wahrscheinlich beide Weiber verlassen. Ist das die Antwort, die du hören wolltest?"

Nach einer betretenen Pause sagte Franz kleinlaut: „Entschuldige, Otto – das war unfair."

„Du brauchst dich nicht zu entschuldigen, denn du hast recht. Ich habe Antonia samt meinem Kind hinausgeschmissen und dafür gibt es keine Rechtfertigung. Allerdings war das damals gang und gäbe – wir haben das ausführlich besprochen. Heute wäre wahrscheinlich alles anders. Obwohl ich ehrlich gesagt wahrscheinlich auch jetzt kein Stubenmädel heiraten würde. Aber lassen wir die alten Dinge ruhen. Tatsache ist: Du hast mutig gehandelt. Ich glaube nicht, dass ich diesen Mut jemals hätte."

Verdutzt sah ihn Franz an. „Mutig? Du meinst wirklich, ich hätte mutig gehandelt?"

„Ja. Ich erkläre dir auch warum. Du versuchst, zwei Frauen glücklich zu machen, du möchtest deinem Kind und meinem Kind ein guter Vater zu sein. Du stellst dich selbst dabei in den Hintergrund. Du hattest die Courage, für diese Frauen, die du beide auf ihre Art liebst, ein Verbrechen zu begehen. Du hast nicht nur zwei Identitäten angenommen, sondern du trägst auch für dein Handeln die Verantwortung – das muss dir erst einmal einer nachmachen."

„Wenn du es so siehst ... bin ich sehr erleichtert. Deine Meinung ist mir wichtig, weil ich weiß, dass du mit nichts hinter dem Berg hältst."

„So ist es! Ich kann dir für dieses Leben nur viel Kraft wünschen, denn es wird nicht einfach zu bewältigen sein. Aber welches Leben ist das schon? Jeder hat so seinen Rucksack mitbekommen, der eine mehr, der andere weniger. Schade, dass wir uns nicht wie wirkliche Freunde verhalten können. Ich würde dir gerne bei deinen Problemen zur Seite stehen und öfter mit dir reden. Du und unsere politischen Diskussionen gehen mir sehr ab. Wir haben immer gut voneinander gelernt, nicht?"

„Das haben wir, Otto. Wir können telefonieren ..."

„Das können wir. Ich wünsche mir auch wenigstens ab und zu ein Treffen und ich erwarte von dir, dass du keinen falschen Stolz hast, dich an mich zu wenden – gleichgültig, um was es sich handelt. Wer einmal in solchen Situationen war wie wir im Krieg, kommt nicht mehr voneinander los. Ich für meinen Teil will das auch nicht."

„Ich auch nicht", betonte Franz.

„Eben. Leider sind wir noch nicht so weit in unserem Denken, haben noch nicht die notwendige Großzügigkeit, um darüber hinwegzusehen, dass Antonia einmal mir gehört hat. Ich verstehe gut, dass du nicht den ehemaligen Liebhaber deiner Frau bei dir zu Hause, womöglich in ihrer Gegenwart, treffen willst. Meinst du, sie hat mir verziehen?"

Franz hob die Hände und ließ sie wieder fallen. „Ich weiß es nicht, Otto. Sicher ist, dass sie Maria über alles liebt und sie ist schließlich deine Tochter. Ob sie dir deine Lieblosigkeit verziehen hat, kann ich dir nicht beantworten. Sie hat mir einmal gesagt, du und ich, wir seien in keinem Punkt miteinander zu vergleichen. Da irrt sie sich, wir haben einige Ähnlichkeiten, worauf wir stolz sein können und andere, die uns nicht unbedingt auszeichnen." Sein eben noch ernstes Gesicht verzog sich. „Wo wir aber völlig konträr sind, das ist der Titel, denn ich habe meinen noch. Und in der Liebe … bin ich eindeutig der Bessere!" Jetzt konnte er sich nicht mehr zurückhalten und prustete los.

„Sehr witzig!", konterte Otto und warf ihm die Decke an den Kopf.

19. KAPITEL

1924

Alexander verleibte sich mit sichtbarem Appetit das reichhaltige Frühstück ein. Er sah wie aus dem Ei gepellt aus: Sein kurzes, welliges blondes Haar war mit Hilfe von Pomade modisch streng zurückgekämmt, sein Gesicht war glattrasiert, die Krawatte saß perfekt über dem weißen Hemd, der würzig herbe Duft seines Rasierwassers erfüllte den Raum. Das dunkle Sakko betonte seine ohnehin breiten Schultern – er wirkte älter als andere junge Männer mit achtzehn Jahren. „Was schaust du mich so prüfend an?", fragte er seinen Vater zwischen zwei Bissen. „Stimmt etwas nicht?" Der Blick aus seinen dunkelbraunen Augen, die einen krassen Gegensatz zu seinen blonden Haaren bildeten, war so geradeheraus wie sein Wesen auch.

„Keine Sorge, es stimmt alles", antwortete Otto mit einem Lächeln. „Ich habe mir nur gerade gedacht, dass du mich in deiner bedächtigen Art an den Grafen von Ziernhof, deiner Mutter Vater, erinnerst. Woher du allerdings dein sonniges Gemüt hast, das weiß Gott allein. Von deiner Mutter und mir jedenfalls nicht. Der Anzug mit der weinroten Krawatte steht dir übrigens sehr gut – fesch[42] siehst du aus."

„Danke, Papa. Ich wollte, die Mädchen würden das auch so sehen."

„Du hast bei den Mädchen Schwierigkeiten? Das kann ich mir bei deinem Aussehen nicht vorstellen."

Alexander schwieg und sah auf seinen Teller. „Darf ich dich etwas Intimes fragen, Papa?", platzte er schließlich heraus. „Seinen Vater fragt man das eigentlich nicht ..." Seine Wangen wurden knallrot. „Aber ich habe zu dir das meiste Vertrauen und du hast aus deiner Vorliebe für das weibliche Geschlecht nie einen Hehl gemacht."

Otto unterdrückte ein Grinsen. „Dein Vertrauen ehrt mich, ich sehe deine Frage als Beginn einer Unterhaltung unter Männern. Um was geht es?"

„Du hast mich vor einigen Jahren aufgeklärt, was Mann und Frau betrifft. Bei meinen Mitschülern ist dieses Thema in ihren Familien streng tabu. Wir sprechen natürlich untereinander darüber und du glaubst nicht, was sie für Ansichten haben. Es ist wirklich …"

„Genau das wollte ich bei dir vermeiden. Es war mir ein Anliegen, dass es dir nicht so ergeht wie mir in jungen Jahren. Ich bin von meinem Hofmeister instruiert worden, wie sich ein Mann zu benehmen hat. Er wies mich allen Ernstes darauf hin, dass ich unter keinen Umständen selbst Hand an mich legen dürfe, da ich sonst Gehirnerweichung und Rückenmarkprobleme bekommen würde – was manche heute noch denken. Ich müsste in der Zwischenzeit total vertrottelt sein, wenn das richtig wäre. Ich habe mich bemüht dir ein reales Männerbild zu vermitteln."

„Dafür bin ich dir auch dankbar, Papa." Alexander stockte. „Ich möchte dich etwas über die Frauen fragen. Wie schaffe ich es, ein Mädchen dazu zu bringen?"

Otto verkniff sich abermals ein Grinsen. „Das ist nicht so einfach zu beantworten mein Sohn. Jede Frau ist anders – Einfühlungsvermögen ist gefragt. Sei höflich, mach ihr Komplimente, lade sie auf eine Tasse Kaffee ein, damit du ein wenig mehr über sie erfährst. Frauen mögen es, wenn man sich für ihre Angelegenheiten interessiert und wenn man ihnen zuhört. Du darfst ihr nicht gleich zeigen, wie sehr du sie begehrst, das verschreckt sie nur. Sei anfangs eher kameradschaftlich, dann fasst sie Vertrauen. Aber Alexander …"

„Alex bitte."

Otto winkte ab. „Weiß schon, ich vergesse es immer. Was ich sagen wollte … sag ihr auf keinen Fall deinen richtigen Namen. Wir sind in Wien bekannter als ein bunter Hund, sie würde dich womöglich nur wegen deines Vermögens wollen. Du willst doch um deiner selbst willen geliebt werden, nicht? Und falls du Erfolg hast, vergiss nicht, ein Präservativ zu nehmen. Erstens schützt es dich vor Krankheiten und zweitens bewahrt es dich davor, dich zu vermehren – was in deinem Alter fatal wäre. Falls du keine Krankheit befürchten musst, kannst du auch aufpassen … du weißt, was ich meine."

„Das alles weiß ich, Papa!", erwiderte Alexander mit einem ungeduldigen Unterton. „Das ist nicht das Problem. Ich habe Angst davor, dass ich mich blamiere. Was mache ich, wenn sie mich auslacht?"

„Das wird nicht passieren. Wenn ein Mädchen so weit ist, dann ist sie verliebt in dich und lacht dich daher auch nicht aus. Aber es wäre vielleicht gut, wenn du es das erste Mal bei einer Dirne ausprobierst. Ich kenne ein sehr gutes Etablissement, lauter schöne Mädchen, ich kann dir gerne die Adresse geben."

„Meinst du? Ich werde darüber nachdenken. Danke. Du entschuldigst mich doch jetzt? Ich muss in die Schule." Alexander stand so hastig auf, dass er um ein Haar die Kaffeekanne umgeworfen hätte.

„Moment, Alexander … Alex – noch zwei Minuten."

Alexander setzte sich wieder.

„Ich möchte dich bitten, deine Mutter wenigstens hin und wieder zu besuchen. Soviel ich weiß, warst du schon sehr lange nicht mehr bei ihr."

Alexanders Miene verfinsterte sich. „Wozu auch? Sie erkennt mich sowieso nicht. Außerdem gehst du doch fast jeden Nachmittag zu ihr."

„Ich bin aber kein Ersatz für dich. Ich hoffe noch immer, dass sich ihr Zustand bessert – an manchen Tagen scheint es auch so zu sein. Aber dann wieder ist sie so wie immer, völlig teilnahmslos oder übertrieben euphorisch. Du glaubst nicht, mit welcher Hingabe sie mir von ihren Erlebnissen erzählt, die in Wirklichkeit nie stattgefunden haben."

„Eben. Ich darf doch offen zu dir sein, Papa? Ihr Gebrabbel interessiert mich nicht. Ich kann nichts damit anfangen."

„Das versteh ich schon … trotzdem, schau bitte mir zuliebe ab und zu bei ihr vorbei. Wer weiß, ob sie dich nicht doch erkennt. Theresa meint, bei deinem letzten Besuch kam es ihr so vor. So ein Glück, dass sie deine Mutter pflegt. Diese Frau hat nicht nur Fachwissen, sondern auch eine Engelsgeduld – ich bewundere sie sehr."

Alexander stand mit der Bemerkung „Wenn es dir so wichtig ist, schaue ich morgen bei ihr vorbei" auf. Schon im Gehen drehte er sich schwungvoll um. „Jetzt hätte ich es beinahe vergessen. Hast du heute Nachmittag Zeit für mich? Ich muss ein Referat über die Geldentwertung schreiben und mir fehlen noch einige Fakten. Du hast das alles miterlebt und kannst mir sicher dabei helfen."

„Ich werde mich bemühen. Halb fünf in meinem Arbeitszimmer?"

„Ich werde pünktlich sein. Servus, Papa."

Nachdenklich sah ihm Otto nach. Er ist erwachsen geworden. Ich wüsste nicht, was mein Leben ohne ihn für einen Sinn hätte. *Du wirst doch jetzt nicht sentimental werden, nur weil dein Sohn den Kinderschuhen entwachsen ist und du alt geworden bist,* sagte eine innere Stimme boshaft zu ihm. Wie unter einem Zwang trat er vor den eleganten Biedermeierspiegel. Lächerlich! Ich bin nicht alt mit achtundvierzig Jahren, bin schlank und rank wie eh und je. Mein Haar zeigt noch keine Lichtung, die paar weißen Haare tun nichts. Zugegeben, die Falten in den Wangen sind etwas tiefer geworden. Das spielt bei einem Mann aber keine Rolle – die Frauen finden sie männlich. *Und warum bist du dann schon seit Jahren einsam, wenn du so umwerfend aussiehst?,* meldete sich erneut die Stimme. Einsam? Blödsinn! Ich lebe sehr gut inmitten meiner Freunde und Bekannten, ich genieße die Wiener Kultur, mein Geld und schöne Frauen. *Sei ehrlich! Diese Frauen beeindrucken dich so sehr, dass du sie bereits vergessen hast, wenn du aus ihrem Bett steigst.* Mag sein … es ist nicht leicht, eine Frau zu finden, mit der ich im Bett harmoniere und mit der ich auch mein Leben und meine Gedanken teilen könnte.

„Otto, schläfst du mit offenen Augen?", fragte Maximilian und riss ihn damit aus seinem inneren Dialog.

Abrupt drehte sich Otto um und sah Maximilian mit einem leeren Blick an.

„Oder findest du dich so hinreißend", fuhr Maximilian lachend fort, „dass du rund um dich nichts mehr wahrnimmst?"

„Das tue ich tatsächlich", antwortete Otto bissig. „Der Spiegel zeigt mir, dass ich immer noch besser aussehe als so manch anderer Mann."

„Du wirst doch damit nicht mich und meinen Bauch meinen? Spaß beiseite, wenn es jetzt unpassend ist, komme ich später wieder."

„Nein, nein, bleib nur", sagte Otto. „Entschuldige Maxi. Ich hatte keinen Grund, zu dir unfreundlich zu sein. Gehen wir auf eine Zigarre?"

„Gerne. Du warst in Gedanken, geht mir auch manchmal so."

Minuten später schwebte der aromatische Geruch der Zigarren durch den Rauchsalon.

„Hast du etwas auf dem Herzen?", fragte Otto. „Oder willst du nur mit mir plaudern?"

„Ich möchte dir etwas mitteilen. Du weißt, seit Helgas Tod sind nun schon mehr als fünf Jahre vergangen. Ich habe mich an das Witwerdasein gewöhnen müssen, was nicht leicht war. Es wäre aber noch sehr viel schwerer gewesen, wenn du mir nicht dein Haus angeboten hättest. Ich lebe gerne hier, du bist mir wie ein Bruder, Alex ist für mich wie ein Sohn. Ihr beide gebt mir das Gefühl, gebraucht zu werden. Nichtsdestotrotz bin ich ohne Frau einsam, beziehungsweise war ich einsam." Maximilian betonte das Wort ‚war' und lächelte.

„Heißt das, dass du eine Frau gefunden hast?", fragte Otto mit überraschtem Gesichtsausdruck.

„Ja. Sie ist hübsch, liebevoll, gescheit … kurz, sie hat alles, was sich ein Mann wünscht. Auch im Alter passt sie zu mir – sie ist genau zehn Jahre jünger. Ich werde ihr heute einen Heiratsantrag machen und hoffe, dass sie ihn annimmt."

„Das freut mich für dich, Maxi!", rief Otto aus. „Das freut mich

wirklich sehr und ich wünsche dir von Herzen, dass sie annimmt."
Er wird doch nicht übersiedeln wollen, dachte Otto. Das wäre mir gar nicht recht … kommt aber auch darauf an, wer diese Dame ist.
„Bedeutet das auch, dass du mein Haus verlassen willst?", setzte er nach.

„Nicht unbedingt. Das kommt auf dich an, ob du mir ein Eheleben innerhalb deines Heimes gestattest."

„Gestattest? Was soll die Förmlichkeit? Wer ist sie?"

„Du kennst sie. Es", Maximilian kam ins Stottern, „es ist Theresa."

Ottos Augen weiteten sich. „Du meinst unsere Theresa?"

Maximilian begnügte sich mit einem Nicken.

„Jetzt bin ich aber wirklich baff!"

„Das dachte ich mir", grinste Maximilian. „Was sagst du dazu?"

„Was soll ich dazu sagen? Theresa ist, wie du schon sagtest, eine hübsche, kluge Frau. Noch dazu ist sie trotz ihres schweren Berufes immer gut gelaunt. Ich bin sehr froh, dass sie Gertrud pflegt; wie sie mit ihr umgeht, ist einmalig … eines gibt es allerdings zu bedenken."

„Das wäre?"

„Sie ist keine Adelige. Sie wird in unseren Kreisen nicht so leicht akzeptiert werden."

Maximilian winkte ab. „Heutzutage sind wir doch nicht mehr das, was wir einmal waren. Außerdem hat es immer wieder Männer von hohem Stand gegeben, die für eine Bürgerliche alles aufgegeben haben. Ich wäre der glücklichste Mann auf Erden, wenn sie meine Frau würde – mein ehemaliger Stand und unsere Freunde sind mir völlig gleichgültig."

„Du hast recht, auf das kommt es nicht an. Ich habe überhaupt nicht bemerkt, dass ihr euch nahegekommen seid. Du musst mir jetzt nicht antworten, aber wir waren doch immer sehr offen zueinander. Hast du schon mit ihr …?"

„Wo denkst du hin! Sie ist eine Dame. Ich will sie nicht als Geliebte, ich will sie heiraten! Ich bin sicher, wir passen gut zueinander. In den letzten Monaten habe ich bei unseren Gesprächen den Eindruck gewonnen, dass auch sie mich mag. Ich hoffe, ich täusche mich nicht."

„Dann bleibt mir nur noch zu sagen: Ich wünsche dir, dass du mit ihr glücklich wirst. Selbstverständlich könnt ihr beide hier wohnen. Es wäre mir auch sehr recht, wenn sie als Pflegerin weiterarbeiten würde. Für Gertrud wäre es schwer, sich an eine andere Person zu gewöhnen. Hättest du etwas dagegen?"

„Nein. Ich bin mir ziemlich sicher, dass sie ihren Beruf nicht aufgeben will. Sie liebt ihre Arbeit und hat großes Mitleid mit Gertrud. Das zeigt, was sie für ein Mensch ist, wenn ich daran denke, wie Gertrud sie als Zofe behandelt hat. Ich werde heute Abend um ihre Hand anhalten. Falls sie meinen Antrag annimmt, wird sie bestimmt auch nichts dagegen haben, nach der Hochzeit weiterhin hier zu wohnen. Du hast meine Räume so großzügig ausgestattet, dass sie für eine fünfköpfige Familie reichen würden."

„Du kannst dich gerne vermehren", stellte Otto mit einem breiten Lächeln fest. „Ich würde es begrüßen – das Haus ist sowieso viel zu leer. Damit meine ich jetzt nicht die Gäste, die kommen und gehen, sondern meine angestammten Familienmitglieder. Meine Verwandtschaft ist zwar nicht klein, aber sie ist über ganz Europa verstreut und lässt sich nur selten blicken." Er verzog seinen Mund und fügte hinzu: „Außer wenn es ums Geld geht!"

„Sei froh, dann bleibt dir Ärger erspart. Freunde kann man sich aussuchen, Verwandte nicht."

„Auch wieder wahr. Falls du wirklich heiratest, möchtest du dann nicht, dass deine Kinder wieder bei dir leben?"

„Nein. Ich will die Kinder nicht aus ihrer gewohnten Umgebung reißen. Sie fühlen sich bei Ihrer Tante in Baden sehr wohl. Außerdem sind alle außer Johann erwachsen. Joseph und Elisabeth, die Zwillinge, werden heuer neunzehn und führen ihr eigenes Leben. Joseph studiert Philosophie, Elisabeth überlegt noch, was sie machen will, sie neigt zur Pharmazie. Der Älteste, Rudolf, besucht noch zwei Jahre das Priesterseminar, danach geht er auf ein Jahr in eine Pfarre, bevor er zum Priester geweiht wird. Er ist von seiner Berufung nach wie vor überzeugt, was mich sehr freut. Und der kleine Johann wird im Herbst auch schon elf, seine Tante ist für ihn wie eine Mutter. Du siehst, die Kinder sind versorgt."

„Dann steht wohl einer trauten Zweisamkeit nichts mehr im Wege. Wir wechseln uns in der Einsamkeit offenbar ab. Alexander möchte nach seiner Matura Architektur an der Harvard University in Boston studieren. Ich darf gar nicht daran denken, er wird mir abgehen."

„Vier Jahre vergehen schnell", tröstete Maximilian. „Freu dich, dass er in seinem Alter so ernsthaft und ehrgeizig ist. Die Wahl dieses Studiums wundert mich nicht – schon als Kind war sein Traum Häuser zu bauen."

Otto lächelte, da er die Stadt aus Streichhölzern vor sich sah, die Alexander mit nicht einmal zehn Jahren perfekt gebaut hatte.

„Alex ist ein Mensch, der sein Ziel nie aus den Augen verliert", fuhr Maximilian fort. „Wenn er sich zu etwas entschlossen hat, zieht er es durch – eine Seltenheit bei so einem jungen Menschen. Du kannst stolz auf ihn sein."

20. KAPITEL

Mit einer Mappe unter dem Arm stellte sich Alexander Punkt auf die Minute im Bewusstsein des Pünktlichkeitswahnes seines Vaters in dessen Arbeitszimmer ein.

„Da bist du ja", begrüßte ihn Otto, kam hinter dem Schreibtisch hervor und steuerte die Sitzgruppe an. „Setz dich. Möchtest du etwas trinken?"

„Wasser bitte!"

Otto gab dem Diener einen Wink und murmelte: „Für mich auch. Lassen Sie die Karaffe da, wir bedienen uns selbst. In den nächsten zwei Stunden möchte ich nicht gestört werden."

„Sehr wohl, gnädiger Herr", murmelte der Diener, verbeugte sich und ging.

Alexander nahm einige beschriebene Papierblätter zur Hand und legte einige leere samt dem Füllfederhalter auf den Tisch.

„Wie lautet das genaue Thema für dein Referat?", fragte Otto und rutschte tiefer in den Fauteuil.

Alexander las vom obersten Blatt: „Republik Österreich – Wirtschaftslage und Entwicklung der Geldentwertung."

„Dein Gesicht passt zum Thema", bemerkte Otto. „Was soll auch positiv an der jetzigen Wirtschaft sein, wenn Papiergeld für neun Billionen Kronen im Umlauf ist, mit Banknoten zu einer Million und zehn Millionen. Wie möchtest du es angehen?"

„Ich dachte, dass ich über die Ursachen der Geldentwertung spreche und wie sie sich eben entwickelt hat."

„Hast du davon schon etwas geschrieben?"

„Ja, aber ich möchte es mit deinen Hinweisen noch ergänzen."

„Wie Österreich-Ungarn zur Republik wurde, brauche ich dir aber nicht erzählen und auch nichts über den Vertrag von Saint-Germain, oder?"

„Das haben wir in der Schule ausführlich besprochen."

„Gut. Dann beginnen wir der Geldentwertung. Ist dir das recht?"

Alexanders Antwort war ein Nicken, er unterdrückte ein Gähnen.

„Am besten kannst du diesen Prozess nachvollziehen, wenn wir ihn in verschiedene Abschnitte unterteilen. Was meinst du wohl, war der erste?"

„Wahrscheinlich die Zeit von der Gründung der Republik bis zum Abschluss der Friedensverhandlungen in Saint-Germain, weil überall Chaos war."

„Völlig richtig. Die Geldentwertung war eine unmittelbare Wirkung des Krieges, der Niederlage, des Zerreißens des alten großen Wirtschaftsgebietes und der Trennung der Währungsgemeinschaft mit den Nachfolgestaaten. Willst du das nicht aufschreiben?"

„Doch", murmelte Alexander zog ein leeres Blatt heran und begann zu schreiben.

Otto rückte ein Stück näher zum Tisch und sah ihm zu. Sie saßen so dicht beieinander, dass sich ihre Knie fast berührten.

„Was hat nun deiner Meinung nach die Geldentwertung bewirkt?", fuhr Otto fort.

Es folgte ein Schweigen.

„Alex denk nach. Das alles kommt dir vielleicht langweilig vor, das ist es aber nicht. Wie sollst du die heutige Zeit begreifen, wenn du über die Vergangenheit nichts weißt? Also, was hat sie bewirkt? Es ist ganz einfach."

„Die Ausgaben waren höher als die Einnahmen?"

„Stimmt! Genauso kann man es vereinfacht ausdrücken. Das war aber nicht so schlimm, weil der Staat damals noch bedeutende Eingänge an der Kriegsgewinnsteuer im ersten Nachkriegsjahr hatte und einen Auslandskredit. Wir bekamen damals Geld von der Entente und den Vereinigten Staaten und konnten so die Wirtschaft aufrechterhalten."

Otto lehnte sich wieder bequem zurück und kramte in seinen Erinnerungen, während Alexander schrieb. Als Alexander fertig war, klopfte er mit dem Zeigefinger auf dessen Unterlage. „Füge noch hinzu, dass es anfangs so um die fünfzig Millionen Dollar waren, die im Verlauf von 1919 noch erhöht wurden."

„Stimmt es, dass diese Unterstützung nicht in Geld, sondern in Form von Nahrungsmittel gegeben wurde?", fragte Alexander, nachdem er einen kurzen Blick auf seine beschriebenen Seiten geworfen hatte.

„Das stimmt. Nur dadurch konnte die Ernährung der Bevölkerung sichergestellt werden."

„Und wie war die politische Situation zu diesem Zeitpunkt?"

„Das gehört aber jetzt nicht zum Thema deines Referates … oder nur am Rande."

„Macht nichts, der Professor wird sich freuen, wenn ich das Thema auch von dieser Seite her beleuchte."

„Ja dann … Damals war die Sozialdemokratische Partei an der Regierung und ich muss zugeben, die Politiker machten ihre Arbeit nicht schlecht. Sie verhinderten eine Räterepublik und distanzierten sich von den Kommunisten. Außerdem, und das war ganz wichtig, gaben sie die Lebensmittel tief unter dem Selbstkostenpreis an die hungernde Bevölkerung ab – trotz der Entwertung der Krone. Nur dadurch war es möglich, dass die Armen überleben konnten. Zusätzlich führten sie eine Reihe von Sozialleistungen ein, wie zum Beispiel den 8-Stunden-Tag, das Urlaubsgesetz und die Arbeitslosenversicherung. Viele unseres Standes fanden so manche Aktion der Roten übertrieben, aber das ist eine andere Geschichte und gehört nicht hierher. Ist dir das alles soweit klar?"

„Ja."

„Gut. Dann zurück zum ursprünglichen Thema: Die Entwicklung der Geldentwertung. Ich beginne mit dem zweiten Teil ab den Friedensverhandlungen bis 1921. Der Staatshaushalt war zerrüttet, zwang ihn zu einer immer schnelleren Vermehrung des Papiergeldes – die Banknotenpresse druckte und druckte. Die Einnahmen aus der Kriegsgewinnsteuer versiegten, die Auslandskredite wurden weniger. Trotzdem …"

„Wurde damals nicht auch mit dem Völkerbund über einen Kredit verhandelt?", fiel Alexander ihm ins Wort.

Otto nickte. „Es wurde, und es war eine langwierige Prozedur. Niemand hat an dieses kleine Österreich geglaubt. Aber weiter im Text. Wo war ich?"

„Die Auslandskredite wurden weniger, trotzdem …"

… trotzdem zeigte sich in der ersten Hälfte 1921 ein leichter Aufschwung", fuhr Otto fort, „weil Steuergesetze wirksam wurden. Allein die Eingänge der Vermögensabgabe machten ein Drittel der gesamten Staatseinnahmen aus. Diese Maßnahme führte natürlich bei den Vermögenden zu heftiger Kritik. Ich persönlich fand diese Steuern durchaus in Ordnung, schließlich ging es um die Erhaltung unseres Staates. Außerdem, und das war äußerst erfreulich, konnten die industriellen Exporte enorm gesteigert werden und dadurch wurden der Volkswirtschaft große Mengen an ausländischen Zahlungsmitteln zugeführt. Die Güternot war überwunden, die Löhne der Leute stiegen schneller, als die Kaufkraft der Krone sank. Ich kann mich noch gut erinnern, im Frühjahr 1921 stieg einige Wochen der Kurs der Krone an und hielt bis zum Sommer."

Alexander schrieb eifrig mit.

„Wenn ich zu schnell rede, dann musst du mir das sagen", bemerkte Otto und nahm einen Schluck Wasser.

„Mach ich. Was war dann nach 1921?"

„Nicht so ungeduldig, junger Mann, eines nach dem anderen. Jetzt zur Geldentwertung dritter Teil. Es hat damit begonnen, dass die Vorauszahlungen auf die Vermögensabgabe verbraucht waren, da außerordentliche Einnahmen gefehlt haben – es wuchs also ein Defizit. Ein weiteres Unglück war, dass wir keinen neuerlichen Kredit vom Völkerbund bekommen haben. Beides hat die Geldentwertung weiter vorangetrieben – aber nicht nur das. Durch die Abwertung der deutschen Mark und durch die Steigerung der tschechischen Krone auf den Geldmärkten wurde sie zusätzlich noch beschleunigt."

„Unser Professor hat gesagt, dass die Teuerung seit dem Anfang des Krieges ziemlich gleichmäßig war und sich die Preise von Jahr zu Jahr verdoppelt haben. Dann aber im ersten Halbjahr 1922 ein unvorhergesehenes Tempo entwickelt haben und um das Vierfache gestiegen sind."

„Das dürfte hinkommen."

„Wie hat sich das ausgewirkt?"

„Wie schon? Auf die Arbeitermassen ist der Druck gestiegen, das Betriebskapital der Industrie ist zerstört worden – der Wert der Krone ging ständig zurück. Im ausländischen Zahlungsverkehr, seien es Devisen oder Valuten, begann eine regelrechte Flucht vor der Krone. Politisch gab es keinen Konsens mehr, die Parteien stritten, was das Zeug hielt. Das Ergebnis war ein neuer Finanzplan mit Kürzung der Lebensmittelzuschüsse und wie sollte es anders sein, neue Steuern – Besitzsteuern. Ich kann ein Lied davon singen … aber ich versteh auch, dass es sein musste. Wir Grothas haben den Staat jedenfalls kräftig unterstützt – das nur nebenbei. Zurück zur Entwicklung unseres Landes. Die Tschechoslowakei gewährte Österreich einen Kredit von 500 Millionen tschechischen Kronen, du hast sicherlich von dem Vertrag von Lana in der Schule gehört. Oder?"

„Ja, wir haben darüber gesprochen. Der Vertrag wurde im Dezember 1921 zwischen dem Präsidenten Beneš und Bundeskanzler Schober vereinbart. Unser Lehrer hat gesagt, dass er es nicht richtig findet, dass die großen Parteien diesem Kredit zugestimmt hätten."

„Und warum nicht?"

„Weil man durch den Vertrag den Tschechen im Donauraum eine Oberhoheit gegeben und den Vertrag von Saint-Germain anerkannt habe."

„Dann muss euer Lehrer von seiner politischen Gesinnung her ein Großdeutscher sein. Die waren strikt dagegen und zogen ihre Vertreter aus der Regierung zurück." Otto pausierte und trommelte mit den Fingern auf die Armlehnen seines Sessels. Alexander sah ihn abwartend an. Schließlich sagte Otto scharf: „Ich finde es äußerst bedenklich, dass euch ein Lehrer politisch beeinflusst. Ihr sollt euch selbst eine Meinung bilden – er hat den Auftrag neutral zu berichten. Eine unglaubliche Anmaßung des Mannes, ich werde mich beschweren."

„Bitte, Papa, nicht jetzt. Erst nach der Matura, sonst habe ich womöglich Schwierigkeiten."

„Schon recht, Alex", fuhr Otto jetzt wieder ruhig fort. „Ich will nicht daran schuld sein, dass du Probleme hast. Ich weiß sehr gut, dass einem ein Lehrer das Leben schwer machen kann, wenn er will. Aber nach deiner Prüfung werde ich zum Schulleiter gehen – so etwas darf man nicht durchgehen lassen. Wo waren wir stehen geblieben?"

„Beim Kredit der Tschechoslowakei."

„Richtig. Im Parlament kam es zu verschiedenen Umschichtungen, es würde zu weit führen, dir das genau zu erklären – ist auch für dein Referat nicht wichtig. Interessant wird es wieder im Mai 1922, denn da ist Ignaz Seipel[43] ins Spiel gekommen und hat eine Regierung gebildet. Du weißt, ich bin nicht unbedingt ein Anhänger der Kirche, aber Seipel ist meiner Meinung nach ein sehr guter Politiker – er weist die Sozialdemokraten endlich in die Schranken." Otto fügte grinsend hinzu: „Wenn diesen Satz jetzt mein ehemaliger Kompaniekommandant gehört hätte, wäre er sehr böse auf mich."

„Wieso?"

„Weil er ein Sozialist ist, wie es im Buche steht, und noch dazu ein kluger Kopf und ausgezeichneter Rhetoriker dazu. Sogar ich als ehemaliger Parlamentarier tat mir schwer, ihm Widerpart zu bieten."

„Ist er gefallen?", erkundigte sich Alexander mit der insgeheimen Hoffnung, das eher langweilige Thema hinten anzustellen und eine interessante Kriegsgeschichte zu hören. Seine Hoffnung löste sich in Nichts auf, denn Otto verneinte die Frage und kehrte unverzüglich zu Seipel zurück. „Die Lage, die Seipel vorfand, war katastrophal, er entschloss sich für eine Kredithilfe von außen, um den Staat damit zu sanieren. Österreich war in der Rolle des Bettlers, die Bevölkerung lebte von Hilfsaktionen, die Menschen waren verzagt und verzweifelt. Ich habe mir damals allen Ernstes überlegt, in die Schweiz zu ziehen, da ich, und ich war nicht der Einzige, gedacht habe: Jetzt ist es aus, die Großmächte werden sich Österreich aufteilen und damit hat es sich. Unsere Hoffnung auf die Hilfe des Völkerbundes versandete, die Alliierten haben Österreich nicht als kreditwürdig angesehen. Schließlich hat ihnen Seipel einen Plan vorgelegt, der im Grund einfach war." Otto nahm die Finger zur Hilfe und zählte auf: „Stilllegung der Notenpresse, dadurch Stabilisierung des Geldwertes, Herstellung des Gleichgewichtes des Staatshaushaltes, Inanspruchnahme von Krediten zum Ausgleich der Handels- und Zahlungsbilanz." Er stoppte, da Alexander noch schrieb und fragte dann: „War das verständlich für dich?"

„War es. Hat sein Plan gefruchtet? Haben wir einen Kredit bekommen?"

„Nein. Die Krone sank auf den 15.000 Teil ihres Goldwertes – das Ende war wieder einmal nahe. Ohne Hilfe des Auslandes schien das Geschick Österreichs besiegelt zu sein. Seipel erkannte ganz richtig, dass die einzige Lösung der Völkerbund war. Nur wenn man diesen von der Friedenspolitik Österreichs überzeugen, die Erhaltung Österreichs als europäische Notwendigkeit darstellen konnte, würde man gewinnen. Er hielt vor dem Völkerbund eine geniale Rede, die ihre Wirkung nicht verfehlte. Es kam zu einer Vereinigung zwischen der britischen, französischen, italienischen und tschechoslowakischen Regierung. Diese erklärten sich bereit, die territoriale und politische Unabhängigkeit Österreichs zu wahren und die Garantie für eine österreichische Anleihe von 650 Millionen Goldkronen zu übernehmen. Allerdings musste sich Österreich verpflichten, ein Reform- und Sanierungsprogramm zu erarbeiten. Seipel stand bei seiner Rückkehr nach Wien vor der Herausforderung, die Zustimmung des Parlaments zu erwirken. Die Sozialdemokraten waren strikt dagegen, weil sie keine Abhängigkeit wollten. Der Ausweg für Seipel war schließlich der Kabinettsrat, in dem die Regierung über eine Mehrheit verfügte."

„Das hat der Seipel wunderbar gemacht, nicht wahr, Papa?", warf Alexander mit jugendlicher Begeisterung ein.

„Es sah so aus. Aber schlussendlich waren es nur Teilerfolge. Er hat zwar die Währung saniert, aber nicht die Volkswirtschaft. Das ist auch der Grund, warum Experten des Völkerbundes seit Dezember 1922 streng die Sanierung des Staates prüfen."

„Wann meinst du, wird die Genfer Kontrolle ein Ende haben?"

„Ausgemacht waren 2 Jahre, sie müsste also Ende des Jahres beendet sein. Aber wer weiß, was für ein Haar sie noch in der Suppe finden. Die im Jänner 1923 neu gegründete Notenbank macht ihre Arbeit zwar gut, aber die bittere Pille ist, dass die Zahl der Arbeitslosen stark angestiegen ist. Ich hoffe sehr, dass die Vorhaben, die im Vorjahr umgesetzt wurden, fruchten. Immerhin hat die Regierung trotz heftiger innenpolitischer Kämpfe die Anzahl der Ministerien herabgesetzt, die Beamtengehälter valorisiert[44], die Kleinrentner haben eine Entschädigung für die Inflation bekommen und die Mietzinse wurden ebenfalls geregelt. Diesmal habe ich die Streitereien gut gefunden, weil das Ergebnis die Neuwahlen im vorigen Oktober waren und wir Christlichsozialen gewonnen haben." Das Gesicht Ottos glich der einer satten Katze.

„Danke Papa", sagte Alexander, raffte die Papiere zusammen und legte sie in seine Mappe zurück. „Du hast mir sehr geholfen." Er runzelte die Stirn und schwieg.

„Was geht dir durch den Kopf?", forschte Otto nach.

„Ich frage mich – darüber haben wir in der Schule nicht gesprochen – wie diese Zeit in Deutschland war. Ist es ihnen so ergangen wie uns?"

„Die politischen und wirtschaftlichen Details kann ich dir nicht genau sagen. Fakt ist, der Friedensvertrag von Versailles war hart, sehr hart. Man hat ihnen die Alleinschuld am Krieg gegeben, sie mussten enorm große Gebietsverluste einstecken und man hat sie mit horrenden Reparations-Zahlungen konfrontiert – dem Völkerbund durften sie auch nicht angehören. Zuerst haben sie sich geweigert diesen ungerechten Vertrag zu unterschreiben, es aber dann schließlich doch getan – es blieb ihnen auch nichts anderes übrig. Im Jänner 1919 fanden in Weimar freie Wahlen statt, wo auch die Frauen zugelassen wurden. Das Ergebnis dieser Wahlen war, wie bei uns auch, eine parlamentarische Demokratie, die Weimarer Republik war geboren – danach dankte Kaiser Wilhelm II ab und ging in die Niederlande ins Exil. Was nun die wirtschaftliche Entwicklung betrifft: Bis 1922 hat sie einen ganz guten Verlauf genommen – bei Weitem besser als bei uns. Ich erinnere mich, dass die Industrieproduktion 1920/21 weltweit um 15 Prozent zurückging, in Deutschland stieg sie um 20 Prozent an. Allerdings kann man die Entwicklung nicht mit unserer vergleichen, da unser Land ja im Vergleich zu Deutschland winzig ist. Das Vorjahr kann man jedoch nur als katastrophal bezeichnen und in wenigen Worten zusammenfassen: Die Wirtschaft lag in Scherben, der Staat war pleite. Und dann passierte das, was auch bei uns so war: Die Notenpresse wurde angeworfen, das Ergebnis: Die Inflation explodierte. Die Preise schossen ebenso wie bei uns in die Höhe, die Löhne hinkten hinterher. Hungerdemonstrationen waren die Folge, die Regierung trat zurück und im Herbst vorigen Jahres hat die neue Regierung unter Stresemann[45] eine Währungsreform eingeleitet, jetzt gibt es noch die Rentenmark, aber wie ich gehört habe, soll sie noch dieses Jahr durch die Reichsmark abgelöst werden. Mit einem Wort Alex, die Deutschen wursteln genauso wie wir herum. Den Krieg werden wir noch lange nicht verkraften und den ungerechten Vertrag von Versailles schon gar nicht – der wird noch seine Folgen haben, so wahr wie ich Grothas heiße."

Alexander sah seinen Vater mit einem bewundernden Blick an. „Du weißt so unglaublich viel … Warum gehst du nicht in die Politik zurück?"

„Das ist leicht erklärt, Alex. Erstens habe ich diese ewigen Streitereien im Parlament satt und zweitens fühle ich mich keiner Partei wirklich zugehörig. Selbstverständlich würde ich nie zu den Sozialdemokraten gehen – das versteht sich von selbst. Die Großdeutschen kommen für mich auch nicht infrage, da ich entschieden gegen einen Anschluss an die Deutschen bin. Außerdem sind sie antisemitisch, antimaterialistisch und antiklerikal und diese extremen Dogmen sind nicht meine. Die Christlichsozialen stehen noch am ehesten für meine Gesinnung – sie waren den Habsburgern immer treu ergeben. Andererseits stehe ich der Kirche nicht so nahe, wie diese Partei das tut."

„Du glaubst doch an Gott und wir gehen jeden Sonntag in die Kirche."

„Natürlich glaube ich an Gott, an ein höheres Wesen. Aber mein Glaube hat nichts mit Borniertheit und einer ungesunden Frömmigkeit zu tun. Stets soll man Angst vor der Sünde haben und unentwegt Reue üben. Glück zu empfinden ist verboten und wehe, du hast Spaß an der Geschlechtlichkeit. Und was den sonntäglichen Kirchenbesuch anbelangt, so sind wir das unserem Stand schuldig. Kurz gesagt, ich wähle zwar die Christlichsozialen, aber ich kann sie nicht aus vollem Herzen unterstützen … Die gelebte Politik geht mir nicht ab, ich komme sehr gut ohne sie zurecht." Ottos stand auf und zeigte damit, dass er über dieses Thema keinerlei Diskussion mehr wünschte.

Alexander nahm seine Mappe, erhob sich ebenfalls und verabschiedete sich mit den Worten „Sehen wir uns zum Diner oder hast du heute Abend etwas vor?"

„Ich bin da. Wir sehen uns um zwanzig Uhr – und sei pünktlich."

„Sie sehen bezaubernd aus", sagte Maximilian und lächelte dabei so verlegen, als bedürfe sein Blick einer Entschuldigung. Entzückend, sie ist wirklich entzückend! Nur die kurzen Haare, an die muss ich mich erst gewöhnen … wie ein junges Mädchen sieht sie aus. Diskret wanderten seine Augen zu ihren wohlgeformten Beinen, die unter dem weiten Volant aus Plisseestoff hervorschauten.

Maximilians offensichtliche Anerkennung zauberte eine tiefe Röte in Theresas Gesicht. Es war ihr bewusst, dass sie heute besonders gut in dem neuen röhrenartigen Seidenkleid mit dem runden bestickten Ausschnitt aussah. Die dunkelbraune Farbe bildete einen interessanten Kontrast zu ihrer blassen Haut, die tief angesetzte

Taille ließ sie größer und schlanker erscheinen.

„Danke für das Kompliment, Maximilian. Ich habe das Kleid selbst entworfen und genäht."

„Tatsächlich? Man könnte meinen, es sei ein französisches Modell."

„Wirklich? Das freut mich", sagte Theresa und strahlte ihn an.

Französisch kommt immer gut an, dachte Maximilian. Keine Ahnung warum. Was soll auch an einem französischen Modell außergewöhnlich sein? Verstehe einer die Frauen. „Ich danke Ihnen", sagte er mit einem charmanten Lächeln, „dass sie heute nach einem schweren Arbeitstag meine Einladung zum Diner angenommen haben. Sie machen mich damit sehr glücklich. Ich hoffe, das Imperial ist Ihnen recht?"

„Sehr recht, danke." Theresa setzte den kleinen schwarzen Topfhut auf ihren modischen Bubikopf[46] und schlüpfte in ihren Mantel.

Der Abend verlief so, wie ihn sich Theresa nie zu erträumen gewagt hatte. Maximilian behandelte sie wie eine feine Dame, plauderte mit ihr über dies und das und nahm ihr dadurch die Scheu vor dem ungewohnten Ambiente im Imperial.

Sie kehrten erst weit nach Mitternacht in das Palais zurück. Seine Art ist mir so vertraut, als würde ich ihn schon Jahrzehnte kennen, dachte Theresa, als sie vor den Aufgang zu den Gästezimmern stehen blieb. Mit innerem Bedauern, sich jetzt von ihm trennen zu müssen, verabschiedete sie sich mit den Worten „danke für den wunderschönen Abend, Maximilian. Wir sehen uns morgen ... nein eigentlich heute."

Lass sie jetzt um Himmels willen nicht gehen, befahl sich Maximilian. „Machen Sie mir doch die Freude, den Abend bei einem Glas Champagner noch gemütlich ausklingen zu lassen", säuselte er. Als sie zögerte, fügte er ein „Bitte!" hinzu.

„Wenn Sie mich so schön bitten, kann ich wohl nicht nein sagen. Aber nur ein Glas, dann muss ich wirklich gehen."

„Schön haben Sie es hier", sagte Theresa, als sie in Maximilians

Wohnsalon gelandet waren. Mit einem Blick auf die Flasche Pommery[47] in dem silbernen Champagnerkübel sagte sie schmunzelnd: „Hier gibt es wohl unsichtbare Geister? Woher wussten Sie denn, dass ich noch mitkomme?"

„Ich wusste es nicht, ich hoffte es!"

Der Champagner perlte, die Gläser stießen hell gegeneinander. Maximilian warf alle Bedenken über Bord. „Theresa, wollen Sie meine Frau werden?"

Theresas fühlte, wie sie rot wurde und gleichsam erstarrte. Er bittet mich um meine Hand? Mich, eine ehemalige Zofe und Krankenschwester? Unmöglich. „Ihr Antrag ehrt mich", stotterte sie, „aber es geht nicht!"

„Warum nicht, wenn ich fragen darf?"

„Ich bin nur eine Pflegerin. Ich stamme aus keinem hohen Haus ... Ich passe nicht zu Ihnen."

„Wenn das alle Ihre Sorgen sind! Das ist mir doch völlig egal ..." Maximilian gab sich einen Ruck und stieß hervor: „Ich möchte Sie heiraten, weil ich Sie liebe!"

Theresa wagte nicht, ihm in die Augen zu schauen. „Wirklich?", murmelte sie. „Ich ... ich weiß nicht, was ich dazu sagen soll."

Maximilian griff ihr sanft unter das Kinn und zwang sie damit, seinen Blick zu erwidern. „Theresa, magst du mich? Kannst du dir vorstellen, mit mir gemeinsam alt zu werden?" Er las in ihren Augen eine sanfte, träumerische Hingabe, beugte sich über sie und streifte mit seinen Lippen zart ihren Mund.

Theresa fühlte bei seiner Berührung ein angenehmes prickelndes Gefühl. „Maximilian, ich muss Ihnen etwas sagen", hauchte sie und schob ihn sachte weg. „Ich bin keine junge Frau mehr. Ich werde heuer vierundvierzig Jahre. Mein Verlobter ist, wie ich Ihnen erzählt habe, im Krieg gefallen. Ich habe ..." Sie stockte. „Ich habe, ich meine, ich habe noch nie ... Sie würden womöglich enttäuscht sein und das wäre für mich nicht ertragbar – weil ich Sie auch sehr gern habe."

Maximilian widerstand seinem Wunsch, sie jetzt und sofort zu umarmen und zu küssen. „Theresa", flüsterte er. „Du hast mich soeben zum glücklichsten Menschen auf diesem Planeten gemacht. Ich werde nicht enttäuscht sein, weil ich dich liebe. Darf ich dich jetzt in die Arme nehmen und küssen?"

21. KAPITEL

„Wie war dein Tag heute?", fragte Franz und sah dabei Maria an.

„Langweilig", murmelte Maria mit vollen Backen. „Im Buchladen war nicht viel los und danach war ich wie immer am Nachmittag bei Frau Lehmann. Heute haben wir wie schon die letzte Woche auch Stimmübungen gemacht und Arien geübt."

„Maria, du solltest mit fast achtzehn Jahren schon wissen, dass man nicht mit vollem Mund spricht", warf Antonia mit einem vorwurfsvollen Blick ein.

Maria schluckte den Bissen hinunter. „Sie will mir nächste Woche einen Pianisten vorstellen, der mich bei öffentlichen Auftritten begleiten könnte – er heißt Jakob Silbermann."

„Das klingt doch sehr gut", bemerkte Franz.

„Finde ich auch. Ich bin schon sehr gespannt auf ihn – er war vor einigen Jahren ein sehr bekannter Pianist." Maria schwieg und spießte ein Stück Fleisch auf die Gabel. Mit der Bemerkung „Ich werde mir die Haare schneiden lassen, lange sind völlig unmodern" steckte sie die Gabel in den Mund.

Antonia riss den Kopf in die Höhe. „Maria, du kannst doch nicht deine schönen schwarzen Locken abschneiden lassen!"

„Lass sie doch, Antonia", mischte sich Franz ein. „Die jungen Leute haben eben einen anderen Geschmack als wir. Ich wäre auf jeden Fall verzweifelt, wenn sich deine Mutter ihre Haare abschneiden ließe."

„Mama ist doch schon über dreißig, da muss man nicht mehr mit der Mode gehen."

„Das ist doch allerhand! Willst du damit sagen, dass ich alt bin?"

„Nicht alt, aber auch nicht mehr jung", gab Maria trocken zur Antwort, was bei Franz ein lautes Lachen und den Kommentar „Wo sie recht hat, hat sie recht!" auslöste.

Antonia war halb amüsiert, halb ärgerlich. Ihre Lippen verzogen sich zu einem halbherzigen Lächeln. „Warte nur, Franz", sagte sie, „ich werde mich auf mein Alter beziehen, wenn dir das vielleicht gar nicht so recht ist!"

„Gott bewahre", rief Franz aus. „Ich nehme alles zurück. Du bist im besten Alter und das ist die Wahrheit. Die jungen Dinger sind nichts gegen dich."

„Das will ich doch hoffen", murmelte Antonia, während sie das schmutzige Geschirr einsammelte.

Innerlich seufzend half ihr Maria und folgte ihr in die Küche. Franz ging mit seinem Bierglas in der Hand hinterher. „Soll ich euch helfen oder aus der Zeitung vorlesen?", fragte er.

Unisono sagten Mutter und Tochter: „Vorlesen."

„Ihr traut mir wohl gar nichts zu", erwiderte Franz gespielt gekränkt. „Ich bin ein Meister im Abtrocknen, meine Mutter war immer sehr zufrieden."

„Das glauben wir dir ja, Franz", erwiderte Antonia und zwinkerte ihrer Tochter zu. „Aber jetzt hat Maria schon angefangen."

„Na schön, wenn ihr meine Mitarbeit ablehnt …" Franz setzte sich, schlug die Zeitung auf und blätterte sie flüchtig durch. „Ich muss euch enttäuschen", stellte er wenig später fest. „Da steht nichts, was interessant ist. Oder findet ihr es spannend, dass Seipel nach Bukarest reist, um sich dort wichtigzumachen?"

Maria sah von ihrer Arbeit auf. „Frau Bauer, du weißt, die Besitzerin des Buchladens, in dem ich arbeite, meint, dass Bundeskanzler Seipel seine Sache großartig macht."

„Wahrscheinlich ist sie eine Christlichsoziale und Kerzenschluckerin, die meint, sie komme nur so in den Himmel", brummte Franz. „Du weißt, was ich vom Seipel halte, der uns Sozialdemokraten nicht nur nicht mag, sondern sogar hasst – dieser klerikale, machthungrige Mensch. Als wir das Sagen hatten, schnellten die Sozialleistungen nur so in die Höhe und was ist jetzt? Nun haben wir eine Geldentwertung, die in einem Tempo vor sich geht, dass man atemlos wird. Ans Ausland hat uns der Herr Prälat verkauft und das nur, damit wir Sozialdemokraten weniger Macht haben. Das alles ist zum …"

„Frau Bauer hat gesagt, dass die Roten die Sanierung des Staates verhindern wollten", fiel ihm Maria ins Wort."

„Unerhört, diese Frau", brauste Franz auf. „Eine Frechheit, so etwas zu behaupten. Die hat wohl nicht alle Tassen im Schrank. Wir wollten nicht eine Sanierung verhindern, sondern Österreichs Selbständigkeit bewahren. Hätten wir das Sagen gehabt, dann würde jetzt kein Generalkommissar des Völkerbundes hier sitzen, uns mit Argusaugen überwachen und uns jede freie Entscheidung nehmen. Wem haben wir das zu verdanken? Dem Seipel!"

„Ohne die Hilfe des Völkerbundes hätten wir aber nicht überleben können", warf Antonia ein.

„Das sehe ich nicht so", widersprach Franz scharf. „Wir haben schon 1921 der bürgerlichen Regierung einen Finanzplan vorgelegt, der die Währungskatastrophe hätte abwenden können. Leider wurde nur ein Teil umgesetzt. Wir haben nach dem Vertrag mit der Tschechoslowakei, die uns immerhin 500 Millionen tschechische Kronen gab, die besten Kreditaussichten gehabt. Anfang 1922 stellten uns Frankreich und Italien auch einen Kredit in Aussicht und die Engländer unterstützten uns immerhin mit einem Kredit von 2 Millionen Pfund Sterling."

„Und warum ist die Regierung dann zerbrochen?", fragte Antonia mit einem Anflug von Spott. „Wenn alles so im grünen Bereich war?"

„Die Regierung zerbrach nur, weil die Großdeutschen den Vertrag mit der Tschechoslowakei ablehnten. Wir erklärten uns damals bereit, die Regierung zu unterstützen, aber das wurde hochmütig abgelehnt. Wäre das Geld der Engländer von den Banken, die der Staat ihnen durch die Notenbank zur Verfügung gestellt hat, besser verwendet und nicht verschleudert worden, sähe die Sache ganz anders aus. Was meinst du war der Grund, dass uns Frankreich, Italien und die Tschechoslowakei in Aussicht gestellte Kredite nicht gewährten? Weil sie uns nicht für fähig hielten, mit dem Geld sinnvoll umzugehen. Schon damals hätte man die Notenpresse stilllegen können, wenn die bürgerlichen Parteien nicht so unverantwortlich gehandelt hätten." Franz fetzte die Zeitung mit rotem Gesicht auf den Tisch. „Wir haben alles, wirklich alles versucht, um diesen Fehler zu verhüten. Aber unser Angebot wurde, wie ich schon sagte, aus Ignoranz abgelehnt – ja nicht einmal beantwortet. Stattdessen hat die Regierung Hilfe beim Völkerbund gesucht, und der hustete uns etwas. Erst als der wirtschaftliche Zusammenbruch nahe war, bequemte sich Seipel, zu den Staatsmännern nach Prag, Berlin und Rom zu reisen. Frau Bauers geliebter Seipel wollte die Hilfe von außen um jeden Preis, und das nur aus Eitelkeit. Der Verlust der Unabhängigkeit der Republik war ihm egal. Wir haben bis zuletzt gehofft, dass es ihm nicht gelingen wird, den Völkerbund zu überzeugen, denn dann wäre die bürgerliche Regierung zusammengebrochen und die Christlichsozialen hätten mit uns eine Regierung bilden müssen … leider war es nicht so." Er hatte ohne Punkt und Komma gesprochen.

„Ich habe über das Sanierungsprogramm in der Zeitung gelesen, ich finde es nicht so schlecht, wie du sagst und der Kommissar wird schon wieder gehen", wagte Maria zu sagen.

„Maria, du hast keinen blassen Schimmer! Wie solltest du auch in deinem Alter! Tatsache ist, dass durch das jetzige Sanierungs-programm die Ärmsten der Armen belastet werden, die Arbeitslosenzahlen steigen und steigen." Franz holte abermals Luft und trank einen Schluck von seinem Bier. „Die letzten Wahlen im Oktober zeigten", fuhr er nach einer Pause ruhiger fort, „dass die Menschen unsere Arbeit nach wie vor anerkennen. Sie haben nicht vergessen, was wir alles in die Wege geleitet haben. Angefangen vom 8-Stunden-Tag über die Luxussteuer, der Ankurbelung des Wohnungsbaues, wodurch die Arbeiterfamilien endlich in einem gewissen Komfort leben können und nicht in erbärmlichen Unterkünften, bis hin zur Sicherung des Mietzinses im Vorjahr. Dann kommt ein Seipel daher und verhindert mit den Großdeutschen eine weitere positive Entwicklung. Wenn jemand die Meinung vertritt, dass der Seipel für die Stabilität in unserem Land steht, dann ist er nicht ganz richtig im Kopf!" Mit einem grimmigen Gesichtsausdruck nahm er wieder die Zeitung zur Hand und tat so, als ob er lesen würde. In

Wirklichkeit war er zu wütend, um sich konzentrieren zu können.

Antonia wusste, dass es jetzt besser war zu schweigen. Sie warf Maria einen vielsagenden Blick zu und legte diskret den Finger auf den Mund. Im stillen Einverständnis lächelten sie einander zu. Eine ganze Weile war nur das Klappern des Geschirrs zu hören. Schließlich sagte Maria: „Ich komme morgen etwas später nach Hause. Frau Bauer hat mich nach dem Geschäft zum Essen eingeladen, da ich seit einem Jahr bei ihr bin."

„Das ist aber nett von ihr", bemerkt Antonia und nahm die Schürze ab.

„Ich frage mich schon die längste Zeit, ob dir die Arbeit im Buchladen mit dem Gesangsstudium daneben nicht zu viel ist", meldete sich Franz.

Maria warf ihm einen unfreundlichen Blick zu. „Sagst du das jetzt, weil du dich über Frau Bauer geärgert hast?"

„Nein. Das hat damit nichts zu tun."

Wer's glaubt dachte Maria und stieß patzig hervor: „Ich arbeite gerne bei Frau Bauer. Du weißt doch, dass Lesen nach dem Singen meine zweite Lieblingsbeschäftigung ist und wenn kein Kunde da ist, kann ich in den Büchern schmökern."

„Ich hoffe, du erweiterst dein Wissen nicht nur in Büchern, sondern deine Chefin lernt dir auch kaufmännisch etwas", gab Franz zur Antwort. „Hoffentlich weiß sie darüber mehr, als über die Politik."

Maria fühlt, wie die Wut in ihr hochschoss. „Du tust ihr unrecht, Papa", schnauzte sie Franz an. „Sie ist nicht nur eine gute Geschäftsfrau, sondern auch eine sehr belesene, warmherzige und gottesfürchtige Frau. Wahrscheinlich hast du das jetzt auch an ihr auszusetzen – du bist ja immer gegen die Kirche."

Franz überhörte ihren Ton. „Tut mir leid, Maria, ich kann an der Kirchenpolitik und ihren Vertretern nichts Gutes sehen. Das hat aber nichts mit dem Glauben an sich zu tun. Ich glaube sehr wohl an ein Wesen, welches über allem steht."

„Dann bin ich beruhigt und kann mir ersparen, jeden Tag für

dich zu beten, damit du nicht in der Hölle schmorst." Maria deutete ein Lächeln an, der Ausdruck ihrer Augen war jedoch kühl.

Das ist genau Ottos Blick, wenn er sich ärgert, dachte Franz – jetzt belustigt. „Die Hölle haben wir schon hier auf Erden – daher kannst du dir das Beten ersparen, Maria", erwiderte er im freundlichen Ton und wechselte das Thema. „Falls es etwas mit deinem Klavierbegleiter wird, trittst du vielleicht bald in der Öffentlichkeit auf – darauf freue ich mich jetzt schon."

Maria merkte, dass Franz sich offensichtlich bemühte, seine schroffe Art von vorhin wieder gutzumachen. „Da musst du dich noch gedulden", sagte sie lachend und diesmal lachten ihre Augen mit. „Aber Frau Lehmann hat mir versprochen, dass sie mit Richard Strauss[48] oder Franz Schalk[49] sprechen wird. Vielleicht besteht die Möglichkeit, dass ich im Opernthaeter[50] vorsingen darf."

„Im Opernthaeter?", rief Antonia aus. „Wirklich? Das würde dir ungeahnte Möglichkeiten eröffnen. Ich halte dir die Daumen. Wenn ich mir vorstelle, meine Tochter tritt im Opernthaeter auf!"

„Noch ist es nicht soweit, Mama", bremste Maria die Begeisterung ihrer Mutter und hängte mit einem gemurmelten „ich bin fertig" das Geschirrtuch auf. „Ihr habt doch nichts dagegen, wenn ich noch zu Lena gehe?"

„Bleib aber nicht zu lange, du musst morgen früh aufstehen!", antwortete Antonia und sah ihr mit einem Lächeln nach.

Minuten später fiel die Eingangstüre mit einem lauten Krach zu.

Franz stand auf. „Trinken wir noch ein Glas Wein, bevor wir schlafen gehen?"

„Gute Idee. Wir setzen uns ins Wohnzimmer, ich sticke meine Tischdecke fertig und du liest mir aus meinem Buch vor."

„Was liest du?"

„Nataly von Eschstruth, Frühlingsstürme."

„Das ist jetzt nicht dein Ernst! Ich lese dir sicher nicht aus einem Frauenroman vor – da geht es nur um Liebe, Herz und Schmerz."

„Dann lies mir halt aus deinem Buch vor."

„‚Die Brüder Karamasow' von Dostojewski werden dich nicht

interessieren", behauptete Franz und ging mit zwei Gläsern voran.

Antonia folgte ihm und setzte sich mit ihrem Nähzeug in einen der Fauteuils. „Dann plaudern wir eben nur", erwiderte sie, beugte sich über ihre Stickerei und murmelte: „Ich bin neugierig, was morgen der Notar von uns will, du auch?"

„Welcher Notar?"

Antonia ließ das Tischtuch sinken. „Wieso fragst du? Du wirst doch nicht den Termin wegen des Nachlasses von Frau Wotruba vergessen haben?"

„Doch!", antwortete Franz und griff sich an die Stirn. „Wann ist er?"

„Um halb neun."

„Gott sei Dank! Das geht – ich muss erst um zehn im Gericht sein."

„Vielleicht erben wir ja etwas", nuschelte Antonia, während sie das Garn durch die Zähne zog, um besser in das Nadelöhr zu treffen.

„Das kann ich mir nicht vorstellen."

„Wer weiß. Sie hat zwar einen Großcousin – das war der große dicke Mann beim Begräbnis – aber Frau Wotruba mochte ihn nicht. Er hat sich auch nie um sie gekümmert." Sie stickte mehrere Minuten schweigsam vor sich hin, bevor sie mit bekümmerter Stimme sagte: „Sie geht mir ab, ich hatte sie sehr gerne – im Krieg war sie mir eine große Stütze."

„Ich mochte sie auch. Sie war nicht nur eine liebenswerte Person, sondern auch sehr scharfsinnig – trotz ihres Alters."

Antonia unterbrach abermals ihre Stickarbeit. „Franz", begann sie zögernd, „kann ich nicht übermorgen mit dir nach Venedig reisen? Mir fällt hier schon regelrecht die Decke auf den Kopf."

Franz' Herz machte einen entsetzten Sprung. „Wie kommst du denn auf diese Idee?", fragte er, um Zeit zu gewinnen.

„Weil ich noch nie dort war – es soll wunderschön sein."

„Aber doch nicht jetzt im Jänner, Schatzi. Da ist alles grau in grau und wenn du Pech hast holst du dir nur nasse Füße. Im

Frühjahr vielleicht." Franz sah ihre Miene und fügte tröstend hinzu: „Ich beeile mich, du wirst sehen, die paar Tage vergehen schnell und schon bin ich wieder da." Er stand auf und küsste sie zärtlich. Antonia legte die Tischdecke weg und erwiderte seinen Kuss – sein Ablenkungsmanöver war gelungen.

Soeben hatten sie sich routiniert, aber doch leidenschaftlich geliebt. Antonia hörte an Franz' regelmäßigem Atem, dass er eingeschlafen war. Sie lag mit offenen Augen im Dunklen. Vielleicht bin ich heute schwanger geworden. Franz würde es sich so sehr wünschen … obwohl, er hat schon lange nicht mehr davon gesprochen. Hätte ich damals das Kind nicht abtreiben lassen … Aber wir sind auch ohne gemeinsames Kind glücklich … wir lieben uns, Maria ist auf einem guten Weg, wir haben genug Geld – was will man mehr. Wenn nur nicht die vielen Reisen nach Venedig wären … die gehen mir wirklich auf die Nerven … und ich versteh nicht, dass er immer so lange weg sein muss … seine Kanzlei leidet auch darunter, aber wenn ich ihm das sage, geht er gleich in die Luft … er ist überhaupt viel ungeduldiger und aufbrausender als früher … der Doppelberuf überfordert ihn eben … Ich frage mich, warum er jedes Mal, wenn er aus Venedig zurückkommt, verändert ist … Er wird doch dort keine Freundin haben? Das könnte auch die Erklärung dafür sein, dass er mit mir nicht mehr so oft wie früher schläft. Blödsinn, sagte sie sich gleich darauf. Ich könnte mir keinen liebevolleren und aufmerksameren Ehemann vorstellen – er wird eben älter. Sein Haar ist in letzter Zeit ziemlich grau geworden und um die Augen hat er Falten, die früher nicht da waren … ganz eindeutig, er arbeitet zu viel. Für die blöde Partei macht er auch viel zu viel … wenn er aus Venedig zurück ist, muss ich ernsthaft mit ihm reden.

Eintönig rumpelte die Bahn durch die graue Landschaft Richtung Venedig. Es war einer der Tage, der die Aussicht auf den Frühling hoffnungslos erscheinen ließ. Franz und Julio taten das, was sie immer taten, wenn sie zusammen nach Venedig fuhren: Sie sprachen über das Weingeschäft, lasen, dösten oder betrachteten einfach nur still die vorüberziehenden Wälder, Ortschaften, Wiesen und Felder.

„In ungefähr einer Viertelstunde sind wir da", sagte Franz nach einem Blick aus dem Fenster und meinte damit den Bahnhof Venezia Mestre[51]. Eines muss ich dir noch erzählen, bevor wir ankommen. Stell dir vor, wir haben eine Erbschaft gemacht, und zwar von Frau Wotruba. Du erinnerst dich doch an sie? Sie war Antonias Trauzeugin."

„Weiß schon", murmelte Julio. „Die alte, aber noch sehr agile Dame."

„Genau. Sie ist vor zehn Tagen ganz unerwartet im 85 Lebensjahr gestorben und hat uns zu unserer großen Überraschung in ihrem Testament bedacht."

Julio richtete sich kerzengerade auf. „Das erzählst du mir erst jetzt? Da quatschen wir stundenlang und erst kurz vor Mestre rückst du mit so einer Neuigkeit heraus."

„Du hast recht. Scheinbar vertrottle ich schon … aber jetzt sage ich es dir ja."

„Dann, heraus damit! Was habt ihr geerbt?"

„Du wirst staunen! Ich dachte, mich tritt ein Pferd bei der Testamentseröffnung. Wir hatten keine Ahnung, wie vermögend die alte Dame war. Ein Großcousin bekam mehrere Sparbücher, Antonia und mir hat sie die gemietete Wohnung für meine Kanzlei vermacht und Maria ihre Wohnung im zweiten Stock."

„Ist nicht wahr!"

„Doch! Wir waren vor Freude ganz aus dem Häuschen. Noch dazu, wo sie ihre Wohnung erst vor einem Jahr umbauen und renovieren ließ. Küche, Badezimmer, fließend Warm- und Kaltwasser, alles vorhanden – sehr komfortabel. Maria ist natürlich selig, weil sie jetzt nicht mehr bei uns im Kabinett schlafen muss." Franz pausierte. Dann fügte er hinzu: „Ich freue mich zwar für sie, aber ich mache mir auch Sorgen, wenn sie so alleine da oben haust."

Julio lächelte. „Was dich stört, ist, dass du jetzt keine Kontrolle mehr über sie hast. Sei ehrlich!"

„Blödsinn. Maria ist jung und ausgesprochen hübsch … ein erfahrener Mann hat es da nicht schwer."

„Darüber würde ich mir an deiner Stelle keine Sorgen machen. So wie ich Maria kenne, fällt sie nicht so schnell auf einen Mann herein. Ich freue mich für euch!"

„Das ist nett von dir. Wenn du uns jetzt besuchst, musst du nicht mehr in meinem Büro auf der schmalen Couch schlafen, sondern kannst in Marias ehemaligem Zimmer nächtigen, da ist es bequemer."

„Dieses Angebot nehme ich gerne an", erwiderte Julio und sagte gleich darauf „wir sind da."

„Gott sei Dank, mein Hintern tut mir schon vom Sitzen weh", bemerkt Franz und nahm seine Reisetasche von der Gepäckablage herunter.

Eine Stunde später standen sie müde, hungrig und durchnässt vor Cristinas Haus.

„Cristina kommt mit dem Kleinen erst in zwei Stunden, wir können uns also in Ruhe eine Kleinigkeit zu Essen gönnen und ein Nickerchen machen", bemerkte Franz, während er aufsperrte. „Sie wird überrascht sein, dass wir heute schon da sind, denn ursprünglich wollten wir ja erst nächste Woche kommen."

Julio trat von einem Fuß auf den anderen. „Mach schon, meine Füße sind pitschnass."

„Mir geht es nicht anders. Hoffentlich steigt das Wasser nicht zu arg." Franz schlüpfte an der Eingangstür aus den nassen Schuhen und stellte sein Reisegepäck ab.

„Morgen ist Vollmond, da steigt die Flut am höchsten", bemerkte Julio. „Wenn wir Glück haben, in der Nacht."

„Hoffentlich. Auf jeden Fall stelle ich gleich für morgen meine Gummistiefel parat." Nach einem Blick in das rundherum herrschende Chaos: „Wenn ich sie finde."

Julio folgte seinem Blick. „Es stimmt schon, Cristina hat die

Ordnung nicht erfunden. Aber wir dürfen nicht vergessen, dass sie allein ist. Für ein Kind zu sorgen und daneben zu arbeiten – das ist nicht leicht."

„Ich habe ihr schon x-mal angeboten, dass sie zuhause bleiben soll. Wir verdienen genug mit unserem Weinhandel. Aber sie kann so stur sein …"

„Ich verstehe, dass sie unabhängig bleiben will, sie ist es auch nicht anders gewohnt. Weißt du was, Franz, wir machen ihr eine Freude und räumen auf. Ein wenig Bewegung nach der langen Bahnfahrt tut uns nur gut – in einer Stunde sind wir fertig."

„Gute Idee." Franz bückte sich und warf die Spielsachen Fredos vom Boden in eine Kiste. „Weißt du, dass ich heuer schon das fünfte Jahr einmal im Monat von Wien nach Venedig und zurück gondle? Mühsam ist das … und die zwei Frauen sind auch nicht immer leicht zu verkraften. Ich glaube, ich werde langsam alt."

„Jammer nicht! Erstens gondle ich auch, wie du dich ausdrückst, und zweitens bist du erst fünfundvierzig. Andere Männer haben in deinem Alter eine keifende Ehefrau mit fünf Kindern zu Hause, die sie versorgen müssen. Du kannst dich wirklich nicht beklagen Franz. Jede deiner Frauen erwartet dich sehnlichst und du kommst gar nicht zum Streiten, weil du dann schon wieder weg bist." Geschickt begann Julio trotz seiner Behinderung den Boden zu kehren.

„So einfach, wie du dir das vorstellst, ist es nicht. Jedes Mal muss ich mich umstellen und höllisch aufpassen, dass jede das bekommt, was sie von mir erwartet. Sie sind doch sehr verschieden in ihren Wünschen. Cristina liegt mir andauernd in den Ohren, dass sie unbedingt ein zweites Kind will. Es klappt aber Gott sei Dank nicht. Scheinbar ist die Natur klüger als sie – schließlich ist sie schon 42. Hoffentlich ist heute nicht gerade *der* Tag, denn dann muss ich arbeiten, statt lieben. Ich hasse das."

„Du tust mir echt leid, lieber Freund", spöttelte Julio und verdrückte sich in die Küche, um das schmutzige Geschirr zu reinigen.

Nach zwei Stunden intensiven Putzens war das Haus spiegelblank. Erschöpft, aber äußerst zufrieden mit sich selbst ließen sich die beiden Männer in der Küche bei einem Bier nieder.

„Ah, das tut gut", stöhnte Franz nach dem ersten Zug und wischte sich den Schaum vom Mund. „Jetzt müsste sie bald kommen." Kaum hatte er ausgesprochen, hörten sie die Eingangstüre.

Sekunden später umarmte ihn eine strahlende Cristina, die das Wunder der Sauberkeit nicht fassen konnte. Ausgiebig küsste sie ihn ab, während der kleine Bub an ihrer Seite, der Franz wie aus dem Gesicht geschnitten war, ungeduldig an ihrem Rockzipfel riss: „Geh weg, Mama, ich will auch zu Papa!"

„Ich geh ja schon, Fredo", sagte Cristina und drückte Julio einen Kuss auf die Wange.

Franz herzte den Kleinen. „Du bist schon wieder ein Stückchen größer geworden, Fredo. Du wirst mir bald über den Kopf wachsen", sagte er, warf ihn in die Luft und fing in wieder auf. Fredo reagierte mit einem lauten vergnügten Quietschen. Schließlich stellte ihn Franz wieder behutsam auf die Füße. „Ich habe dir etwas mitgebracht. Aber ich gebe es dir nur, wenn du brav warst. Warst du das?"

„Fredo ist immer brav", antwortete Cristina statt ihm.

„Wenn das so ist …" Franz nahm die Reisetasche zur Hand, zog ein Paket heraus und drückte es Fredo in die Hand.

Fredo fetzte das Papier herunter, zum Vorschein kam ein Miniaturriesenrad aus Holz.

Mit leuchtenden Augen nahm der Kleine sein Geschenk und fing damit zu spielen an.

„Wie sagt man, wenn man etwas bekommt, Fredo?", ermahnte ihn seine Mutter.

Ohne, dass er sein Spielzeug aus der Hand legte, verbeugte sich Fredo vor seinem Vater und sagte: „Danke, Papa!"

„Gerne geschehen, mein Sohn", erwiderte Franz ebenso höflich und verbiss sich ein Lachen.

Es wurde später Abend, bis Fredo endlich mit seinem Riesenrad neben sich einschlief. Aufseufzend ließ sich Franz auf seine Seite des Bettes fallen und wartete auf Cristina, die wie üblich im Badezimmer herumtrödelte. Cristinas Frage „Du schläfst doch nicht schon?" riss ihn aus seinem ersten Schlummer. Seine Antwort war ein undefinierbares Brummen.

„Ich freue mich, dass du früher gekommen bist, als geplant", sagte Cristina, während sie sich neben ihn legte. „Hattest du Ärger in Wien?"

Franz öffnete die Augen. „Nein, alles in Ordnung", antwortete er abweisend. Wien war hier kein Thema.

„Ich bin auf deine Frau in Wien nicht eifersüchtig, falls du das glaubst", fuhr Cristina fort. „Sie war als erste da, das muss ich akzeptieren. Der Kleine entschädigt mich dafür und die Tatsache, wie du dich um uns kümmerst – nicht viele Männer hätten so gehandelt."

„Fredo ist mir genauso wichtig wie dir. Die Trennung von ihm fällt mir jedes Mal schwer."

„Ich hoffe, von mir auch", erwiderte Cristina und drehte sich so schwungvoll zu Franz, dass das Bett quietschte.

„Das brauche ich wohl nicht extra zu erwähnen", murmelte Franz und unterdrückte ein Gähnen.

„Schatz, ich muss dir etwas sagen. Ich habe nicht mehr damit gerechnet, aber es ist passiert!"

„Was ist passiert?"

„Nach fast fünf Jahren ist mein Wunsch in Erfüllung gegangen. Wir bekommen wieder ein Baby! Fredo wird ein Geschwisterchen bekommen!"

Franz' Schläfrigkeit war wie weggeblasen. Du meine Güte!, dachte er, noch mehr Probleme.

„Wieso sagst du nichts?"

Er warf ihr einen Blick zu, als wollte er sagen, warum tust du mir das an?

Cristina unterdrückte ein Schluchzen.

„Bist du sicher?"

„Ja. Ich habe zweimal hintereinander keine Periode gehabt und außerdem tut mir die Brust weh – so wie bei Fredo. Freust du dich denn gar nicht?"

Franz schwieg und suchte krampfhaft nach Worten – es fiel ihm nichts ein. Schließlich sagte er stockend: „Ich kann mich nicht freuen, Cristina. Du bist zweiundvierzig Jahre ... es ist gefährlich für eine Frau in deinem Alter, noch ein Kind zu bekommen. Ich mache mir Sorgen ... Fredo ist noch so klein ... verstehst du?"

„Das versteh ich, aber deine Sorgen sind unnötig. Der Arzt hat mich untersucht und gesagt, dass nichts gegen die Schwangerschaft spricht. Ich soll nur auf mich achten, mich öfter untersuchen lassen und möglichst gesund leben." Cristina schwieg, Franz ebenso. „Alfredo, freu dich doch mit mir. Bitte!"

Franz hörte und sah, was sie von ihm erwartete. „Wenn der Arzt das meint, dann freue ich mich natürlich", sagte er schließlich und schaffte es seiner Stimme einen Hauch von Freude zu verpassen. „Fredo wird auf jeden Fall über diese Nachricht ganz aus dem Häuschen sein."

Ein zaghaftes Lächeln huschte über Cristinas Gesicht.

„Und du gehst ab sofort nicht mehr arbeiten", fuhr Franz fort. Cristina machte den Mund auf, er stoppte sie mit einer Handbewegung. „Nein, keine Widerrede. Julio und ich verdienen genug!"

„Ist schon gut! Du brauchst nicht gleich ärgerlich zu werden. Mit zwei Kindern schaffe ich es sowieso nicht." Cristina kuschelte sich an ihn und begann ein zärtliches Spiel.

„Wir sollten es in deinem Zustand jetzt lieber lassen", bemerkte Franz und schob ihre Hand weg. „Außerdem bin ich müde von der Reise."

„Na gut, aber morgen kommst du mir nicht davon ... Wenn du glaubst, dass ich nun bis zur Geburt enthaltsam bin, dann täuschst du dich, und zwar gewaltig!"

Franz Antwort war ein harmloser Kuss und ein gemurmeltes „Schlaf gut!"

22. KAPITEL

Das Glöckchen über der Tür bimmelte und gab Maria damit das Zeichen, dass ein Kunde den Laden betreten hatte. Sie sah auf und legte das Buch, in dem sie soeben gelesen hatte, mit innerem Widerwillen zur Seite. Ihr Missmut verwandelte sich blitzartig in Freude, als sie den jungen Mann erkannte, der regelmäßig seine Bücher bei ihr kaufte.

„Womit kann ich heute dienen?", fragte sie und unterdrückte ein Lächeln, da er seinen Schirm in der Hand hielt und offenbar nicht wusste, wohin mit ihm. „Der Schirmständer steht direkt neben Ihnen."

„Ach ja", murmelte er, stellte ihn hinein und fügte hinzu: „Heute ist ein furchtbares Wetter!"

Maria nickte und war wieder einmal überrascht über das tiefe Timbre seiner Stimme, das nicht so recht zu seinem jugendlichen Äußeren passen wollte.

Sie ist so hübsch, dachte Alexander, ich könnte sie stundenlang ansehen. „Darf ich mich ein wenig in der Antiquariats-Ecke umsehen?", fragte er. Zu seinem Ärger fühlte er, dass er rot wurde.

„Gerne, lassen Sie sich nur Zeit", antwortete Maria freundlich und sah ihm unauffällig nach. Der große, schlanke junge Mann mit dem blonden Haar und den dunkelbraunen sanften Augen gefiel ihr.

Alexander nahm ein Buch aus dem Regal und tat so, als würde er sich darin vertiefen. Aus den Augenwinkeln bemerkte er, dass sein heimlicher Schwarm ihn musterte.

Marias Augen blieben wie schon so oft auf seinen gepflegten Händen haften, deren Finger schmalgliedrig und lang waren. Manchmal vor dem Einschlafen malte sie sich aus, wie es wäre, wenn diese Hände sie berühren würden. Ihre Blicke trafen sich. Wie peinlich, jetzt hat er mich ertappt, dachte sie, senkte den Blick und tat so, als würde sie das Geld in der Kasse ordnen.

Ohne dass sie ihn kommen gesehen hatte, stand er plötzlich vor ihr und hielt ihr ein Buch unter die Nase. „Kann ich diesen Gedichtband von Goethe ausborgen?"

„Selbstverständlich, ich packe das Buch gleich ein", stammelte Maria irritiert über die offene Bewunderung, die in seinem Blick lag.

Ich frag sie jetzt einfach, dachte Alexander, mehr als nein kann sie nicht sagen. „Ich habe für morgen zwei Karten für die Volksoper[52]. ‚Maskenball' von Verdi[53] wird aufgeführt, Bonci[54] singt. Mein Vater, mit dem ich die Aufführung besuchen wollte, hat keine Zeit. Würden Sie mich vielleicht begleiten?" Du musst noch etwas sagen über deine Freude, wenn sie mitkommt oder so, schoss es Alexander durch den Kopf. Hastig fügte er hinzu: „Sie würden mir damit eine große Freude bereiten."

Maria vergaß ihre Verlegenheit. „Alessandro Bonci singt in Wien? So eine Überraschung! Überall stand, dass er seine Karriere beendet hat. Das hat mir sehr leidgetan, denn er ist ein begnadeter Sänger und gilt als der größte Rivale von Enrico Caruso. Im Gegensatz zu ihm hat Bonci aber eine helltimbrierte, schlanke Stimme – er ist ein idealer Tenore di Grazia."

Alexander beglückwünschte sich Bonci erwähnt zu haben. „Sind Sie vom Fach, dass Sie sich so gut auskennen? Ich verstehe gar nichts davon. Was ist ein Tenore di Grazia?" Während er die Frage stellte, hatte er die Stimme seines Vaters im Ohr: Lass sie reden, interessiere dich für sie, das mögen die Frauen.

„Ein Tenore di grazia ist ein Begriff für einen Tenortypus, der zwischen dem Tenorbuffo[55] und dem schweren lyrischen Tenor liegt. Er zeichnet sich durch seine elegante Linienführung, Beweglichkeit und Flexibilität der Stimmführung aus und hat eine warme, sehr helle Stimmfärbung – die Klangfarbe ist einmalig ... Ich weiß das so genau, weil ich Gesang studiere – Sopran."

„Sie studieren Gesang? Wirklich?"

Maria lachte, da ihm förmlich der Mund offenstehen blieb. „Ja, wirklich. Ich arbeite nur nebenbei hier im Buchladen. Ich würde gerne eine Aufführung mit Bonci hören ... es geht aber nicht."

„Und warum nicht, wenn ich fragen darf?"

Die Enttäuschung war dem jungen Mann so deutlich anzusehen, dass Maria ihre Absage nicht nur wegen des begnadeten Sängers leidtat. „Wir kennen uns doch überhaupt nicht", stotterte sie – es wäre nicht schicklich."

Was bin ich für ein Trottel, schimpfte sich Alexander und sagte: „Entschuldigen Sie, ich habe mich noch nicht vorgestellt, was für eine Nachlässigkeit!" Schon wollte er mit einer knappen Verbeugung seinen Namen sagen und stockte jäh, da ihm der Ratschlag seines Vaters einfiel. „Schiller", stieß er hervor. „Mein Name ist Alexander Schiller, ich maturiere im Juni am Schottengymnasium. Und was das Kennen anbelangt", setzte er mit einem Lächeln hinzu, „ich komme regelmäßig zweimal in der Woche hierher – wir kennen uns also."

Ich hätte nicht gedacht, dass er gleich alt wie ich ist, ich hätte ihn auf mindestens 22 geschätzt, dachte Maria und erwiderte sein Lächeln. „Ich heiße Maria Razak und studiere, wie Sie bereits wissen, Gesang."

„Sie müssen mir unbedingt mehr darüber erzählen. Wäre es Ihnen recht, wenn ich Sie morgen nach sechs Uhr hier abhole? Bitte enttäuschen Sie mich nicht."

„Wenn Sie mich so schön bitten, wie soll ich da nein sagen können?" Maria tauchte in seinen Blick und las darin eine Sehnsucht, die sie nicht zuordnen konnte. Sie senkte jäh die Lider, griff nach dem Bleistift und vermerkte das Buch, dass er in der Hand hielt auf der dafür vorgesehenen Liste.

„Ich freue mich, ich freue mich sehr!", stammelte Alexander, während er ihr zusah.

„Hier ist ihre Quittung", sagte Maria beinahe schroff und drückte ihm einen Zettel in die Hand. „Soll ich das Buch einpacken?"

„Nein, danke. Es passt in meine Manteltasche. Wir sehen uns also morgen um 6 Uhr hier", vergewisserte sich Alexander, während er das Büchlein verstaute.

Maria schüttelte den Kopf. „Ich komme direkt zur Volksoper. Um Mitternacht muss ich aber zuhause sein!"

Alexander war bereits eine halbe Stunde vor dem vereinbarten Treffen vor Ort; er konnte es kaum erwarten, sie zu sehen. Heimlich nannte er sie Schneewittchen, da sie ihn mit ihren schwarzen Haaren, ihrer weißen Haut, den vollen roten Lippen und den großen blauen Augen an die Märchenfigur erinnerte. Dass ihre Nase etwas zu groß geraten war, störte ihn nicht, im Gegenteil. Seiner Meinung nach verlieh sie ihrem Gesicht eine aparte und interessante Note. Endlich kam sie um die Ecke, schnell ging er ihr entgegen. Ihr fester Händedruck machte sie ihm noch sympathischer. Glücklich erkannte er, dass sie sich offensichtlich freute, ihn zu sehen. Ihre blauen Augen, deren Ausdruck ihm irgendwie vertraut vorkam, strahlten ihn mit der Reinheit eines geschliffenen Diamanten an.

„Wir haben noch etwas Zeit", sagte Alexander. „Wollen wir gleich hineingehen, oder wollen Sie vorher am Büfett noch etwas trinken?"

„Ich habe keinen Durst, gehen wir gleich hinein", antwortete Maria und zwang sich, ihn nicht dauernd anzulächeln. Den ganzen Tag über war sie unruhig gewesen, fühlte sich wie ein Tiger im Käfig und meinte, die Zeiger der Uhr hätten sich verlangsamt. Selbst die Gesangsübungen machten ihr keinen Spaß, da sie nur an ihn denken konnte. Zuhause hatte sie eine gute Stunde vor dem Spiegel verbracht und eine weitere vor dem Kleiderkasten. Kein Kleid erschien ihr passend, ihre schwarzen widerspenstigen Locken brachten sie zur Weißglut.

In der Garderobe nahm ihr Alexander den schwarzen Tuchmantel samt dem kleinen Topfhut ab und konnte es nicht verhindern, dass er sie anstarrte. Sie sah in dem ärmellosen, dunkelblauen Seidenkleid, dessen einziger Schmuck ein Chiffonschal in gleicher Farbe war, umwerfend aus.

Sein Blick ließ Marias Herz klopfen. Sie wandte sich dem großen Wandspiegel zu und gab vor ihre Haare zu richten – in Wirklichkeit beobachtete sie ihn. Er stand in der Schlange der Wartenden und stellte alle anwesenden Männer in den Schatten. Er sieht im Frack unglaublich gut aus, dachte sie. Großen Männern steht er ... sie wirken elegant und männlich, und er trägt ihn so selbstverständlich, als wäre er darin geboren.

„Ein Programm, der Herr?", fragte der Saaldiener, als sie den Saal betraten.

„Bitte", murmelte Alexander und drückte ihm ein kräftiges Trinkgeld in die Hand.

„Ergebensten Dank, mein Herr. Darf ich Sie zu ihren Plätzen geleiten?"

Alexander fasste Maria zart unter dem Ellenbogen. Die Wärme ihrer nackten Haut verursachte in ihm ein Prickeln.

„Die Sitze sind etwas eng", bemerkte Maria schmunzelnd, als sie sah, dass Alexander seine langen Beine nur schwer unterbrachte.

„Das macht nichts", erwiderte Alexander und meinte es so, wie er es sagte. Sie war ihm so nah, dass er ihr Parfum riechen konnte.

„Der eiserne Vorhang ist wunderschön, finden Sie nicht?", flüsterte Maria und beugte sich noch ein Stück näher zu ihm.

Alexander konnte der Versuchung nicht wiederstehen und glotzte in ihr Dekolletee. Eine noch nie dagewesene Erregung erfasste ihn, stieg in sein Gehirn und ließ seinen Verstand schmelzen. Jetzt reiß dich zusammen, du Idiot! Wenn du ihr ständig auf den Busen starrst, verpatzt du dir womöglich alles. „Das ist er", antwortete er und meinte damit nicht den Vorhang.

„Wissen Sie auch, was er bedeutet?"

Der Vorhang ist mir so etwas von gleichgültig ... er zwang sich zu einer Antwort: „Ich weiß nur, dass er Franz Joseph zum fünfzigsten Regierungsjubiläum gewidmet wurde."

„So ist es – man sieht es an den beiden Jahreszahlen links und rechts. In der Mitte des Vorhanges sieht man vorne Vindobona[56] und der Mann in der rechten Bildhälfte – dem man die Augenbinde abnimmt – soll die Bürger Wiens symbolisieren, die nun auch die schönen Göttinnen der Kunst sehen können."

Es wurde dämmrig im Saal, der eiserne Vorhang[57] ging langsam hinauf.

„Wieso wissen Sie das alles?", fragte Alexander nahe an ihrem

Ohr. Sein Wunsch, sie jetzt und hier in die Arme zu nehmen und zu küssen, steigerte sich zur Qual. Die Frackschleife engte ihn plötzlich derartig ein, dass er meinte zu ersticken.

„Von meiner Gesangslehrerin. Ich muss es doch wissen, wenn ich hier einmal auftreten will."

Der Dirigent hob seinen Taktstock, die Ouvertüre begann.

Gebannt starrte Maria auf die Bühne. Alexander im Schutz der Dunkelheit auf sie.

Zweieinhalb Stunden später war die Oper zu Ende, tief beeindruckt ging Maria an Alexanders Seite zum Ausgang. „Hat sich also doch die Prophezeiung der Wahrsagerin Ulrica erfüllt", sagte sie. „Der König musste sterben, obwohl er eigentlich nichts Unrechtes getan hat. Die arme Amelia … es muss schlimm sein, wenn man verheiratet ist und erkennt, dass man einen anderen liebt."

„Das muss allerdings schlimm sein", pflichtete ihr Alexander bei.

Überrascht sah ihn Maria an.

„Warum schauen Sie mich so ungläubig an?"

„Weil ich noch nie einen Mann außer meinem Vater erlebt habe, der gefühlvoll reagiert und sich auch nicht scheut, das zu zeigen."

„Warum verbergen, was ist? Schließlich haben auch wir Männer Emotionen. Ich verabscheue diese Klischees: Ein Mann muss stark sein, darf keine Empfindungen zeigen, darf öffentlich keinen Kinderwagen schieben und dergleichen. Mit einem Wort, ein Mann ist nur ein Mann, wenn er beherrscht, diszipliniert und gefühllos ist – so ein Unsinn!"

„Da sind wir einer Meinung. Für mich handelt ein Mann männlich, wenn er Verantwortung zeigt, sich gegenüber einer Frau rücksichtsvoll verhält und sie als gleichberechtigte Partnerin ansieht."

„Es wäre nett, wenn wir unsere Diskussion bei einem Getränk fortsetzen würden. Darf ich Sie dazu einladen? Außerdem haben Sie mir noch nichts von Ihrem Gesangsstudium erzählt."

„Ich weiß nicht, ob …"

„… die Zeit reicht, meinen Sie? Sicher. Ich kenne ein nettes

Lokal, gleich um die Ecke."

Maria zögerte und warf einen Blick auf ihre Armbanduhr. Dann sagte sie: „Wie gesagt, um zwölf Uhr muss ich zuhause sein – ich will keinen Streit mit meinen Eltern."

„Ich verspreche, dass Sie pünktlich zuhause sein werden!", versicherte Alexander und hielt die zwei Schwurfinger in die Höhe. Wenig später stoppte er, deutete auf eine hell erleuchtetes Schild „Café-Restaurant Weimar" und sagte: „Da sind wir auch schon."

Kaum hatten sie das klassische Wiener Kaffeehaus betreten, eilte ein Ober auf sie zu, geleitete sie zu einer freien Sitzecke, legte zwei Speisekarten auf den Tisch und war im Begriff zu gehen. „Moment", sagte Alexander und wandte sich an Maria: „Wollen Sie ein Glas Wein oder etwas anderes?"

„Ich trinke so gut wie keinen Alkohol", antwortete Maria. „Ich hätte gerne ein Viertel Obi g'spritzt auf einen Halben[58]."

„Das nehme ich auch", wandte sich Alexander an den Ober, der schweigend die Bestellung aufnahm.

„Möchten Sie auch etwas essen?", fragte Alexander und hielt Maria die Speisekarte hin.

Maria ignorierte sie. „Um diese Zeit esse ich höchsten eine Kleinigkeit – etwas Süßes vielleicht."

Alexander warf einen Blick in die Speisekarte. „Ich nehme Palatschinken mit Marillenmarmelade, die esse ich für mein Leben gerne."

„So ein Zufall", lachte Maria auf. „Ich könnte mich in Palatschinken eingraben – für mich bitte auch."

Nach wenigen Minuten standen die Getränke vor Ihnen, wenig später die Palatschinken. Mit Appetit fingen sie zu essen an.

„Wie kamen Sie auf die Idee Gesang zu studieren?", fragte Alexander zwischen zwei Bissen.

„Als ich schulpflichtig wurde, kam ich ins Internat zu den Klosterschwestern – schon damals machte mir das Singen die meiste Freude. Später wusste ich, dass Singen meine Berufung ist. Ich wollte nach der Schule eine vollumfassende Gesangsausbildung machen, aber mein Vater meinte, ich solle vorerst das Hauptgewicht nicht auf den Gesang legen, sondern die Handelsschule absolvieren – zur Sicherheit. Das habe ich getan und jetzt arbeite ich, wie Sie wissen, im Buchladen und studiere nebenbei."

Marias offene, herzliche Art machte sie Alexander noch sympathischer. „War das Internatsleben im Kloster nicht furchtbar einsam für Sie?"

„Nein, gar nicht. Die Woche verging schnell und die Sonntage habe ich bei meiner Mutter verbracht. Es wäre auch nicht anders möglich gewesen, da meine Mutter arbeiten musste und mein Vater im Krieg war.

„Was ist Ihr Vater von Beruf, wenn ich fragen darf?", fragte Alexander, begierig, mehr über sie zu erfahren.

„Eigentlich ist er mein Stiefvater. Meinen echten Vater habe ich nie gekannt, er starb nach meiner Geburt. Was Ihre Frage betrifft, er ist Rechtsanwalt und betreibt nebenbei mit seinem Freund einen Weinhandel in Venedig – sie exportieren in alle europäischen Länder. Mein Vater macht die Verträge und verhandelt mit den Kunden … er ist ein Vater wie aus dem Bilderbuch – ich habe ihn sehr lieb! Jetzt sind Sie dran."

„Womit?", fragte Alexander mit einem verständnislosen Blick.

„Ich habe Ihnen von mir viel erzählt, jetzt möchte ich auch etwas über Sie erfahren."

Die Warnung seines Vaters im Kopf hatte sich Alexander bereits zurechtgelegt, was er über sich sagen würde. „Ich habe ein bei weitem nicht so interessantes Leben wie Sie", fing er zögernd an. „Ich wohne im Internat im Schottengymnasium, meine Eltern in Niederösterreich, in Ziernhof. Mein Vater ist dort Verwalter des Schlosses, meine Mutter leidet leider an einer Herzkrankheit – sie kann kaum außer Haus gehen."

„Wie furchtbar! Das tut mir leid … Was werden Sie nach der Matura machen?"

„Ich will Architektur studieren. Alles was damit zusammenhängt hat mich immer schon interessiert. Planen und zeichnen,

Neues kreieren, gerade Linien, ohne Verzierungen, Materialien wie Glas und Stahl verwenden – das ist mein Ziel."

Die Zeit, sich gegenseitig auszutauschen, war viel zu kurz. Als sie aufbrachen und Alexander darauf bestand, Maria auf ihrem Nachhauseweg zu begleiten, leistete sie keinen Widerstand. Vor Marias Haustür nahm Alexander ihre dargebotene Hand und sagte: „Ich danke Ihnen für diesen wunderschönen Abend. Darf ich Sie wiedersehen?"

„Sie sehen mich doch im Buchladen wieder", kicherte Maria, um ihre Verlegenheit zu überspielen.

„Sie wissen, das meine ich nicht. Hätten Sie vielleicht nächste Woche Lust, mit mir ins Kino oder ins Konzert zu gehen?"

„Gerne", flüsterte Maria und entzog ihm mit innerem Bedauern ihre Hand.

„Ja, dann ... bis bald."

„Bis bald", flüsterte Maria.

Leise vor sich hin summend lief sie die Stufen zu ihrer Wohnung hinauf. Im Vorzimmer blieb sie im Dunklen stehen. Ihr Herz klopfte. Sie schloss die Augen und sah Alexander vor sich, sah seine bewundernden Blicke, hörte sein Lachen und das tiefe Timbre seine Stimme. Ich glaub, er mag mich, dachte sie glücklich. Morgen ... morgen sehe ich ihn vielleicht wieder.

23. KAPITEL

Theresa küsste Antonia auf beide Wangen. „Ich wollte dich eigentlich schon viel früher besuchen", sagte sie.

„Jetzt bist du ja da", erwiderte Antonia und hängte Theresas Mantel auf. „Mach es dir im Wohnzimmer bequem, du kennst ja den Weg. Ich komme gleich, ich hole nur Kaffee und Kuchen aus der Küche."

Theresa überhörte Antonias Worte und folgte ihr in die Küche. „Da riecht es aber gut!", rief sie aus.

„Der Kuchen ist auch noch warm, ich habe ihn extra für dich gemacht. Möchtest du Schlagobers[59] zum Kaffee?"

„Gott bewahre! Ich muss auf meine Figur achten. Je älter ich werde, desto schwieriger wird es – Milch genügt. Warm hast du es hier!"

„Findest du? Ich vertrage die Strickjacke gut. Wahrscheinlich kommt dir das nur so vor, weil du von draußen kommst."

„Möglich. Es ist heute richtig frostig und der Himmel schaut nach Schnee aus."

„Der Wetterbericht hat auch Schnee angesagt. Ich freue mich, wenn es schneit, die kalte graue Nebelsuppe ist nichts für mich – sie drückt mir auf das Gemüt. Nimmst du den Kuchen?" fragte Antonia, während sie die volle Kaffeekanne zu den Kaffeetassen auf das Tablett stellte.

Theresa nahm den duftenden Kuchen entgegen, folgte ihr ins Wohnzimmer und stellte ihn auf dem Couchtisch ab.

„Ich dachte, hier ist es zu zweit gemütlicher als im Speisezimmer", bemerkte Antonia und schnitt den Kuchen an.

„Mm, der schmeckt aber gut", murmelte Theresa nach dem ersten Biss und spülte mit einem Schluck Kaffee nach.

„Wie geht es dir mit deiner Fürstin?", fragte Antonia. „Du schaust blass aus."

„Das hat nichts mit der Fürstin zu tun, ich habe heute nur schlecht geschlafen – der Wetterumschwung wahrscheinlich. Zu deiner Frage, was die Fürstin betrifft – es nicht einfach mit ihr. Ich lebe den ganzen Tag in der Vergangenheit. Du weißt, wie sie war, trotzdem tut sie mir leid. Diesen Zustand würde ich nicht einmal meinem ärgsten Feind wünschen. Du, der Kuchen ist fantastisch – du musst mir unbedingt das Rezept geben."

„Mache ich. Es freut mich, dass er dir schmeckt – so hatte ich wenigstens etwas zu tun. Manchmal fühle ich mich so einsam wie damals während des Krieges."

Theresa warf ihr einen erstaunten Blick zu. „Ich dachte, du hilfst Franz in der Kanzlei, wenn er weg ist."

„Das hatte ich auch vor", seufzte Antonia. „Aber er lässt meine Hilfe kaum zu, dabei könnte er sie gut gebrauchen. Die Kanzlei, der Weinhandel, die Partei, die vielen Fahrten nach Venedig – aber was er nicht selber macht, ist nicht … er schaut gar nicht gut aus."

Theresa zuckte mit der Achsel. „Wenn er sich nicht helfen lässt, ist er selbst schuld. Und was deine Einsamkeit anbelangt – Maria ist doch da."

„Ja, sie ist da … und doch wieder nicht", entgegnete Antonia mit Bitterkeit in der Stimme. „Seit sie in die Wohnung von Frau Wotruba gezogen ist, bekomme ich sie kaum zu Gesicht. Unter der Woche arbeitet sie im Buchladen, danach hat sie ihre Gesangsstunden und in ihrer Freizeit ist sie meistens mit ihrer Freundin unterwegs. Ich verstehe ja, dass ein junges Mädchen nicht bei ihrer Mutter zu Hause sitzen will, aber …"

„… du bist trotzdem traurig", vollendete Theresa den Satz. „Ich verstehe dich sehr gut Antonia, ich habe mich auch viele Jahre sehr alleine gefühlt – es ist nicht leicht. Du solltest dir eine eigene Beschäftigung suchen."

Antonia ging nicht auf ihren Hinweis ein, sondern sagte stattdessen mit dem Anflug eines Lächelns: „Du bist nicht hierhergekommen, um dir mein Jammern anzuhören. Was gibt es bei dir Neues?"

Theresas teilnehmende Miene verwandelte sich. „Bei mir gibt es tatsächlich eine Neuigkeit", antwortete sie heiter. „Ich heirate!"

Antonias Augen weiteten sich. „Gibt's ja nicht! Wen denn?"
„Du wirst nicht fassen, wer es ist."
„Jetzt sprich schon!"
„Es ist dein ehemaliger Chef!"
„Graf von Steinach?"
„Ganz genau der. Ich kann dir gar nicht sagen, wie glücklich ich bin."
„Wahnsinn!", rief Antonia aus. „Ich freue mich für dich! Wie seid ihr euch denn nähergekommen?"
„Du weißt, er wohnt seit dem Tod seiner Frau im Palais Amsal. Wie es so ist, haben wir uns immer wieder zufällig getroffen und geplaudert. Vor zweieinhalb Wochen, genauer gesagt am 5. Februar passierte es. Er lud mich zum Abendessen ins Imperial und dann ..."
„Und dann?", wiederholte Antonia, als Theresa eine Pause einlegte.
„Der Abend war wunderschön", begann Theresa mit roten Wangen. „Wir haben uns blendend unterhalten und als wir ins Palais zurückkehrten, lud er mich noch auf einen Schlummertrunk ein – dann geschah das, was ich nie erwartet hätte. Er machte mir einen Antrag und küsste mich. Antonia, du kannst dir nicht vorstellen, wie ich mich gefühlt habe. Seit Jahren verehre ich diesen herzensguten, eleganten Mann, bewundere seine Klugheit, sehne mich heimlich nach ihm und mit einem Schlag wurden alle meine Träume war – es war wie im Märchen."
„Krankenschwester wird Gräfin! Das klingt wie in einem Liebesroman. Wo werdet ihr nach der Hochzeit wohnen? In seinem Palais?"
„Nein. Das hat er schon vor Jahren verkauft! Wir bleiben, wo wir sind. Der einzige Unterschied ist, dass ich in seine Räume übersiedle. Und was die Gräfin betrifft, Titel gibt es nicht mehr."
„Egal, du bist auf jeden Fall hoch angesiedelt."
„Das ist mir einerlei. Ich heirate ihn, weil ich ihn liebe und nicht, weil ich hoch angesiedelt sein möchte, wie du dich ausdrückst. In

seinen Kreisen bin ich doch trotz der Heirat nichts – das weißt du doch!"

„Was sagt der Fürst dazu?", murmelte Antonia.

„Du wirst es nicht glauben, es war ihm ein großes Anliegen, dass wir im Haus bleiben. Nicht zuletzt wegen seiner Frau, die ich natürlich weiter betreuen werde. Ich habe mit ihm vor einigen Tagen persönlich gesprochen, er schien in keiner Weise pikiert darüber zu sein, dass mich Maximilian heiraten möchte. Im Gegenteil, er war ausgesprochen nett und freundlich. Ich hatte den Eindruck, dass er sich über das Glück seines Freundes freut. So reagieren leider nicht alle, ich denke dabei an Johanna."

„Wieso? Ihr seid doch seit Ewigkeiten befreundet."

„Im nächsten Jahr werden es zwanzig Jahre – sie war meine beste Freundin. Für alles hatte sie Verständnis, tröstete mich, wenn ich traurig war, sprach mir Mut zu, wenn ich mit Situationen nicht fertig wurde und jetzt ... ich bin sehr enttäuscht."

„Vielleicht ein Missverständnis."

„Nein. Ihre Reaktion war eindeutig. In meiner übergroßen Freude habe ich es ihr gleich am nächsten Tag erzählt. Sie sah mich merkwürdig an und wünschte mir in einer übertriebenen Art Glück. Danach hat sie bis zum heutigen Tag kein privates Wort mehr mit mir gesprochen. Wenn sie mich sieht, geht sie mir aus dem Weg. Als ich sie gefragt habe, warum sie plötzlich mit mir am Nachmittag nicht mehr Kaffee trinkt, hat sie gesagt, sie hätte bei der vielen Arbeit keine Zeit für Tratschereien."

Antonia runzelte die Stirn und gab ein langgezogenes „Hm" von sich.

„Was überlegst du?"

„Herr von Steinach hat doch die Leitung des Personals übernommen, wie du mir erzählt hast und zusätzlich hat ihm der Fürst die gleichen Rechte im Haus eingeräumt, wie er sie hat. Nicht?"

„Richtig. Auf was willst du hinaus?"

„Überleg doch Theresa! Wenn du die Gattin von Herrn von Steinach bist, dann kannst du ihr ebenfalls Befehle erteilen. Nach deiner Heirat bist du für sie keine Freundin mehr, sondern indirekt ihre Vorgesetzte – das ist hart für sie. Sie hat sich für die Herrschaften ihr Leben lang abgerackert und ist deswegen eine alte Jungfrau geblieben. Ihr einziger Lichtblick war die Macht über die Dienstboten und die hat sie, ich habe es am eigenen Leib erfahren, weidlich ausgenützt. Jetzt ist das nicht mehr so, sie darf zwar nach wie vor alles einteilen, aber das Personal kann sie nicht mehr so befehligen, wie es ihr passt. Was bleibt ihr jetzt noch? Dann kommst du und steigst von der Zofe bis zur Ehefrau eines Grafen auf. Sie ist schlicht und einfach neidisch – was menschlich zu verstehen ist."

„Das mag alles stimmen, Antonia, aber ich bleibe die gleiche und die Titel sind Vergangenheit."

„Aber nur auf dem Papier. Franz sagt, das ‚von' und die Titel sind zwar verschwunden, aber der Adel hat nach wie vor Einfluss und Geld – de facto hat sich nichts geändert."

„Ich verstehe trotzdem nicht, warum sie so reagiert hat. Diese Reaktion", Theresa schüttelte heftig den Kopf, „kann ich ihr nicht verzeihen."

„Verständlich – du bist gekränkt. Aber lass es nicht zu, dass wegen ihr deine Freude getrübt wird. Soviel ich weiß, hat Herr von Steinach vier Kinder. Hast du sie schon kennengelernt?"

„Nein, Maximilian will mich ihnen nächste Woche vorstellen. Sie leben bei der Schwester ihrer verstorbenen Mutter in Baden. Maximilian meint, es sei nicht mit Schwierigkeiten zu rechnen, da drei von ihnen erwachsen sind und der Elfjährige in seiner Tante einen Mutterersatz sieht."

„Na, dann … Steht der Hochzeitstermin schon fest?"

„Ja. Wir heiraten am 20. April in Maria Wörth und werden dort im Anschluss auch unsere Flitterwochen verbringen. Die Hochzeit wird nur im ganz kleinen Rahmen stattfinden – wir und die Trauzeugen."

„Weil du keine Adelige bist?"

„Das auch. Maximilian würde das nicht stören, mich aber. Zu einer großen Hochzeit würden aus seinen Kreisen hunderte Leute kommen und sie würden sich, da kannst du sicher sein, über mich das Maul zerreißen. Das ist aber nur einer der Gründe, was gegen eine große Hochzeit spricht. Maximilian ist nicht so reich, wie es aussieht; er hat viel durch die Zeichnung von Kriegsanleihen verloren. Der Fürst hat ihm angeboten, die Hochzeit auszurichten, aber das wollte weder er noch ich. Wichtig ist nicht die Größe der Hochzeit, sondern dass wir zusammen sind – das sehen wir beide so. Ich hoffe, wir werden so glücklich wie du und Franz."

„Die Verliebtheit dauert nicht ewig, Theresa … dann kommt der Alltag."

„Alltag? Franz ist doch nur 14 Tage im Monat zuhause. Ihr lebt also in ständigen Flitterwochen", fügte Theresa mit einem Lächeln hinzu.

„Schön wär's", seufzte Antonia. „Es stimmt schon, dass ich mich auf ihn freue, und er tut das, so hoffe ich, auch. Obwohl …" Sie schwieg.

„Obwohl was?", hakte Theresa nach.

„Er kommt mir in letzter Zeit verändert vor … womöglich hat er in Venedig eine Freundin."

„So ein Blödsinn", platzte Theresa heraus. „Ich kenne keinen Mann, der seine Frau so liebevoll behandelt wie Franz dich. Man merkt an allem, was er tut, wie sehr er dich liebt."

„Das sage ich mir selbst auch. Aber eine Begebenheit geht mir nicht aus den Kopf. Es ist ungefähr zwei Wochen her, da ging ich, was ich sehr selten tue, in seine Kanzlei, weil ich ihn etwas fragen wollte. Als ich zur Türe hereinkam, läutete das Telefon und er meldete sich mit Gallion oder so ähnlich. Er hat dann italienisch gesprochen und schnell aufgelegt. Danach war er verlegen – das habe ich ganz deutlich gemerkt. Ist doch eigenartig, nicht?"

„Finde ich nicht. Wahrscheinlich hat er sich nicht gemeldet, sondern gleich etwas auf Italienisch gesagt, was du nicht verstanden hast. Antonia, du machst dir mit solchen Spinnereien nur selbst das Leben schwer."

„Möglich. Wahrscheinlich bin ich zu viel allein."

„Du solltest dir, wie ich schon sagte, Arbeit suchen. Jeder Mensch braucht Anerkennung und Herausforderungen."

„Das will ich ja, Theresa!", rief Antonia und hielt nun nichts mehr hinter dem Berg zurück. „Franz ist aber strikt dagegen. Er sagt, seine Frau brauche nicht zu arbeiten, er verdiene genug."

„Rede noch einmal mit ihm. Ich bin sicher, wenn er weiß, wie viel dir daran liegt, wird er einverstanden sein – es geht nicht immer nur um das liebe Geld."

„Dein Wort in Gottes Ohr", brummte Antonia und wechselte das Thema. „Wie geht es Gottfried? Ich habe ihn schon länger nicht gesehen."

„Es geht ihm soweit ganz gut. Natürlich zwickt es ihn da und dort – immerhin ist er 71 Jahre. Er würde es sich aber nie erlauben, auch nur einen Tag krank zu sein oder frei zu nehmen. Das liegt aber nicht an dem Fürsten. Der Fürst hat ihn schon öfter aufgefordert, Urlaub zu machen – er will nicht. Ich weiß auch warum. Er ist zwar der Diener seines Herrn, aber dadurch, dass er den Fürsten heranwachsen sah, ihn regelrecht ‚bemuttert' hat, ist er für ihn wie ein Sohn."

„Geht es ihm gut?", fragte Antonia leise.

„Wem?"

„Dem Fürsten."

Theresa warf ihr einen erstaunten Blick zu. „Denkst du etwa noch an ihn? Nach so langer Zeit?"

„Wie sollte ich nicht? Er ist der Vater meines Kindes. Jeden Tag, wenn ich Maria ansehe, erinnert sie mich an ihn. Sie sieht ihm so unerhört ähnlich, dass es fast schon grotesk ist. Sie hat seinen Gang, seine Nase, sie runzelt die Stirn wie er. Die Farbe und Form der Augen hat sie zwar von mir, aber der Ausdruck ist der Seinige, selbst die schwarzen gewellten Haare hat sie geerbt. Sie ist ihm so gleich, dass ich an ihn denken muss, ob ich will oder nicht."

Theresas Gesicht drückte Mitleid und Verlegenheit gleichzeitig aus. „Verstehe", sagte sie. „Es geht ihm, soweit ich das beurteilen kann, sehr gut. Er schaut nach wie vor blendend aus, obwohl sein

Haar grau geworden ist und sein Gesicht Falten aufweist, die früher nicht dagewesen sind – aber das steht ihm. Er wirkt dadurch nur noch männlicher."

„Ist er im Krieg verwundet worden?"

„Nein. Aber sein Wesen hat sich verändert. Von seiner herrischen Art ist kaum etwas geblieben. Er kommt mir jetzt nachdenklicher und gefühlvoller vor. Früher hätte er seine kranke Frau wahrscheinlich in ein Heim abgeschoben, jetzt erkundigt er sich jeden Tag, wie es ihr geht und besucht sie auch. Alexander dagegen kümmert sich kaum um seine Mutter."

„Kein Wunder", warf Antonia ein. „Sie hat ihn nie beachtet, geschweige denn geliebt."

„Eben. Dadurch hing er umso mehr an seinem Vater und das hat sich nicht geändert. Wenn man sie miteinander erlebt, merkt man, wie sehr sie einander lieben und vertrauen." Theresa nippte an ihrem Kaffee. „Maximilian hat mir erzählt, dass der Fürst sich ohne Frau an seiner Seite oft einsam fühlt. Die Fürstin …"

„Er wird schon seine Liebschaften im Haus haben", unterbrach sie Antonia bissig.

„Es ist nicht mehr wie früher, Antonia. Die Zeit, wo sich die Adeligen an den Dienstmädchen schadlos halten konnten, ist vorbei. Wir Frauen haben gelernt Selbstbewusstsein zu entwickeln und nein zu sagen. Außerdem – das weiß ich auch von Maximilian – sehnt er sich nach einer Partnerin, die ihn liebt und versteht."

Theresa bemerkte, wie Antonia förmlich an ihren Lippen hing. Sie wird ihn wohl nie vergessen können, dachte sie. Und das hat nicht nur mit Maria zu tun – da gehe ich jede Wette ein. So wie sie ihm hörig war … das war ja direkt krankhaft … er brauchte nur mit den Fingern zu schnippen … so eine Abhängigkeit, man könnte fast sagen Sucht, vergisst das Gehirn nicht.

Plötzlich, wie aus dem Nichts, baute sich zwischen den Freundinnen eine Wand auf.

Maria zerstörte sie, als sie plötzlich im Türrahmen auftauchte und in ihrer frischen Art „Oh, ich wusste nicht, dass du Besuch hast,

Mama" rief. Sie ging lächelnd auf Theresa zu und ergriff deren angebotene Hand. „Wie schön, Theresa, dass wir uns wieder einmal sehen. Ich hoffe, es geht dir gut?"

Theresa erwiderte ihr Lächeln. „Danke der Nachfrage Maria. Mir geht es blendend und dir hoffentlich auch."

„Ich habe keinen Grund zur Klage. Du weißt sicher schon von Mama, dass ich umgezogen bin. Die Wohnung ist ein Traum, ich fühle mich wie im siebenten Himmel." Mit einem Blick auf den Kuchen fügte sie hinzu: „Darf ich auch ein Stück haben, Mama?"

Antonia lächelte und schnitt ein Stück herunter. „Gibt es etwas Besonderes, dass du so gut gelaunt bist?", fragte sie.

„Nein. Ich habe mich nur soeben mit Anna sehr gut unterhalten ... jetzt wollen wir ins Kino." Ohne sich zu setzen, stopfte sie ungeniert das Kuchenstück in den Mund und kaute hastig.

„Maria, setz dich bitte!", forderte Antonia sie mit einem missbilligenden Unterton auf.

„Keine Zeit, Mama – ich bin spät dran. Nicht böse sein, Theresa."

Wenige Minuten später hörten sie die Tür ins Schloss fallen.

„Da siehst du es, Theresa", sagte Antonia mit einem stöhnenden Atemzug. „Wie ich gesagt habe, kaum ist sie da, ist sie schon wieder weg."

„So sind die jungen Leute eben heutzutage", lächelte Theresa. „Wir kannten in diesem Alter außer Arbeit gar nichts, seien wir froh, dass es ihnen besser geht. Kino ist übrigens eine gute Idee. Gehen wir zwei nächste Woche? Im Schottenringkino spielen sie, ‚Der Teufel im Weibe' ... da können wir sicher etwas dazulernen", setzte sie mit einem Augenzwinkern hinzu.

Beide brachen wie auf ein Kommando in Gelächter aus.

24. KAPITEL

„Wie war gestern die Aufführung der ‚Gräfin Mariza'[60] im Theater an der Wien?", fragte Otto, während er sich das letzte Stück der Nachspeise auf die Gabel häufte.

„Sehr gut, wenn man Operetten mag", antwortete Alexander. „Die ‚Gräfin Mariza' ist so ähnlich wie die ‚Csárdásfürstin'. Das Libretto[61] ist geschmackvoll und nett, aber enthält nichts, was einen zum Nachdenken anregt – die Musik von Kálmán[62] geht wie üblich ins Ohr. Die Sänger waren alle gut, da gab es nichts auszusetzen – insgesamt war es ein schöner Abend."

„Du gehst in letzter Zeit oft in Opern, Operetten und Konzerte."

Alexanders Wangen wurden rot. „Ich habe Musik immer schon gemocht", brummte er.

„Erzähl mir keine Geschichten – ich kenne dich. Du hast ein Mädchen kennengelernt, stimmt's?"

„Nicht das, was du glaubst … nur eine harmlose Freundschaft – sie ist so alt wie ich."

Otto lächelte. „Schade für dich."

Alexanders Miene wurde abweisend.

„Keine Sorge" fuhr Otto fort und hob die Hand. „Ich will nicht weiter in dich dringen, Hauptsache du hast Spaß … nur bitte vernachlässige jetzt wegen eines Mädchens nicht die Schule."

„Ich bin erwachsen und weiß, was ich zu tun habe."

Otto beachtete seinen rüden an Arroganz grenzenden Tonfall nicht. „Dann kann ich ja beruhigt sein. Reicht dein Taschengeld für deinen Unternehmungsgeist?"

„Ja."

„Warum bist du denn plötzlich so zugeknöpft? Ich habe nichts dagegen, wenn du mit einem Mädchen ausgehst. Ist sie hübsch?" Die Frage klang harmlos.

„Sie ist schöner als alle Frauen, die ich kenne."

„Das freut mich für dich!" Otto griff nach der Zei-tung und

schaffte es gerade noch, sein Lächeln dahinter zu verbergen. Dachte ich es doch! Er ist verliebt. „Schon wieder ein Bericht über den bayrischen Putschprozess", sagte er wenig später. „Hoffentlich bekommen die Täter ordentliche Strafen. Meiner Meinung nach gehört diese Partei verboten."

Alexander griff eifrig das Thema auf. „Mir ist nicht klar, was die Nationalsozialisten politisch erreichen wollen. Was ist deine Meinung dazu?"

„Die wollen nichts anderes als den Sturz der Reichsregierung. Das hat sich schon im November vorigen Jahres gezeigt, als sie nach Berlin marschiert sind. Es gab dabei einige Tote und jetzt ist der Prozess … bin neugierig, wie die Urteile ausfallen. Wenn du mich fragst, ist die NSDAP[63] mit ihrem Anführer Adolf Hitler[64] und ihrem Wehrverband – der sogar eine Sturmabteilung hat – sehr gefährlich." Otto schwieg und blätterte flüchtig den Rest der Zeitung durch. Schließlich schob er sie Alexander mit dem Hinweis „Du kannst sie gerne lesen, ich habe jetzt keine Zeit mehr" zu."

„Gehst du noch aus?"

Otto grinste. „Nicht nur du mein Sohn triffst hübsche Damen. Nein, im Ernst, ich bin bei der Rout[65] im Unterrichtsministerium eingeladen – gerne geh ich nicht hin. Ich sehne mich danach, wieder einmal einen Abend zu Haus zu verbringen. Die Ballsaison ist diesmal lange – zu lange … sie artet direkt in Arbeit aus. Ich bin offensichtlich schon zu alt für derlei Vergnügungen." Er ächzte übertrieben laut auf. „Aber es hilft nichts, ich muss hingehen. Ich habe einen nicht gerade kleinen Betrag für die Förderung der Kunstinstitute gegeben, da kann ich jetzt nicht einfach fernbleiben."

„Vielleicht wird es interessanter, als du glaubst."

„Möglich. Angeblich sind viele Künstler da. Bist du zuhause oder gehst du ebenfalls aus?"

„Ich bin da, weil ich noch für die morgige Lateinschularbeit lernen muss."

Mit den Worten „Na dann, viel Spaß!" verabschiedete sich Otto und schlug den Weg zu seinen Privaträumen ein. Im letzten Moment überlegte er es sich anders und ging die Galerie entlang zu den Gemächern seiner Frau. Theresa kam ihm entgegen. „Gut, dass ich Sie treffe, Theresa", sagte er und blieb stehen. „Ich wollte gerade einen Sprung bei der Fürstin vorbeischauen. Wie ging es ihr heute?"

„Sie war den ganzen Tag über sehr gut gelaunt. Soeben hat sie mir vom gestrigen Zusammensein mit der Erzherzogin Valerie erzählt."

„Dann hatte sie wenigstens einige schöne Stunden", stellte Otto fest und erwiderte Theresas Schmunzeln. „Mein Besuch wird sie nicht stören?"

„Das denke ich nicht. Wenn Sie wollen, begleite ich Sie."

„Danke, dieses Angebot nehme ich gerne an." Unauffällig beobachtete Otto sie, während er neben ihr herging. Wie sie strahlt! Unglaublich, was die Liebe aus einer Frau macht.

Bei Gertrud angekommen deutete Otto wie üblich einen Handkuss an. „Wie geht es dir heute?" fragte er, ohne ihre altmodische Aufmachung zu beachten – ihre Frisur und ihr Kleid stammten aus dem Jahre 1914.

Gertrud ging nicht auf seine Frage ein, sondern lächelte ihn nur huldvoll an. Plötzlich wechselte ihre Miene.

„Otto, wie siehst du nur aus? Wo ist dein Frack? Du kannst unmöglich in diesem Aufzug zu Seiner Majestät gehen!"

„Natürlich nicht, meine Liebe. Ich gehe mich gleich umziehen. Wie war dein Tag?"

„Wunderbar. Ich war vormittags mit Helga einkaufen, du weißt, die neuesten Seidenstoffe aus Paris sind angekommen, und nachmittags war ich bei Erzherzogin Blanka. Wir sammeln für die armen Soldaten im Krieg."

„Es freut mich, dass du es schön hattest", versicherte Otto. „Ich gehe mich jetzt für den Besuch bei Seiner Majestät umziehen, wir sehen uns später." Er glaubte seinen Ohren nicht zu trauen, als sie ihn von unten her mit einem schlauen Blick musterte und flüsterte: „Ich sage dir aber mein Geheimnis nicht, das weiß niemand. Nur Helga und die Antonia, das Miststück." Ehe er noch reagieren konnte, lächelte sie ihn entwaffnend an und fragte: „Du besuchst mich doch heute Abend, bevor du mit Alexander nach Ägypten reist?"

„Natürlich. Ich komme noch auf einen Schlaftrunk zu dir." Als der Lakai die Tür hinter ihm geschlossen hatte, atmete er hörbar aus. Was sie an Unsinn daherredet … es ist kaum zu ertragen. Wie kommt sie jetzt plötzlich auf Antonia? Eigenartig. In seinem Schlafzimmer griff er zum Haustelefon und bat Gottfried zu sich.

„Gottfried, du musst mich noch schnell rasieren, mit diesem Stoppelbart kann ich nicht fortgehen. Beeil dich, in einer halben Stunde muss ich los."

„Sehr wohl, Durch… äh, Herr Grothas", antwortete Gottfried und begann, alles für die Rasur vorzubereiten. Wenige Minuten später schabte er langsam mit dem Messer den Rasierschaum von Ottos Haut, seine Hand zitterte merklich.

Otto schickte ein Stoßgebet zum Himmel, während er die Prozedur über sich ergehen ließ und atmete innerlich erleichtert auf, als Gottfried die obligaten duftenden Tücher auf sein Gesicht drückte. „Danke, Gottfried", sagte er freundlich. „In Zukunft möchte ich nicht mehr mit dem Rasiermesser, sondern mit einem Gillette-Apparat rasiert werden. Es wird Zeit, dass wir mit der modernen Zeit gehen."

„Aber damit wird die Haut nicht so glatt, wie es Euer … wie Sie es gewohnt sind."

„Das wird sich herausstellen. Meines Wissens nach sind die Klingen sehr gut." Otto bemerkte Gottfrieds Unzufriedenheit. „Wie geht es dir und deinem Rücken?", fragte er verbindlich.

„Danke Durchlaucht, es geht mir gut. Haben Durchlaucht vielleicht einen Grund zur Beschwerde?"

„Aber nein, Gottfried, ich wollte es nur wissen", antwortete Otto und unterließ es, ihn bei der Anrede auszubessern. „Falls es einmal nicht so ist, dann holen wir den Doktor."

„Danke, Euer Durchlaucht, aber das ist nicht notwendig. Haben Durchlaucht noch Wünsche? Soll ich Durchlaucht nicht doch beim Anziehen des Fracks helfen?"

„Gottfried, ich ziehe mich doch immer alleine an, das solltest du jetzt nach so vielen Jahren, auch wenn es eine Eigenheit von mir ist, schon wissen. Du kannst also gehen. Du brauchst heute Abend nicht auf mich zu warten – es wird spät werden", rief ihm Otto noch nach, als er steif davon stakste.

Jetzt ist er wirklich alt geworden, dachte Otto während er in das Frackhemd schlüpfte. Er verkalkt scheinbar schon, er weiß doch, dass ich jede Unterstützung beim Ankleiden ablehne … und sinnlos, ihm Durchlaucht abgewöhnen zu wollen … aber warum auch, wenn es ihm Freude macht. Ich sollte ihn in den Ruhestand schicken … das würde ihn aber so kränken, dass er es womöglich nicht überleben würde … außerdem ginge er mir ab … sehr sogar … für mich ist er so selbstverständlich wie mein rechter Arm.

Innerlich gelangweilt nahm Otto den Dank des Unterrichtsministers für seine Zuwendungen entgegen, plauderte dort und da, genoss die Richard Strauss-Lieder der Kammersängerin Olga Olszewska, die vom Meister persönlich am Klavier begleitet wurde, und lauschte pflichtbewusst den dichterischen Vorträgen. In der Pause schlenderte er durch die Salons, erwiderte Grüße, schüttelte Hände, nahm eine Erfrischung entgegen und ließ auf der Suche nach Interessantem seinen Blick über die Menge gleiten. Plötzlich entdeckte er seinen Freund Heinrich von Bradow, der mit einer Dame plauderte, die durch ihre Größe die Menge überragte. Als er näher kam, fiel ihm ihr schwarzes tief ausgeschnittenes, ärmelloses Röhrenkleid, das nur bis kurz unter das Knie reichte, auf. Meine Mutter wäre bei diesem Anblick in Ohnmacht gefallen, dachte er amüsiert und kam nicht umhin, auf ihre Beine zu blicken.

„Otto, wie schön dich hier zu treffen", sagte Heinrich von Bradow, als er ihn erblickte. „Sehr verehrte Frau Bonnet, darf ich Ihnen Fürst von und zu Grothas vorstellen?"

Ehrerbietig verbeugte sich Otto. Als er aufsah, blickte er in ein nicht besonders schönes, aber markantes Gesicht mit breiten Backenknochen. Unter dem kurzgeschnittenen kastanienbraunen Haar blickten ihn zwei rätselhafte tiefgrüne, stark geschminkte Augen an. Ihr Mund mit den breiten Lippen war tiefrot. Er wirkte wie eine Wunde in der fast durchscheinenden blassen Haut.

„Frau Helene Bonnet ist erst heute aus Paris angereist", erwähnte Heinrich.

Otto wechselte die Sprache. „Darf ich fragen, was sie von Paris nach Wien verschlagen hat?"

„Sie können gerne deutsch weitersprechen", antwortete Frau Bonnet mit einem entzückenden Akzent. „Ich stamme aus einem kleinen Dorf in der Nähe von Berlin. Allerdings bin ich schon in jungen Jahren nach Frankreich übersiedelt."

Plötzlich teilte sich die Menge vor ihnen und ein korpulenter alter Mann am Stock, der von einem wesentlich jüngeren Mann gestützt wurde, steuerte auf sie zu.

„Sie müssen mich jetzt entschuldigen, meine Herren", sagte Frau Bonnet. „Mein Gatte erwartet mich." Sie nickte Heinrich und Otto zu und ging dem Greis entgegen.

„Das wird doch wohl nicht ihr Mann sein?", fragte Otto ungläubig.

„Doch", erwiderte Heinrich. „Sie ist 35, er 72."

„Das sind 37 Jahre! Unglaublich! Was macht eine so junge Frau", Otto senkte die Stimme, „mit so einem alten Sack?"

Heinrich lachte. „Was schon? Sein Geld ausgeben. Er stellt Parfum her und exportiert es weltweit. Der junge Mann, der ihn gestützt hat, war sein Sohn aus erster Ehe. Man munkelt, dass sie etwas mit ihm hat. Die van Bruneks sind enge Freunde von ihnen."

„Ist das nicht diese neureiche Unternehmerfamilie, deren Tochter im Rollstuhl sitzt?"

„Genau. Was noch das Ehepaar Bonnet betrifft, man sagt, er hätte sie aus der Gosse geholt."

„Das würde mich nicht überraschen. Sie hat etwas Gewöhnliches an sich. Aber nichtsdestotrotz, eine interessante Frau. Ich würde sie gerne einmal allein treffen."

„Ein Vögelchen hat mir gesungen, dass sie am 4. März zum Ball der Wiener Philharmoniker in den Musikverein geht. Spaß beiseite, ich stand zufällig daneben, wie sie den van Brunecks sagte, dass ihr Mann sich leider nicht wohl genug fühle, um den Ball zu besuchen. Frau van Bruneck hat sie dann gebeten, gemeinsam mit ihr und ihrer Familie hinzugehen, und sie hat zugesagt. Vielleicht gehst du auch hin?" Heinrich grinste breit.

Otto erwiderte das Grinsen. „Ich besuche den Ball in jedem Fall. Du glaubst doch nicht, dass ich mir den ersten Ball der Wiener Philharmoniker entgehen lasse? Danke für den Hinweis."

„Gern geschehen. Dabei fällt mir ein … der Tag nach dem Ball ist der Aschermittwoch. Wie wäre es, wenn wir uns mit Willi und Maxi zum traditionellen Fischessen treffen würden? Dann kann ich vor der Fastenzeit wenigstens noch einmal ordentlich zulangen."

„Du willst mir doch nicht einreden wollen, dass du fastest?" Mit einem anzüglichen Lächeln auf den Lippen sah Otto auf Heinrichs Bauch.

Das schien Heinrich in keiner Weise zu stören. „Doch", lachte er. „Ich lasse bis Ostern die Süßigkeiten weg."

Otto schnalzte leise mit der Zunge und wiegte den Kopf dabei. „So streng kirchlich, Heini … das hätte ich nicht gedacht!"

„Das bin ich auch nicht", grinste Heinrich. „Meine strenge Kirche ist meine Frau, sie besteht darauf. Also, was ist? Treffen wir uns?"

„Gerne, ich habe noch bei keiner Einladung fix zugesagt. Ehrlich gesagt, würde ich lieber zuhause bleiben … Ihr könnt ja, natürlich mit euren Gattinnen, zu mir kommen. Maxi ist sowieso im Haus, Willi sag ich Bescheid. Bei dieser Gelegenheit könnt ihr gleich Maxis Braut kennenlernen."

Heinrich fielen beinahe die Augen aus dem Kopf. „Maxi hat eine Braut?"

„Da staunst du, was? Eine sehr liebe, kluge Frau – du wirst dich wundern." Otto reichte Heinrich die Hand. „Jetzt entschuldigst du mich bitte. Ich wünsche dir noch einen schönen Abend … wir sehen uns."

Das traditionelle Fischessen war voll im Gange. Otto verhielt sich entgegen seiner Gewohnheit als stiller Beobachter: Theresa und Maximilian benahmen sich wie verliebte Turteltäubchen, das Ehepaar Rutha sprach kaum miteinander, Heinrich und seine Gattin nahmen sich offensichtlich gegenseitig nicht ernst. Schmerzlich wurde ihm bewusst, dass alle eine Partnerin an ihrer Seite hatten – nur er nicht. Er spülte den bitteren Geschmack mit einem Schluck des exzellenten Weißweines hinunter.

Nach dem Diner begaben sich die Herren in den Rauchsalon, während die Damen in den angrenzenden roten Salon schlenderten. „Auch wenn die Geschlechtertrennung nicht mehr modern ist, wissen unsere Damen, was sich gehört", bemerkte Heinrich, während er seiner Zigarre die Kappe abschnitt.

„Ausnahmsweise", grantelte Wilhelm und griff sich einen Whisky vom Tablett des Dieners.

„Ich finde es schade, dass die Damen nicht hier sind", bemerkte Maximilian. „Die sogenannten Männergespräche sind höchst altmodisch."

Ein allgemeiner Heiterkeitsausbruch war die Folge.

„Was lacht ihr?", fragte Maximilian mit einem gekränkten Unterton.

„Weil du scheinbar vergessen hast, wie es unsereins nach vielen Ehejahren geht", sagte Heinrich. „Du bist neu verliebt, da ist das ganz etwas anderes. Deine Braut ist übrigens nicht nur hübsch anzusehen, sondern auch überaus charmant und klug."

„Danke, dass du mit ihr zufrieden bist", erwiderte Maximilian mit einem sarkastischen Unterton.

Heinrich war erstaunt und zugleich ärgerlich. „Man wird doch noch eine Bemerkung machen dürfen!", brummte er.

„Hört bitte zu streiten auf", mischte sich Wilhelm ein. „Von

Gezanke habe ich zuhause genug. Otto soll uns lieber erzählen, wie der erste Ball der Philharmoniker war. Wenn er unterhaltsam war, gehe ich nächstes Jahr auch hin."

Leicht amüsiert hatte Otto dem Geplänkel zugehört, während er den Rauch seiner Zigarre in kleinen Kreisen vor sich her blies. „Da ich mir wie im Kindergarten vorkomme, wird euch der Märchenonkel jetzt etwas erzählen", teilte er spöttisch mit. „Der Ball war ein gesellschaftliches Ereignis. Ich kam gerade zurecht, als Bundespräsident Hainisch[66], der auch der Protektor des Balles war, unter den Fanfarenklängen des eigens für diesen Ball komponierten Stückes von Richard Strauss auf die Estrade geleitet wurde. Danach fand ein kurzer Circle bei ihm statt, bevor die Philharmoniker Aufstellung nahmen und mit viel Schwung und Elan den ‚Donauwellen-Walzer'[67] spielten. Danach …"

„Wer hat dirigiert?", unterbrach ihn Wilhelm.

„Wer schon? Felix Weingartner[68] natürlich. Er ist doch schon seit 1908 der Leiter der Philharmoniker. Oder erzähl ich dir da etwas Neues?"

„Ich weiß sehr wohl, dass er der Leiter der Philharmoniker ist", antwortete Wilhelm pikiert. „Aber schließlich hat er auch als Leiter der Volksoper Verpflichtungen, da hätte es leicht sein können, dass ein anderer dirigiert."

Otto schüttelte den Kopf. „Doch nicht bei dem ersten Philharmonikerball! Man munkelt sowieso, dass er bald die Volksoper verlässt, weil er nie da ist – egal, zurück zum Ball: Das Publikum tobte, die Ovationen wollten kein Ende nehmen. Nach dem Walzer tanzten die Solomitglieder des Balletts das Divertissement[69] ‚G'schichten aus dem Wienerwald'. Die Aufführung war wirklich sehr, sehr schön, ich möchte fast sagen meisterhaft. Danach eröffnete das Jungdamen- und Herrenkomitee. Es wurde bis lange nach Mitternacht getanzt, ich bin so gegen zwei Uhr früh nach Hause gegangen."

„Und wie waren die Damen?" fragte Heinrich.

Es war Otto klar, was Heinrichs Frage bedeutete. Absichtlich antwortete er genauso allgemein, wie Heinrich gefragt hatte. „Viele der Damen waren überaus reizvoll, besonders manche Toiletten waren höchst erotisch – die anderen habe ich übersehen. Die neue Mode ist ganz nach meinem Geschmack –wenn sie nicht meine Frau trägt. Die Rücken- und Vorderdekolletees waren so tief, dass ich mehr oder weniger interessante Einblicke hatte. Manche waren in der Tat entzückend! Was schaut ihr denn so erstaunt, ihr werdet mir doch nicht erzählen wollen, dass ihr in dieser Saison noch keine Ballveranstaltung besucht habt."

„Natürlich waren wir auf einigen Bällen – also zumindest ich und meine Frau – und ich kann deine Aussage nur bestätigen", erwiderte Heinrich. „Mir gefällt die neue Mode auch, nur der Bubikopf ist ein Jammer. Ich frage euch: Wo bleibt da die Weiblichkeit?"

Otto nickte. „Da bin ich ganz deiner Meinung."

Verdutzt sah Wilhelm in die Runde. „Was ist eigentlich los mit euch?" fragte er. „Wir unterhalten uns hier wie alte Waschweiber. Die Frauen sprechen wahrscheinlich über Autos und wir werden uns, wenn das so weitergeht, über Kleinkinder unterhalten. Ist denn die Welt schon ganz verkehrt?"

Maximilians gute Laune kehrte zurück. „Beruhig dich, Willi", lachte er. „Otto hat doch nur von den hübschen Frauen erzählt, davon können wir nicht genug hören."

Ich frage mich, dachte Heinrich, warum er nicht die Bonnet erwähnt. Er setzte ein harmloses Gesicht auf und wandte sich an Otto: „War die Familie van Bruneck mit Frau Bonnet auch da? Du weißt, die Dame, die ich dir im Unterrichtsministerium vorgestellt habe."

„Ja, ich habe ein paar Mal mit ihr getanzt."

Heinrich bohrte nach. „Und? Konntest du bei ihr ‚landen'?"

Otto zog indigniert eine Augenbraue nach oben. „Lieber Heini", sagte er im arroganten Tonfall. „Wir sprechen zwar sehr offen in unserer Männerrunde, aber ich spreche grundsätzlich nicht darüber, ob eine verheiratete Dame mit mir ins Bett gegangen ist oder nicht."

Heinrich erkannte, dass er den Bogen überspannt hatte. „Entschuldige, Otto, ich wollte dir nicht zu nahe treten."

Schlagartig war die gute Stimmung Vergangenheit. Ein unangenehmes Schweigen beherrschte den Raum. Maximilian zog behutsam an seiner Zigarre und betrachtete die länger werdende Asche. So zugeknöpft ist er doch sonst nicht, dachte er. Er ist ja stinksauer. Ich kann mir seine Reaktion nur dadurch erklären, dass er bei der Dame tatsächlich nicht ‚landen' konnte. War aber auch blöd, dass Heini das Thema so direkt ansprach … Wilhelm unterbrach seine Gedanken: „Wisst ihr schon, wo und wann ihr heiraten werdet?"

Maximilian tupfte sorgfältig einen Teil der Asche ab. „Ja. Darüber wollte ich sowieso mit euch reden. Wir werden keine große Hochzeit feiern, sondern nur in trauter Zweisamkeit, und zwar Ende April in Kärnten. Bitte also nicht böse sein, wenn niemand eingeladen wird. Ein großes Tamtam als Witwer finden ich und auch Theresa unangebracht."

„Ich bin sicher, dass unsere Freunde Verständnis dafür haben werden", bemerkte Otto und stand mit der Bemerkung „Die Damen werden uns jetzt wohl schon vermissen" auf. Seine zuvor schon nicht besonders gute Laune war am Tiefpunkt angelangt. Wie Maximilian vermutet hatte, war er tatsächlich sauer, weil er nicht hatte ‚landen' können. Alle seine charmanten Bemühungen waren vergebens gewesen. Helene Bonnet war am Ende des Balles genau so freundlich distanziert wie zu Beginn, er konnte kein noch so kleines Stück näher an sie herankommen. Lediglich seine Einladung zum Souper in sein Palais, die er höflichkeitshalber auch für ihren Gatten aussprechen musste, nahm sie an. Das war das schmale, traurige Ergebnis dieser Ballnacht, von der er sich viel erhofft hatte.

25. KAPITEL

Der April präsentierte sich an diesem Tag so launenhaft, wie es seiner Art entsprach. Ein kräftiger Nordwind ließ die bisweilen erforderlichen Regenschirme zur Farce werden. Fröstelnd stellte Alexander seinen Mantelkragen auf und zog den Hut tiefer ins Gesicht, während er seine Schritte Richtung Café Herrenhof[70] beschleunigte. An seiner Eile hatte das Wetter jedoch nur einen kleinen Anteil, er freute sich auf Maria. Energisch stieß er wenig später die Türe des Cafés auf und blickte sich suchend um. Er entdeckte sie schmökernd in einer Zeitung an einem der Fensterplätze. Sein Puls wurde schneller. Seit zwei Monaten trafen sie einander regelmäßig, besuchten Konzerte, gingen ins Kino, ins Kaffeehaus oder einfach nur spazieren. Von Treffen zu Treffen wurde seine Zuneigung größer, von Treffen zu Treffen hoffte er, sie ganz für sich gewinnen zu können. Alles an ihr schien ihm vertraut, alles an ihr liebte er. Seit einer Woche duzten sie einander.

Maria blickte auf, als er vor ihr stand. Sie lächelte.

Alexander verbeugte sich knapp, bevor er ihre Hand nahm. „Servus, Maria, entschuldige meine Verspätung. Wartest du schon lange?"

„Nein. Ich war bei meiner Freundin Anna – du weißt, dass ist die Tochter meiner Gesangslehrerin – und bin auch erst vor 5 Minuten gekommen."

„War es nett?", fragte Alexander und setzte sich.

„Sehr. Wir kennen uns seit der 1. Klasse Volksschule und fühlen uns wie Geschwister." Unvermittelt beugte sich Maria näher zu Alexander und wisperte: „Der Werfel[71] ist gerade gekommen."

„Franz Werfel, der Schriftsteller?"

„Ja, der lebt doch mit Alma Mahler[72], dieser skandalträchtigen Frauensperson zusammen. Sie soll neben ihren Ehemännern zahlreiche Liebhaber gehabt haben. Sie war noch mit Gustav Mahler verheiratet, als sie schon mit dem Architekten Gropius eine Affäre hatte. Nach Maler war Oskar Kokoschka dran, von dem sie sogar ein Kind erwartet hatte. Und, du wirst es nicht glauben, sie ließ es abtreiben! Nach dem Kokoschka heiratete sie dann doch den Gropius und brachte von dem ein Kind auf die Welt. Eine unmögliche Frau!" Maria hatte ohne Punkt und Komma gesprochen. Dann schwieg sie und beobachtete aus den Augenwinkeln Werfel.

„Er muss aber viel jünger als sie sein", stellte Alexander nach einem ebenso diskreten Blick auf den Schriftsteller fest.

Maria nickte. „Um 11 Jahre! Sie lernte ihn bei einer Abendgesellschaft kennen. Ich bin sicher, nicht er hat sie verführt, sondern sie ihn."

Alexander musterte sie verblüfft. „Woher um Himmels willen weißt du denn das alles?"

„Von meiner Gesangslehrerin, sie verkehrt in den Künstlerkreisen. Ich verstehe nicht, warum den Männern diese Frau gefällt. Frau Lehmann sagt, sie trinkt über die Maßen, ist hässlich, aufgetakelt und spricht dauernd über … na ja, du weißt schon. Angeblich ist sie aber aus der Kunst-, Musik- und Literaturszene nicht wegzudenken – sie inspiriert angeblich die Künstler."

„Hast du schon Werfels neues Buch ‚Verdi. Roman der Oper' im Buchladen?", erkundigte sich Alexander und zog mit seiner Frage ihre Aufmerksamkeit wieder auf sich.

„Ja. Ich habe es bereits zu lesen begonnen."

„Da kommt der Ober. Ich habe einen Gusto auf etwas Süßes. Du auch?"

„Topfenstrudel mit einer Melange[73] wären fein."

Alexander bestellte. Sogar bei der Auswahl des Essens stimmen wir überein, dachte er beglückt.

„Du, Alex, ich habe nachgedacht", sagte Maria etwas später zwischen zwei Bissen. „Wir sehen uns sehr oft … ich möchte kein schlechtes Gewissen bekommen."

„Warum solltest du?"

„Weil ich dich sicher vom Lernen aufhalte und du bald deine Matura hast."

Alexander sah sie mit einem liebevollen Blick an. „Keine Angst,

Maria. Ich weiß sehr gut, wann ich lernen muss. Zum Glück merke ich mir den Stoff sehr schnell und die Prüfung ist erst Anfang Juni."

„Und danach? Du sagtest doch, dass du Architektur studieren willst."

„Das werde ich auch."

Maria hatte ein feines Ohr. „Warum sagst du das so ... so bedauernd?"

Alexander nahm ihre Hand. „Ich bin schon seit einem Jahr bei der Harvard University in Cambridge angemeldet. Hätte ich gewusst, dass ich dich treffe, hätte ich mich anders entschieden."

Maria blickte nahezu eine Minute intensiv auf das Muster des Tischtuches. Dann hob sie den Kopf und sagte: „England ist nicht weit."

Alexander vermied ihren Blick. „Die Harvard University ist nicht in England, sondern in Amerika."

Jäh füllten sich Marias Augen mit Tränen – sie schluckte. „Das ist allerdings weit", bemerkte sie kaum hörbar. „Wieso heißt der Ort Cambridge, wenn er in Amerika liegt?"

„Weil die Gründerväter von Harvard dort studiert haben", erklärte Alexander und flüchtete sich in die Sachlichkeit. „Es ist eine private Eliteuniversität. Ich wollte dort studieren, weil ich dann bessere berufliche Chancen habe. Du bist mir doch deswegen nicht böse?"

„Natürlich nicht. Wie könnte ich? Ich verstehe, dass du die bestmöglichste Ausbildung für deinen Beruf gewählt hast." Nach einer Pause fragte sie: „Ist eine Privatuniversität nicht sehr teuer?"

„Das ist sie. Ich habe von meiner Großmutter einiges geerbt, das verwende ich jetzt dafür. Das war auch der Wunsch meines Vaters, denn er meinte, die Grundlage für einen Beruf muss auf einem festen Fundament stehen." Die Erklärung ging Alexander leicht über Lippen, denn nichts von dem, was er sagte, war eine Lüge.

„Damit hat dein Vater recht. Talent allein genügt nicht, man braucht, um an die Spitze zu kommen, eine gute Ausbildung und Fleiß. Das ist bei mir nicht anders ... Du wirst mir fehlen", setzte sie schließlich leise hinzu.

Alexander streichelte ihre Hand, die immer noch in der seinen lag. „Vier Jahre vergehen schnell Maria. Ich werde dir oft schreiben und außerdem komme ich in den Ferien nach Hause."

„Trotzdem, wir werden ..."

„Ich fahre erst in fünf Monaten", unterbrach Alexander sie. „Besser wir machen uns nicht schon jetzt das Herz schwer – meinst du nicht?"

„Ja, du hast recht." Maria zwang sich ihn anzulächeln und warf dann einen Blick aus dem Fenster. „Es hat zu regnen aufgehört, wollen wir noch ein wenig spazieren gehen?"

„Dein Wunsch ist mir Befehl! Wohin möchten Madame spazieren?"

„Über die Freyung[74] bis zum Schottentor. Von dort aus kann ich dann mit der Straßenbahn nach Hause fahren. Ich sehe mir immer wieder gerne die schönen Palais an, es muss fantastisch sein, dort zu leben. Sie wirken so würdevoll. Schade, dass sie nicht ihre Geschichte erzählen können."

Alexander unterdrückte ein Grinsen und schickte gleichzeitig ein Stoßgebet zum Himmel: Möge Gott verhüten, dass Papa aus dem Haustor kommt, wenn wir vorbeigehen.

Es war schon finster, als sie frierend vor Marias Haustür standen. „Heute ist es wirklich kalt, magst du noch auf eine Tasse Kaffee oder Tee zu mir kommen?", fragte Maria und fuhr mit erhobenem Zeigefinger fort: „Ich vertraue darauf, dass du dich wie ein Gentleman benimmst, wenn wir alleine sind."

„Ehrenwort!"

Maria legte den Finger auf den Mund und unterdrückte ein Kichern, als sie die zwei Stockwerke bis zu Marias Wohnung hinaufschlichen. „Wenn das meine Eltern wüssten, die wären schön böse auf mich", flüsterte sie, als sie aufsperrte und gleich darauf hinter Alexander wieder zusperrte. „Warte hier, ich mache erst im Wohnzimmer Licht, damit es nicht durch die Glasfenster auf dem Gang scheint."

Neugierig sah sich Alexander kurz darauf in ihrer Wohnung um. „Nett hast du es hier", bemerkte er.

„Ich fühle mich auch sehr wohl hier. Die alte Dame, der die Wohnung gehört hat, hat sie kurz vor ihrem Tod noch renovieren lassen. Wir alle hätten nicht im Traum daran gedacht, dass sie uns dieses Schmuckstück vererbt. Noch größer war meine Überraschung, als mir meine Eltern sagten, dass sie die Wohnung nicht vermieten würden, sondern dass ich darin wohnen darf. Deswegen habe ich jetzt auch ein schlechtes Gewissen."

„Wieso?"

„Weil ich meinem Vater versprochen habe, keine Männerbesuche zu empfangen."

„Da hat dein Vater völ…"

Das Schrillen der Türglocke unterbrach ihn. Maria legte abermals einen Finger auf den Mund und lauschte.

Schließlich hörten sie, wie sich Schritte entfernten.

„Gott sei Dank!", rief Maria aus. „Hoffentlich hat niemand etwas gehört oder den Lichtschein aus dem Wohnzimmer gesehen."

„Ich gehe jetzt, ich möchte nicht, dass du Schwierigkeiten bekommst."

„Du möchtest keinen Tee?"

„Ein andermal – es ist spät. Ich muss heute auch noch lernen." Alexander schlüpfte wieder in seinen Mantel. „Darf ich dir zum Abschied einen Kuss geben?"

„Aber nur auf die Wange!"

Ungelenkig beugte sich Alexander zu ihr, küsste zuerst ihre Wange und wanderte mit seinen Lippen schließlich zu ihrem Mund, der sich warm, weich und lebendig anfühlte. Er sehnte sich danach, diese Lippen zu öffnen und zog sie enger an sich.

Sanft aber bestimmt schob ihn Maria weg. „Das dürfen wir nicht – du hast es versprochen!"

Vor Alexanders Augen flimmerte es. Er schluckte. Dann stieß er heiser hervor: „Maria, ich liebe dich! Wirst du auf mich warten, bis ich aus Amerika zurückkomme?"

Marias Blick war der einer liebenden Frau. Sie stellte sich auf die Zehenspitzen und hauchte einen Kuss auf seine Lippen. „Ich habe dich auch lieb – ich werde warten."

26. KAPITEL

Es war bereits weit nach Mitternacht, als Otto das Palais der Familie Franz Karl Freiherr von Saitern in der Fichtegasse im 1. Wiener Gemeinde Bezirk Innere Stadt verließ und zu seinem Wagen ging. Herbert, sein Chauffeur, nahm die Kappe ab, neigte den Kopf und riss die Wagentür auf.

„Danke, Herbert", sagte Otto freundlich. „Aber ich gehe ein Stückchen zu Fuß, die Luft da drin war zum Schneiden. Ich steige nach der Oper vor dem Goethedenkmal zu."

„Sehr wohl, gnädiger Herr!"

Otto genoss den leichten Wind und die Ruhe nach dem Trubel der Geburtstagsgesellschaft. Außer einer Frau auf dem gegenüberliegenden Gehsteig war kein Mensch zu sehen. Er stoppte kurz, um sich eine Zigarette anzuzünden und schlenderte dann gemächlich durch die Hegelgasse in Richtung Schwarzenbergplatz[75]. Beiläufig registrierte er, dass zwei Männer aus einem Haustor kamen und hinter der Frau hergingen. Als sie mit ihr auf gleicher Höhe waren, hielt einer der Männer die Frau blitzschnell fest, während der andere versuchte, ihr die Handtasche zu entreißen. Der gellende Schrei der Frau zerriss die nächtliche Stille. Ohne zu überlegen, warf Otto die halbgerauchte Zigarette weg, hastete über die Straße, erwischte den einen Gauner an der Schulter, riss ihn herum und trat ihm mit aller Wucht in den Unterleib. Im selben Augenblick spürte er einen rasenden Schmerz, der bis in sein Gehirn schoss, als die Faust des zweiten Angreifers auf seinem Kinn landete. Taumelnd hielt er sich auf den Beinen, tauchte unter dem nächsten Schwinger des Mannes durch, ließ seine Faust in das Gesicht des Gegners krachen und trat ihm gleichzeitig mit einer gezielten Fußdrehung das Messer aus der Hand. Mit einem hässlich klirrenden Geräusch fiel es zu Boden. Als der Übeltäter danach greifen wollte, stieß er es mit dem Fuß weg und rammte ihm die Faust in den Magen.

Herbert, der langsam hinter Otto hergefahren war, erkannte mit einem Blick die Situation, bremste hart, sprang aus dem Wagen und eilte seinem Dienstgeber zur Hilfe. Er kam gerade zur rechten Zeit – der Kriminelle versuchte erneut, einen Schwinger zu landen. Brutal drehte er ihm die Hände auf den Rücken und hielt ihn fest. Der Mann zappelte und versuchte sich zu befreien, hatte aber bei Herbert – einem großen muskulösen Mann – keine Chance. Sein Komplice hockte am Boden und hielt sich stöhnend den Unterleib.

„Passen Sie gut auf die zwei auf, Herbert, ich hole das Abschleppseil", rief Otto seinem Chauffeur zu und lief zum Auto.

Wenig später lagen beide gut verschnürt auf dem Boden.

„So, die zwei hätten wir außer Gefecht gesetzt", brummte Otto und rieb sich sein Kinn. „Herbert, Sie holen einen Polizisten, ich kümmere mich um die Frau." Im Schein der Laterne sah er, dass die Frau starr mit weit aufgerissenen Augen auf dem Boden saß und am ganzen Körper zitterte. Er beugte sich zu ihr und sagte im beschwichtigenden Tonfall: „Keine Angst, die Kerle können Ihnen nichts mehr tun." Sie gab keine Antwort. „Ist Ihnen nicht gut? Sollen wir einen Arzt holen?"

„Nein, es geht schon", hauchte die Frau.

„Keine Angst", wiederholte Otto. „Die zwei sind gut verpackt und zwei Polizisten kommen auch schon – wie ich sehe."

„Hier ist uns die Arbeit ja bereits abgenommen worden", sagte einer der Polizisten mit einem Blick auf die zwei Gauner und lächelte Otto an. „Würden Sie sich bitte ausweisen?"

Otto fasste in seine Brusttasche und hielt ihm seinen Ausweis – wo zwar sein Titel durchgestrichen, aber gut lesbar war – unter die Nase.

Der Polizist stand stramm. Otto unterdrückte ein Lächeln.

„Durchlaucht … äh, Herr Grothas, würden Sie die Freundlichkeit haben, uns den Tathergang zu schildern?"

Ausführlich berichtete Otto über das Geschehene und versprach, am nächsten Tag zur Aufnahme des Protokolls in die Wachstube zu kommen.

Die Polizisten gingen einfühlsam mit der jungen Frau um, trotzdem war sie nicht imstande, einen zusammenhängenden Satz von sich zu geben. Sie brachte lediglich ihren Namen und ihre Adresse heraus. Als einer der Polizisten weiter in sie drang, griff Otto ein. „Sie sehen doch, dass die Dame vollkommen erschöpft ist", sagte er. „Ihre Adresse haben Sie ja, falls Sie noch eine Aussage von ihr brauchen. Sie werden wohl nichts dagegen haben, wenn ich sie jetzt nach Hause bringe." Er bot ihr seinen Arm, den sie hastig ergriff.

Nach ein paar Schritten flüsterte die Frau, die Andres hieß, „Mir ist schlecht", und sackte so plötzlich zusammen, dass Otto sie gerade noch auffangen konnte.

„Sollen wir nicht doch einen Krankenwagen rufen?", fragte einer der Polizisten.

„Nein", antwortete Otto. „Sie ist nicht verletzt, es wird wohl nur der Schock sein. Ich bringe sie wie gesagt jetzt nach Hause." Er hob sie auf, trug sie zum Auto und ließ sie auf die Rückbank seiner Limousine sinken. „Entschuldigen Sie … es geht mir schon besser", flüsterte Frau Andres Sekunden später und traf Anstalten aus dem Auto zu steigen.

Otto stoppte sie mit einer Handbewegung. „Bleiben Sie bitte sitzen. Womöglich fallen Sie sonst nochmals in Ohnmacht. Ich bringe Sie heim – wie ist die Adresse?"

„Ich danke Ihnen vielmals … Gumpendorferstraße 9, gleich nach dem Cafe Sperl[76]."

Otto nahm neben ihr Platz. „Du hast es gehört Herbert", sagte er, „fahr los!" Erst jetzt merkte er, dass ihm das Sprechen schwerfiel, sein Kiefer schmerzte bei jeder Bewegung. Während der Fahrt beobachtete er die Frau und sah erst jetzt, dass sie hübsch war. Ihr Gesicht war ebenmäßig geschnitten, von ihrem braunen Haar, das sie entgegen der Mode aufgesteckt trug, hatten sich einzelne Flechten gelöst, die lose über ihre Schultern fielen. Er schätzte sie auf Mitte dreißig.

Eine Viertelstunde später hielt Herbert vor der genannten Adresse. Höflich half Otto Frau Andres beim Aussteigen und bestand darauf, sie bis vor ihre Wohnungstür zu bringen. „Nochmals vielen Dank", sagte sie, während sie aufsperrte. „Sie haben wegen meines

Leichtsinns ihr Leben aufs Spiel gesetzt."

„Es ist für mich eine Selbstverständlichkeit, einer Dame in Bedrängnis zu helfen. Darf ich morgen nach Ihnen sehen? Ich möchte sicher sein, dass es Ihnen gut geht."

„Ich habe morgen keinen Unterricht", murmelte Frau Andres, „bin also zu Hause." Sie schien Ottos erstaunte Miene zu bemerken, denn sie fügte hinzu: „Ich bin Volksschullehrerin."

„Wäre es Ihnen am Nachmittag, sagen wir um 4 Uhr recht? Sie steuern den Kaffee bei und ich bringe etwas Süßes mit. In Ordnung?"

„Wenn es Ihnen wichtig ist …" Es klang zögernd. „Jetzt bitte ich Sie mich zu entschuldigen, ich bin sehr müde."

„Selbstverständlich", erwiderte Otto, übergab ihr seine Visitenkarte und trat einen Schritt zurück. Sekunden später schloss sich die Tür hinter ihr. Er las auf dem Namensschild: Elisabeth Andres. Nette Frau, sie schaut gut aus und ist sympathisch – manchmal belohnt der liebe Gott sofort die gute Tat! Mit einem Lächeln ging er zu seinem Wagen.

„So ein Sauwetter!", stellte Otto nach einem Blick aus dem Fenster fest. „Mitte April und man sieht kaum ein grünes Blatt. Jetzt hat es auch noch zu regnen begonnen."

„Heute früh hat es Null Grad gehabt", brummte Maximilian. „Hoffentlich ist es nächste Woche besser, sonst haben wir verregnete Flitterwochen!" Seine eben noch gereizte Stimme wechselte. „Allerdings, wenn ich so darüber nachdenke … dann bleiben wir eben vierzehn Tage im Bett!"

„Nimmst du dir da nicht ein wenig zu viel vor? Aber bei einer Frau wie Theresa würde ich wohl auch so denken, du kannst dir zu ihr nur gratulieren. Vielleicht hat jetzt der Herrgott auch mit mir ein Einsehen."

„Du meinst wohl damit die Frau, für die du dich gestern geprügelt hast. Tut dein Kinn noch weh?"

„Na, ja … es ist zum Aushalten. Mein Gesicht hat allerdings an Attraktivität verloren." Otto versuchte ein Lächeln – es wurde lediglich eine Grimasse daraus.

„Du schaust tatsächlich zum Fürchten aus", stellte Maximilian fest und musterte Ottos rotblaues, verschwollenes Gesicht.

„Macht nichts, das vergeht wieder – ich würde es für sie wieder tun. Sie ist nicht nur ausgesprochen hübsch, sondern offensichtlich, da sie Lehrerin ist, auch gebildet, und im Alter dürfte sie auch zu mir passen. Ins Bett werde ich sie aber, so wie ich sie einschätze, nicht so schnell bringen – sie ist wahrscheinlich keine Frau für eine Nacht."

„Das ist auch gut so", kommentierte Maximilian diese Aussage. „Du hast doch erst vor kurzem gesagt, dass du diese flüchtigen Bettgeschichten schon überhast und eine Frau suchst, mit der du dich auch außerhalb deines Bettes verstehst. Die Wiener Gesellschaft wird es dir verzeihen, wenn du mit einer offiziellen Geliebten auftrittst. Es weiß inzwischen doch jeder, dass deine Frau krank im Kopf ist – man wird dich nicht verurteilen."

Otto winkte ab. „Die Ansicht der Leute ist mir schnuppe. Die Frage ist, ob eine Frau an meiner Seite die Tratschereien aushält!" Das Pendel der Uhr schlug die halbe Stunde. „Zeit zu gehen, Maxi, wünsch mir Glück!"

Maximilian hielt statt einer Antwort beide Daumen in die Luft.

Minuten später lief Otto im Innenhof des Palais zu seinem Auto. Ein eiskalter Wind peitschte ihm ein Gemisch aus Regen und Schnee ins Gesicht. Er ließ sich hinter das Steuer fallen, legte einen Blumenstrauß und ein Kuchenpäckchen auf den Sitz neben sich und startete.

Punkt 16 Uhr drückte er den Zeigefinger auf den Klingelknopf. Nicht lange danach stand Elisabeth Andres vor ihm. Er bemerkte sofort, dass sie sich sorgfältig zurechtgemacht hatte. Ihr langes haselnussbraunes Haar war kunstvoll aufgesteckt, die Schminke im Gesicht kaum wahrnehmbar, aber effektiv. Die bunte Kasackbluse, die sie zu einem schwarzen Rock trug, erinnerte ihn an den heiß ersehnten Frühling.

„Grüß Gott, kommen Sie bitte weiter", begrüßte ihn Elisabeth und versuchte sich ihre Verlegenheit nicht anmerken zu lassen.

Otto nahm seinen Hut ab, deutete einen Handkuss an, bemerkte mit innerer Belustigung, dass sie diese Art der Begrüßung nicht gewohnt war, und hielt ihr den Blumenstrauß entgegen.

„Danke, so schöne Blumen", hauchte Elisabeth und fühlte, wie ihr das Blut zu Kopf stieg. „Legen Sie doch bitte ab."

Otto schlüpfte aus seinem Mantel, hängte ihn auf einen Haken der Garderobe und verstaute seinen Hut. Danach folgte er ihr in ein gediegenes Speisezimmer, wo der Tisch bereits für die Kaffeejause gedeckt war. „Hier ist der versprochene Kuchen", sagte er und drückte ihr das Päckchen in die Hand. „Sehr gemütlich haben Sie es hier."

„Setzen Sie sich doch bitte, ich bin gleich wieder da", murmelte Elisabeth und wies einladend auf einen Stuhl, bevor sie in der Küche verschwand.

„Kann ich helfen?" rief ihr Otto nach.

„Nein, danke!", antwortete Elisabeth und kam wenig später bestückt mit Ottos Gugelhupf und einer Porzellankanne mit Blümchen zurück. „Ich glaube nicht, dass Sie es gewohnt sind, in der Küche zu helfen", bemerkte sie, während sie den Kaffee einschenkte.

„Woran meinen Sie das zu erkennen?"

„Auf Ihrer Visitenkarte steht zwar nur Ihr Name, aber ich bin sicher ... Elisabeth zögerte kurz dann platzte sie heraus: „Sie sind ein Adeliger." Sie spürte wie ihr heiß wurde und verfluchte sich im selben Moment für ihre vorlaute Zunge.

„So leicht bin ich also zu erkennen", lachte Otto und unterdrückte zugleich einen Schmerzenslaut. „Ich hoffe, das stört Sie nicht", setzte er nach.

„Warum sollte es das?", kam es trocken. „Sie können schließlich nichts dafür."

Otto war amüsiert.

Konzentriert schnitt Elisabeth den Gugelhupf an und hob ein Stück mit dem Tortenheber auf seinen Teller. Er sieht gut aus und wirkt sympathisch, dachte sie. Obwohl ich eigentlich keine Adeligen mag – aber er ist kein bisschen hochnäsig.

Otto nahm einen Schluck Kaffee. „Wie geht es Ihnen?", fragte er danach. „Ich hoffe, Sie haben sich von dem gestrigen Schock erholt."

„Danke der Nachfrage, es geht mir wieder gut. Ich war wirklich leichtsinnig, um diese Zeit alleine nach Hause zu gehen. Es tut mir leid, dass Sie einiges abbekommen haben."

„Nicht der Rede wert, das heilt wieder. Hauptsache Sie wurden nicht verletzt." Otto pausierte, aß ein Stück vom Kuchen und entschloss sich währenddessen das Gespräch mit ihrem Wissensgebiet zu beginnen. „Sie haben mir gestern gesagt, dass sie von Beruf Volksschullehrerin sind. Mich würde ihre Meinung als Fachfrau zur Schulreform interessieren. Wie stehen Sie dazu?"

Aha, er will meine politische Richtung ausloten, dachte Elisabeth. „Ich finde es gut, was Glöckel[77] in die Wege geleitet hat, obwohl das Unterrichtsminister Schneider[78] wahrscheinlich nicht so sieht", begann sie ohne Umschweife. „Aber wie jeder weiß, ist er sowieso mehr mit seinen Sportaktivitäten beschäftigt."

Otto steckte ein weiteres Stück Kuchen in den Mund. Habe ich es mir doch gedacht, der Frau kann man kein X für ein U vormachen. Wahrscheinlich ist sie eine Rote, wenn sie so für den Glöckel ist. „Was im Besonderen finden Sie denn an der neuen Reform gut?", hakte er nach.

„Die Demokratisierung an den Schulen, die Mitbestimmung der Lehrer, Eltern und Schüler. Ich bin eine absolute Gegnerin der Schulen, wo nur Drill herrscht. Kein Kind kann sich in einer Atmosphäre der Angst gut entwickeln und außerdem erreicht man mit Verboten und Strafen so gut wie nichts. Was ich zusätzlich bei der Schulreform sehr, sehr gut finde, ist, dass es die verpflichtende Beteiligung der Schüler am Religionsunterricht nicht mehr gibt und das Schulgebet abgeschafft wurde." Elisabeths Augen funkelten, sie war in ihrem Element.

„Es kann aber nicht schlecht sein, wenn man junge Menschen religiös erzieht", erwiderte Otto und ging absichtlich auf Konfrontationskurs.

„Ich behaupte ja nicht, dass der Glaube etwas Schlechtes ist, er darf nur nicht zum Zwang werden. Die Kirche hat sich lange genug mit fürchterlichen Unterrichtsmethoden in das Schulsystem eingemischt. Ein sechsjähriges Volksschulkind muss Freude am Lernen haben, nur dann wird die Neugierde am Wissen ein Leben lang erhalten bleiben." Elisabeths Gesicht wurde weich. „So ein kleines Kind ist wie formbarer Ton, man muss behutsam mit ihm umgehen, damit es nicht zerbricht."

„Da haben Sie vollkommen recht", pflichtete Otto ihr bei. „So denke ich auch. Ich habe einen Sohn, der heuer maturiert, seine Mutter hat ihn seit der Geburt abgelehnt. Ich weiß daher nur zu gut, wie fragil eine Kinderseele ist." Er führte abermals die Kaffeetasse zum Mund. „Aber zurück zur neuen Reform", fuhr er schließlich fort. „Die Kirche, und ich befürworte auch nicht alles, was sie vorgibt, ist nur ein Teil davon. Für mich stellt sich die Frage, ob die Reform im Unterricht auch wirklich umgesetzt wird. Und wenn ja, in welcher Form?"

„Interessiert Sie das wirklich?" Der Zweifel in ihrer Stimme war nicht zu überhören.

„Ich stelle nie Fragen, wenn mich die Thematik nicht interessiert", teilte ihr Otto freundlich, aber bestimmt mit.

„Wenn das so ist … Abgesehen davon, dass in den letzten Jahren das Volksbildungswesen ausgebaut wurde, neue Kindergärten, Horte geschaffen und auch erstmals eine Erziehungsberatungsstelle eingerichtet wurde, empfinde ich es als unglaublichen Fortschritt, dass die Lehrpläne überarbeitet, die Lehrerausbildung erneuert und die Schülerselbstverwaltung verwirklicht wurde. Meiner Meinung nach ist die gemeinsame Schule für alle 10- bis 14-Jährigen ein wichtiger Schritt in die richtige Richtung. Es sollen alle, egal ob arm oder reich, die Möglichkeit einer Bildung erhalten."

„Sie haben mir aber noch nicht verraten, was sich in der Praxis beim Unterricht verändert hat", bohrte Otto hartnäckig nach.

„Das kann ich Ihnen gerne sagen. Der Volksschulunterricht ist nun dreigeteilt, es gibt einen Arbeitsunterricht und …"

„Was kann ich mir darunter vorstellen?"

„Damit ist ein eigenständiges Umgehen der Schüler mit gegebenen oder ausgewählten Materialien und ein selbstständiges Finden von Ergebnissen gemeint, sozusagen ein entdeckendes Lernen." Wieso interessiert er sich so für die Schule?, fragte sich Elisabeth. Er wird doch nicht auch vom Fach sein und mich womöglich aushorchen wollen? Aber was hätte er davon? Nein, es muss einen anderen Grund geben. „Sehen Sie bei der Schulreform irgendetwas, was Sie bedenklich finden?", erkundigte sie sich, neugierig, was nun kommen würde.

„Bedenklich ist ein zu starkes Wort", antwortete Otto. „Wie bei allem im Leben gibt es zwei Seiten. Sie haben klar erkannt, dass ich ein Adeliger bin, naturgegeben also kein Anhänger der Sozialdemokraten. In einem waren sich die Christlichsozialen und die Sozialdemokraten jedoch einig, dass es eine Schulreform geben muss. Freilich gab und gibt es große Auffassungsunterschiede. Meiner Partei – und eine andere zu wählen, wäre von meiner Herkunft her absurd – war und ist der traditionelle Erziehungs- und Unterrichtsstil besonders im Zusammenhang mit der sittlichreligiösen Erziehung wichtig. Persönlich gehe ich nicht mit allem, was die Christlichsozialen anstreben, konform, denn ich finde, man muss die Zeichen der Zeit erkennen. Sie sind offenbar eher den Sozialdemokraten zugeneigt, das macht eine Diskussion für mich spannend. Ich war vor dem Krieg aktiver Politiker im Reichsrat, bin es also gewohnt, mit Andersdenkenden umzugehen."

„Das freut mich", erwiderte Elisabeth und begriff, dass er offensichtlich das Schulthema gewählt hatte, um mehr über sie zu erfahren, aber auch über sich und seine Ansichten erzählen zu können. Gut, er will meine Meinung – er soll sie hören. „Verstehen Sie mich nicht falsch, ich habe durchaus nichts gegen Sittlichkeit. Es kann aber nicht sein, dass man sie durch den Rohrstock eingetrichtert bekommt. Ich bin übrigens nicht bei der Sozialdemokratischen Partei – ich bin bei keiner Partei. Ich bewerte die Schulreform lediglich daran, was für ein Kind, was für meine Schüler, besser ist." Sie hörte den Trotz in ihrer Stimme, war wütend auf sich selbst, ihn nicht beherrscht zu haben.

Gott sei's gedankt, dachte Otto. Endlich eine Frau, die gut aussieht und mit der man diskutieren kann. Jetzt bin ich zwar ins Fettnäpfchen getreten, aber ich habe sie aus der Reserve gelockt. „Ihre Absicht ehrt Sie", beeilte er sich zu sagen. „Trotzdem können Sie die politischen Gegebenheiten nicht ganz außer Acht lassen. Ich weiß, dass Glöckel mit seiner Politik drei Anliegen hat, nämlich politische, wirtschaftliche und pädagogische Veränderungen. Ich sage nicht, dass ich gegen alles bin, was er vertritt. Ich finde den Ansatz gut, dass alle Kinder gleiche Rechte erhalten und es keine Bevorzugungen gibt. Das klingt in der Theorie fantastisch, in der praktischen Umsetzung schaut es aber anders aus. Ich kenne mehr als einen sozialdemokratischen Politiker, der seine Person durchaus als privilegiert ansieht."

Elisabeth beugte sich vor und sah ihm direkt in die Augen. „Das mag durchaus so sein", fauchte sie, „ich beurteile danach – wie ich schon sagte – was für ein Kind gut ist. Die neue Schulreform ist auf jeden Fall ein Fortschritt gegenüber dem früheren Unterrichtsstil. Ich beurteile sie als Lehrerin und nicht politisch." Elisabeth, sagte sie zu sich selbst, was soll er nur von dir denken? Die Pferde sind wieder einmal mit dir durchgegangen. Mit einem Lächeln und den Satz „ich verstehe nicht viel von Politik" versuchte sie ihren scharfen Worten die Spitze zu nehmen.

Otto war von der Aggressivität in ihrer Stimme unbeeindruckt geblieben. Er sah ihr Lächeln und überlegte, ob es die Wut oder ihr Lächeln war, was sie noch attraktiver machte. Das Feuer in ihren bernsteinfarbenen Augen gefiel ihm, ihr Temperament erheiterte ihn. Bin neugierig, was sie macht, wenn ich jetzt in die Offensive gehe. „Das sehe ich nicht so", entgegnete er. „Sie vertreten Ihre

Standpunkte durchaus fundiert, aber was mich viel mehr als die Politik dieses Landes interessiert, sind Sie."

Jetzt war Elisabeth irritiert. Mit dieser Direktheit hatte sie nicht gerechnet. „Ich bin nicht interessant", murmelte sie und zerbröselte ein Stück Kuchen mit der Gabel.

„Darf ich Sie etwas Persönliches fragen?"

„Wenn es sein muss. Bitte."

„Wie kommt es, dass so eine hübsche Frau wie Sie alleine ist?"

„Das kommt durch den Krieg. Mein Verlobter ist gefallen." Elisabeths Gesichtsausdruck verdüsterte sich.

„Das tut mir leid", sagte Otto und meinte es auch so. „Wo war er im Einsatz?"

„Am Isonzo am Doberdo-Plateau."

Ottos Augen weiteten sich. „So etwas ... da war ich auch."

„Tatsächlich?", brachte Elisabeth mit brüchiger Stimme hervor. Einige Minuten war nur das Ticken der Pendeluhr zu hören.

„Erzählen Sie, wie es dort war", unterbrach Elisabeth schließlich die Stille. „Ich habe keinerlei Vorstellung davon." Otto schwieg. „Bitte! Ich will wissen ..."

„Vielleicht ist es besser, Sie wissen es nicht ... es war ... Einzelheiten des Krieges sind nicht für die Ohren einer Dame bestimmt."

„Das weiß ich. Bitte, erzählen Sie, erst dann kann ich dieses Kapitel in meinem Leben abschließen."

„Wenn ich Ihnen dabei helfen kann, die Vergangenheit zu bewältigen ..." Widerwillig aber doch begann Otto über seinen Kriegseinsatz zu reden und vergaß dabei die Wirklichkeit. Er hörte wieder das Dröhnen der Artillerie, die Geschosse der Infanterie, fühlte wieder Angst und Abscheu. Noch mit keinem, außer mit Franz, hatte er so offen über seine Gefühle gesprochen. Still hörte ihm Elisabeth zu. Erst als die Uhr sieben schlug, wurde er sich der Gegenwart wieder bewusst und entschuldigte sich stockend für die Flut seiner Worte. Jetzt war es ihm peinlich, so viel von sich preisgegeben zu haben.

„Sie haben keinen Grund, sich zu entschuldigen", erwiderte

Elisabeth mit sanfter Stimme und Tränen in den Augen. „Es war sicherlich nicht leicht für Sie, so offen zu reden. Ihr Bericht war auch für mich schmerzhaft, da ich nun eine Ahnung habe, wie mein Paul umgekommen ist." Sie pausierte und sah mit einem leeren Blick vor sich hin. Schließlich blickte sie Otto offen an und sagte: „Danke, Sie haben mir geholfen mit dem Gestern abzuschließen."

„Es ist schon sieben, ich sollte jetzt gehen."

„Das kommt nicht in Frage! Ich bin schuld, dass Ihr Kinn so böse aussieht, da bin ich Ihnen zumindest ein Abendessen schuldig ... falls Sie mit Gulasch und Nockerl zufrieden sind."

„Durchaus. Ich esse Gulasch sehr gerne, wie alles aus der österreichische Küche."

„Fein. Mir geht es genauso." Elisabeth stapelte das Kaffeegeschirr auf ein Tablett und ging in die Küche, nicht ohne Otto vorher mit einem Glas Wein versorgt zu haben.

In erstaunlich kurzer Zeit stand das Essen auf dem Tisch.

„Sie können wohl zaubern?", bemerkte Otto.

„Leider nicht", schmunzelte Elisabeth und häufte eine Portion auf seinen Teller. „Das Gulasch habe ich vorgekocht und die Nockerl gehen schnell."

Otto griff zu. „Wunderbar", sagte er und meinte damit nicht nur das Gulasch. Er fühlte sich so wohl wie schon lange nicht mehr.

„Danke. Darf ich Ihnen nun auch eine persönliche Frage stellen?"

„Durchaus."

„Sie haben mir so viel über Ihre Erlebnisse aus dem Krieg erzählt, aber nichts über Ihr jetziges Leben. Sie erwähnten einen Sohn?"

„Mein Sohn wird morgen achtzehn Jahre, heißt Alexander, maturiert in zwei Monaten und wird im Herbst auf die Harvard University gehen, um Architektur zu studieren. Ich bin sehr stolz auf ihn. Seine Mutter ist schon seit Jahren schwer krank."

„Das tut mir leid. Was hat sie denn, wenn ich fragen darf."

Über sich selbst überrascht berichtete er ihr, ohne zu zögern, von Gertruds Gefühlslosigkeit gegenüber Alexander und schlussendlich von ihrer Alkoholsucht und der daraus resultierenden Krankheit.

„Da haben Sie ein schweres Los zu ertragen", sagte Elisabeth am Ende.

Otto nickte. „Es ist tatsächlich nicht einfach. Was das Geld anbelangt, gehöre ich nicht zu den Armen, aber innerlich bin ich es sehr wohl. Ich fühle mich oft sehr einsam."

„Ich weiß sehr gut, wovon Sie sprechen, auch mir geht ein Partner ab. Wie gerne würde ich einen schönen Augenblick mit jemandem teilen oder auch nur über ein Buch diskutieren." Im gleichen Augenblick, als Elisabeth ausgesprochen hatte, wäre sie am liebsten im Boden versunken. Mein Gott, was rede ich da? Das muss sich für ihn anhören, als würde ich ihn bitten, um mich zu werben. Sie verbarg ihre Verwirrung, indem sie einen Schluck aus ihrem Weinglas nahm.

Otto verkniff sich ein Lächeln. Das klingt ausgezeichnet. Jetzt nur nicht ungeduldig werden, befahl er sich – Zeit zu gehen. „Danke für das wunderbare Essen, aber jetzt will ich Sie wirklich nicht mehr länger belästigen, es ist spät geworden."

Diesmal widersprach Elisabeth nicht, sondern begleitete ihn nach einigen Höflichkeitsfloskeln zur Tür.

„Darf ich Sie wiedersehen?", fragte Otto mit einem tiefen Blick in ihre Augen. „Es gibt nicht viele Menschen, zu denen ich so viel Vertrauen habe."

Elisabeth schwieg. Ihre Gedanken rasten: Er ist verheiratet … aber seine Frau ist krank. Ich mag ihn, er ist klug und einfühlsam … heiraten will ich sowieso nicht. Ich wäre blöd, wenn ich ihn gehen ließe. „Ich habe nichts dagegen, wenn wir uns ab und zu treffen", sagte sie schließlich und fühlte zu ihrem Ärger abermals die Röte in ihre Wangen schießen.

„Sie machen mich mit dieser Aussage sehr glücklich. Ist es in Ordnung, wenn ich Sie am Mittwoch um neunzehn Uhr zum Abendessen abhole? Ich muss mich unbedingt für das wunderbare

Gulasch revanchieren."

„Dagegen spricht nichts", murmelte Elisabeth.

„Dann bis Mittwoch", erwiderte Otto und küsste ihr die Hand.

27. KAPITEL

Antonia hörte die Eingangstür, wenig später trat Franz ins Wohnzimmer. „Es ist fast zehn Uhr, musst du so lange arbeiten?", fragte Antonia mit einem vorwurfsvollen Blick und legte ihr Buch zur Seite.

„Ich arbeite nicht zum Vergnügen", antwortete Franz bissig.

„Möchtest du etwas essen? Es ist noch Suppe und Eintopf von Mittag da."

„Nein, ich habe in der Kanzlei eine Kleinigkeit gegessen. Ich will nur noch eines, nämlich ins Bett."

„Du solltest wenigstens eine Tasse Tee trinken, du siehst gar nicht gut aus. Wenn du so weiter machst, wirst du noch krank werden."

Franz ließ sich in einen der Fauteuils fallen. „Tee wäre nicht schlecht. Ich kann dir gar nicht sagen, wie froh ich bin, dass die Osterfeiertage kommen. Ausschlafen, nichts tun, wunderbar – bei diesem kühlen, regnerischen Wetter gerade das Richtige."

Antonia gab keine Antwort, ging in die Küche und kehrte nach einer Weile mit einer Kanne Tee zurück. „Ich wäre gerne über Ostern weggefahren", bemerkte sie, während sie einschenkte. Luftveränderung würde dir und mir guttun."

„Darauf habe ich absolut keine Lust. Ein paar ruhige Tage mit Maria wär…"

„Maria verbringt die Osterfeiertage bei ihrer Freundin", fiel ihm Antonia brummig ins Wort. „Seit sie da oben wohnt, sehe ich sie kaum noch und du bist …"

Jetzt geht diese Litanei wieder los! Das halte ich heute nicht aus, dachte Franz. Um ihr Gejammer abzublocken, ging er auf ihren Wunsch ein. „Wohin würdest du denn zu den Osterfeiertagen fahren wollen?"

„Wir könnten mit der Bahn in die Steiermark nach Schladming[79] fahren. Ich habe gelesen, dass am Samstag um fünfzehn Uhr ein beschleunigter Touristenzug vom Westbahnhof wegfährt."

„Wie in Gottes Namen kommst du auf Schladming?"

„Es stand die Anzeige eines Gasthauses in der Zeitung: 50.000 Kronen pro Tag mit Vollpension. Das können wir uns doch leisten, oder?"

„Leisten schon", murmelte Franz und gähnte.

„Schladming soll ein ausgesprochen netter Ort in einer schönen Wandergegend sein", stieß Antonia nach. „Von dort aus sieht man sogar den Dachstein[80] mit ..."

„... einer dicken Schneehaube", ergänzte Franz ironisch. „Oder er liegt in den Wolken, dann siehst du gar nichts. Laut Wettervorhersage ist vom Frühling weit und breit nichts zu sehen. Was bitte sollten wir deiner Meinung nach bei Schlechtwetter dort tun? Wir würden uns nur langweilen."

„Das glaub ich nicht", entgegnete Antonia patzig. „Ich kann mich gar nicht mehr daran erinnern, wann wir das letzte Mal Zeit für uns gehabt haben."

Franz schwieg. Wenn ich nein sage, sehe ich die ganzen Feiertage über nur ihr saures Gesicht – das bringt es auch nicht. Er stand mit einem lauten Seufzer auf. „Dann fahren wir halt – dir zuliebe!"

Antonia sah sich in dem winzigen Zimmer mit den Bauernmöbeln um. „Das Zimmer ist für das Geld sehr nett. Findest du nicht?"

„Es geht", antwortete Franz gedehnt und stellte den Koffer nieder. „Ich dachte, wir hätten hier zumindest eine Waschgelegenheit und müssen nicht im Schlafrock auf dem Gang herumwandern – aber jetzt ist es, wie es ist. Hoffentlich ist morgen das Wetter schön, sonst hätten wir es zuhause gemütlicher gehabt."

„Franz, sei doch nicht so grantig! Das Zimmer ist nicht wichtig. Hauptsache, wir haben Zeit füreinander und ich, ich freue mich, wenn ich einmal nicht kochen, bügeln oder putzen muss. Zuhause mache ich ja nichts anderes." Antonia öffnete den Koffer und begann ihn auszupacken.

Franz setzte sich auf einen der zwei schmalen Holzsessel und sah ihr minutenlang schweigend zu. So ein Blödsinn, wir sitzen hier in diesem ärmlichen kleinen Zimmer, und das wahrscheinlich bei Regenwetter. Wie schön wäre es daheim gewesen … ihre ewige Jammerei geht mir jetzt wirklich schon auf den Geist. „Ich an deiner Stelle wäre froh und dankbar, nicht zur Arbeit gehen zu müssen, sondern nur einen kleinen Haushalt zu führen", stieß er hervor.

„Ich bin aber nicht froh, ich ginge sehr gerne wieder arbeiten!"

„Ich habe dir schon x-mal erklärt, dass du das nicht brauchst. Ich kann sehr gut für meine Familie alleine sorgen."

Bleib ruhig, befahl sich Antonia. Jetzt ist die Gelegenheit, ihm in Ruhe dein Dilemma zu erklären. „Ich weiß, du meinst es gut und ich weiß deine Fürsorge auch zu schätzen, Franz. Mein Problem ist, dass ich mich nicht gebraucht fühle. Wozu bin ich schon nutze? Ein Haustrampel bin ich, mehr nicht. Dazu kommt, dass ich mich furchtbar langweile. Du bist die Hälfte des Monats weg und ich? Ich sitze mit einem Buch oder einer Stickerei zuhause."

Jetzt war Franz endgültig sauer. Er warf ihr einen bösen Blick zu. „Willst du einen Streit vom Zaun brechen? Ich kann dein ewiges Gejammer nicht mehr hören. Wir sind da, wo du hinwolltest, also lass mich in Ruhe!" Er dreht sich um und kehrte ihr den Rücken zu.

Schweigend räumte Antonia den Koffer fertig aus, schweigend legten sie sich zu Bett. Es war das erste Mal seit Beginn ihrer Liebe, dass sie sich keinen Gute-Nacht-Kuss gaben.

Sie muss doch sehen, dass ich müde und erschöpft bin, dachte Franz. Rücksichtslos, mich überhaupt hierher zu schleifen. Ich arbeite wie ein Berserker, damit wir ein sorgenfreies Leben haben, und sie ist unzufrieden. Möchte wissen, was sie will … es geht ihr doch gut im Gegensatz zu vielen anderen. Langweilig ist ihr! Ich wäre selig, wenn ich mehr Zeit hätte … Ich würde lesen, vielleicht noch eine Sprache lernen und viel mehr in der Partei tun … sie könnte ja auch irgendwo ehrenamtlich helfen. Cristina ist selig, dass sie jetzt zuhause bleiben kann. Versteh einer die Frauen!

Antonia starrte in die Dunkelheit, ihr Herz klopfte spürbar, ein Kloß saß in ihrer Kehle. Wie kann er nur so gemein zu mir sein?

… Wieso begreift er nicht, dass ich einsam bin. Ich hocke den ganzen lieben Tag allein zu Hause, während er entweder in Italien ist oder in der Kanzlei arbeitet … ganz zu schweigen von der vielen Parteiarbeit, die er sich zusätzlich aufhalst. Was bin ich denn noch für ihn? Gar nichts. Früher hätte er mich in die Arme genommen und meine Probleme hinterfragt … Was tut er jetzt? Nichts, außer bissig sein … Er hätte ja nicht hierherfahren müssen, wenn er nicht will … Ich verstehe ja, dass er überarbeitet ist, aber muss er das an mir auslassen? Im Bett ist er auch nicht mehr wie früher, von Leidenschaft keine Spur … meistens ist er eh zu müde und wenn wir miteinander schlafen, ist es immer das Gleiche … Ich weiß genau, welchen Handgriff er als nächstes macht … früher war das anders, da war er phantasievoll und spontan. Womöglich betrügt er mich doch mit einer anderen in Venedig – und liebt mich nicht mehr. Jetzt begannen die Tränen zu fließen.

Am nächsten Tag strahlte die Sonne vom tiefblauen Himmel. Weder Antonia noch Franz schienen sie wahrzunehmen. Beim Frühstück saßen sie sich stumm gegenüber und vermieden den Blickkontakt. Franz aß nichts, trank nur Kaffee und rauchte, Antonia ließ die Hälfte des reichhaltigen Angebots über. Als sie zurück in ihr Zimmer kamen, werkte gerade das Stubenmädchen, es blieb ihnen nichts anderes übrig, als ihre Mäntel zu nehmen und nach draußen zu gehen. Die Berge präsentierten sich mit einer Schneehaube, die bis ins Tal reichte, die Sonne wärmte nur wenig, ein eisiger Nordwind pfiff ihnen um die Ohren. Fröstelnd umkreisten sie den kleinen Ort. Nach einer halben Stunde standen sie wieder vor der Gastwirtschaft.

„Und was machen wir jetzt?", fragte Franz mit einem provokanten Unterton.

„Ich habe mir den Ort auch größer vorgestellt", antwortete Antonia kleinlaut. „Vielleicht sollten wir mit dem Autobus in die Ramsau[81] fahren und dort wandern."

„Bei dem kühlen Wind? Da holen wir uns höchstens einen Schnupfen." Franz dachte nach und stapfte dabei von einem Fuß auf den anderen. „Ich habe eine Idee", sagte er plötzlich. „Wir fahren mit dem nächsten Zug nach Salzburg, besichtigen die Stadt und gehen zur Festung hinauf." Er stockte. Dann murmelte er: „Tut mir leid, dass ich gestern so unfreundlich zu dir war."

„Du warst wirklich sehr ekelhaft – so kenne ich dich gar nicht. Was ist nur los mit dir? Ich sage dir eines, Franz, so kannst du nicht weitermachen. Du arbeitest so viel, dass unsere Ehe noch kaputt geht. Möchtest du das?"

„Ich werde mich bessern. Jetzt gib mir einen Kuss und wir vergessen das Ganze."

Antonia streifte flüchtig seine Lippen.

Eine Stunde später saßen sie im Zug, nach zwei weiteren Stunden stiegen sie in Salzburg aus.

„Die Frau im Zug hat doch gesagt, dass die Pension gleich gegenüber dem Bahnhof ist", sagte Franz und stellte den Koffer ab. „Ich sehe aber nichts."

„Doch! Dort drüben ist sie", rief Antonia. „Gleich neben dem Schuhgeschäft steht auf einem Schild: ‚Pension Angela'."

„Es ist zwar teurer, aber wir haben zumindest Waschbecken und Spiegel", bemerkte Franz wenig später, als sie in ihrem Zimmer standen.

Antonia schwieg und machte den Koffer auf.

„Auspacken kannst du auch später", fuhr er fort. „Ich habe Hunger. Schräg gegenüber ist ein Gasthaus, dort essen wir etwas und anschließend können wir, wenn du willst, auf die Festung Hohensalzburg[82] gehen. Das Wetter ist ideal, wir werden einen wunderbaren Ausblick auf die Stadt, den Untersberg und das Tennengebirge haben. In Ordnung?"

Antonia schenkte ihm ein Lächeln. „In Ordnung! Und danach bummeln wir durch die Stadt."

„Wenn du dann nicht zu müde bist. Der Fußweg auf die Festung ist zwar nicht lang, aber es geht steil bergauf. So gesehen … besser wir fahren mit der Standseilbahn[83] hinauf und gehen nachher über die Getreidegasse zurück."

„Vorschlag angenommen", erwiderte Antonia. „Ich wusste gar nicht, dass eine Seilbahn hinauf geht. Hoffentlich ist die Fahrt nicht zu teuer."

„Wird nicht so schlimm sein. Können wir jetzt gehen? Ich bin wirklich am Verhungern."

Nach einem ausgiebigen Mahl bestiegen sie die gelbe Stadtbahn beim Hauptbahnhof, fuhren über die Neustadt in die Altstadt und wenig später mit der Standseilbahn auf die Festung. Trotz des kalten Windes genossen sie die herrliche Aussicht, schlenderten durch die Burg und landeten schließlich am späten Nachmittag in der Getreidegasse. Über dies und das plaudernd gingen sie Hand in Hand durch die enge Gasse, bestaunten die schönen Hausportale, blieben vor Mozarts Geburtshaus stehen und schauten neugierig in einige Innenhöfe. Es begann bereits zu dämmern, als sie zurück in ihr Quartier kamen. Antonia ließ sich auf einen Sessel fallen und schlüpfte aus ihren Schuhen.

„Es sieht so aus, als würdest du heute nicht mehr fortgehen wollen", stellte Franz mit einem Lächeln fest.

„Es sieht nicht nur so aus, es ist auch so. Heute bringt mich niemand mehr auf die Straße."

„Dann machen wir es uns hier gemütlich. Ich gehe zur Rezeption und frage, ob wir eine Kleinigkeit zu essen haben können – bin gleich wieder da." Als Franz mit einer Flasche Wein und einem Teller mit belegten Broten zurückkehrte, lag Antonia am Bett. Sie war bis auf den Strumpfhalter und ihre schwarzen Strümpfe nackt, das Haar fiel offen über ihre Schultern, ihre Lippen waren geschminkt, ihr Blick lasziv.

Franz stellte das Tablett hart auf dem Tisch ab. Diesmal hatte Antonia keinen Grund sich über mangelnde Spontanität und Fantasie zu beklagen – sie liebten sich so leidenschaftlich wie schon lange nicht mehr.

28. KAPITEL

Otto, Alexander, Maximilian und Theresa aßen im kleinen Speisesalon des Palais Amsal zu Abend. Soeben war der Hauptgang serviert worden. Otto spießte gerade das erste Stück des Rostbratens auf seine Gabel, als Gottfried zu ihm trat und leise sagte: „Durchlaucht, ich bitte um Entschuldigung, aber Durchlaucht werden dringend am Telefon im Arbeitszimmer verlangt. Ich habe mich bemüht, den Anrufer zu vertrösten, aber er ließ sich nicht abschütteln."

„Das ist doch … wirklich unangenehm", stellte Otto ärgerlich fest. „Warum hast du das Gespräch nicht daneben in den blauen Salon gelegt?"

„Ich wusste nicht … ich wusste nicht wie ich …"

Otto schüttelte den Kopf, stand auf und ging mit den Worten „Ihr entschuldigt mich bitte" hinaus. Johanna muss ihm unbedingt noch einmal die Telefonanlage erklären. Lächerlich, dass ich während des Essens den weiten Weg gehen muss. In seinem Arbeitszimmer angekommen nahm er den Telefonhörer vom Tisch und brummte barsch hinein: „Grothas, wer spricht?" Er lauschte einige Minuten schweigend, gab dann ein „das ist ja ungeheuerlich" von sich und schwieg abermals. „Schon in Ordnung", sagte er schließlich. „In diesem Fall war es ganz richtig, mich zu informieren. Danke dir, wir hören uns." Langsam legte er den Hörer auf und ging über die langen Korridore zurück in den Speisesaal.

„Was war denn so Dringendes?", fragte Maximilian, während der Diener Otto ein neues Stück Rostbraten servierte.

„Stellt euch vor, auf den Bundeskanzler Seipel ist vor einer Stunde ein Attentat verübt wor..."

„Ist er tot?", fiel ihm Alexander ins Wort.

„Lass mich bitte ausreden!", wies ihn Otto zurecht. „Zum Glück ist er nur verletzt. Ein Arbeiter hat auf ihn zwei Schüsse abgegeben. Ein Schuss hat die Lunge verletzt, der andere hat seine Schulter gestreift. Man brachte ihn in das Wiedener Krankenhaus[84].

„So ein Gesindel!", rief Maximilian aus. „Wo ist es denn passiert?"

„Am Südbahnhof. Er ist mit dem Balaton-Express aus Neudörfl, das ist bei Wiener Neustadt, von einer Fahnenweihe zurückgekommen. In der Ankunftshalle passierte es dann. Der Vorstand des Bahnhofes und der Leiter der Polizeiinspektion empfingen ihn, man sprach einige Worte, da löste sich aus der Menschenmenge ein Mann. Angeblich sah man nur zwei Blitze aufzucken, die Detonation war kaum wahrzunehmen. Zwei Kriminalbeamte stürzten sich auf den mit einem Revolver bewaffneten Mann – er konnte aber noch zwei Schüsse auf sich selbst abgeben."

„Und was war mit dem Bundeskanzler?", fragte Alexander.

„Der bemerkte seine Verletzungen zuerst gar nicht. Er ging weiter zum Ausgang, als ob nichts geschehen wäre, bei der Stiege verließen ihn dann die Kräfte – aber er blieb bei Bewusstsein. Gott sei Dank war gleich ein Arzt aus München zur Stelle und stellte fest, dass er nicht lebensgefährlich verletzt ist. Morgen wird man mehr wissen." Otto steckte ein Stück Rostbraten in den Mund. „Der ist ja schon kalt", murmelte er und schob mit angewidertem Gesicht den Teller von sich. „Was gibt es zur Nachspeise?", fragte er den herbeieilenden Lakaien.

„Kaiserschmarrn mit Zwetschkenröster", antwortete der Diener und blieb abwartend stehen.

„Auf was warten Sie dann noch? Sie sehen doch, dass schon alle mit der Hauptspeise fertig sind." Blitzartig war der Diener verschwunden.

„Wie kannst du jetzt ans Essen denken, wo wir um ein Haar die Staatsführung verloren hätten", platzte Maximilian heraus und fing einen kühlen, distanzierten Blick mit der Bemerkung „Du hast ja schon etwas im Magen, ich kaum" ein.

„Weiß man schon, wer auf ihn geschossen hat?", fragte Theresa, um die Wogen zu glätten.

„Es war ein gewisser Jaworek, ein Hilfsarbeiter aus Pottenstein. Man konnte ihn noch nicht verhören, da er sich, wie ich schon sagte, selbst verletzt hat. Er ist in das Allgemeine Krankenhaus eingeliefert worden. Wahrscheinlich ein wahnsinniger Sozialdemokrat, der den Bundeskanzler für seine Armut verantwortlich gemacht hat."

„Ich verstehe die Leute nicht", sagte Maximilian mit einem Kopfschütteln. „Der Bundeskanzler ist jetzt zwei Jahre im Amt. Als er die Regierungsgeschäfte übernahm, standen wir kurz vor dem Zusammenbruch. Er war es, der die Geldentwertung gestoppt hat und er hat bewirkt, dass die Welt wieder Vertrauen zu uns hat. Natürlich liegt noch vieles im Argen, aber Wunder kann auch er nicht vollbringen."

„Da kann ich dir nur zustimmen", erwiderte Otto. „Um das kleine Stück Österreich, was uns geblieben ist, wieder aufzubauen, dazu gehört schon einiges."

Einige Minuten herrschte Stille, jeder schien für sich über die politische Lage nachzudenken. Schließlich sagte Otto: „Wollen wir den Kaffee im Rauchsalon einnehmen?"

„Mich müsst ihr bitte entschuldigen, ich muss noch lernen", meldete sich Alexander.

„Mich bitte auch", schloss sich Theresa ihm an. „Ich möchte noch nach der Fürstin sehen."

„Du hast wirklich Glück mit deiner Frau", bemerkte Otto, während er einen kleinen Mokka von einem Diener entgegennahm und ihm gleichzeitig zu verstehen gab, dass sie alleine sein wollten. „Takt ist eine Kunst, die nur wenige beherrschen."

Maximilian lächelte. „Das stimmt. Mit ihr habe ich wirklich das große Los gezogen. Bei jedem ihrer Worte und Taten spüre ich, wie sehr sie mich liebt. Wir sind, anders kann ich es nicht ausdrücken, regelrecht vernarrt ineinander ... Wie geht es dir mit deiner Lehrerin?"

„Es geht."

„Was heißt, es geht?"

„Das heißt, dass ich schön langsam, aber sicher sauer werde. Seit drei Monaten gehe ich mit ihr essen, ins Theater, tanzen, wir machen Ausflüge – nur eines nicht. Sie lässt mich einfach nicht an sich heran."

„Das glaub ich jetzt nicht", sagte Maximilian und unterdrückte ein Grinsen. „Du lässt dich von einer Frau am Gängelband führen? Sehr heilsam!"

„Was bitte, soll daran heilsam sein?", fauchte ihn Otto an. „Du bist offenbar von allen guten Geistern verlassen!"

„Ich erkläre es dir. Endlich ist eine Frau da, die du nicht sofort in dein Bett zerren kannst. Das spricht für sie! Wäre das nicht so, dann hättest du sie wahrscheinlich schon abserviert."

Ein undefinierbares Brummen und ein böser Blick waren die Antwort.

Um einen Ausbruch seiner Heiterkeit zu verhindern, nahm Maximilian einen Schluck von seinem Whisky. „Aber ich verstehe natürlich, fuhr er schließlich fort, „dass alles seine Grenzen hat. Warum machst du nicht mit ihr einen Ausflug? Ihr genießt die Gegend und landet dann in einem romantischen Gasthof."

„Sehr witzig, Maxi. Du glaubst doch nicht, dass ich von dir Ratschläge brauche, wie ich eine Frau verführe?" Otto trank den Rest seines Mokkas aus, legte die Zigarre beiseite und stand auf. „Du entschuldigst mich jetzt. Ich bin müde und werde heute zeitig zu Bett gehen." In seiner Stimme lag ein Anflug von Trotz, seine Miene ähnelte der eines beleidigten Buben. Ohne Maximilians vergnügt blitzende Augen wahrzunehmen, verließ er den Salon.

Es war ein Sonntag wie im Bilderbuch: Fünfundzwanzig Grad, blauer Himmel, ein sanftes Lüftchen. Frohgemut fuhr Otto am frühen Vormittag mit seinem brandneuen, blauen Chrysler B70[85], den er nur durch seine ausgezeichneten Verbindungen so schnell nach der Präsentation in Detroit geliefert bekommen hatte, in der Gumpendorferstraße vor, um Elisabeth zu einer Landpartie abzuholen. Fröhlich pfiff er vor sich hin, während er in den zweiten Stock spurtete. Sekunden später stand Elisabeth in einem farbenprächtigen

Dirndlkleid mit engem Mieder vor ihm. Auf ihrer Zopffrisur saß ein kleiner schwarzer Filzhut mit grüner Borte, der ihr ein keckes Aussehen verlieh.

„Ich bin fertig, Otto", verkündete sie, nachdem sie ihn herzlich, aber wie üblich ein wenig distanziert begrüßt hatte. „Wir können fahren."

„Fein. Das Dirndl steht Ihnen ausgezeichnet, wenn ich mir die Bemerkung erlauben darf. Dezent streifte Ottos Blick ihren Busen, der durch das Mieder hervorgehoben wurde.

„Was für ein schönes Auto", bemerkte Elisabeth, als ihr Otto die Tür öffnete. „Ist es neu?"

„So gut wie. Ich wollte einmal einen Amerikaner ausprobieren. Bis jetzt bin ich sehr zufrieden, er ist komot[86] und fährt bis 120 Stundenkilometer. Die Autos werden von Jahr zu Jahr schneller und bequemer. Es ist direkt unheimlich, wie schnell sich die Technik entwickelt. Stört Sie das offene Verdeck?"

„Nein, im Gegenteil. Die Luft ist heute ausgesprochen mild und angenehm."

„Ich werde nicht zu schnell fahren, aber falls Ihnen der Wind doch zu stark ist, kann ich Ihnen eine Autofahrerbrille anbieten."

„Nein, danke. Sollte es doch so sein, binde ich ein Kopftuch über den Hut. Wohin fahren wir?"

„Ich dachte, wir könnten Richtung Hohe Wand fahren, ein wenig wandern und dann in einer Gastwirtschaft einkehren. Was meinen Sie?"

„Klingt gut. Hoffentlich hält das Wetter. In der Zeitung stand etwas von möglichen Gewittern."

„Was die Zeitungen schreiben, stimmt doch nie und schon gar nicht der Wetterbericht", antwortete Otto und lächelte sie an. Ein Gewitter wäre wunderbar, dachte er. Es würde gut zu meinem Plan passen. Er stieg aufs Gaspedal und hielt erst nach Baden[87] in dem kleinen, aber traditionsträchtigen Kurort Bad Fischau[88]. Nachdem sie sich in der altehrwürdigen Parkanlage des Thermalbades, die schon zu Kaisers Zeiten beliebt war, die Füße vertreten hatten, fuhren sie durch die hügelige Landschaft weiter. Schließlich bogen sie Richtung Hohe Wand[89] ab.

„Ich war zwar schon öfter hier, aber die Landschaft begeistert mich immer wieder", sagte Elisabeth und deutete auf das rechts und links aufsteigende Felsmassiv mit den Föhrenwäldern.

„Mir geht es genauso", stimmte ihr Otto zu, während er das Auto routiniert durch die kurvenreiche, schmale Straße lenkte. Nach einigen Kilometern öffnete sich jäh die Enge des Felsmassives und eine offene Landschaft mit Äckern und Wiesen lag vor ihnen. In der Ferne erhob sich majestätisch das Karstplateau der Hohen Wand.

„Wie wäre es, wenn wir bei der nächsten Möglichkeit stehenblieben und zur Emmabergruine wandern?" schlug Elisabeth vor. „Ich war schon einmal mit einer Schulklasse hier, man hat von der Burg oben einen wunderschönen Ausblick. Sie werden den Fußmarsch nicht bereuen."

„Ich kann mir nicht vorstellen, dass ich in Ihrer Gesellschaft irgendetwas bereuen würde", erwiderte Otto lächelnd.

Elisabeth schwieg und betrachtete ihre Schuhspitzen.

Manchmal ist sie scheu wie ein Reh und dann wieder gibt sie einem mit einer Schärfe kontra, dass man nur so staunt, dachte Otto, während er hart bremste. Er fuhr an den Straßenrand, stieg aus, ging um das Auto herum und öffnete für Elisabeth die Tür. Dann sah er prüfend zum Himmel hinauf. „Das Wetter schaut nach wie vor gut aus, aber ich werde doch vorsichtshalber das Verdeck schließen."

Elisabeth war zu Ottos Erleichterung damit beschäftigt die Landschaft zu begutachten, während er herumwerkte und dabei die Zündkabel lockerte. Schließlich schloss er das Verdeck und sagte: „So, jetzt können wir gehen. Wo geht's lang?"

„Hier", antwortete Elisabeth und wies auf einen kaum sichtbaren Wiesenweg, der in den Wald führte.

Der schattige Waldweg begann angenehm flach, wurde jedoch dann schnell steil und felsig. Nach einer halben Stunde stießen sie auf Fragmente der Burgmauer. „Jetzt ist es nicht mehr weit, wir sind gleich oben", teilte Elisabeth mit. „Viel ist leider von der Burg nicht mehr zu sehen, aber die Aussicht ist ein Traum. Sie wurde im 12. Jahrhundert erbaut und war bis 1760 bewohnt, dann verfiel sie, weil der Besitzer Graf Heinrich von Heussenstein den Eichendachstuhl abdecken ließ und das nur, um der Dachsteuer zu entgehen. Ein Jammer!"

„Soviel ich weiß, waren die von Heussenstein ursprünglich ein deutsches Adelsgeschlecht. Die Herrschaft ging aber im 17. Jahrhundert – durch mehrere Todesfälle – auf eine Seitenlinie nach Wien über – an die Familie von Schönborn. Von der Burg hier weiß ich nichts. Wenn sie im 12. Jahrhundert erbaut wurde, ist sie ungefähr so alt wie meine und wie ich sehe, auch so verfallen."

Elisabeth stoppte jäh und sah Otto mit großen Augen an. „Sie haben eine Burg?"

Otto lächelte. „Ja. Sie stammt aus dem Jahr 1145 und liegt im nördlichen Niederösterreich, in der Nähe des Kamp. Einer meiner Ahnen erhielt sie aus dem Besitz der deutschen Könige, um das Gebiet urbar zu machen. Zum Herzogtum Österreich kam sie erst 1156, 1427 wurde sie von den Hussiten[90] stark beschädigt. Sie erinnern sich sicherlich an die Hussitenkriege und an Jan Hus, den Reformator, der 1415 auf Beschluss des Konzils von Konstanz verbrannt wurde. Danach versuchte der böhmische König Wenzel, seine Anhänger aus Kirchen- und Staatsämtern auszuschließen." Erfreut konstatierte er die Bewunderung in ihren Augen.

„Sie sind offenbar ein Experte in Geschichte. War der Auslöser der Schlachten nicht der erste Prager Fenstersturz[91]?"

„Experte ist wohl zu viel gesagt, aber ich musste mich auf Grund meiner Herkunft mit der Vergangenheit ausführlich beschäftigen … was mir als junger Mensch nicht immer angenehm war. Zu Ihrer Frage: Sie haben völlig recht, der Auslöser war der erste Prager Fenstersturz 1419. Danach kam es zu fünf Kreuzzügen und ich weiß nicht wie vielen Schlachten. Auf jeden Fall drangen die Hussitischen Heere 1425 bis Niederösterreich, damals hieß es ‚unter der

Enns', vor, um Beute zu machen. Bei einem dieser Kämpfe wurde eben auch die Burg Grothas geplündert. Sie stand dann lange Zeit leer. Einer meiner Vorfahren ließ sie Jahrzehnte später nicht nur wiederherstellen, sondern erweiterte sie auch und kaufte Ländereien dazu. Die Herrschaft Grothas wurde schließlich Anfang des 18. Jahrhunderts zum Fürstentum im Heiligen Römischen Reich erhoben. 1791 vernichtete ein Brand alles bis auf die Grundmauern – sie wurde nicht wieder aufgebaut. Die Wohnsitze derer zu Grothas waren danach Schloss Derowetz in den Böhmisch-Mährischen Höhen und die Grafschaft Läthenburg in Preußisch-Schlesien."

Das darf nicht wahr sein, dachte Elisabeth. Jetzt kennen wir uns schon über zwei Monate und er hat nie etwas davon erwähnt. „Ich weiß offenbar sehr wenig von Ihnen", stellte sie mit einer Spur von Verärgerung fest.

„Ich wollte mit meinem Besitz und meinem Adelsstand, den Sie sowieso sofort erkannt haben, nicht protzen. Außerdem ist das in unserer Beziehung nicht wichtig."

„Da gebe ich Ihnen recht", stimmte ihm Elisabeth zu und setzte sich wieder in Bewegung. „Aber jetzt haben Sie mich neugierig gemacht. Verraten Sie mir, welchen Titel Sie haben?"

„Muss ich das sagen?"

„Unbedingt! Sonst bin ich böse, weil Sie kein Vertrauen zu mir haben."

„Nun gut, wenn es denn unbedingt sein muss. Ich heiße Johann Otto Fürst von und zu Grothas, Graf von Läthenburg."

Eine Weile war es still zwischen Ihnen. Elisabeth kramte in ihrem Wissen. „Das ist ein ziemlich hoher Rang ... wenn er aus dem Heiligen Römischen Reich stammt und das ursprüngliche Lehen vom Kaiser gegeben wurde", stellte sie letzten Endes fest. „Verraten Sie mir noch etwas von ihren Vorfahren? Geschichte hat mich immer schon sehr interessiert."

Otto schwieg. Hätte ich nur nicht mit der blöden Burg begonnen, haderte er mit sich. Ich will ihr als Mann imponieren nicht als Fürst – verdammt noch einmal! Was bin ich für ein Idiot! „Nicht böse sein Elisabeth", erwiderte er. „Aber ich will jetzt weder über meine Vorfahren noch meine Titel sprechen. Sie gelten nichts mehr und sind zwischen uns, wie ich schon sagte, völlig unwichtig."

Elisabeth hörte an seiner Stimmlage, dass ihm das Thema höchst unangenehm war. „Gut, ich will nicht weiter in Sie dringen." Eine Minute später sagte sie „Wir sind da" und deutete auf ein paar verfallene Gesteinsmauern.

Bevor Otto noch eine Antwort geben konnte, kletterte Elisabeth flink wie eine Gämse in ein Gewölbe – er folgte ihr

Kurz darauf beugte sich Elisabeth aus den Überresten eines Fensters und rief: „Ist das nicht eine atemberaubende Aussicht?"

Otto trat knapp hinter sie und spürte die Rundungen ihres Hinterteils. „Wirklich beeindruckend", bemerkte er doppelzüngig. „Sehen Sie die Rehe dort auf der Wiese?"

„Wo? Ich sehe keine!"

„Folgen Sie genau meinem Arm. Sehen Sie sie jetzt?"

„Ja. Wie schön, eine ganze Familie." Elisabeth war mit dem Anblick so beschäftigt, dass sie den engen Körperkontakt nicht zu bemerken schien.

Otto roch den Duft ihrer Haut, sah die Schlankheit ihres Halses, erahnte den Ansatz ihrer Brüste. Unmerklich trat er einen Schritt zurück, um sie seine deutlich spürbaren männlichen Gefühle nicht merken zu lassen.

Nachdem sie den Rundblick ausgiebig genossen hatten, kletterten sie in den alten Gemäuern herum und überlegten gemeinsam, welche Bruchstücke zu welcher Nutzung bestimmt gewesen sein könnten. Schließlich machten sie sich auf den Rückweg und kamen schneller als gedacht wieder bei Ottos Auto an. Mit einem erleichterten Seufzer ließ sich Elisabeth in den Autositz fallen. Jetzt möchte ich nur noch eines, dachte sie, mein Füße unter einen Wirtshaustisch ausstrecken. In dem Augenblick, als sie ihren Wunsch äußern wollte, sagte Otto: „Es ist Ihnen doch recht, wenn wir jetzt bis zur nächsten Gastwirtschaft fahren und dort einkehren?"

Elisabeth kicherte. „Gerade das wollte ich soeben vorschlagen.

Sie können wohl Gedanken lesen?"

„Manchmal schon", lächelte Otto und gab Gas. Kaum waren sie ein paar Meter gefahren, fing der Chrysler zu stottern an und stand. „Das darf jetzt aber nicht wahr sein!", sagte er mit gekonnt ärgerlicher Miene und stieg mit dem Hinweis „Ich schaue nach" aus. Umständlich öffnete er die Motorhaube und sah aus den Augenwinkeln, dass Elisabeth völlig uninteressiert an dem Gefährt die Kühe auf der Wiese beobachtete. Mit einem Griff zog er die Zündkabel ganz heraus, machte die Motorhaube wieder zu und versuchte zu starten. Nach mehrmaligen Versuchen hob er die Schultern und blickte Elisabeth hilflos an. „Das tut mir jetzt sehr leid, ich habe keine Ahnung, was los ist. Ein neues Auto und dann passiert das!"

Elisabeth verabschiedete sich – innerlich seufzend – von einem gemütlichen Essen. „Da kann man nichts machen", sagte sie und hob die Schultern. „Am besten wir gehen bis zum nächsten Haus und telefonieren von dort aus."

Otto nickte. „Genau das hatte ich soeben vor. Ein Abschleppwagen dürfte nicht gar zu lange auf sich warten lassen."

„Im schlimmsten Fall können wir auch mit der Bahn heimfahren."

Diese Alternative habe ich nicht bedacht, ärgerte sich Otto – da muss mir etwas einfallen.

Nach nicht einmal 10 Minuten Fußmarsch lag eine Gastwirtschaft vor ihnen. „So ein Glück!", stellte Elisabeth fest.

„Sie sagen es!" pflichtete ihr Otto bei und die Erleichterung in seiner Stimme klang echt.

„Nett ist es hier", bemerkte Elisabeth, nachdem sie in dem holzgetäfelten Extrazimmer des Gasthauses Platz genommen hatten.

„Finde ich auch. Die Landgasthäuser sind oft überraschend gemütlich." Kaum hatte Otto ausgesprochen, stand der Kellner vor Ihnen und legte jeweils eine Speisekarte vor sie hin.

Nach einem kurzen Blick in die Karte entschied sich Elisabeth für „Wiener Schnitzel mit Kartoffelsalat."

„Ich nehme das Gleiche wie die Dame", orderte Otto. „Dazu

bringen Sie uns eine Flasche Weißburgunder und eine Karaffe Wasser."

„Sehr wohl, der Herr", brummte der Kellner und verschwand.

Otto stand auf. „Sie entschuldigen mich Elisabeth", murmelte er, verließ die Stube und machte sich auf die Suche nach dem Wirt. Er fand ihn hinter der Schank. „Mein Name ist Grothas", teilte er ihm mit. „Wir haben vorige Woche telefoniert. Geht das mit dem Zimmer in Ordnung?"

Der Wirt verbeugte sich. „Selbstverständlich, gnädiger Herr."

„Vergessen Sie aber nicht zu sagen, dass außer dem Doppelzimmer kein anderes mehr frei ist."

„Gewiss." Ohne eine Miene zu verziehen, steckte der Wirt das Geld für alle freien Zimmer mit einem ansehnlichen Trinkgeld ein.

„Ich habe soeben telefoniert", erklärte Otto, als er sich wieder neben Elisabeth setzte. „Man wird einen Mechaniker schicken. Leider wird es ein wenig dauern, aber das soll uns den Tag nicht verderben. Jetzt essen wir einmal in Ruhe."

„Der Meinung bin ich auch. Im Moment bin ich sehr froh hier zu sitzen, mein Bedarf an Bewegung ist gedeckt."

Als der Kellner den Wein servierte und nach Ottos gemurmeltes „Sehr gut" auch Elisabeth einschenken wollte, legte sie die Hand über das Glas und wies darauf hin, dass sie keinen Wein, sondern nur Wasser trinken wolle.

„Heute könnten Sie schon einmal eine Ausnahme machen", bemerkte Otto.

„Sie wissen doch, ich trinke keinen Alkohol. Er würde mir schmecken, aber ich vertrage ihn nicht – er steigt mir sofort zu Kopf.

„Ein Glas kann nicht schaden! Allein schmeckt er mir nicht."

„Na gut, ich will keine Spielverderberin sein", erwiderte Elisabeth zögernd. „Aber wirklich nur ein Glas!"

Das Menü war hervorragend, der weiße Burgunder elegant und fruchtig. Lebhaft diskutierten sie über dies und das, fielen von einem Thema in das nächste und bemerkten nicht, dass es in der

Gaststube immer dämmriger wurde. Erst ein lautes Grollen weckte ihre Aufmerksamkeit. Innerhalb weniger Minuten wurde es finster, die Fensterläden knarrten laut im Wind, bizarre grelle Blitze zuckten über der Berglandschaft, dröhnende Donner folgten in immer kürzeren Abständen, während ein wolkenbruchartiger Regen gegen die Scheiben prasselte.

Ausgezeichnet, besser hätte es gar nicht kommen können, freute sich Otto. Als es ganz in der Nähe durchdringend krachte, zuckte Elisabeth zusammen und rückte unwillkürlich näher an ihn heran. „Haben Sie Angst vor einem Gewitter?", fragte er und legte beruhigend seine Hand auf die ihre. Im gleichen Moment, als er die Frage stellte, wurde er sich bewusst, dass er genau diesen Satz vor vielen Jahren zu Antonia gesagt hatte. Schnell schob er den Gedanken beiseite.

„Ja, ein wenig. Im Gebirge kracht es besonders laut … hoffentlich schlägt es nicht ein."

„Keine Sorge, das Haus hat sicher einen Blitzableiter." Otto warf einen Blick aus dem Fenster. „Es sieht aber leider nicht danach aus, dass der Regen bald aufhört – alles grau in grau. Ich fürchte, mit dem Auto wird es heute nichts mehr werden, und für den Zug dürfte es jetzt wahrscheinlich schon zu spät sein. Das Beste wird wohl sein, wenn wir hier übernachten."

„Das geht auf keinen Fall", entgegnete Elisabeth. „Ich muss um 07:30 Uhr in der Schule sein."

„Ich sehe aber keine andere Möglichkeit. Ich an Ihrer Stelle würde gleich morgen früh telefonieren, dass wir hier festsitzen. Ich bin sicher, dass Sie eine Kollegin vertreten kann."

„Es bleibt mir wohl nichts anderes übrig", erwiderte Elisabeth nach einer Pause. „Aber ich …"

„Kein Aber, Elisabeth", unterbrach sie Otto heiter. „Wir machen es uns jetzt weiterhin gemütlich – warum Trübsal blasen? Das ist höhere Gewalt, dagegen kann man nichts tun." Ohne ihren Widerspruch zu beachten, bestellte er eine neue Flasche Wein. Als er ihr erneut eingießen wollte wehrt sie sich jedoch. „Nein. Jetzt trinke ich nichts mehr, ich bin sowieso schon beschwipst."

„Von den zwei kleinen Gläsern? Die können Sie unmöglich spüren und außerdem, was macht es? Wir haben nicht weit bis ins Bett." Gewandt überredete Otto sie zu einem neuen Glas. Als der Wirt vorbeiging, rief er ihn zu sich. „Herr Wirt, da unser Auto einen Motorschaden hat, würden wir gerne hier übernachten. Haben Sie noch zwei Zimmer frei?"

„Leider nein."

„Wieso nicht? So viel Gäste sind doch gar nicht anwesend."

„Es kommt heute noch eine Reisegesellschaft."

„Sie haben wirklich gar nichts mehr frei? Sicher nicht?"

„Wenn ich es recht überlege … ein Doppelzimmer könnte ich Ihnen noch anbieten."

„Dann nehme ich das."

„Otto, das geht nicht" sagte Elisabeth, als der Wirt außer Hörweite war. „Wir können nicht in einem Zimmer schlafen – unmöglich!"

„Wir können aber auch nicht hier auf der Bank schlafen", entgegnete Otto. „Seien Sie kein Hasenfuß, ich werde Sie nicht fressen. Ich schlafe auf dem Boden oder auf dem Sofa und Sie im Bett – und jetzt will ich nichts mehr davon hören." In einem unbeobachteten Augenblick goss er ihr Glas erneut voll.

Es dauerte nicht lange, bis der Alkohol seine Wirkung entfaltete. Otto merkte, dass sie von Minute zu Minute lockerer wurde, unmotiviert lachte, nichts gegen seinen Arm um ihre Schulter hatte und mehrmals zu ihm ‚du' sagte, worauf er sie bat, es dabei zu belassen. Jetzt ist sie fällig, dachte er und gähnte hinter vorgehaltener Hand. „Ich weiß nicht, wie es dir geht, Elisabeth. Aber ich bin rechtschaffen müde. Wir sollten schlafen gehen, der Tag war anstrengend."

„Ich bin auch müde", murmelte Elisabeth und stand auf. „Oh mein Kopf", stöhnte sie, „die Welt dreht sich." Otto legte hilfreich den Arm um ihre Taille. Während sie die Stufen in den ersten Stock zu ihrem Zimmer hinaufgingen, lehnte sie sich schwer an ihn. Oben angekommen sperrte er auf, zog Elisabeth in die Dunkelheit des

Zimmers, stieß die Tür mit dem Fuß zu und küsste sie leidenschaftlich. Mit Frohlocken spürte er, dass sie seinen Kuss zuerst zurückhaltend, dann mit wachsender Hingabe erwiderte. Mühelos nahm er sie auf die Arme und trug sie zum Bett. Als er die kleine Nachttischlampe anknipste, sah sie ihn mit glasigen Augen an. Plötzlich verabscheute er sich. Was bist du doch für ein Schuft ... hast du es wirklich nötig, eine Frau betrunken zu machen, um sie zu nehmen? Morgen wird sie dich dafür hassen. Schlagartig wurde ihm klar, wie wertvoll sie für ihn war ... dass er ihren Hass nicht ertragen könnte – ihn nicht ertragen wollte. Sie soll mich genauso begehren und lieben wie ich sie, schoss es ihm durch den Kopf. Die Erkenntnis seiner Liebe kam so unerwartet, dass er im Augenblick nicht wusste, wie er damit umgehen sollte.

Unvermittelt fing Elisabeth zu kichern an. „Ich habe kein Nachthemd, aber das macht nichts", lallte sie. „Ich schlafe immer nackt." Ohne Otto zu beachten, stand sie auf und begann sich zu entkleiden.

Otto drehte sich um und ging in das angrenzende Badezimmer. Als er zurückkam lag sie halb zugedeckt in tiefem Schlaf. Sanft zog er ihr die Decke bis über die Schultern, nahm das Bettzeug von der freien Seite des Ehebettes und machte es sich seufzend auf dem Sofa bequem.

Am nächsten Morgen durchflutete helles Sonnenlicht das einfache Bauernzimmer, als Otto die Vorhänge zur Seite zog. Mit einem Lächeln betrachtete er Elisabeth, die sich mit geschlossenen Augen dehnte und streckte. Plötzlich öffnete sie die Augen, sah Otto und bemerkte gleichzeitig ihre Nacktheit. Mit einem Ruck zog sie die Bettdecke bis zum Kinn und spürte, wie ihr die Hitze ins Gesicht stieg. Im ersten Moment wusste sie nicht, wo sie war und warum Otto hier war. Dann fiel es ihr wieder ein. Sie war beschwipst gewesen und dann? Was war dann geschehen? ... Ich werde doch nicht mit ihm? Dieser Gedanke und ihre Erinnerungslücken waren unerträglich. „Ich kann mich an nichts erinnern", flüsterte sie. „Haben wir ... Ich meine ...?

Otto schmunzelte. „Das ist nicht gerade schmeichelhaft für mich, wenn du dich nicht mehr daran erinnern kannst."

Elisabeth senkte den Kopf. „Wie konnte ich nur?", hauchte sie. „Ich weiß doch, dass ich nichts vertrage ... Ich schäme mich so ... Was werden Sie jetzt von mir denken?"

Otto setzte sich auf die Bettkante, hob ihr Kinn sanft an und zwang sie damit, ihm in die Augen zu sehen. „Elisabeth, ich denke nur das Beste von dir. Es ist nichts gewesen – entschuldige meinen schlechten Scherz. Ich habe auf dem Sofa geschlafen."

„Aber wieso bin ich nackt?"

„Du hast gemeint, du schläfst immer nackt und dann hast du dich ausgezogen."

„Wie peinlich! So etwas ist mir noch nie passiert!"

„Ich habe nichts gesehen, ich war im Badezimmer. Außerdem ist das alles meine Schuld. Ich wusste nicht, dass du so wenig verträgst. Ich gebe ehrlich zu, ich dachte daran, die Situation auszunützen, aber dann wurde mir klar, dass ich dich dafür zu sehr achte und liebe. Meinst du, du kannst auch mich ein wenig gern haben?" Zu seinem eigenen Erstaunen spürte Otto sein Herz bis zum Halse pochen.

Elisabeths Blick war liebevoll. „Gern haben? Es ist mehr als das. Nein, lass mich aussprechen", bat sie ihn, als er sie in die Arme nehmen wollte. „Ich denke schon einige Zeit darüber nach. Ich weiß nicht, ob ich deine Erwartungen erfüllen kann. Ich bin nicht so, wie die Frauen deines Standes ... Ich liebe meine Unabhängigkeit, brauche meinen Freiraum. Außerdem ..." Sie brach ab.

„Außerdem?", fragte Otto sachte nach.

Elisabeth fuhr sich mit der Zunge über die Oberlippe. „Es fällt mir schwer, darüber zu sprechen", stotterte sie. Aber besser ich sage es dir gleich. Ich mag das zwischen Mann und Frau nicht. Ich war mit Paul zusammen, bevor er in den Krieg gezogen ist. Ich wollte mich damals vor seinem Einsatz nicht verweigern. Es ... es war nur einmal und ich fand es abscheulich."

„Das erste Mal kannst du nicht als Maßstab nehmen", sagte Otto gelassen, nahm ihre Hand und streichelte sie. „Es gibt nur wenige Frauen, die das in guter Erinnerung haben." Abermals dachte er an Antonia, die in seinem reichen Erfahrungsschatz die einzige Ausnahme war. „Das erste Zusammensein mit einem neuen Partner ist nicht leicht – auch für uns Männer nicht. Auch wir müssen uns erst auf eine neue Frau einstellen, erkunden, was ihr gefällt und was nicht. Ich schwöre dir, dass ich nur das tun werde, was du auch selbst willst. Darf ich mich jetzt zu dir legen und dich im Arm halten?" Seine Frage klang demütig. Elisabeth begnügte sich mit einem Nicken. Ohne unter die Decke zu fassen, zog er sie an sich heran, umarmte sie, ließ seine Lippen kosend über ihren Hals gleiten und küsste sie dann mit aller Zärtlichkeit, zu der er fähig war. Als er ihre aufsteigende Leidenschaft spürte, löste er sich von ihr und flüsterte: „Ich habe dich sehr lieb, Elisabeth, ich will dich nicht nur für eine Nacht. Ich will, dass du mein Leben mit mir teilst, auch wenn ich dich nicht heiraten kann. Könntest du dir das vorstellen?"

„Ich weiß nicht, Otto", antwortete Elisabeth nach einer längeren Pause. „Was würden die Leute sagen? Ich bin schließlich Lehrerin."

„Was die Leute sagen, hat mich noch nie interessiert, und was deinen Beruf angeht ... Ich habe darüber nachgedacht. Du hast mir doch erzählt, dass du deine Pädagogik nie richtig verwirklichen kannst, weil dir immer ein Vorgesetzter etwas vorgibt, was du im Grunde nicht willst. Wie wäre es, wenn ich dir eine Privatschule baue?"

Elisabeth war vorerst sprachlos. Dann gewann ihr sachlicher Verstand die Oberhand. „Das kostet erstens sehr viel Geld und zweitens wäre ich, was ich nicht will, abhängig von dir. Stell dir vor, du liebst mich eines Tages nicht mehr oder ich dich nicht, was dann?"

„Was das Geld betrifft, das lass mein Problem sein. Was deine Abhängigkeit angeht, die Schule würde nicht unter meinem Namen laufen, sondern über eine Stiftung. Damit wärst du nicht an mich persönlich gebunden. Die Details erkläre ich dir ein andermal." Otto nahm sie bei den Schultern und sah ihr direkt in die Augen. „Würdest du unter diesen Bedingungen in mein Haus ziehen und an meiner Seite leben?"

Elisabeth erwiderte offen seinen Blick. „Das alles kommt für mich völlig unerwartet – lässt du mir noch ein wenig Zeit?"

„Du hast alle Zeit der Welt … Ich verstehe dich sehr gut und ich will dir auch nicht verheimlichen, dass es nicht einfach für dich wäre. Du müsstest schließlich mit meiner Ehefrau unter einem Dach leben – da wird die Gerüchteküche brodeln. Dazu kommt, dass du ein gesellschaftliches Leben führen müsstest, das du nicht gewohnt bist. Überlege dir nochmals alles in Ruhe, aber bitte nicht zu lange. Ich werde sonst noch verrückt vor lauter Sehnsucht nach dir!"

„Wir wissen nicht, ob wir diesbezüglich zusammenpassen. Wer weiß, möchtest du mich danach noch."

„Du redest Unsinn. Das weiß ich so sicher wie das Amen im Gebet. Was hältst du davon, wenn wir das nächste Wochenende wieder hier verbringen? Wenn du nein sagst, respektiere ich das auch."

Als Antwort schenkte ihm Elisabeth ein so verliebtes Lächeln, dass er sich beherrschen musste, sie nicht an sich zu reißen.

Eine Woche später wurden sie Mann und Frau. Mit großem Einfühlungsvermögen nahm Otto ihr die Scheu vor seiner Männlichkeit, zeigte ihr, dass Liebe nicht ein in Kauf nehmen ist, sondern Genuss und Vergnügen bedeutet. Geduldig wartete er, bis ihr Verstand durch die Reaktion ihres Körpers in den Hintergrund trat. Niemals zuvor hatte er ein so starkes Bedürfnis verspürt, ein weibliches Wesen glücklich zu machen. Im Gegensatz zu seinen sonstigen Machtgelüsten und seiner wilden Gier nach Lust erlebte er bei Elisabeth zum ersten Mal ein tiefes Gefühl der Hingezogenheit, der Wärme und Geborgenheit. In ihren Armen tauchte er in eine ihm bisher unbekannte Welt, die aus gegenseitigem Geben und Nehmen bestand. Er war am Ziel angelangt – auf der Suche nach der wahren Liebe.

29. KAPITEL

Cristina saß mit hochgelagerten Beinen unter dem einzigen Baum in dem kleinen begrünten Innenhof ihres Hauses. Ein heißer Tag neigte sich dem Ende zu.

„Hier, trink das!" befahl Franz und drückte ihr eine kalte Zitronenlimonade in die Hand. „Es wird dir guttun."

„Danke. Heute bewegt sich das Kind besonders stark. Fühl einmal!"

„Tatsächlich! Man sieht es sogar mit freiem Auge. Dein ganzer Bauch bewegt sich."

„Ja, sie tritt recht ordentlich."

„Sie?"

„Es wird sicher ein Mädchen."

„Woher weißt du das so genau?", fragte Franz und stopfte ihr fürsorglich ein Kissen in den Rücken.

„Weil bei dieser Schwangerschaft alles anders ist, als es bei Fredo war. Wo ist er überhaupt?"

„Er spielt mit den Nachbarskindern – Gabriela passt auf ihn auf."

„Dann ist es gut. Bei ihm war mir kaum schlecht, im Gegensatz zu diesem Kind. Der Bauch ist auch anders, irgendwie runder. Aber vor allem waren meine Füße nicht so geschwollen."

„Du vergisst, dass du fünf Jahre jünger warst. Entschuldige, wenn ich das jetzt so sage, aber für ein Kind bist du eben nicht mehr die Jüngste, das spürst du wahrscheinlich auch."

„Kann sein", erwiderte Cristina gleichmütig. „Massierst du mir bitte die Beine?"

„Alles, was du willst, mein Liebling. Ich massiere dir auch später, wenn wir uns niederlegen, den Rücken." Vorsichtig nahm Franz ein Bein, legte es sich auf den Schenkel und massierte es sanft.

„Ah ... das tut gut!", stöhnte Cristina. „Das könntest du den ganzen Tag machen. Ich bin wirklich froh, wenn es endlich da ist."

„Ein bisschen Geduld musst du schon noch haben. Und dann

ist es ein für allemal aus mit dem Kinderkriegen – noch ein Kind bekommst du von mir nicht."

„Zwei sind mir genug, keine Angst", lachte Cristina und legte das andere Bein auf Franz' Oberschenkel. „Ich habe mich übrigens für einen Namen entschieden. Die Kleine soll Carla nach meiner Mutter heißen. Bist du einverstanden?"

„Der Name gefällt mir gut", antwortete Franz mit einem Lächeln. „Aber was ist, wenn es doch ein Junge wird?"

„Dann soll er Fabio heißen, aber es wird ein Mädchen – da bin ich ganz sicher." Cristina nahm ihren Fuß herunter und nippte an der Zitronenlimonade.

Franz stand auf. „Ich werde jetzt Fredo abholen."

„Warte … Ich möchte noch etwas mit dir besprechen."

Franz setzte sich wieder. „Um was geht es?"

„Wie du gerade so feinfühlig gesagt hast, bin ich nicht mehr jung. Es könnte also bei der Geburt etwas schiefgehen." Franz öffnete den Mund. „Nein, unterbrich mich jetzt nicht!", wehrte sie ab. „Sollte mir und dem Baby etwas zustoßen, dann versprichst du mir, nein du musst es mir bei Gott schwören, dass du dann auf Fredo schaust und ihn auf keinen Fall zu anderen Leuten gibst. Schwörst du mir das?" Sie sah ihm tief in die Augen und packte ihn am Arm.

Franz umfasste ihre Hand mit beiden Händen. „Rede nicht so einen Unsinn, dir geschieht nichts. Aber wenn es dich beruhigt, ich schwöre bei allem, was mir heilig ist und auch bei Gott, dass ich für Fredo sorgen werde. Bist du nun beruhigt?"

„Ja. Es war mir wichtig, das von dir zu hören."

„Wozu? Hast du kein Vertrauen? Ich liebe Fredo – er ist mein Kind. Und wenn das Baby da ist, werde ich es ebenso lieben. Wie kannst du daran zweifeln?"

„Ich zweifle nicht daran, ich wollte es nur hören und jetzt gib mir einen Kuss."

Franz küsste sie. Dann sah er ihr direkt in die Augen und sagte: „Cristina, ich sage es dir nicht sehr oft, aber ich liebe dich! Ich liebe dich, Fredo und das Wesen in deinem Bauch – ihr seid meine

Familie!" Er meinte es genauso, wie er es sagte. Es war für ihn zur Selbstverständlichkeit geworden, dass er seine zwei Frauen, seine zwei Familien liebte. Seine selbstquälerische Frage, ob er die eine mehr oder weniger lieben würde, hatte er längst aufgegeben.

Cristina bedachte ihn mit einem liebevollen Blick. „Das hast du schön gesagt, Alfredo. Ich habe mir das immer gewünscht ... Du weißt, wie viel du mir bedeutest, und ich rechne es dir hoch an, dass du zu mir und den Kindern stehst."

„Weil wir gerade so offen reden, Cristina. Am Anfang dachte ich, ich bleibe nur wegen des Kindes bei dir. Aber nach und nach merkte ich, wie sehr du mir abgehst, wenn du nicht da bist. Ich liebe deine temperamentvolle, fröhliche und unkomplizierte Natur." Franz stockte. „Ich liebe aber auch meine Frau in Wien – sie ist ganz anders als du. Ich habe vor dir den größten Respekt, dass du mich ohne jeglichen Egoismus liebst und dadurch imstande bist, mich mit ihr zu teilen. Ich glaube nicht, dass es viele Frauen auf der Welt gibt, die so handeln würden wie du."

„Ich wusste, dass ich dich verlieren würde, wenn ich es nicht lerne. Am Anfang war es nicht leicht, schlussendlich habe ich mich daran gewöhnt. Ich habe mir immer wieder gesagt: ‚Sie war vor dir da!' Das und deine Art, mich nie merken zu lassen, dass es sie gibt, hat es mir erleichtert. Wahrscheinlich ist es auch für sie nicht leicht, dich jeden Monat zu entbehren. Ich bin mit Fredo beschäftigt, sie wird wahrscheinlich oft alleine sein."

„Ja, das ist sie", gab Franz zu. „Ich bin ein regelrechter Glückspilz, dass ich zwei Frauen habe, die aus Liebe bereit sind, auch die negativen Dinge an meiner Seite zu ertragen. Es ist mir völlig klar, was für ein außergewöhnliches Geschenk das ist. Es gelingt mir nicht immer, aber glaube mir, ich versuche mit aller Kraft, ein wenig davon zurückzugeben. Ich will euch beide glücklich sehen. Ist das nicht so, dann bin ich derart unzufrieden mit mir, dass ich mich hasse." Er hatte so freimütig wie noch nie mit ihr gesprochen.

Cristina drückte fest seine Hand. „Ich habe keinen Grund, dir etwas vorzuwerfen, Alfredo. Du warst von Anfang an ehrlich zu mir. Du hättest mich damals nach dem Krieg verlassen können; dazu bist du jedoch ein viel zu ernsthafter und verantwortungsvoller Mensch. Ich weiß, wie sehr du Fredo liebst und so wird es auch mit unserem kleinen Mädchen sein. Wir sind trotz allem eine glückliche Familie! Alles ist gut so, wie es ist!", fügte sie hinzu und erhob sich schwerfällig.

Zur selben Zeit entlud sich über Wien ein heftiges Gewitter. Blitze zuckten, Donner grollten, dicke Hagelkörner trommelten gegen die Scheiben. Innerhalb von Minuten fiel die Temperatur um zehn Grad. Antonia benötigte ihre ganze Kraft, um gegen den Sturm die Fensterflügel in Franz' Büro zu schließen. Danach blieb sie hinter dem verschlossenen Fenster stehen und beobachtete die Hagelkörner, die sich auf der vor Nässe glänzenden Straße langsam in kleine Rinnsale auflösten. Ihr Kopf schmerzte schon seit dem frühen Vormittag. „Jetzt mache ich mir einen Kaffee", überlegte sie laut, „und wenn der nichts nützt, nehme ich eine Kopfschmerztablette. Oder besser, ich nehme gleich eine."

In die Wohnung zurückgekehrt setzte sie ihr Vorhaben in die Tat um und hoffte, dass der bohrende Schmerz verschwinden möge. Doch davon war keine Rede. Nach einer halben Stunde nahm sie eine zweite Tablette, legte sich auf ihr Bett und schloss die Augen. An Schlaf war jedoch nicht zu denken, zu viele Gedanken gingen ihr im Kopf herum. Um sich abzulenken, griff sie nach ihrem angefangenen Buch auf dem Nachttisch und begann zu lesen. Das Ergebnis nach einigen Seiten war, dass nicht nur ihr Kopf, sondern auch ihre Augen schmerzten. Mit einem Seufzer legte sie es wieder weg und stand auf. Als sie vor dem Schlafzimmerspiegel ihre Haare richtete, sagte sie zu ihrem Spiegelbild: „Ich halte das Nichtstun nicht mehr aus. Ich kann doch nicht den ganzen Tag lesen, stricken oder sticken. Ich muss unbedingt mit Franz noch einmal reden." Auf dem Weg in die Küche warf sie abermals einen Blick auf die Straße und stellte fest, dass es zu regnen aufgehört hatte. Kurz entschlossen schlüpfte sie in ihren Mantel, packte den Regenschirm und flüchtete nach draußen. Die frische Luft tat ihr gut, es roch nach Erde und frischem Grün. Langsam schlenderte sie die Ottakringerstraße hinunter und blieb ab und zu vor der Auslage eines Geschäftes stehen. Plötzlich hörte sie eine Stimme hinter sich: „Antonia, bist du es?" Sie drehte sich um und erblickte Hans. Er schien genauso verlegen zu sein wie sie. Es war das erste Mal seit dem verbotenen Liebesakt, dass sie sich alleine trafen.

„Es ist lange her, dass wir uns gesehen haben", stellte Hans fest. „Wie geht es dir?"

„Danke, es geht uns gut", antwortete Antonia und betonte das Wort „uns".

„Darf ich dich auf einen Kaffee einladen? Ich würde mich freuen!"

Antonia zuckte mit der Achsel. „Warum nicht? Ich habe mehr Zeit, als mir lieb ist."

Stumm gingen sie nebeneinander her und betraten schließlich das nächstbeste Kaffeehaus. Es war ein Fehler mit ihm mitzugehen, dachte Antonia. Ich weiß gar nicht, was ich mit ihm reden soll. Unschlüssig rührte sie in ihren Kaffee um.

Hans zündete sich eine Zigarette an und verbarg dadurch, wie durcheinander und aufgewühlt er war. Krampfhaft überlegte er, wie er ein Gespräch beginnen sollte. Schließlich, als er das Schweigen nicht mehr ertrug stieß er hervor: „Antonia, was zwischen uns war, ist Vergangenheit. Wir haben uns doch immer gut verstanden und können wie Freunde miteinander plaudern, oder?"

Antonia war erstaunt, soviel Direktheit hatte sie nicht erwartet. „Das können wir", bestätigte sie und bereute abermals seiner Einladung gefolgt zu sein. Seine Anwesenheit drückte auf ihre Stimmung, die ohnehin schlecht war. „Franz erwähnt dich nie", sagte sie, um irgendetwas zu sagen. „Seid ihr noch befreundet?"

„Ich sehe ihn selten bei den Versammlungen und wenn er da ist, hat er es nachher meistens so eilig, dass wir nicht zum Plaudern kommen. Ist er jetzt wieder in Italien?"

„Ja, seit drei Tagen. Ich mache mir große Sorgen um ihn, er wirkt gehetzt, ist blass und isst wenig. Er ist fast schon so dünn wie damals, als er seine Kriegsverletzung hatte. Du erinnerst dich doch daran?"

„Sicher. Was haben wir damals diskutiert ... Meinst du, er hat gemerkt, dass zwischen uns etwas war?"

Über Antonias Nase bildeten sich zwei Falten. „Das kann ich mir nicht vorstellen. Ich habe es auch vergessen." Muss er immer wieder die alte Geschichte aufwärmen? Nervig ist das. Das kommt davon, wenn man höflich ist und nicht nein sagt.

An Antonias Gesichtsausdruck erkannte Hans, dass er dieses Thema besser gelassen hätte. „Natürlich, entschuldige!", beeilte er sich zu sagen. Nach einem Schluck von seinem Kaffee fügte er vorsichtig hinzu: „Du wirkst nicht gerade glücklich. Kann ich dir helfen?"

„Ich wüsste nicht wie", erwiderte Antonia schroff, bereute im selben Moment ihre Unfreundlichkeit und fuhr wesentlich sanfter fort: „Mein Problem ist, dass ich zu viel alleine bin."

„Warum gibt Franz sein Weingeschäft nicht auf? Er ist doch jetzt wieder sehr erfolgreich als Rechtsanwalt, zumindest habe ich das gehört."

„Das stimmt, die Klienten rennen ihm die Tür ein. Aber das Weingeschäft ist ihm wichtig, er hat es mühsam mit einem Kriegskameraden aufgebaut und jetzt, wo es floriert, will er es auch nicht lassen. Das verstehe ich schon."

„Man witzelt in der Partei über ihn und nennt ihn den Sozialisten im Nadelstreif!"

„So ein Blödsinn! Ich hoffe, du stopfst diesen Leuten ihr loses Maul. Was Franz für die Partei und für die Armen macht, das müssen sie ihm erst einmal nachmachen!" Antonias Wangen glühten.

„Das ist natürlich nicht meine Meinung", erwähnte Hans rasch. „Aber zurück zu dir. Du hast davon gesprochen, dass du viel allein bist. Warum suchst du dir nicht eine Arbeit, damit du unter die Leute kommst?"

„Franz will nicht, dass ich arbeiten gehe. Er meint, ich habe für mein ganzes Leben hart genug gearbeitet. Er versteht nicht, dass mich das bisschen Hausarbeit nicht ausfüllt. Als Maria noch bei uns gewohnt hat, war es nicht so arg, aber seit sie in die Wohnung von Frau Wotruba gezogen ist, sehe ich sie kaum."

„Singt sie noch?"

„Ja, sie ist auf dem besten Weg, eine gute Opernsängerin zu werden – das freut mich auch. Aber in ihrer Freizeit könnte sie sich schon ein wenig mehr um mich kümmern." Der letzte Satz klang bitter.

„Das darfst du dir nicht zu Herzen nehmen, Antonia. Heutzutage sind die Jungen anders, was auch gut ist. Sie haben ein Recht darauf, ihre Jugend auszuleben und nicht nur, so wie wir zu gehorchen und zu arbeiten."

„Du hast ja recht! Entschuldige mein Gejammere."

„Da gibt es nichts zu entschuldigen. Du bist mir nach wie vor wichtig." Hans sah ihr treuherzig in die Augen.

Antonia senkte den Blick und betrachtete das Muster auf dem Tischtuch. „Aber ich rede ständig von mir", sagte sie wieder aufblickend. „Was machst du so?"

„Ich habe nach wie vor meine Sekretariatsarbeit im Büro des Arbeiterheimes, meine Wohnung und mein Auskommen. Mein Leben ist nicht sehr spannend … Was mir fehlt, ist eine Frau – eine Frau wie du."

„Bitte, Hans!"

„Schon gut … Was ich sagen wollte, Familie habe ich keine und daher ist die Partei mein Lebensinhalt. Ich verbringe jetzt viel Zeit beim Schutzbund."

„Schutzbund? Das sagt mir nichts."

„Hat Franz nicht davon gesprochen? Eigenartig. Die Heimwehr der Christlichsozialen ist dir aber ein Begriff?"

Antonia nickte stumm.

„Sie wurde, wie du sicher weißt, gleich nach dem Krieg gegründet, ist nicht dem Staat unterstellt, aber militärisch organisiert und auch bewaffnet. Ich würde die Heimwehr als eine bürgerliche Kampfbewegung bezeichnen, die als Ziel hat, die politische Macht an sich zu reißen. Sie bekommen ihre Waffen aus dem faschistischen Italien, mehr brauche ich wohl nicht zu sagen. Die Italiener sind, was sie immer waren – Verräter und Schweine!" Seine Stimme war von Wort zu Wort lauter geworden.

„Sei leiser! Die Leute schauen schon her."

„Wenn schon!", erwiderte Hans, beugte sich aber doch näher zu ihr. „Hauptfeind der Heimwehr ist die Arbeiterschaft, also wir. Es blieb uns daher nichts anderes übrig, als etwas dagegen zu unternehmen. Wir haben den Republikanischen Schutzbund – eine bewaffnete Arbeiterwehr – gegründet. Sollten die Republik, die Verfassung und die Demokratie gefährdet sein, werden wir sie mit Hilfe des Schutzbundes verteidigen! Wir sind recht gut bewaffnet."

„Schrecklich! Jetzt haben wir eben erst einen Krieg hinter uns und jetzt spielt ihr Männer schon wieder mit den Waffen. Was sagt Franz dazu?"

„Der ist ebenso der Ansicht, dass wir der Heimwehr etwas entgegensetzen müssen. Ich wollte, dass er zu uns kommt, das hat er aber abgelehnt. Er sagte, er habe sich nach dem Krieg geschworen, wenn irgend möglich, keine Waffe mehr in die Hand zu nehmen. Aber ich werde ihn schon noch umstimmen, schließlich ist er militärisch ausgebildet – für uns daher sehr wertvoll."

„Franz hat mit seiner Ablehnung völlig recht", sagte Antonia mit funkelnden Augen. „Du als sein Freund solltest nicht versuchen, ihn zu überreden. Er hat im Krieg viel zu oft sein Leben riskiert."

„Ich verstehe deinen Standpunkt, du musst aber auch unseren verstehen. Wir müssen uns wehren können! Die Republik wurde hart erkämpft, wir werden sie bis zum letzten Mann verteidigen!"

Du lieber Gott, hör doch endlich mit dem Kampf-Gequassel auf, hätte Antonia am liebsten gesagt. „Im Moment ist sie Gott sei Dank nicht bedroht", bemerkte sie stattdessen und warf einen Blick auf die Uhr. „Ich muss jetzt gehen, Hans. Es war nett, wieder einmal mit dir zu plaudern."

„Das habe ich auch so empfunden", versicherte Hans und meinte es im Gegensatz zu Antonia ehrlich. „Ich würde mich freuen, wenn wir es irgendwann wiederholen könnten."

Antonia hielt ihm wortlos die Hand hin, er hielt sie länger fest als notwendig und fügte mit einem tiefen Blick in ihre Augen hinzu: „Wenn du einen Freund brauchst Antonia – ich bin immer für dich da!"

30. KAPITEL

„Gottfried, in einer halben Stunde wird Herbert mit einer jungen Dame vorfahren, ich möchte, dass du mir dann sofort Bescheid gibst, ich will sie selbst im Hof empfangen." Nachsichtig lächelnd bemerkte Otto, dass Gottfried nicht, wie es ihm geziemte, keine Gefühlregung zur Schau stellte, sondern eine Augenbraue in die Höhe zog. „Schau nicht so erstaunt, du wirst die Dame ab heute öfter im Hause sehen. Gib auch in der Küche Bescheid, dass eine Person mehr mit uns das Diner einnimmt. Es ist mir ein Anliegen, dass mein Sohn und die anderen sie auch kennen lernen."

Er will der Familie eine Dame vorstellen ... jetzt bin ich wirklich baff, dachte Gottfried und brachte nur ein gestottertes „sehr wohl, wie Durch... Sie befehlen" heraus.

„Ehe ich es vergesse", fuhr Otto lächelnd fort. „Heute darfst du ausnahmsweise ohne Hemmung Durchlaucht zu mir sagen – das tust du sowieso fast immer. Den Kaffee werden wir im großen Wohnsalon einnehmen."

„Im großen Wohnsalon einnehmen", wiederholte Gottfried und war nun völlig verwirrt.

„Du hast schon richtig verstanden. Ich möchte ein Service mit allem Drum und Dran. Normalerweise bin ich, wie du weißt, nicht so erpicht darauf, dass um mich Diener herumscharwenzeln – heute schon. Damit du dich auskennst, sage ich dir jetzt, was noch keiner weiß. Die Dame ist nicht irgendein Abenteuer, ich möchte, dass sie wie eine Königin behandelt wird. Du kannst jetzt gehen ... Gottfried! Ich sagte, du kannst gehen!"

„Sehr wohl!", stammelte Gottfried und verzog sich. „Im großen Wohnsalon, es ist nicht zu fassen", brabbelte er auf der Stiege. „Eine Jause zu zweit im großen Wohnsalon. Das verstehe, wer will, ich nicht." Vor sich hin brummend ging er in die Küche, um mit der Köchin die Speiseauswahl für die Jause und das Diner zu besprechen. Sein Erstaunen war durchaus angebracht, denn der große Wohnsalon im Rokoko-Stil umfasste seine rund 250 m^2. Otto benützte ihn normalerweise nur für große Gesellschaften.

„Es muss alles vorzüglich klappen, der heutige Gast scheint wichtig zu sein", sagte Gottfried zu Ida, nachdem die Speisen festgelegt waren. „Um Punkt 16:00 Uhr wird die Jause serviert, bis dahin muss alles fertig sein."

„Schon gut, Gottfried", erwiderte Ida gelassen. „Es wird alles zu Herrn Grothas Zufriedenheit ablaufen. Zum Glück habe ich noch Zeit genug, damit wir eine große Auswahl von Süßigkeiten, aber auch Pikantem zubereiten können, und das Abendessen ist auch zu bewältigen – es handelt sich ja nur um eine Person mehr. Welche hohe Herrschaft wird denn erwartet, dass du so aufgeregt bist."

„Keine Ahnung – es ist eine geheimnisvolle Dame. Zu dumm, dass Johanna krank ist und ich auch noch das Servierpersonal überwachen muss."

„Ich verstehe nicht, weshalb du dir Sorgen machst, es ist doch nur ein Gast!"

„Ja, aber wir sollen im großen Wohnsalon servieren. Das ist ungewöhnlich ... äußerst ungewöhnlich!"

Elisabeth war nervös. Soeben hatte sie Ottos Chauffeur mit dem Rolls-Royce von zuhause abgeholt. Sie setzte ein gleichgültiges Gesicht auf und tat so, als wäre sie es seit Ewigkeiten gewohnt, mit einem solchen Auto durch die Gegend zu fahren. Du spielst jetzt eine vornehme Dame, redete sie sich zu, die lassen sich ihre Gefühle nicht anmerken. Wie Otto wohl wohnt?, überlegte sie und kam zum Schluss, dass es eine riesige, vornehme Wohnung mit kostbaren Möbeln und Gemälden sein musste. Sie sah sich selbst durch die Wohnung ihrer Fantasie schweben, den Dienern hochmütig zunicken und unterdrückte nur mit Mühe ein Kichern. Noch immer hatte sie sich nicht endgültig entschieden, ob sie Ottos Wunsch – mit ihm zu leben – erfüllen sollte. Es war ihr vollkommen klar, dass sie an seiner Seite die Rolle einer Mätresse einnehmen würde. Diese Vorstellung war für sie einerseits unerträglich, andererseits reizvoll.

Sie liebte und begehrte ihn – das war eine Tatsache. Allein die Erinnerung an die letzte Nacht, als sie seine kundigen Hände zur Raserei gebracht hatten, ließen ihren Schoß nass werden. Sie schlug ein Bein über das andere und zog fröstelnd den mit Silberfäden durchwirkten Chiffonschal fester um ihre Schultern. Trotz des kühlen, trüben Wetters hatte sie sich für das ärmellose tannengrüne Nachmittagskleid entschieden. Sie wusste, dass es ihre schlanke Figur besonders gut betonte und ein begehrliches Funkeln in seinen Augen auslösen würde. Ein Blick in den Taschenspiegel zeigte ihr, dass sie perfekt geschminkt war, nicht zu viel und nicht zu wenig.

In Gedanken versunken merkte sie nicht, wie das Auto vor der prunkvollen Fassade des Palais Amsal langsamer wurde. Erst als es durch die mit reichlicher Stuckatur versehene gewölbte Toreinfahrt fuhr, wurde sie aufmerksam. Es hielt in einem großen begrünten Innenhof. Wie sie es sich vorgenommen hatte, wollte sie hoheitsvoll aussteigen, als ihr der Chauffeur die Tür aufriss – und blieb mit dem Absatz hängen. Der Chauffeur fing sie gerade noch auf, bevor sie auf die Knie fiel. Sie spürte wie ihr das Blut zu Kopf stieg. Reiß dich zusammen, befahl sie sich, während sie ihr Kleid glattstrich und dann mehr aus Verlegenheit als aus Interesse zu den eleganten Fassaden mit den hohen Fenstern hinaufsah.

„Schön, dass du da bist", sagte plötzlich Ottos sonore Stimme hinter ihr.

Elisabeth drehte sich schwungvoll um. „Entschuldige, ich war so versunken in den Anblick dieses schönen Gebäudes, dass ich dich gar nicht kommen hörte."

Otto küsste ihr die Hand. „Willkommen in meinem Zuhause!"

„Wunderschön ist es hier", sagte Elisabeth und setzte, ohne zu überlegen, hinzu: „In welchem Stockwerk wohnst du?"

Otto grinste breit. „Bitte, versteh mich jetzt nicht falsch. Ich lache dich nicht aus. Aber deine Frage ist ... ungewöhnlich. Ich wohne nicht in einem Stockwerk, Elisabeth – das ist mein Wohnsitz. Es ist das Stadtpalais der Amsals, der Mädchenname meiner Mutter. Es wurde 1719 von Alexander Oedtl erbaut."

Abermals durchflutete Elisabeth eine heiße Welle – so eine Blamage! Er muss mich für eine blöde Gans halten ... es hätte mir doch klar sein müssen, dass ein Fürst in einem Palais wohnt. „Entschuldige meine Unwissenheit", stotterte sie. „Bis jetzt hatte ich nichts mit Adeligen zu tun ... trotzdem ich hätte wissen müssen ..." Sie brach ab und sah zu Boden.

Otto hob ihr Gesicht an und sah ihr in die Augen. In seinem Blick war keine Spur von Spott, sondern nur Verständnis und Liebe. „Das macht doch nichts, Elisabeth, es war ... erfrischend für mich. Ich erzähl dir gerne ein andermal die Geschichte des Palais."

Während sie zum Eingang gingen, fing sich Elisabeth. Als ein livrierter Mann das schwere mit reichen Ornamenten geschnitzte Holztor vor ihr und Otto öffnete, erweckte sie den Anschein, als wäre das das Natürlichste der Welt für sie. Diskret musterte sie die Nischen mit den imposanten, steinernen Statuen, die im Vestibül standen und verbat sich, neugierig um sich zu sehen. Kurz darauf erreichten sie die Feststiege. Mit ihrer zurückhaltenden Art war es vorbei. „Mein Gott, wie prachtvoll", rief sie aus, blieb wie angewurzelt stehen und starrte auf den prachtvollen Anblick, der sich ihr bot. Rechts und links standen Säulen, die von muskulösen steinernen Männern getragen wurden, am Ende des Halbstockwerkes befand sich eine beleuchtete marmorne nackte Frauenstatue, ebenso beleuchtete Topfpflanzen lockerten die steinerne Umgebung auf.

„Schön, dass es dir gefällt", murmelte Otto.

„Gefällt? Es ist atemberaubend!"

Im ersten Stock erging es ihr nicht anders. Mit großen Augen blickte sie zu dem Gewölbe des offenen Stiegenhauses hinauf – das von einem prächtigen religiöses Deckenfresko bedeckt war – und meinte, in den Himmel zu sehen. Eine Balustrade[92] im darüber liegenden Stockwerk, umgab es wie ein Rahmen, und ließ es dadurch noch intensiver wirken.

Otto sah ihre Begeisterung und lächelte mit einem Anflug von Stolz. „Hier im ersten Stock ist die Beletage, die ich jetzt eher selten benütze", erklärte er. „Früher jagte hier ein Fest das andere. Im zweiten Stock sind die Privatgemächer." Er sprach so beiläufig, als würde er ihr ein kleines Häuschen präsentieren. „Wir können sie uns später ansehen, jetzt wollen wir erst einmal unseren Kaffee im Wohnsalon einnehmen." Zielstrebig ging er auf eine Tür zu, zwei livrierte Diener stießen sie vor ihm auf.

Elisabeth verschlug es die Sprache. Wahnsinn, ich bin in einem Schloss gelandet ... und er will, dass ich hier leben soll – unmöglich! Ihr Blick wanderte durch den großflächigen Raum: Goldelemente an der Decke, gelbe Seidentapeten an den Wänden, ein endlos erscheinendes blitzendes Sternenparkett, kostbare Gemälde, funkelnde Kristallüster, in einer Ecke ein riesiger Reliefkachelofen, zierlich geschwungene Sitzgarnituren, zahlreiche Zimmerpflanzen, hohe gebogene Fenster mit gerafften Vorhängen.

Otto geleitete Elisabeth zu einem der grazilen runden Tische und sah mit heimlicher Freude ihre Fassungslosigkeit.

Als Elisabeth einen Blick auf Ottos Gesicht warf, meinte sie, um seinen Mundwinkel eine Spur von Spott wahrzunehmen. Der Ausdruck seiner Augen widersprach dem jedoch – sie las nur Freude und Zuneigung darin.

Kaum hatte sich Elisabeth gesetzt, erschien ein älterer, würdevoller Mann im dunklen Anzug mit schwarzweiß längsgestreifter Weste über dem blütenweißen Hemd, verbeugte sich vor Otto. „Wünschen Durchlaucht nun die Kaffeejause einzunehmen?", fragte er.

„Gottfried, wie oft soll ich dir noch sagen, dass du nicht mehr Durchlaucht zu mir sagen sollst", maßregelte ihn Otto und wandte sich danach an Elisabeth. „Möchtest du jetzt die Jause einnehmen oder willst du noch etwas warten?"

„Ich ... wie du gerne magst, Otto."

„Dann lass servieren, Gottfried", befahl Otto freundlich.

Elisabeth beobachtete, wie Gottfried sich abermals verbeugte und rückwärts bis zur Türe bewegte, erst dort drehte er sich um. Das ist ja wie zu Kaisers Zeiten, dachte sie verwundert. Wie kann Otto sich dabei nur wohlfühlen?

Otto riss sie aus ihren Überlegungen. „Das war mein Kammerdiener", erklärte er. „Gottfried hat mich schon als Baby betreut. Normalerweise hat er nicht die Aufsicht über das Service, aber heute vertritt er die Haushofmeisterin, weil sie erkrankt ist."

Elisabeth setzte zum Sprechen an und brachte nur ein Krächzen heraus.

„Fühlst du dich nicht wohl?"

Wieder glaubte Elisabeth, diesmal in seiner Stimme eine feine Ironie zu erkennen. „Doch. Das alles ist nur sehr ungewohnt für mich! Ich komme mir wie in einer anderen Welt vor."

„Du wirst dich daran gewöhnen – nur keine falsche Scham." Otto beugte sich näher zu ihr. „Wenn die Diener servieren, dann zeigst du einfach auf das, was du willst."

„Wie viel Personal hast du eigentlich?"

„So um die dreißig denke ich. Ich weiß es nicht mehr so genau, seit mein Freund Maximilian, ich habe dir von ihm erzählt, die Obliegenheiten über die Dienstboten übernommen hat."

„Was ist eine Haushofmeisterin?"

„Man könnte auch statt Haushofmeisterin Verwalterin des Hauses sagen. Es ist ein altmodischer Ausdruck – aber ich bin es so gewöhnt. Früher hatte sie allein die Oberhoheit für das gesamte Personal und den Haushalt. Durch die neuen Arbeitsbedingungen wurden ihre Aufgaben beschränkt. Ihr Vorgesetzter ist jetzt, wie ich schon sagte, Maximilian. Hast du noch eine Frage?"

„Nicht eine, hunderte."

„Ich verspreche dir, du wirst sie so nach und nach alle von mir beantwortet bekommen. Jetzt genießen wir erst einmal die Kaffeejause."

Köstlichkeit nach Köstlichkeit wurde serviert. Zögernd deutete Elisabeth auf dies und das und war nicht imstande, im Nachhinein sagen zu können, was sie gegessen hatte. Otto plauderte locker, erzählte ihr von seiner Freundschaft mit Maximilian, von Theresa, seinem Sohn, sprang von einem Thema zum anderen. Seine Stimme rauschte an ihren Ohren vorbei. Nach einer ihr endlos erscheinenden Zeit sagte Otto zu ihrer großen Erleichterung zu seinem Kammerdiener: „Wir brauchen im Moment nichts mehr, Gottfried. Sollten wir das ändern wollen, werde ich läuten." Blitzartig waren alle Dienstboten verschwunden.

„War es schlimm?", fragte Otto mit einem Lächeln.

„Sehr ... ich fürchte, daran werde ich mich nie gewöhnen. Dauernd die vielen Leute um einen herum – schrecklich!"

Otto nahm ihre Hand. „Ich muss dir etwas gestehen, Elisabeth. Der Salon hier wird im Normalfall nur bei großen Gesellschaften benützt. Ich konnte nicht widerstehen, dir zu imponieren."

„Dann habe ich mit meinem Gefühl doch recht gehabt!"

„Mit welchem Gefühl?"

„Dass du mich aufgezogen hast." Elisabeth versuchte vergeblich, ein böses Gesicht zu machen.

Otto küsste die Innenfläche ihrer Hand. „Nicht ganz. Ich wollte, dass du deine Scheu ablegst. Es braucht dir nicht unangenehm sein, bedient zu werden."

„Das ist es aber."

„Denk einfach daran, dass alle gut bezahlt werden. Mein Haus ist so etwas Ähnliches wie ein Unternehmen. Würde ich keine Bediensteten brauchen, wären die Leute wahrscheinlich arbeitslos."

Otto stand auf, ohne ihre Hand loszulassen. „Jetzt komm, ich möchte dir meine Privaträume zeigen. Schließlich musst du wissen, wo du wohnen wirst."

Hand in Hand gingen sie von Salon zu Salon. Mit einer Mischung aus Neugierde und Nervosität hörte Elisabeth Ottos Ausführungen zu. Als sie durch die Ahnengalerie schlenderten, erzählte er zu jedem der Bilder eine kurze Geschichte, die sie mehr als einmal zum Lachen brachte. An einer hohen weißen Flügeltüre ging er schnell vorbei und warf nur beiläufig hin: „Das sind die Gemächer meiner Frau. Sie sind von den übrigen völlig abgeschlossen – so kann sie ungestört in ihrer Welt leben." Obwohl er so tat, als berühre ihn diese Tatsache nicht, spürte Elisabeth seine innere Spannung – sie drückte seine Hand. Ein dankbares Lächeln war die

Antwort. Nachdem er ihr noch eines der Gästezimmer gezeigt hatte, landeten sie in seinem Arbeitszimmer. Wäre Elisabeth mit verbundenen Augen hierhergeführt worden, sie hätte gewusst, dass dieser Raum sein Refugium war. Sie roch den Duft seines Rasierwassers, das feine Aroma einer Zigarre, vermischt mit dem lieblichen Geruch von Rosen – seinen Lieblingsblumen.

Otto machte eine weitausholende Armbewegung. „Das ist der Ort, wo ich mich am wohlsten fühle, wo ich ungestört nachdenken, lesen und arbeiten kann. Früher habe ich hier sogar gefrühstückt, jetzt nehme ich den Morgenkaffee mit meinem Sohn im Biedermeierzimmer ein." Seine Stimme nahm einen wehmütigen Klang an, als er fortfuhr. „Leider nicht mehr lange, wie du weißt, reist er bald ab … umso glücklicher bin ich, dass du nun da bist, mein Liebling."

Er ist sich so sicher, dass ich zu ihm ziehen werde, dachte Elisabeth mit einem flauen Gefühl. Wie enttäuscht wäre er, wenn ich nein sagen würde – sie zwang sich ihn anzulächeln. „Ich freue mich schon, deinen Sohn kennenzulernen, er muss ein liebenswerter Mensch sein", bemerkte sie und hoffte ihn mit dieser Aussage von sich abzulenken.

„Das ist er, du wirst sehen", erwiderte Otto, während er eine Tapetentüre öffnete. „Hier ist die kleine Bibliothek, wo mehr Fachbücher als Romane zu finden sind und diese Türe dort führt zu meinem Ankleide- und Schlafzimmer." Er ging voraus, Elisabeth folgte ihm. Du willst mir aber jetzt nicht sagen, dass du hier immer nur einsam und allein bist", sagte sie und wies auf sein überdimensionales Bett.

Otto lächelte. „Meistens", antwortete er, sah die Zweifel in Elisabeths Augen und fügte hinzu: „Das ist die Wahrheit, Elisabeth. Ich bringe sehr, sehr selten eine Dame hierher – zumindest in den letzten Jahren. In meiner Sturm und Drang Zeit war das natürlich anders." Sein Lächeln verwandelte sich in ein jungenhaftes Grinsen. „Ich musste schließlich lernen, ein guter Liebhaber zu werden."

„Du bist wohl gar nicht eingebildet?"

Otto zwinkerte ihr zu. „Nein, überhaupt nicht! Ich weiß, dass ich gut bin. Du wirst doch nicht das Gegenteil behaupten wollen, oder?" Ohne Ihre Antwort abzuwarten umfing er sie, küsste sie und wanderte mit der Hand zu ihrem Busen.

Elisabeths Knie wurden weich. Stück für Stück schob er ihr Kleid in die Höhe und strich langsam über ihre Schenkel. Sie spielte mit dem Gedanken, ihn jetzt hier und sofort in das große Bett zu zerren – und verwarf ihn wieder. Das geht nicht Elisabeth, sagte sie sich. Was würde er von dir denken? Noch dazu bei Tag … es wäre frivol und unschicklich. Aus Angst, ihrem Wunsch nachzugeben, befreite sie sich energisch aus seinen Armen. „Lass mich los, Otto! Was ist, wenn jemand kommt?" Der Spott in seinen Augen zeigte ihr, dass er sie durchschaute.

„Sag mir, dass du mich liebst und du zu mir ziehst", forderte Otto sie mit einem leisen Auflachen auf, „oder ich mache weiter!"

„Ich habe dich sehr lieb Otto – das weißt du! Aber erstens bezweifle ich, ob ich mich in diesem Haus mit diesen gesellschaftlichen Regeln jemals wohlfühlen könnte und zweitens weiß ich, dass man mich in deinen Kreisen als Bürgerliche nicht anerkennen wird."

Otto wedelte mit der Hand. „Adel hin oder her. Das spielt doch heutzutage keine Rolle mehr und außerdem bestimme immer noch ich, wer in meinem Haus ein und aus geht. Du wirst doch wohl nicht glauben, dass ich es zulasse, dass dich irgendjemand schlecht behandelt?"

„Ich werde in den Augen der anderen nur deine Mätresse sein und dich womöglich mit meiner Art blamieren!"

„Das wirst du nicht. Ich liebe dich so, wie du bist. Sollte es jemand wagen, dich zu kritisieren, wird er es mit mir zu tun bekommen. Und was das Umfeld hier betrifft, du wirst staunen, wie schnell du dich anpasst." Otto öffnete eine Verbindungstür in seinem Schlafzimmer, murmelte „komm mit" und zog sie an der Hand in einen großen Salon. „Diesen Wohnraum benütze ich nie", erklärte er. „Du könntest hier dein Schlafzimmer mit Badezimmer und

Ankleideraum haben. Was meinst du dazu?"

„Du willst nicht, dass ich bei dir schlafe?", fragte Elisabeth mehr erstaunt als gekränkt.

„Schatz, du bist doch nicht ungehalten, wenn ich meine Gepflogenheiten beibehalte? Ich würde dich nur stören. Außerdem möchte ich, bitte versteh das jetzt nicht falsch – für mich sein. Ich schnarche womöglich und dich sehe ich dann vielleicht mit einer dicken Creme im Gesicht. Das wollen wir uns lieber ersparen. Es ist viel erotischer und spannender, wenn wir uns gegenseitig besuchen, nicht?"

Ottos liebevoller Ton ließ ihren Unmut wie Eis in der Sonne schwinden.

„Der Umbau wird sicher nicht lange dauern und dann sind wir sozusagen Tür an Tür. Du brauchst nur nach mir zu pfeifen und schon bin ich da! Warum siedelst du nicht schon morgen zu mir? Du könntest, bis die Bauarbeiten fertig sind, in einem der Gästezimmer schlafen." Otto beugte sich nahe an ihr Ohr. „Ich kann es schon gar nicht mehr erwarten, zu dir zu schleichen und dich zu verwöhnen."

Elisabeth uneins mit sich, ging weder auf seine Frage noch auf seine Schmeichelei ein. Stattdessen fragte sie: „Warum hast du eigentlich so viele Gästezimmer, wo eines so groß ist, wie bei anderen Leuten eine Wohnung. Hast du so viel Besuch?"

„Vor dem Krieg war dieses Haus fast immer voll. Ein Fest löste das andere ab, alles traf sich hier, was Rang und Namen hatte, auch die kaiserliche Familie. Damals wäre es mir nie in den Sinn gekommen, die zweite Gesellschaft einzuladen, was jetzt natürlich nicht so ist. Ich …"

„Was meinst du mit zweiter Gesellschaft?"

„Damit sind geadelte Wirtschaftstreibende, Beamte und Künstler, die zwar geadelt wurden, aber im Grunde bürgerlich waren, gemeint. Wir vom Hochadel haben sie einfach nicht für voll genommen. Es wäre unserem Stand nicht entsprechend gewesen, wenn eine Dame der ersten Gesellschaft die Einladung der zweiten angenommen hätte. Wir Männer sahen das nicht so eng, wir pflegten sehr wohl Kontakt zu Unternehmern oder hohen Beamten, schon um unsere wirtschaftlichen Verbindungen zu pflegen – es war eben eine andere Zeit." Otto pausierte. In seinem Blick konnte Elisabeth die Sehnsucht nach der Vergangenheit und die Trauer über das Verlorene lesen. „Die Gästezimmer habe ich so umbauen lassen, weil ich dadurch mitgeholfen habe, die Wirtschaft ein wenig anzukurbeln und weil ich dachte, dass irgendwann wieder das Haus voller Gäste ist. Das ist nicht so, weil ich kaum welche einlade."

„Warum denn nicht? Dieses Haus könnte durchaus etwas mehr Leben brauchen. Die Architektur, die Einrichtung, das alles ist wunderschön, aber die Atmosphäre ist düster. Ich möchte fast sagen, bedrückend."

„Tatsächlich?", fragte Otto überrascht. „Das ist mir noch nie aufgefallen. Wahrscheinlich, weil ich es seit dem Krieg so gewohnt bin. Weißt du, es hat mich einfach nicht gefreut, ohne Frau an meiner Seite Einladungen auszusprechen." Er lächelte sie an. „Das wird jetzt anders werden, mit dir gemeinsam werde ich Feste geben, dass ganz Wien staunen wird. Ich frage dich nochmals, willst du hier mit mir leben, auch wenn du nicht meine Ehefrau sein kannst? Es ist mir bewusst, dass ich sehr viel von dir verlange. Bitte sag nicht nein!"

„Otto, ich liebe dich – mehr als ich dir sagen kann. Mein Prestige ist mir persönlich egal, wenn es dich nicht stört. Ich weiß doch, dass du deine Frau nicht verlassen kannst – es wäre auch nicht anständig. Was mir Sorgen macht, ist nach wie vor mein Beruf. Ich könnte nicht mehr in meine Schule zurück, jeder würde mit dem Finger auf mich zeigen."

„Ich stehe zu meinem Wort, dir eine Schule zu bauen, wo du deine Pädagogik verwirklichen kannst."

„Gut", sagte Elisabeth entschlossen und warf alle Bedenken über Bord. „Ich will es probieren, aber ich will nicht in einem goldenen Käfig gefangen sein. Wirst du mich gehen lassen, wenn ich unglücklich bin?"

„Das werde ich!", versprach Otto und nahm sie in die Arme. Seine Umarmung ließ sie alles vergessen, nichts zählte mehr – nur sie beide. Eine schwebende Schwerelosigkeit erfasste sie und riss sie in einen Strudel der Gefühle. Liebe, Lust, Verlangen und Zärtlichkeit durchströmten sie in einem noch nie dagewesenen Maß. Seine Stimme riss sie aus ihren Empfindungen. „Ich würde jetzt bei Gott lieber mit dir schlafen, als zum Abendessen zu gehen", raunte er. „Aber wir werden erwartet. Möchtest du dich noch ein wenig frisch machen? Ich glaube, ich habe deine Schminke ein wenig in Unordnung gebracht." Seine Augen waren dunkel vor Leidenschaft.

Prüfend betrachtete Gottfried den großen ovalen Tisch mit dem feinen Damasttischtuch im kleinen Speisesalon. Das goldene Besteck neben dem Platzteller aus feinem Porzellan lag auf seinem Platz, funkelnde Kristallgläser für Wasser, Aperitif, Rot- und Weißwein und Champagner standen in Reih und Glied bereit. Ein bezauberndes flach gehaltenes Blumendekor in der Mitte des Esstisches unterstrich die festliche Stimmung. Zufrieden vor sich hin brummend beäugte er noch den in der Ecke stehenden Servicetisch mit den vorbereiteten Tellern, Gläsern, Vorlegern, Bestecken zum Nachdecken, Servietten und Gewürzen. Auch das Salz stand, wie es sein sollte, für das Service parat. Im offenen Kamin prasselte ein Feuer. Das wird den Herrschaften bei dem trüben Wetter ein angenehmes Gefühl geben, dachte er, während er die Kerzen in den über zwei Meter hohen 13-flammigen Kerzenkandelabern überprüfte. Alles war in Ordnung – sie konnten kommen.

Genau beim siebenten Schlag der eleganten Pendeluhr aus Bronze, die an das griechische Omega erinnerte, betrat Otto pünktlich mit Elisabeth den Speisesalon. Zufrieden nahm er zur Kenntnis, dass alles so war, wie er es angeordnet hatte. Das romantische Licht der Kerzen ließ die Goldornamente auf dem hellen Holz der Louis-Quinze-Möbel geheimnisvoll leuchten, das Holz knisterte im Kamin, die Tafel war festlich geschmückt. Er warf Elisabeth einen bewundernden Blick zu. Das warme Licht zauberte Farbreflexe in ihr Haar, ihre Haut schimmerte zart wie Elfenbein, in ihren bernsteinfarbenen Augen irisierten goldene Pünktchen. Als er sie Maximilian, Theresa und seinem Sohn vorstellte, konnte er einen gewissen Stolz in seiner Stimme nicht verhehlen.

Während des Essens stellte er erleichtert fest, dass nicht nur Elisabeth sich in diesem Kreise wohl zu fühlen schien, sondern auch die anderen sie offenbar sympathisch fanden. Nach dem letzten Gang klopfte Otto kurz auf sein Champagnerglas, stand auf und sah Elisabeth direkt an. „Liebe Elisabeth", begann er. „Ich heiße dich in dieser Runde herzlich willkommen. Heute ist für mich ein besonderer Tag, denn zu meiner großen Freude hast du dich entschlossen, in Zukunft mein Leben mit mir zu teilen. Das macht mich überaus glücklich." Er beugte sich zu ihr und küsste ihr die Hand. Dann blickte er von einem zum anderen und fuhr fort: „Ich bitte Euch daher, Elisabeth ab sofort als meine Frau anzusehen, auch wenn ich sie nicht heiraten kann. Ich hoffe, mein lieber Alex, ich bringe dich mit meiner Aussage nicht in Verlegenheit. Aber wir haben bereits ausführlich über diese Möglichkeit gesprochen und ich bin sehr froh, dass du für meine Situation Verständnis hast." Er erwiderte das Lächeln seines Sohnes. Danach wandte er sich wieder Elisabeth zu. „Dir, meine liebe Elisabeth, rechne ich es hoch an, dass du unter diesen Umständen offiziell bei mir sein willst. Dazu gehört nicht nur viel Liebe, sondern auch viel Mut – ich danke dir dafür." Diesmal küsste er sie zart auf die Wange.

Unter Lachen und Geplauder wurde auf das Glück des neuen Paares angestoßen. Schließlich zogen sich die Herren mit der Entschuldigung, den Damen nicht die Luft verpesten zu wollen, in den Rauchsalon zurück. „Du kannst mir jetzt offen deine Meinung über Elisabeth sagen, Alex", bemerkte Otto in dem Wissen, dass die Anwesenheit Maximilians seinem Sohn nicht störte.

„Ich habe nichts gegen sie, Papa. Sie ist hübsch und scheint eine kluge, herzliche Frau zu sein. Für mich ist wesentlich, dass du glücklich bist. Es beruhigt mich, dass du nicht allein bist, wenn ich nach

Amerika gehe. Wirst du mich trotzdem auf meiner Reise nach Boston begleiten?"

„Selbstverständlich! Ich habe Elisabeth bereits gesagt, dass ich mit dir Anfang September nach New York und weiter nach Boston reise. Sie war überhaupt nicht verstimmt und meinte, dann hätte sie Zeit, sich an das Haus und die Gepflogenheiten hier zu gewöhnen. Was denkst du über sie, Maxi?"

„Ich kann dir nur gratulieren. Sie hat nicht nur ein attraktives Äußeres, sondern auch ein sehr angenehmes Wesen. Was mich besonders freut, ist, dass sich Theresa mit ihr sehr gut zu verstehen scheint."

„Den Eindruck hatte ich auch", stimmte ihm Otto zu. „Vielleicht könnte Theresa Elisabeth ein wenig unter die Arme greifen, was unsere gesellschaftlichen Umgangsformen betrifft. Damit will ich nicht sagen, dass sie nicht ausgezeichnete Manieren hat, aber sie ist manches nicht gewohnt – wie sollte sie auch. Ich möchte nicht, dass sie unliebsame Erlebnisse durch unsere sogenannten Freunde hat. Besonders einige Damen werden nur darauf warten, sich über sie lustig zu machen. Du weißt, wie das ist. Es fängt bei der Kleidung an und hört bei der Frisur auf. Vielleicht kann ihr Theresa die Notwendigkeit einer Zofe klar machen. Als ich davon sprach, hat sie mich ausgelacht."

„Mach ich Otto, kein Problem." Maximilian drehte sich zu Alexander. „Reist Peter als dein Kammerdiener mit? Ich frage wegen der Personaleinteilung."

„Natürlich nicht! Ich würde mich auf dem Campus nur lächerlich machen. Wenn ich nicht da bin, könnte Peter Gottfried unterstützen. Er kommt mir in letzter Zeit ziemlich gebrechlich vor. Was meinst du, Papa?"

„Da bin ich ganz bei dir", antwortete Otto. Ich nehme Peter nach New York mit und wenn wir zurückkommen, soll er neben seiner Sekretariatstätigkeit bei mir noch einige Arbeiten von Gottfried übernehmen. Allerdings muss ich die Sache gut vorbereiten. Du kennst Gottfried, er wäre beleidigt, wenn er das Gefühl hätte, dass ihm Peter etwas wegnimmt. Alles was mich betrifft ist heikel – ich möchte den alten Herrn auf keinen Fall kränken." Nach einer Pause: „Was sagt deine Freundin dazu, dass du nach Amerika gehst?"

„Woher weißt du? Hast du uns gesehen?"

Alexander wirkte so verblüfft, dass Otto ein Grinsen nicht unterdrücken konnte. „Nein, das habe ich nicht. Ich schließe es lediglich aus deinem Verhalten, da ich dich kenne. Ist es immer noch das gleiche Mädchen? Arbeitet oder studiert sie?"

„Sie studiert ebenso wie ich und wir sind noch viel zu jung, um uns zu binden, wenn du das meinst. Ich hoffe, du hast jetzt erfahren, was du wissen wolltest", fügte Alexander bissig hinzu.

„Otto, sekkier doch Alex nicht", mischte sich Maximilian ein. „Er ist schließlich ein erwachsener Mann."

„Ich bin schon still, man wird doch noch fragen dürfen, oder?" Otto lächelte seinem Sohn zu, stand auf und schlug ihm im Vorbeigehen leicht auf die Schulter. „Ich schlage vor, wir gehen jetzt zu den Damen zurück."

Elisabeth und Theresa waren so im Gespräch vertieft, dass sie die zurückkehrenden Herren nicht beachteten.

„Wir stören wohl?" fragte Otto gespielt gekränkt.

„Ehrlich gesagt, wir haben niemandem vermisst", antwortete Theresa und zwinkerte Elisabeth zu.

„Da muss ich Theresa recht geben", hieb Elisabeth in dieselbe Kerbe. „Du bist doch deswegen nicht ungehalten, Otto?"

„Sicher bin ich das. Du solltest immer und überall nach mir fiebern!" Otto fasste nach ihrer Hand. „Ihr seid doch so nett und entschuldigt uns jetzt? Ich möchte Elisabeth noch die Beletage zeigen." Bei seinen letzten Worten fing er Maximilians ironischen Blick auf – und übersah ihn geflissentlich.

„Du hast sichtlich das Abendessen genossen", bemerkte Otto, als sie auf dem Weg in den ersten Stock waren.

„Durchaus. Maximilian und Theresa waren auch ausgesprochen nett zu mir. Mit deinem Sohn konnte ich mich leider nicht so richtig unterhalten, da er zu weit entfernt von mir saß. Ist er immer so ruhig?"

„Ja. Er erinnert mich in seiner Art stark an seinen Großvater mütterlicherseits, an den Reichsgrafen zu Ziernhof. Der war auch, zumindest nach außen hin, immer sehr beherrscht. Alex braucht seine Zeit, um aufzutauen." Otto blieb stehen und zog sie an sich. „Es ist spät geworden. Was meinst du, wenn wir uns die Beletage für morgen aufheben und du heute gleich hier übernachtest?"

„Warum nicht?", antwortete Elisabeth und bemühte sich um einen gleichgültigen Ton. „Deine Gästesuiten gefallen mir sehr gut … aber ich habe nichts zum Umziehen da."

„Das ist kein Problem. In der Nacht brauchst du nichts, wie wir wissen und wenn du morgen aufstehst, ist alles frisch gereinigt und gebügelt."

„Dann bleibe ich – unter einer Bedingung." Elisabeth schmiegte sich an ihn, nachdem sie sich vergewissert hatte, dass niemand zu sehen war.

„Und die wäre?", fragte Otto, während er ihren Hals koste.

„Dass du bei mir bleibst, denn in dem großen Palais fürchte ich mich."

31. KAPITEL

Im Minutentakt sah Maria aus dem Fenster des kleinen Buchladens. Gerade heute, wo ich pünktlich sein muss, kommt sie später, dachte sie mit einem Anflug von Zorn, um gleich darauf den lieben Gott anzuflehen: Bitte Gott mach, dass sie kommt. Als hätte der Allmächtige ihr Flehen erhört, ging genau in diesem Moment die Tür auf und ihre Chefin kam herein.

„Entschuldige Kind", sagte Frau Bauer und stellte den Schirm in die Ecke. „Direkt vor meinen Augen fuhr die Straßenbahn davon und ich konnte bei strömendem Regen eine halbe Stunde auf die nächste warten. Dauernd regnet es, ich habe echt schon genug von diesem Wetter. Was soll das bitte für ein Sommer sein?"

„Gar keiner", antwortete Maria, während sie in ihren Mantel schlüpfte. „Ich will nicht unhöflich sein, Frau Bauer, aber ich muss mich beeilen. Ich lerne heute meinen neuen Klavierbegleiter kennen, da muss ich pünktlich sein."

„Selbstverständlich, ich will dich nicht aufhalten. Vergiss den Schirm nicht!"

„Brauch ich nicht, ich habe meinen Topfhut", rief Maria zurück und knallte die Tür zu.

Nach ein paar Schritten bedauerte sie ihre Entscheidung. Es regnete heftig, dazu wehte ein unangenehmer, kalter Wind. Der dünne Regenmantel wärmte sie kaum. Mama hat mir gleich gesagt, ich hätte lieber einen wärmeren Mantel kaufen sollen, leistete sie ihrer Mutter im Stillen Abbitte. Sie drückte ihre Tasche an sich und beschleunigte ihre Schritte. Vor dem Wohnhaus ihrer Gesangslehrerin atmete sie erleichtert auf, hastete die Stufen hinauf und läutete.

Die Tür öffnete sich so schnell, als hätte Frau Lehmann dahinter gestanden. „Endlich, Maria!", sagte sie mit einem vorwurfsvollen Blick. „Herr Silbermann ist schon seit einer Viertelstunde hier."

„Es tut mir leid, Frau Bauer kam gerade heute später", erklärte Maria, während sie den nassen Mantel auf den Haken hing und den Hut ablegte. Gleich darauf warf sie einen Blick in den großen

Vorzimmerspiegel und bemerkte zu ihrem Ärger, dass ihr Haar schon wieder Locken gebildet hatte – sie kramte in ihrer Tasche nach einem Kamm.

„Du schaust gut aus", bemerkte Frau Lehmann mit ungeduldiger Stimme hinter ihr. Außerdem ist jetzt nicht dein Haar, sondern deine Stimme wichtig. Du singst, wie wir besprochen haben, Franz Schubert[93], ‚Nacht und Träume', Antonin Dvořák[94], ‚Stabat mater'[95] und aus der Oper Butterfly, ‚Un bel dì vedremo'[96]. Keine Angst, Herr Silbermann ist sehr nett. Es ist ja keine Prüfung, sondern es entscheidet sich nur, ob er dich in Zukunft in der Öffentlichkeit begleiten will oder nicht – es geht schließlich um seinen guten Ruf. Glück für dich, dass er wegen eines Rückenleidens seine Tätigkeit als Pianist aufgegeben hat."

Jakob Silbermann erhob sich, als Maria an der Seite Frau Lehmanns das Zimmer betrat. Vor ihr stand ein überaus schlanker, sorgfältig gekleideter Mann in mittleren Jahren – nur wenig größer als sie. Seine dunklen Augen, dessen Ausdruck ihr schwermütig vorkam, hoben sich von seinem glattrasierten asketischen Gesicht durch die tiefe Blässe seiner Haut ab. Sie erinnerte Maria an das Aussehen, der Nonnen, die so gut wie nie außer Haus gingen. Sein schwarzes Haar war streng zurückgekämmt und wies etliche graue Strähnen auf. Er beugte leicht den Kopf, als er ihn wieder hob, lächelte er. Dieses Lächeln veränderte seine Gesichtszüge schlagartig. Eben noch streng und förmlich wirkten sie nun freundlich und weich.

Maria stammelte abermals eine Entschuldigung über ihre Verspätung, er überhörte sie. „Wollen wir gleich mit Schubert anfangen?", fragte er und rückte sorgfältig den Klavierschemel zurecht, bevor er sich setzte. Dann legte er seine langen, schmalen Finger auf die Tasten, schloss für einen kurzen Moment seine Augen, öffnete sie wieder und nickte Maria auffordernd zu.

Marias helle Stimme erfüllte mit lyrischer Beseeltheit den Raum, ließ die Sehnsucht fühlen, die Schubert in seinem Lied „Nacht und Träume" zum Ausdruck brachte: Heil'ge Nacht, du sinkest nieder,

nieder wallen auch die Träume … Unauffällig, in perfekter Harmonie, begleiteten sie die Töne des Klaviers. Ohne eine Regung zu zeigen, ging Jakob Silbermann zu der zweiten Darbietung „Stabat mater" über. Problemlos erreichte Maria die Höhe und begann scheinbar mühelos von dort aus im piano[97] eine Phrase, wie es der Komponist Dvořák vorgesehen hatte. Ihre eigene tiefe Gläubigkeit schwang in dem unendlichen Schmerz der Gottesmutter über den Gekreuzigten in jedem Ton mit. Bei der Arie „Un bel dì vedremo" war sie die Geisha Cho-Cho San, die voll Hoffnung und Liebe auf ihren Liebsten wartet. Bravourös hielt die Intensität ihrer Stimme bis zum Ende der Arie.

Als der letzte Ton verklungen war, fing Frau Lehmann mit Tränen in den Augen zu klatschen an. „Das war – das war unglaublich!" stieß sie hervor. „Ich habe selten so einen Gleichklang, so eine Ausgewogenheit erlebt. Man könnte meinen, Sie beide würden schon jahrelang miteinander musizieren."

Unbeweglich, als hätte er Frau Lehmanns Worte nicht gehört, saß Silbermann still da. Sein Blick ruhte tiefgründig auf Maria. „Maria, ich darf Sie doch so nennen?", sagte er nach einer ihr endlosen Pause. „Es wäre mir eine Ehre und Freude, Sie bei ihren Konzerten zu begleiten. Meiner Meinung nach werden Sie aber in Zukunft mehr Zeit auf der Bühne denn im Konzertsaal verbringen. Ich habe noch selten so ein phänomenales Pianissimo gehört und nur hin und wieder eine technische Perfektion, die mit so unglaublich viel Gefühl gepaart ist. So wie ich es sehe, ist der Tonumfang ihrer Stimme äußerst beweglich und hat Koloraturfähigkeit." Er drehte sich auf dem Klavierschemel lebhaft zu Frau Lehmann hin. „Ich glaube, Maria ist reif für öffentliche Auftritte, wenn sie auch noch sehr jung ist. Was ist Ihre Meinung?"

„Ich kann mich Ihrer Aussage nur anschließen", antwortete Frau Lehmann. „Ich habe bereits ein Gespräch mit Franz Schalk, dem Direktor des Opentheaters, geführt. Sie kann Mitte September vorsingen, dann werden wir weitersehen."

„Ich habe eine sehr gute Beziehung zum Generalsekretär der

Wiener Konzerthausgesellschaft, Hugo Botstiber[98]. Wir mögen uns, wahrscheinlich nicht zuletzt wegen unserer Gemeinsamkeiten. Er stammt wie ich auch aus einer jüdischen Familie und ist ebenso wie ich zum katholischen Glauben konvertiert. Ich werde mit ihm reden und ich bin sicher, dass er Maria im Schubert-Saal auftreten lassen wird – Voraussetzung ist ein schönes Programm."

„Wir haben vieles im Repertoire, einige Lieder von Hugo Wolf, Franz Liszt, Robert Schumann, Franz Schubert, Maurice Ravel und Johannes Brahms ..."

Sie unterhielten sich so sachlich über Marias Zukunft, als wären sie allein. Maria saß in einem der Fauteuils und blickte von einem zum anderen. Sie empfand ein so unglaubliches Glücksgefühl, dass sie sowieso nicht in der Lage gewesen wäre zu sprechen. Träumerisch sah sie auf, als Silbermann sie ansprach: „Entschuldigen Sie, Maria, wir reden hier, als ob Sie gar nicht anwesend wären. Um die Auftritte brauchen Sie sich nicht zu kümmern, Sie sollen nur singen. Wenn Sie wollen, dann kümmere ich mich neben unserer musikalischen Arbeit gemeinsam mit Frau Lehmann um ihre Auftrittsmöglichkeiten. Wir müssen allerdings noch über die Kosten reden", wandte er sich wieder an Frau Lehmann, „ein Saal muss schließlich bezahlt werden."

„Ich bin zuversichtlich, dass sich die Miete durch den Eintrittspreis gut rechnen lässt. Natürlich wird es einige Zeit dauern, bis Maria mit ihrem Gesang wirklich etwas verdient. Apropos Kosten, Sie haben uns noch nicht ihren Preis genannt. Die Bezahlung für Herrn Silbermann übernimmt doch dein Vater, nicht wahr, Maria?"

Maria nickte. „Ich habe mit ihm schon darüber gesprochen. Er wird mich unterstützen, aber er will vor seiner fixen Zusage eine genaue Summe wissen. Wie oft und wie lange sollen wir Ihrer Meinung nach gemeinsam üben, Herr Silbermann?"

„Ich denke, vier Mal die Woche, jeweils am Nachmittag in Abstimmung mit ihrer Gesangslehrerin. Die Stundenanzahl sehe ich nicht so eng, ich würde einen Monatspauschalpreis verrechnen. Ich verlange, und das ist ein Entgegenkommen von mir, weil sie wirklich begabt sind, zwei Millionen Kronen."

Maria sah betreten zu Boden. „Ob mir das mein Vater zahlen kann, weiß ich nicht", sagte sie schließlich. „Ich rede mit ihm und gebe Ihnen dann Bescheid. Wann sehen wir uns wieder?"

„Wäre Ihnen Mittwoch um die gleiche Zeit recht?"

„Ja. Dann werde ich sicher Bescheid wissen."

Auf dem Weg nach Hause kreisten Marias Gedanken pausenlos um ihre Zukunft. Die hohen Kosten bildeten einen Klumpen in ihrem Magen und morgen würde ihr Vater wieder nach Italien reisen – es blieb ihr also nur mehr der heutige Abend. Als sie die Wohnung ihrer Eltern betrat, war es still wie in einer Kirche, eine spürbare Spannung lag in der Luft.

Ihre Mutter saß schweigend mit einer Stickarbeit da, ihr Vater las in einem Buch. Maria beschloss die negative Stimmung zu ignorieren, plauderte munter drauf los und berichtete enthusiastisch über die Meinung Silbermanns und ihre möglichen zukünftigen Auftritte.

„Das alles hört sich sehr gut an", kommentierte Franz ihren Bericht. „Ich freue mich für dich. Was verlangt Silbermann für seine Leistungen?"

„Zwei Millionen Kronen im Monat."

„Zwei Millionen Kronen?", wiederholte Antonia und riss die Augen auf.

Franz schwieg. Wie immer, wenn er nachdachte, bildeten sich auf seiner Stirn Dackelfalten. „Wenn man bedenkt, dass Herr Silbermann Pianist ist und eine einfache Köchin 500.000 Kronen verdient, ist das nicht überbezahlt", sagte er schließlich. „Ich habe für dein Gesangsstudium einiges Geld in Schweizer Franken auf die Seite gelegt, du kannst Herrn Silbermann zusagen."

„Wirklich, Papa? Das ist ja wunderbar!" Glücklich umarmte Maria einmal ihre Mutter, dann wieder ihren Vater. Als beide nach wie vor steif dasaßen, fragte sie: „Was ist? Freut ihr euch denn gar nicht mit mir?"

„Entschuldige, Maria, natürlich freuen wir uns mit dir!",

antwortete Franz. „Wir hatten nur gerade eine Auseinandersetzung. Aber da…"

„Du kannst Maria ruhig erzählen, um was es ging", unterbrach ihn Antonia. „Sie ist alt genug, ihre Meinung kundzutun." Ihre Stimme war eisig.

„Deine Mutter beschwert sich, dass ich so viel arbeite und sie dauernd allein ist. Sie möchte unbedingt arbeiten gehen. Ich wiederum begreife nicht, warum sie sich das Leben nicht schön macht. Es gibt so viele Beschäftigungen: Musik hören, eine Sprache lernen, lesen oder irgendwo ehrenamtlich helfen – die Auswahl ist groß."

„Ich möchte mich nicht einmischen", erwiderte Maria. „Aber ich verstehe Mama schon. Du bist oft in Italien, ich bin den ganzen Tag nicht zu Hause – sie ist immer allein. Kein Wunder, wenn sie trübsinnig wird. Mama möchte doch nur eine Arbeit, wo sie unter Menschen ist und das Gefühl hat gebraucht zu werden."

„Sie wird gebraucht! Deine Mutter hat sich in jungen Jahren genug für ihr ganzes Leben abgerackert und ich verdiene genug. Andere Frauen wären glücklich, wenn sie zuhause bleiben könnten. Aber gut, ich streiche hiermit die Segel." Franz Stimme klang erbittert. „Mach, was du willst, Antonia. Such dir eine Arbeit oder nicht, mir ist alles recht. Ich habe es satt, mir deine ewigen Vorwürfe anzuhören. Ich hoffe, du bist jetzt zufrieden." Er vertiefte sich wieder in sein Buch und signalisierte damit, dass dieses Thema für ihn beendet war.

Dankbar zwinkerte Antonia ihrer Tochter zu.

Kaum war Maria gegangen, sagte Franz ärgerlich: „Das war wirklich nicht notwendig, dass du Maria in unsere Streitigkeiten einbeziehst – es war ihr peinlich."

„Sie ist eine erwachsene Frau. Ich hatte in diesem Alter schon zwei Kinder."

„Das war aber nicht dein freier Wille, oder?", entgegnete Franz bissig. Das Läuten des Telefons unterbrach eine erneute Diskussion. Er stand auf und ging in das Vorzimmer. Als er Julios Stimme erkannte, rief er Antonia zu „es ist geschäftlich" und schloss die

Tür. „Ist etwas mit Cristina?", fragte er auf Italienisch und lauschte anschließend Julios Redeschwall. „Aber es sollte doch erst in zwei Wochen kommen", unterbrach er Julio und wünschte sich im selben Augenblick fliegen zu können. „Vielleicht ein Fehlalarm" … „Was? Sie ist schon im Spital? Ich dachte, sie will zuhause gebären" … „da hat der Arzt recht, ist sicher besser in ihrem Alter." … „Julio, den Nachtexpress erwische ich nicht mehr. … „Stimmt, das Auto wäre eine Möglichkeit, vielleicht kann mir jemand eines borgen. Ist es wirklich notwendig?" … „Gut, ich werde es versuchen. In welchem Spital?" … „Ich weiß wo ‚San Filippo' ist." … „Ja, ich beeile mich. Gib ihr bitte einen Kuss von mir und richte ihr aus, dass ich sie liebe und in Gedanken bei ihr bin. Sag ihr auch, sie soll der Kleinen mitteilen, dass sie noch ein wenig Geduld haben soll." Fahrig schmiss er den Hörer auf die Gabel, machte die Tür zum Wohnzimmer wieder auf, murmelte „Ich muss noch auf einen Sprung ins Büro" und ging in seine Kanzlei. Dort rauchte er sich eine Zigarette an und zwang sich dazu, in Ruhe nachzudenken. Dann sagte er laut „Tut mir leid, mein Freund, es geht nicht anders", griff zum Telefon und wählte.

Sekunden später: „Grothas. Wer spricht?" Im Hintergrund lachte eine Frau.

„Entschuldige die Störung, Otto, hier ist Franz. Ich brauch deine Hilfe, weil …" In knappen Worten schilderte er die Situation.

„Dann fahren wir eben", war Ottos Reaktion.

„Was, du willst selbst fahren?"

„Es bleibt mir nichts anderes übrig. Mein schnellstes Auto hat nur zwei Sitze und mit meinem Chauffeur will ich dich nicht losschicken."

„Wenn das so ist, freut es mich natürlich. Wann können wir starten?"

„Sei in einer Stunde vor dem Parlament", kam es kurz und prägnant.

„Ich bin pünktlich. Du bist ein wahrer Freund, Durchlaucht. Danke!"

„Brich dir keinen Zahn ab. Bis dann …"

Mehr laufend als gehend holte Franz seinen „Italienischen Koffer", wie er ihn nannte, vom Kasten, zog hinter ein paar Büchern seinen Pass, der auf Alfredo Galoni ausgestellt war, heraus und steckte ihn in die Innenseite seines Sakkos. Was sage ich ihr jetzt nur?, überlegte er fieberhaft, während er in die Wohnung zurückging.

Er fand Antonia im Badezimmer. Sie stand vor dem Spiegel und bürstete mit Inbrunst ihre langen Haare. „Es tut mir leid, Antonia, aber ich muss jetzt sofort nach Italien reisen – und nicht erst morgen", sagte er. „Julio hat mir soeben mitgeteilt, dass uns ein wichtiger Kunde am späten Vormittag erwartet. Ein anderer Termin ist nicht möglich, da er nur auf der Durchreise ist.

Antonia legte die Bürste weg und sah ihn im Spiegel überrascht an. „Heute geht doch gar kein Zug mehr."

„Das stimmt. Julio hat einen Freund organisiert, der mich mit dem Auto hinbringt. Ich treffe ihn in einer Stunde, muss mich also beeilen. Vergessen wir unsere Diskussion. Gib mir einen Kuss und wünsch mir eine gute Fahrt!" Er umarmte sie von hinten und glitt mit seinen Händen von ihrer Taille zu ihren Brüsten. „Schade, dass ich jetzt gehen muss", flüsterte er ihr ins Ohr und meinte, was er sagte. Antonia drehte sich in seinen Armen um und küsste ihn. „Pass auf dich auf!", sagte sie leise, als sie sich von ihm löste.

„Mach ich. Und du schlaf gut, Schatzi! Wir holen das Versäumte nach, wenn ich wiederkomme."

– ENDE DES 3. TEILES –

AUTORIN

Renate Lehnort ist in Wien geboren und aufgewachsen, jetzt lebt sie mit ihrer Familie, zu der auch ein Hund und eine Katze gehören, im Burgenland. Ihr Lebensmotto ist „Nothing is impossible", daher hat sie sich nach reiflicher Überlegung dazu entschlossen, die Veröffentlichung ihrer Bücher selbst in die Hand zu nehmen. Dabei darf die Professionalität nicht zu kurz kommen: Mitarbeiter für Lektorat, Korrektorat und Grafik sind eine Selbstverständlichkeit.
Da die Autorin Österreicherin ist, schreibt sie ihre Romane in österreichisch-deutscher Sprache, die auch in Österreich in den Schulen gelehrt wird.
Kontaktmöglichkeiten:
RenateLehnort@gmail.com
https://www.facebook.com/Renate-Lehnort-751947821528400/
www.renatelehnort.com

Werke von Renate Lehnort auf Amazon:

HISTORISCHER FAMILIENROMAN – Buchreihe: „SINFONIE DES TEUFELS"

Band 1 (1905 - 1912): „Im Glanz der Krone"
Ein Roman über den Untergang der Habsburgermonarchie, die Lebensart der Aristokratie, die Unterdrückung der Frauen und den Kampf der Sozialdemokratie gegen die Armut der Arbeiterschaft. Intrigen, Liebe, Hass und Politik beeinflussen die handelnden Personen: die adelige Familie von und zu Grothas, das junge Dienstmädchen Antonia Orbis und den Rechtsanwalt und begeisterten Sozialdemokraten Franz Razak.
Band 2 (1914 -1918): „Gegen den Rest der Welt"
Blut und Tränen. Der Erste Weltkrieg verändert alles. Seite an Seite kämpfen Offiziere und einfache Soldaten für „Gott, Kaiser und Vaterland". An der Heimatfront bangen Frauen, Kinder und Alte um

die Männer auf den Schlachtfeldern und ringen um das tägliche Brot. Auch Franz Razak und Otto Johann Fürst von und zu Grothas kämpfen für Österreich-Ungarn. Das Treffen der beiden an der italienischen Front, am Isonzo, löst heftige emotionale Reaktionen aus.

Band 3 (1918 - 1924): „Große Gefühle"
Franz Razak flieht mit seinem Freund Julio Hofer aus dem Militärspital in Padua nach Venedig zu Julios Cousine Cristina, um dort unter dem falschen Namen Alfredo Galoni das Ende des Krieges abzuwarten. Cristina verliebt sich in Franz. Er kann ihr nicht widerstehen, obwohl er weiß, dass Antonia ihn in Wien sehnlichst erwartet. Wie wird er sich entscheiden?
Otto Johann Fürst von und zu Grothas kehrt aus der Gefangenschaft in Italien nach Wien zurück und muss zur Kenntnis nehmen, dass Glanz und Gloria der Habsburgermonarchie ebenso Vergangenheit sind wie die Position des Adels. Zurück bleibt die kleine Republik Deutschösterreich. Otto ist trotzdem nach wie vor vermögend, ein einflussreicher Mann – und ein Liebling der Frauen. Jedoch keine seiner flüchtigen Liebschaften erfüllt die Leere in seinem Inneren – sein einziges Glück ist sein Sohn Alexander. Plötzlich und völlig unerwartet begegnet ihm die Frau, die alle seine Sehnsüchte erfüllt.

Band 4 (1924 - 1938): „Stürmische Zeiten"
Franz führt ein Doppelleben, er will weder Antonia noch Cristina enttäuschen. Schließlich zwingt ihn das Schicksal zur Wahrheit.
Otto erlebt nach dem Tod seiner Frau eine böse Überraschung. Alexander, Ottos Sohn, kehrt nach seinem Architekturstudium in Amerika nach Wien zurück und sucht die Nähe zu Antonias Tochter Maria, die zu einer berühmten Opernsängerin avanciert ist. Liebe flammt zwischen den beiden auf, die ein tragisches Ende nimmt. Alexander kehrt nach Amerika zurück, Maria flüchtet in die Ehe mit ihrem Klavierbegleiter, dem Juden Jakob Silbermann.
Das politische Geschehen in Österreich entwickelt sich zu einem Desaster. Österreicher kämpfen gegen Österreicher. Franz'

politischer Traum löst sich in Luft auf. Die Nationalsozialisten sind auf dem Weg zur Macht. Für beide Familien beginnt eine schwere Zeit.

Band 5 (1941/41): „Blackbird"
Otto lebt mit seiner Familie in New York und verfolgt mit Sorge die Ereignisse in Europa. Auf einer Abendveranstaltung lernt er General Donovan kennen, der ihm das Angebot macht, für sein neu gegründetes Office of the Coordinator of Information – eine Einrichtung des amerikanischen Geheimdienstes – tätig zu werden. Otto nimmt das Angebot an, da er auf seine Weise gegen Hitler aktiv werden will. Nach einer intensiven Ausbildung zum Agenten reist er nach Berlin. Während eines Bombardements der Engländer lernt er in einem Luftschutzkeller die Jüdin Anna Mendel kennen und beschließt, ihr und ihren Eltern zur Flucht zu verhelfen.
Nach einem Schussattentat auf Alexander, bei dem dieser schwer verletzt wird, kehrt Otto nach New York zurück. Sein Vorsatz, in Berlin gegen Hitler zu agieren, ist jedoch ungebrochen.

Band 6 (1942-1944): „Trommelwirbel"
Anna Mendel wird Ottos Geliebte. Gegen seinen Willen besteht sie darauf, mit ihm für die Amerikaner zu spionieren. Brisante Unterlagen wandern unter Lebensgefahr zu den Amerikanern Die Reichshauptstadt Berlin wird anfangs von den Engländern, später auch von den Amerikanern heftig bombardiert. Tod und Zerstörung begleiten das Leben der Bevölkerung. Niemand weiß, ob er den nächsten Tag überleben oder von der Gestapo verhaftet wird. Anna und Otto harren trotzdem, getrieben von einem unbändigen Hass auf die Nazis, in Berlin aus.
Ottos Familie lebt weiterhin in New York. Sie sind vom Krieg verschont, doch nicht von heftigen familiären Problemen, die ihr Leben durcheinanderwirbeln. Fredo, Ottos Adoptivsohn, will ebenfalls mithelfen, Hitlers Diktatur zu beenden. Er tritt in den Dienst der US-Army.

Band 7 (1945/47): "Familienturbulenzen"
Otto verbringt mit Anna und seinem kleinen Sohn bis Kriegsende

eine ruhige Zeit auf Schloss Hogär in der Schweiz. Bevor Otto nach New York reist, um seine Frau Antonia um die Scheidung zu bitten, fährt er nach Berlin und Wien. In Berlin ist kein Stein auf dem anderen geblieben und auch Wien wurde nicht verschont. Im Palais Amsal, das zwar beschädigt, aber keinen Bombentreffer abbekommen hat, hat sich ein amerikanischer Offiziersclub breitgemacht.
In New York erlebt Otto mit seiner Familie so manche Überraschung, sie fordert seine ganze Kraft. Konflikte sind an der Tagesordnung, Entscheidungen sind zu treffen und Hürden zu überwinden.

Band 8 (1951-1956): „Harfenspiel und Paukenschlag"
„Harfenspiel und Paukenschlag" ist der achte und letzte Band der Buchreihe. Er spielt in der Zeit von 1951 bis 1956. Schauplätze sind Wien und ein kleiner Ort nahe Luzern in der Schweiz.
Otto ist zu einem Familienmenschen herangereift, das Wohlergehen seiner Familie bedeutet ihm alles. Aber gegen die Vorsehung ist er machtlos. Hilflos muss er mitansehen, wie einzelne Familienmitglieder vom Schicksal hart getroffen werden.

POLIT-THRILLER:

UND RAUS BIST DU ... Wenn du zum Spielball der Mächtigen wirst und es kein Entrinnen mehr gibt. Wenn politische Machthaber gnadenlos in dein Leben eingreifen und die völlige Zerstörung droht. Wenn du gezwungen wirst, dein Leben im Schattendasein zu fristen. Wirst du daran zerbrechen oder beginnst du zu kämpfen? IST VERLASS auf die österreichische Verfassung oder bist du verlassen? EINE WAHRE GESCHICHTE ...

KRIMINALROMANE:

DIE FALLE SCHNAPPT ZU
Wenn Liebe und Leidenschaft die Vernunft besiegen ... Staatsanwalt Theo Baumann ist entsetzt. Ausgerechnet Sabine, seine

Freundin aus Kindertagen, scheint dem Mann, den er für einen dreifachen Mörder hält, verfallen zu sein. Seine Warnungen prallen an ihr ab. Machtlos muss Baumann zusehen, wie Sabine ihn sogar heiratet. Ist ihr Schicksal damit besiegelt, wird sie das vierte Opfer sein? Eine dramatische Handlung, gespickt mit knisternder Erotik ...

ICH MUSS TÖTEN – Landeskriminalamt Wien ermittelt
Eine Stadt in Angst! Ein sadistisch veranlagter Serienmörder treibt sein Unwesen unaufhaltsam auf der Suche nach dem nächsten Opfer. Langhaarige junge Frauen sind sein Beuteschema. Er vergewaltigt und ermordet sie bestialisch und lässt als „sein Erkennungszeichen" Damenunterwäsche am Tatort zurück. Chefermittler Horst Rabe und sein Team stehen vor einem Rätsel. Wer ist dieser Psychopath, und noch wichtiger, wer wird sein nächstes Opfer sein? Ein Wettlauf gegen die Zeit beginnt.

KEIN GEWÖHNLICHER MORD – Landeskriminalamt Wien ermittelt
Der Volksschullehrer Klaus Winkler wird auf eine besonders grausame und ungewöhnliche Art und Weise ermordet. Chefermittler Horst Rabe, der eigentlich seinen Urlaub genießen will, ist zur gleichen Zeit am gleichen Ort, was ihn automatisch in die Ermittlungen zieht. Schnell kommen delikate Details von Winkler ans Tageslicht, die für blankes Entsetzen sorgen.

SCHICKSALSROMANE:

FAHR ZUR HÖLLE
Endlich frei! Vom Leben gelangweilt fasst Thomas einen perfiden Plan, der von jetzt auf gleich alles verändert. Er inszeniert seinen Selbstmord und verschwindet nach Amsterdam. Lässt seine Frau und sein altes Ich zurück, um sich zu resetten und neu durchzustarten. Womit er nicht gerechnet hat: Die Liebe erwischt ihn eiskalt. Carin bringt ihn um den Verstand. Wäre da nur nicht dieses

Geheimnis, das alles zu zerstören droht …

BARFUSS AUF SPITZEN STEINEN
Wie geht eine Mutter damit um, wenn das eigene Kind einem Mord zum Opfer fällt? Oder noch schlimmer, wie kommt sie damit zurecht, wenn es selbst zum Mörder wird? Geht das überhaupt, ohne daran zu zerbrechen? Wenn ihr das herauszufinden wollt, begebt euch mit mir auf einen höchst emotionalen und spannenden Weg, der euch garantiert gefangen nimmt und so schnell nicht wieder loslässt.

PSYCHOTHRILLER

DAS BÖSE ZEIGT SEIN ANTLITZ
Wenn die Fassade des Guten zu bröckeln beginnt und das Böse erscheint … Peter und Anja … eine Liebesgeschichte, wie sie im Buche steht? Nicht wirklich. Es beginnt ganz harmlos: Peter, schon etwas älter und finanziell mehr als gut abgesichert, heiratet die deutlich jüngere Anja. Aber traute Zweisamkeit wird man hier vergebens suchen. Schnell zeigt sich das Böse in seiner grausamsten Form und für Anja beginnt ein wahrer Horrortrip. Wird der finstere Abgrund, in den sie zu fallen droht, sie für immer verschlingen?

DUNKLE MACHT
Wenn aus Liebe Hass wird … Unterschätze nie die Rache einer verlassenen Frau, wenn der Virus der dunklen Macht sie befällt und alles auf Zerstörung programmiert. Der Neurochirurg Dr. Klaus Langer verlässt nach 25 vermeintlich glücklichen Jahren seine Frau Lore. Plötzlich ist da eine andere. Jünger, attraktiver und schwanger. Lores Leben gleicht einem Scherbenhaufen. Kampflos aufgeben? Nie! Sie sinnt auf Rache und fasst einen teuflischen Plan.

ERKLÄRUNGEN

[1] **Capitano** = Hauptmann
[2] **sua Altezza serenissima** = Ihre Durchlaucht
[3] **Sua Nobiltà** = Euer Gnade
[4] **Mödling** ist eine Stadt in Niederösterreich 16 km südlich von Wien, liegt am Rande des Wiener Beckens – ein Großteil des Gebietes ist bewaldet = Wienerwald. An seinen Hängen sind zahlreiche Weingärten mit dazugehörigen Heurigen.
[5] **Czecho-Slowaken** = damalige Schreibweise für Tschechoslowakei. Am 14. November 1915 gab Tomáš Garrigue Masaryk (1. Präsident der Tschechoslowakei) in Paris die Gründung eines „ausländischen Aktionskomitees zur Errichtung eines selbstständigen tschechoslowakischen Staates" bekannt. Von Mai bis Dezember 1918 gelang es Masaryk, die Alliierten von einer tschechoslowakischen Staatsbildung zu überzeugen. Am 3. September 1918 wurden die Tschechen von den USA als kriegsteilnehmende Macht und ihr Nationalrat als rechtmäßiger Vertreter anerkannt. Am 28. Oktober 1918 wurde hierauf in Prag von Vertretern vier tschechischer Parteien der tschechoslowakische Staat ausgerufen.
[6] **Trattoria** = Wirtshaus
[7] **Scherb'n** = „hamma den Scherbn auf" = "Jetzt sitzen wir in der Patsche" (früher war es üblich, dass wohlsituierte Bürger nächtliche Randalierer mit dem Inhalt ihres Nachttopfes überschüttet haben).
[8] **Wäschemangel** = Ohne Hitze, aber mit viel Kraft „bügelte" man vom Mittelalter bis teilweise in das 20. Jhdt. mit großen hölzernen Wäschemangeln. Auf meist zwei Rundhölzern – ähnlich einem Nudelwalker – wickelte man die zusammengefaltete Wäsche.
[9] **à la longue** = auf Dauer gesehen, kommt aus dem Französischen.
[10] **Ruth Fischer** = geb. 11. Dezember 1895 in Leipzig, gest. 13. März in Paris. Sie war eine deutschösterreichische Politikerin und Publizistin. Am 3. 11.1918 wurde in Wien unter der führenden Beteiligung von ihr die KPDÖ – Kommunistische Partei Deutschösterreichs, später KPÖ, gegründet.
[11] **Otto Bauer** = geb. 5. September 1881 in Wien, gest. am 5. Juli in Paris war ein österreichischer Politiker und führender Theoretiker des Austromarxismus. Von 1918 bis 1935 war er stellvertretender Parteivorsitzender der Sozialdemokratischen Arbeiterpartei (SDAP).
[12] Die **Menschewiki** (wörtlich „Minderheitler") waren eine Fraktion der Sozialdemokratischen Arbeiterpartei Russlands. Im Gegensatz zur Fraktion der Bolschewiki um Lenin setzten sie auf einen orthodoxen Sozialismus, d.h., dass vor der Arbeiterrevolution eine bürgerliche Revolution

stattfinden müsse und nicht die Partei, sondern die Massen die Führungsrolle in der Revolution übernehmen.

[13] **Schatzi** = Kosename „Schatz" auf wienerisch

[14] Der **Friede von Brest-Litowsk** wurde im 1. Weltkrieg zwischen Sowjetrussland und den Mittelmächten geschlossen. Nach langen Verhandlungen wurde er am 3. März 1918 in Brest-Litowsk unterzeichnet. Damit schied Sowjetrussland als Kriegsteilnehmer aus. Damit war der 1. Weltkrieg in Osteuropa beendet. Am 21. März begann die deutsche Frühjahrsoffensive an der Westfront.

[15] **Als Galerie** bezeichnet man in der Architektur im weitesten Sinne eine Räumlichkeit, die langer als breit ist und an mindestens einer ihrer beiden Längsseiten Lichtöffnungen – verglaste Fenster – besitzt und besonders hell ist. Sie entwickelten sich im Laufe des 16. Jhdt. in Frankreich aus offenen Galerien.

[16] In der Architekturgeschichte bezeichnet der Begriff **Appartement** eine funktional zusammengehörige Folge von Räumen im Schlossbau der Renaissance und des Barocks. Es kann sich dabei um Gastgemächer, Gesellschaftsräume oder herrschaftliche Wohn- und Arbeitsräume handeln.

[17] **Die Deutschösterreichische Volkswehr** war das erste provisorische Heer der Republik Deutschösterreich. Das an die 50.000 Mann starke „Übergangsheer" bestand aus Teilen der ehemaligen österreichisch-ungarischen Armee. Dem Mannschaftsstand gehörten viele aus dem sozialistischen Lager, aber auch viele adelige Offiziere wie etwa Theodor Körner, Edler von Siegringen und Erwin Lahousen-Vivremont.

[18] **Powidl** = egal, Wiener Dialekt

[19] **Sigmund Freud** = geb. 6. Mai 1856 in Freiberg, Mähren (damals Kaisertum Österreich), gest. 23. September 1939 in London, war ein österreichischer Arzt, Tiefenpsychologe und Religionskritiker. Als Begründer der Psychoanalyse erlange er weltweite Bekanntheit. Freund gilt als einer der einflussreichsten Denker des 20. Jhdt., seine Theorien und Methoden werden bis heute kontrovers diskutiert.

[20] **Soave** = eine kleine Stadt in der Provinz Verona der Region Venetien.

[21] **Garganega** = eine weiße Rebsorte, die vor allem in der ital. Region Venetien verbreitet ist.

[22] Der **Recioto di Gambellara** ist ein italienischer Weißwein der Region Venetien.

[23] **Ottakring** = Bezeichnung des 16. Gemeindebezirkes in Wien, der vorwiegend von Arbeitern bewohnt wird.

[24] **Saint-Germain-en-Laye** = Nach dem 1. Weltkrieg wurde 1919 in Saint-Germain-en-Laye der Vertrag von Saint-Germain geschlossen, der das Ende der Donaumonarchie besiegelte und die Friedensbestimmung für die österreichische Reichshälfte regelte.

[25] **ankokeln** = ansengen, ankohlen
[26] **Edvard Beneš**, geb. 28. Mai in Kozlany, gest. 3. September 1948 in Sezimovo Usti war ein Mitbegründer, Außenminister, Regierungschef und Präsident der Tschechoslowakei.
[27] **Zores** = Ärger
[28] **Germknödel** = Bekannt auch als „süße Klöße" sind eine Mehlspeise, die in der Wiener und der Bayrischen Küche verbreitet ist –eine Variante der Hefeklöße.
[29] **Ein Schnoferl ziehen** = Ein beleidigter, saurer Gesichtsausdruck.
[30] **8 Ball** = ist eine Disziplin des Poolbillards, bei der mit 15 Objektbällen (die Farbigen) und einem Spielball (der Weiße) auf einem Poolbillardtisch gespielt wird. Die Spieler müssen versuchen, ihre Farbgruppen komplett einzulochen, um dann die schwarze Acht versenken zu dürfen, was bei korrekter Ausführung zum Gewinn des Spieles führt.
[31] Die **Haager Friedenskonferenzen** wurden aufgrund der Anregung des russischen Zaren Nikolaus II. und auf Einladung der niederländischen Königin Wilhelmina 1899 und 1907 in Den Haag einberufen. Sie sollten der Abrüstung und der friedlichen Regelung internationaler Konflikte dienen.
[32] **Korsakow-Syndrom** = Das Korsakow-Syndrom (amnestisches Psychosyndrom) ist ein bei Alkoholikern beschriebene Form der Amnesie (Gedächtnisstörung). Eine erste detaillierte Beschreibung wurde 1880 von dem russischen Psychiater und Neurologen Sergei Korsakow (1854 - 1900) veröffentlicht.
[33] **Paradeiser** = Tomate
[34] **wurscht** = egal
[35] **Puppchen** = Der Opel 5/12 PS (Puppchen) ist ein Kleinwagen der Adam Opel KG. Er wurde 1911 bis 1920 in vier Serien gebaut. Es gab ihn als offenen Zweisitzer, als Landaulet *) oder als Limousine. Nur die offene Viersitzer-Ausführung wurde in der Werbung Puppchen genannt. Das „Puppchen" kostete 5.300 Mark. *) bezeichnet eine Karosseriebauform einer Kutsche oder eine Automobils, wo der hintere Teil des Daches durch ein Cabrioletverdeck ersetzt ist. Das Wort leitet sich von Landauer, einer Kutsche, die sich geschlossen und offen fahren lässt, ab.
[36] „Gegrüßet seist du, Maria, voll der Gnade, der Herr ist mit dir. Du bist gebenedeit unter den Frauen, und gebenedeit ist die Frucht deines Leibes, Jesus."
[37] **Nußdorf** = Nussdorf (bis 1999 amtlich: Nußdorf) war bis 1892 eine eigenständige Gemeinde und ist heute ein Stadtteil Wiens im 19. Wiener Gemeindebezirk Döbling.
[38] **Zahnradbahn** = Sie wurde im Hinblick auf die Wiener Weltausstellung 1873 gebaut. Eröffnet wurde diese Bahn erst 1874. Es war zu dieser

Zeit die dritte Zahnradbahn der Welt. 1911 Stellte die Kahlenbergbahngesellschaft den Antrag auf Elektrifizierung der Zahnradbahn. Dieses Projekt scheiterte am Ausbruch des 1. Weltkrieges 1914. Nach dem Kriege 1918 litt die Zahnradbahn an Kohlemangel, da die Kohlenbergwerke nicht mehr auf österreichischem Staatsgebiet waren.

[39] **Kahlenberg** = ist ein Berg (484 m) im 19. Wiener Gemeindebezirk (Döbling) und der bekannteste Aussichtspunkt auf Wien. Bis ins 17. Jahrhundert war der heutige Kahlenberg unbewohnt. Ursprünglich hieß der Kahlenberg *Sauberg* oder *Schweinsberg*. Sein Name resultierte aus den zahlreichen Wildschweinen, die in den Eichenwäldern lebten.

[40] **Leopoldsberg** = ist ein 425 Meter hoher Berg im 19. Wiener Gemeindebezirk Döbling. Ursprünglich hieß er Kahlenberg wurde aber nach den Türkenkriegen 1693 dem Heiligen Leopold geweiht, woraufhin er den Namen Leopoldsberg erhielt und der ehemalige Sauberg den Namen Kahlenberg bekam.

[41] **Schnackseln** = Geschlechtsverkehr, Wiener Dialekt

[42] **fesch** = hübsch

[43] **Ignaz Seipel** = geb. 19. Juli 1876 in Wien, gest. 2. August 1932 in Pernitz, war ein österreichischer Prälat, katholischer Theologe, Politiker und Bundeskanzler. Von 1921 bis 1930 war er Obmann der Christlichsozialen (CS) Partei. In dieser Phase verhinderte er eine Spaltung der Partei über die Frage der Abschaffung der Monarchie, löste die CS aus der Koalition mit den Sozialdemokraten und schloss ein Bündnis mit der Großdeutschen Volkspartei. Vom 31. Mai 1922 bis 20. November war er Bundeskanzler der christlichsozial-großdeutschen Kolalition.

[44] **Valorisierung** = (oder auch Wertsicherung) darunter versteht man im Zusammenhang mit wirtschaftlichen Sachverhalten die Anpassung eines Wertes an die Teuerungsrate (Inflation). Eine Valorisierung soll verhindern, dass der gegenständliche Wert zu stark vermindert wird.

[45] **Gustav Ernst Stresemann** = geb. am 10.5.1878 in Berlin, gest. 3.10.1929 in Berlin, war ein deutscher Politiker und Staatsmann der Weimarer Republik. Er begann als industrieller Interessenvertreter, war ab 1917 Partei- und Fraktionsvorsitzender der Nationalliberalen Partei und nach der Novemberrevolution und der Gründung der DVP deren Parteivorsitzender. 1923 war er Reichskanzler und danach bis zu seinem Tod in unterschiedlichen Kabinetten Reichsminister des Auswärtigen.

[46] **Bubikopf** = Der Bubikopf ist eine kurzgeschnittene Damenfrisur, die um 1920 aufkam. Sie war beeinflusst vom „Knabentyp", dem Frauenbild der Zeit, und wurde rasch zu einer Haarmode.

[47] **Pommery** = französischer Champagner. Pommery verwendet die Rebsorten Chardonnay, Pinot Noir und Pinot Meunier.

[48] **Richard Strauss** = geb. 11. Juni 1864 in München, gest. 8. September

1949 in Garmisch-Partenkirchen, war ein deutscher Komponist des späten 19. Und 20. Jhdt. Er war vor allem für seine orchestrale Programmmusik, seine Lieder und seine Opern bekannt. 1919 bis 1924 war er gemeinsam mit Franz Schalk Leiter der Wiener Staatsoper.

[49] **Franz Schalk**, geb. 27. Mai 1863 in Wien, gest. 3. September 1931 in Edlach, Gemeinde Reichenau an der Rax in Niederösterreich. Er war ein österreichischer Dirigent und teilte sich von 1919 bis 1924 die Leitung der Wiener Staatsoper.

[50] Die **Wiener Staatsoper**, das „Erste Haus am Ring" ist eines der bekanntesten Opernhäuser der Welt und befindet sich im 1. Wiener Gemeindebezirk Innere Stadt. Sie wurde am 25. Mai 1869 mit einer Premiere von Don Giovanni von Mozart eröffnet. Vom 3.12.1918 bis 25.9.1938 hieß das ehemalige k. k. Hof Operntheater nur Operntheater. Vom 27.9.1938 bis 1945 Staatsoper – dieser Name wurde aber inoffiziell schon ab den zwanziger Jahren benützt.

[51] Der **Bahnhof Venezia Mestre** ist neben dem Bahnhof Venezia Santa Lucia einer der beiden Hauptbahnhöfe Venedigs und gehört zu den 13 größten Bahnhöfen Italiens. Er liegt auf dem Festland gelegenen Stadtteil Mestre.

[52] **Volksoper** = Nach der Wiener Staatsoper ist sie das zweitgrößte Opernhaus in Wien. Auf dem Programm stehen Operetten, Opern, Musicals und Ballett.

[53] **Un ballo in maschera** deutsch: *Ein Maskenball* ist eine Oper in drei Akten von Giuseppe Verdi = geb. 9.10. oder 10.10. 1813 in Le Roncole, Herzogtum Parma, gest. 27. 1. 1901 in Mailand. Er war ein italienischer Komponist der Romantik. Die Uraufführung fand am 17.2.1859 im Teatro Apollo in Rom statt.

[54] **Alessandro Bonci** = geb. am 10. Februar 1879 in Cesena, gest. 10 August 1940 in Viserba bei Rimini / Italien, war ein italienischer Tenor.

[55] Der **Tenorbuffo** ist eine leichte Tenorstimme, die für heitere, wenig dramatische Spielrollen in Oper und Operette eingesetzt wird. Er ist so beweglich wie ein lyrischer Tenor, aber weniger scher und strahlend als der Heldentenor oder ein Tenor des Charakterfachs.

[56] **Vindobona** = war einstmals der Sammelname für ein römisches Legionslager und eine Zivilstadt am Mittleren Donaulimes (Militärgrenze), auf dem Gebiet der Bundeshauptstadt Wien in Österreich.

[57] **Eiserner Vorhang** = bauliche Brandschutzeinrichtung in Versammlungssälen, die die Bühne vom Zuschauerraum trennt.

[58] **Viertel Obi g'spritzt auf einen Halben** = Ein Viertel Apfelsaft aufgefüllt mit Soda auf einen halben Liter.

[59] **Schlagobers** = Schlagsahne

[60] **Gräfin Mariza** = ist eine Operette in drei Akten von Emmerich Kálmán.

⁶¹ Das **Libretto** (ital. „Büchlein) ist der Text einer Oper, eines Oratoriums, einer Operette, eines Musicals oder einer Kantate.
⁶² **Emmerich Kálmán,** geb. 24. Oktober 1882 in Siofok, gest. 30. Oktober 1953 in Paris war ein ungarischer Komponist, der überwiegend Operetten schrieb. Er war zusammen mit Franz Lehar und anderen ein Begründer der Silbernen Operettenära (Zeitabschnitt der Wiener Operette von 1900 - 1920)
⁶³ **NSDAP** = Nationalsozialistische Deutsch Arbeiterpartei war eine in der Weimarer Republik entstandene politische Partei, deren Programm bzw. Ideologie (Nationalsozialismus) von radikalem Antisemitismus und Nationalismus sowie der Ablehnung von Demokratie und Marxismus bestimmt war. Ihr Parteivorsitzender war seit 1921 der spätere Reichskanzler Adolf Hitler, unter dem sie Deutschland in der Diktatur des Nationalsozialismus von 1933 bis 1945 als einzige zugelassene Partei beherrschte.
⁶⁴ **Adolf Hitler** = geb. 20. April 1889 in Braunau am Inn (Oberösterreich), gest. 30. April 1945 in Berlin. Er war von 1933 bis 1945 Diktator des Deutschen Reiches.
⁶⁵ **Rout** = (engl., sprich raut, bedeutet "Zusammenrottung, Auflauf"), seit Anfang des 18. Jahrhunderts Bezeichnung großer Versammlung, Veranstaltung der vornehmen Welt.
⁶⁶ **Michael Arthur Josef Jakob Hainisch** = geb. 15. August 1858 in Aue bei Schottwien (Niederösterreich), gest. 26. Februar 1940 in Wien, war parteiloser österr. Sozial- und Wirtschaftspolitiker und von 1920 bis 1928 Bundespräsident der Republik Österreich. Er löste Karl Seitz als Staatsoberhaupt ab.
⁶⁷ **Donauwellen-Walzer** = Damit ist „An der schönen blauen Donau" von Johann Strauß gemeint.
⁶⁸ **Felix Weingartner** = Felix Weingartner, Edler von Münzberg, geb. 2. Juni 1863 in Zadar, gest. 7. Mai 1942 in Winterthur, war ein österr. Dirigent, neuromantischer Komponist, Pianist und Schriftsteller. Von 1908 bis 1927 war er der Leiter der Wiener Philharmonischen Konzerte. 1919 bis 1924 Direktor der Wiener Volksoper.
⁶⁹ **Divertissement** = auf französisch „Zeitvertreib" ist eine Folge von Tänzen, die im 17. und 18. Jhdt. nach französischer Sitte den Abschluss einer Theateraufführung oder auch den Abschluss einzelner Akte bildete. Manchmal ist es mit einem Chor verbunden.
⁷⁰ Das **Café Herrenhof** war ein Kaffeehaus in Wien und wurde 1918 eröffnet. Es befand sich in der Herrengasse 10 im 1. Wiener Gemeindebezirk, Innere Stadt. Es wurde 1913 von Viktor Siedek (1856 - 1937) erbaut. Kurz nach dem 1. Weltkrieg – und nach dem Tod von Peter Altenberg – machten viele Wiener Schriftsteller, die zuvor das Café Central und das Café Museum aufgesucht hatte, das Café Herrenhof zu ihrem Stammsitz.

⁷¹ **Werfel** = Franz Viktor Werfel, geb. 10. September 1890 in Prag, gest. 26. August 1945 in Beverly Hills, Kalifornien, war ein österreichisch-US-amerikanischer Schriftsteller und ein Wortführer des Expressionismus. In den zwanziger und dreißiger Jahren waren seine Bücher Bestseller.

⁷² **Alma Mahler** = Alma Maria Mahler-Werfel, geb. 31. August 1879 in Wien, gest. 11. Dezember 1964 in New York, war eine Persönlichkeit der Kunst- Musik- und Literaturszene in der ersten Hälfte des 20. Jhdt. Als Femme fatale beschrieben war sie Ehefrau des Komponisten Gustav Mahler, des Architekten Walter Gropius und des Dichters Franz Werfel sowie Gefährtin des Malers Oskar Kokoschka und weiterer prominenter Männer.

⁷³ **Melange** = ist eine österr. Kaffeespezialität und besteht aus einem Teil Kaffee und einem Teil Milch mit einer Haube aus geschäumter Milch. Die Melange wurde erstmals 1830 im Wien angeboten.

⁷⁴ Die **Freyung** = ist einer der bekanntesten und größten Plätze in der Altstadt Wiens im 1. Wiener Gemeindebezirk, Innere Stadt. Sie liegt zwischen dem Platz „Am Hof" und dem ‚Schottenstift'.

⁷⁵ **Schwarzenbergplatz** = Ist einer der bekanntesten Plätze im Wiener Stadtzentrum. Hier grenzen (im Uhrzeigersinn) die Gemeindebezirke Innere Stadt, Landstraße und Wieden aneinander.

⁷⁶ **Café Sperl** = ist ein traditionsreiches Wiener Kaffeehaus Ecke Gumpendorfer Straße und Lehargasse im 6. Wiener Gemeindebezirk Mariahilf. Es wurde 1880 nach Entwürfen der Ringstraßenarchitekten Gross und Jelinek für Jakob Ronacher erbaut und im Dezember 1889 von der Familie Sperl übernommen.

⁷⁷ **Otto Glöckel** = geb. 8. Februar 1874 in Pottendorf (Niederösterreich), gest. 23. Juli 1935 in Wien, war ein sozialdemokratischer Politiker und Schulreformder der 1. Republik in Österreich. Als Initiator der Reformpädagogik der Zwischenkriegszeit – der österreichischen Schulreform – war Glöckel ein Verfechter der Gesamtschule und Gegener von Bildungsprivilegien sowie Kämpfer gegen die kirchliche Vormachtstellung in den öffentlichen Schulen.

⁷⁸ **Dr. Emil Schneider** = geb. 28. Mai 1883 in Höchst, gest. 25. Dezember 1961 in Bregenz, war von 1922 bis 1926 Unterrichtsminister der Republik Österreich.

⁷⁹ **Schladming** liegt in der Obersteiermark im oberen Ennstal an der Einmündung des Talbach in die Enns. Die Stadt wird umrahmt im Norden vom Dachsteingebirge und im Süden von den Niederen Tauern.

⁸⁰ **Der Dachstein** = ist der Hauptgipfel des Dachsteinmassivs. Anteil haben die österreichischen Bundesländer Salzburg, Oberösterreich und Steiermark. Das Massiv erreicht im Hohen Dachstein mit 2995 m seine größte Höhe.

⁸¹ **Ramsau** = Das, die Gemeinde Raumsau umgebende Hochplateau, liegt auf einer Seehöhe von 1.100 bis 1.700 Meter, unmittelbar an die Südwände des Dachsteinmassives anschließend.

⁸² Die **Festung Hohensalzburg** ist das Wahrzeichen der Stadt Salzburg. Sie liegt auf einem Stadtberg oberhalb der Stadt, dem Festungsberg, der sich nach Nordwesten in den Mönchsberg fortsetzt. Der Ausläufer im Osten des Festungsberges heißt Nonnberg. Auf dem Nonnberg befindet sich direkt unter der östlichen Außenanlage der Festung – den Nonnbergbasteien – das Stift Nonnberg. Die Festung Hohensalzburg ist mit über 7.000 m² bebauter Fläche (einschließlich der Basteien über 14.000 m²) eine der größten Burgen Europas.

⁸³ **Standseilbahn** = Seit 1892 ist die Festung Hohensalzburg mit einer Standseilbahn von der Festungsgasse aus bequem erreichbar.

⁸⁴ Das **Wiedner Spital** (auch Wiedener Spital oder Krankenhaus) war ein Krankenhaus im 4. Wiener Gemeindebezirk Wieden in der Favoritenstraße 32. Im 2. Weltkrieg wurde es schwer beschädigt.

⁸⁵ **Chrysler B70** = Ist ein US-amerikanischer PKW, der erste Wagen, den die Firma Chrysler in Detroit im Jänner 1924 vorstellte. Die Wagen mit den Hochleistungsmotoren erreichten eine Höchstgeschwindigkeit von 112 - 120 km/h.

⁸⁶ **komot** = österreichisch bequem

⁸⁷ **Baden** = ist eine Stadt in Niederösterreich und liegt 26 km südlich von Wien an der Thermenlinie. Die warmen Schwefelquellen sind schon in einem Ortsverzeichnis aus der Römerzeit erwähnt. Schon Kaiser Franz I verbrachte 1796 -1834 jeden Sommer in Baden, sie war auch seine Sommerresidenz. Im Gefolge des Hofes kam im Sommer auch die gesellschaftliche Oberschicht, um sich in Baden zu erholen.

⁸⁸ **Bad Fischau** = Bad Fischau-Brunn liegt in Niederösterreich etwa 50 km südlich von Wien am Rand des Wiener Beckens. 1130 wurde Bad Fischau erstmals urkundlich erwähnt.

⁸⁹ Die **Hohe Wand** = stellt ein ausgeprägtes Karstplateau von 8 km Länge und einer Breite von 2,5 km dar, das eine Höhenlage von 900 bis 1000 m aufweist.

⁹⁰ **Hussiten** = Unter dem Begriff werden verschiedene reformatorische beziehungsweise revolutionäre Bewegungen im Böhmen des 15. Jhdt. zusammengefasst, die sich ab 1415 nach der Verbrennung des Theologen und Reformators Jan Hus herausgebildet hatten. Die Hussiten wurden von den meisten böhmischen Adeligen unterstützt und richteten sich hauptsächlich gegen die böhmischen Könige, die damals gleichzeitig das Amt des römisch-deutschen Kaisers inne hatten, und gegen die römisch-katholische Kirche. Infolge der Auseinandersetzungen kam es in den Jahren 1419 – 1434 zu den Hussitenkriegen.

[91] Der **Erste Prager Fenstersturz** = steht am Anfang der Hussitenkriege. Am 30. Juli 1419 stürmten Hussiten, Anhänger des vier Jahre zuvor beim Konzil von Konstanz auf dem Scheiterhaufen als Ketzer hingerichteten Jan Hus, das Neustädter Rathaus am Karlplatz in Prag, um Gefangene zu befreien. Sie warfen dabei 10 Personen aus dem Fenster: den Bürgermeister, 2 Ratsherren, den Stellvertreter des Richters, 5 Gemeinderäte und einen Knecht. Die Gestürzten wurden anschließend mit Hiebwaffen getötet.

[92] **Balustrade** = steht für eine individuell gestaltete niedrige Reihe säulenartiger Stützen, die als Brüstung oder Geländer dient. Die Stützenreihe kann gerade oder gebogen sein.

[93] **Franz Schubert** = geb. 31. Jänner 1797 am Himmelpfortgrund in Wien, heute Teil des 9. Wiener Gemeindebezirks Alsergrund, gest. 19. November 1828 in Wien, war ein österreichischer Komponist.

[94] **Antonín Dvořák** = geb. 8. September 1841 in Nelahozeves, gest. 1. Mai 1904 in Prag, war ein böhmischer Komponist.

[95] Das **Stabat mater** (nach dem Gedichtanfang *Stabat mater dolorosa*, lateinisch für „Es stand die Mutter schmerzerfüllt") ist ein mittelalterliches Gedicht, das die Gottesmutter in ihrem Schmerz um den Gekreuzigten besingt.

[96] **„Un bel dì vedremo"** = ist eine italienische Arie aus der Oper „Madama Butterfly", die 1904 von Giacomo Puccini geschrieben wurde.

[97] **piano** = ganz leise

[98] **Hugo Botstiber** = geb. 21. April 1875 in Wien, gest. 15. Jänner 1941 in Shrewsbury, Großbritannien war ein österr. Musikwissenschaftler. Er war von 1912/13 bis 1938 Generalsekretär der Wiener Konzerthausgesellschaft.

Printed in Poland
by Amazon Fulfillment
Poland Sp. z o.o., Wrocław